Lucinda Riley

L'ultima canzone d'amore

Traduzione di
Rachele Salerno

GIUNTI

Titolo originale:
The Last Love Song

Giunti Editore si impegna per uno sviluppo sostenibile
con l'utilizzo di carta certificata FSC® proveniente
da fonti gestite in maniera responsabile.

Traduzione: Rachele Salerno per Studio editoriale Littera, Rescaldina (MI)
Realizzazione editoriale: Studio editoriale Littera, Rescaldina (MI)

www.giunti.it

Via Bolognese 165 – 50139 Firenze – Italia
Via G. B. Pirelli 30 – 20124 Milano – Italia

Prima edizione: ottobre 2025

Prefazione

Cara lettrice, caro lettore,

grazie di aver scelto questo romanzo di Lucinda Riley. Sono il figlio di Lucinda, Harry Whittaker. Se conosci il mio nome, sarà senza dubbio per *Atlas. La storia di Pa' Salt*, conclusione della serie delle Sette Sorelle scritta da mia madre e diventata mia responsabilità dopo la sua morte nel 2021.

Vorrei spiegarti come siamo arrivati alla pubblicazione di questo libro, *L'ultima canzone d'amore*. Per farlo, però, devo offrirti un condensato della carriera di mia madre, quindi spero che sarai paziente.

Fra il 1993 e il 2000, mia madre scrisse otto romanzi firmandosi Lucinda Edmonds. La sua carriera rischiò di essere interrotta da un libro intitolato *Seeing Double*, la cui trama suggeriva che esistesse un membro illegittimo della famiglia reale inglese. Alla luce della recente scomparsa della principessa Diana e del successivo trambusto monarchico, le librerie giudicarono il progetto troppo rischioso. Di conseguenza, gli ordini per il libro di Lucinda Edmonds furono annullati, e il suo contratto fu risolto dagli editori.

Fra il 2000 e il 2008, mia madre scrisse tre romanzi, nessuno dei quali fu pubblicato. Poi, nel 2010, arrivò la svolta. Il suo primo romanzo firmato Lucinda Riley – *Il giardino degli incontri segreti* – arrivò sugli scaffali delle librerie. E con quello pseudonimo diventò una delle autrici di romanzi rosa di maggior successo al mondo, tanto che a oggi ha venduto sessanta milioni di copie.

Oltre ai nuovi romanzi, mia madre riscrisse tre libri del suo periodo «Edmonds»: *Aria* (che diventò *La ragazza italiana*), *Not Quite an Angel* (che diventò *L'angelo di Marchmont Hall*) e il già menzionato *Seeing Double* (che diventò *La Lettera d'amore*). Quanto ai tre romanzi non pubblicati, in seguito si sono tutti rivelati grandi successi.

Non c'è dubbio che Lucinda Riley sia sempre stata una delle migliori narratrici al mondo, ma naturalmente la sua voce è maturata nel corso di trent'anni di carriera. Ha lavorato molto alla riscrittura dei tre romanzi sopra citati, modificando le trame, aggiungendo personaggi, limando lo stile. Di conseguenza sono stato io ad assumermi il compito di rinfrescare e aggiornare il testo, sforzandomi di trasformare un «Edmonds» in un «Riley». La stessa cosa che ho fatto con *La ragazza nascosta* nel 2024.

L'ultima canzone d'amore è stato pubblicato nel 1997 con il titolo *Losing You*. La sua ambientazione lo rende davvero speciale per me. Come gran parte di voi saprà, sebbene sia nata a Lisburn, mia madre ha sempre sentito il West Cork irlandese come la sua vera casa spirituale. Poco dopo la mia nascita, nei primi anni Novanta, ci siamo trasferiti dall'Inghilterra a Clonakilty. I miei più bei ricordi d'infanzia sono incastonati in quello straordinario paesaggio costiero, in particolare nelle insenature nascoste della spiaggia di Inchydoney, dove mia madre mi raccontava storie sugli spiritelli cattivi che lì si annidavano. Dopo andavamo a riscaldarci in uno degli accoglienti pub del villaggio, sperando di assistere all'esibizione di un violinista o di un flautista. L'atmosfera locale fatta di musica e miti stimolava la mia immaginazione, e non c'è da stupirsi che l'Irlanda vanti alcune delle menti letterarie più brillanti.

L'ultima canzone d'amore è, per molti versi, un omaggio al West Cork. Non rivelerò troppo della trama, ma è evidente che le luci sfavillanti di Carnaby Street a Londra impallidiscono in confronto alla Wild Atlantic Way e alla (fittizia) Ballymore.

Il testo è subito riconoscibile come opera di Lucinda. In queste pagine scoprirete un amore passionale, una perdita tragica e, naturalmente, un segreto devastante del passato che minaccia di distruggere il futuro. Nella mia prefazione a *La ragazza nascosta* del 2024 avevo confessato che il processo editoriale era stato impegnativo a causa dei temi del libro. Qui non mi sono trovato ad affrontare sfide simili. Lavorare a *L'ultima canzone d'amore* è stata una gioia immensa. Anche se, da neopapà di due gemelle, devo ammettere che rispettare le scadenze è stato molto più difficile!

Alle lettrici e ai lettori abituali di mia madre: lei è idealmente lì che vi aspetta come una vecchia amica, pronta ad accompagnarvi in un viaggio nel passato. Se invece questo è il suo primo romanzo che leggete, un caloroso benvenuto! Sono entusiasta che abbiate deciso di passare del tempo insieme a Lucinda Riley.

Harry Whittaker, 2025

Prologo

Londra, giugno 1986

Nella sala tv c'erano sempre in giro i giornali del giorno prima, ma lei non si prendeva mai la briga di leggere le notizie. A volte li usava per fare le parole crociate. La aiutavano ad alleviare la noia. Tornò in cella con le copie macchiate di tè del «Sun» e del «Mirror» sottobraccio. Per fortuna era vuota. Muriel era andata alle docce.

Si sistemò sulla sua branda e prese il primo giornale dalla pila. Mentre cercava i cruciverba, però, si imbatté in un volto familiare. Si costrinse a ignorarlo e voltò pagina.

Era ancora una grande star. Anzi, era diventato quasi un mito dopo aver fatto perdere le sue tracce ormai tanti anni prima. Trovare ogni tanto una sua foto sul giornale era inevitabile.

Cercò di non pensare al passato. Tornò alle parole crociate, prese una biro dalla tasca della divisa e iniziò a riempire le caselle. Niente da fare, la concentrazione era persa.

Alla fine si arrese, girò pagina e cominciò a leggere.

> TORNA A CASA, CON!
> *È stata annunciata oggi la reunion dei Fishermen, la band di grande successo degli anni Sessanta, al Wembley Stadium di Londra per il concerto Music for Life. Tante star del passato e*

del presente hanno annunciato la loro partecipazione all'evento benefico per l'Africa, ma la domanda che tutti si pongono è: ci sarà anche Con Daly? Come sappiamo, infatti, il cantante dei Fishermen non si fa vedere in pubblico da oltre un decennio.

Si mise sdraiata, con il giornale ancora aperto in grembo. Aveva imparato a rendersi impermeabile alle emozioni. Era l'unico modo per sopravvivere lì dentro. Mentre restava immobile a fissare la crepa nel soffitto che aveva visto crescere da due a trenta centimetri, sorrise.

Era piacere quello che provava?

No, non proprio.

Aveva smesso di credere nel destino da un bel po'. Ma era una felice coincidenza il fatto che, se tutto fosse andato bene con la commissione per la libertà vigilata che si sarebbe riunita di lì a due settimane, sarebbe uscita di prigione giusto in tempo per la storica reunion dei Fishermen a Wembley.

Quella sera, quando la luce della cella lampeggiò tre volte per indicare i minuti che mancavano allo spegnimento, andò al lavandino a lavarsi i denti. Poi prese dalla tasca della vestaglia le quattro pillole che le aveva dato la guardia e le lasciò cadere nell'acqua corrente. Le guardò turbinare e scomparire nello scarico.

Quando si voltò, Muriel la stava fissando inorridita.

«Caspita, tesoro, perché diavolo l'hai fatto? Ora non te ne daranno più. Sai come funziona.»

Tornò in silenzio alla sua branda.

«Pazienza, Muriel. Non me ne servono altre. Buonanotte.»

Le luci si spensero. Ma lei non sprofondò come al solito in quel suo sonno inquieto e indotto dai farmaci. Era perfettamente sveglia.

Ci sarebbe voluto un po' prima che la dose che aveva già assunto abbandonasse il suo organismo e il cervello tornasse a funzionare, ma poteva farcela. *Doveva* farcela.

Si concesse di saccheggiare la memoria, di riportare in superficie la rabbia. Il dolore le avrebbe dato forza e avrebbe alimentato la sete di vendetta.

PARTE PRIMA

Preparazione

1

West Cork, Irlanda, aprile 1964

Il villaggio di Ballymore si incastonava nella frastagliata costa del West Cork. Le sue case dipinte di rosa acceso, giallo e blu rallegravano le cupe giornate invernali, quando le tempeste si abbattevano incessanti dall'Atlantico. I millecinquecento abitanti del villaggio erano abituati alla pioggia, che a volte cadeva ininterrottamente per mesi, ma in realtà sopportavano i lunghi inverni solo perché sapevano che sarebbe arrivata l'estate. Il cielo si sarebbe tinto di un azzurro perfetto e adulti e bambini avrebbero trascorso lunghe giornate sulle spiagge dorate che rendevano famosa la zona. Per quelle poche settimane, a detta di tutti, non c'era posto migliore al mondo in cui stare.

In una luminosa mattina di aprile, Orla O'Donovan seguì i compaesani fuori dalla chiesa.

«Bellissima giornata!» esclamò Mary O'Donovan. «Credo che la primavera sia finalmente arrivata.»

«Sì, è davvero magnifico, mamma» annuì Orla, impaziente di andarsene. «Posso passare da Maureen prima di pranzo? Le ho promesso che l'avrei aiutata con i compiti di matematica.»

Mary aveva visto un'amica e la stava salutando.

«Sì, ma torna a casa per l'una. Sai quanto ci tiene tuo padre.»

«Va bene, mamma.»

Orla guardò la madre farsi strada tra la folla per raggiungere la sua amica, poi recuperò la bicicletta e si diresse verso casa di Maureen. Quando fu abbastanza lontana da non poter essere vista, girò un angolo e cominciò a pedalare a tutta velocità lungo il sentiero che dal villaggio portava al mare.

Un quarto d'ora e quattro chilometri dopo, nascose la bici e si appollaiò su una duna di sabbia per riprendere fiato e lisciarsi i capelli scompigliati dal vento. Passarono pochi secondi prima che sentisse il suono della chitarra di Con e il tono suadente della sua voce. Balzò in piedi e si guardò intorno.

«Con, Con, sono arrivata!» urlò, facendo a gara con il fragore delle onde mentre correva tra le dune, coprendosi di sabbia il vestito lungo. «Con! Dove sei?» Iniziava a sentirsi quasi confusa. «Con? Dove...»

All'improvviso sentì una specie di ruggito alle spalle. Non ebbe nemmeno il tempo di girarsi che lui le saltò addosso. Caddero insieme sulla sabbia, rotolando più volte, finché non si fermarono in una conca.

Orla alzò lo sguardo verso Con, disteso sopra di lei, gli enormi occhi azzurri incorniciati da folte sopracciglia scure e ciglia così lunghe da sembrare quasi femminili. Era ancora abbronzato, anche dopo quell'interminabile inverno, e i capelli neri gli ricadevano in onde sulle spalle. Orla era sicura che lo avrebbe amato per il resto della vita, a qualunque costo.

«Ehi, Orla, ti sono mancato?» Le sorrise, con la sua tipica strizzatina d'occhio. «Tu mi sei mancata un sacco.»

Lei sentì un nodo in gola. Annuì e gli sfiorò la guancia fredda. «Sì, Con. Mi sei mancato.»

Poi lui la baciò con slancio e cominciò ad accarezzarle la coscia, risalendo piano sotto il vestito. Orla si godette la sensazione per qualche secondo, ma alla fine la razionalità prevalse.

«Con, dai, me l'hai promesso!» Si divincolò e si sdraiò su un fianco.

«Sono pazzo di te, Orla. Non penso ad altro, te lo giuro. Ho persino scritto una canzone per te ieri sera.» Le sfiorò dolcemente i capelli. «Prendo la chitarra e te la canto.» Si alzò e corse oltre una duna.

Orla rimase immobile, con gli occhi chiusi, decisa a imprimersi nella memoria ogni secondo che avevano passato insieme per poterci pensare quando sarebbe rimasta sola di notte, senza di lui.

Era tornato.

«L'ho intitolata *My One True Love*.»

Gliela cantò, guardandola negli occhi.

«Con, è bellissima. L'hai scritta davvero per me?» gli chiese quando lui ebbe finito.

«Sì. E sottoscrivo ogni parola.» Si avvicinò e le diede un altro bacio sulle labbra. «Devi proprio andare?»

Orla si stava togliendo la sabbia dal vestito e lisciando i capelli. «Sai che devo. Mio padre andrà su tutte le furie se non torno per pranzo.»

Lui la abbracciò. «Non vuoi venire a vivere con me ed essere il mio amore?» Le sollevò il viso verso il suo. «Non possiamo andare avanti così. Tra qualche mese compirai diciassette anni. Allora nessuno potrà fermarci.»

«Possono. Sai che possono.» Si rannicchiò contro il suo petto.

«Non se vieni con me dall'altra parte del mare. Non posso rimanere qui ancora a lungo. Sei l'unica cosa che mi impedisce di andarmene subito.»

«Ti prego, Con, non dire così.»

«Mi dispiace, ma è la verità. Dovrai decidere, Orla.»

«Sì, sì, lo so. Vengo mercoledì, dopo la scuola.»

«E io sarò nella mia capanna ad aspettarti.» La baciò ancora. «Ciao, amore mio.»

«Ciao.»

Orla si liberò a malincuore dal suo abbraccio e iniziò ad arrampicarsi sulle dune. Rabbrividì quando il vento le si insinuò fra le gambe nude. Il tempo stava cambiando all'improvviso, come accadeva spesso nel West Cork. Si voltò e vide Con che fissava la tempesta che incombeva sul mare. Calcolò di avere all'incirca dieci minuti prima che iniziasse a piovere, se non si sbrigava avrebbe avuto seri problemi a spiegare ai suoi i vestiti bagnati. Spinse la bicicletta sulla strada, montò in sella e iniziò a pedalare.

La figura che li aveva osservati per gli ultimi quaranta minuti si allontanò di corsa, senza essere vista.

«Maria, madre di Dio! Sei fradicia! Come hai fatto a ridurti in questo stato in due minuti di bicicletta da casa di Maureen? Vai di sopra a cambiarti. Fra un attimo è pronto in tavola.»

«Sì, mamma.» Orla corse su per le scale. Andò in bagno e chiuse la porta a chiave. Entrò nella vasca e iniziò a spogliarsi, scuotendo ogni indumento. Una volta nuda, uscì dalla vasca e aprì tutti i rubinetti, facendo scorrere la sabbia dorata nello scarico.

Quando tornò di sotto, suo padre era già seduto al tavolo di mogano lucido della sala da pranzo. La stanza era sempre fredda e puzzava di muffa, dato che non veniva usata più di una volta a settimana.

«Siediti, Orla» disse suo padre.

Lei obbedì, mentre la madre serviva l'arrosto che aveva iniziato a far cuocere alle sette del mattino. Mary lo posò davanti al marito.

«Spero sia abbastanza tenero per te, Seamus» disse nervosa, mentre lui prendeva il coltello.

Madre e figlia rimasero in silenzio mentre l'uomo tagliava l'arrosto in fette sottili. Solo dopo che ebbe tagliato tutte e tre le porzioni Mary poté riempire i piatti di verdure.

Tutta quella fatica, pensò Orla, alzando la forchetta. *E quando finalmente lo mangiamo è tiepido.*

Nessuno parlava. A Seamus non piacevano le chiacchiere durante i pasti. Dopo aver finito di mangiare, Orla sparecchiò mentre Mary andava a prendere la torta di mele in cucina.

La ragazza osservò suo padre mangiare. Si chiedeva se fosse nato con l'aria così corrucciata o se fosse diventata un'abitudine. Qualunque fosse il motivo, era sempre di cattivo umore. Purtroppo, tutti dicevano che Orla gli somigliava. Di sicuro aveva ereditato i suoi folti capelli ricci e ramati e gli occhi verdi. Ed era alta anche lei. Le sue compagne di scuola dicevano che Seamus era affascinante e che lei era fortunata ad avere un padre così bello, ma Orla pregava soltanto di non aver ereditato anche il suo carattere. Da piccola aveva paura di lui e della sua prontezza a usare le mani. Ora, invece, lo disprezzava.

«Possiamo accendere la radio, mamma?»

«Sai che tuo padre non vuole essere disturbato dopo pranzo.»

«Nemmeno a basso volume?»

Mary scosse la testa, come Orla sapeva che avrebbe fatto. «Magari più tardi.»

La ragazza iniziò ad asciugare i piatti.

«Mamma, posso chiederti una cosa?»

«Certo.»

«Tu ami papà?»

«Orla!» Mary si fece il segno della croce. «Ma che domande! Certo che lo amo.»

«Immagino di sì, ma... stiamo leggendo un libro a scuola. Si intitola *Cime tempestose.* Parla di amore e di passione.»

«Capisco.» Sua madre continuò a lavare i piatti.

«Sei mai stata follemente innamorata di papà? Voglio dire, così tanto da non riuscire a dormire la notte, da essere contenta anche solo di stargli vicino, così tanto che quando ti ha baciata ti è sembrato di scoppiare di felicità?»

Mary si fermò e studiò sua figlia. Aveva gli occhi luminosi, il viso arrossato.

«Sì...» Annuì. «Una volta sono stata follemente innamorata di qualcuno... cioè, di tuo padre, proprio come lo descrivi tu. Ma, Orla, quel tipo di sentimento non può durare. Qualche mese, forse, in rari casi un paio d'anni. Poi però la vita, la vita vera, si mette di traverso.» Mary guardò le gocce di pioggia che cadevano pesanti sul vetro della finestra. «In tutta onestà, è raro che si sposi l'uomo che si ama davvero.»

«Ma tu l'hai fatto.»

Mary guardò sua figlia e sorrise debolmente. «Certo che sì. Ma non avevi i compiti da finire?»

«Sì.»

«Allora vai in camera tua. Al resto penso io.»

Orla diede un bacio alla guancia morbida della madre. «Grazie, mamma.»

Al piano di sopra, nella sua camera da letto spaziosa e confortevole, la ragazza prese la cartella, tirò fuori i libri, la carta e le penne e si sedette alla scrivania. Quindi cercò a tastoni la busta in fondo all'astuccio. Era tutta spiegazzata, e la piccola fotografia all'interno lo era ancora di più. La prese e tracciò i contorni del viso di lui, come aveva fatto migliaia di altre volte. Ormai la foto era piena di impronte.

«Con...» mormorò, fissando il suo amore. La foto era orrenda e sfocata, e tagliandola dal manifesto dell'ultimo concerto della sua band gli aveva mozzato via l'orecchio sinistro. Ma non importava.

Chiudendo gli occhi, Orla tornò con la mente alla sera di tre mesi prima, quando lo aveva baciato per la prima volta...

2

Gennaio 1964, tre mesi prima

«Sabato c'è una band che suona nella sala del circolo culturale» disse Mairead alle ragazze mentre uscivano dall'aula magna dopo le preghiere del mattino e andavano in classe.

Le tre amiche alzarono le sopracciglia.

«Ho sentito che sono bravissimi. Hanno affisso dei poster in città. Li vedrete quando usciamo.»

«Che band è?» chiese Katherine O'Mahoney mentre entravano in aula. «Chi sono i membri?»

«Una vera band, con chitarre e batteria. E Con Daly è il solista.»

Tutte e quattro presero posto ai loro banchi e aprirono le cartelle.

«Con non è un bravo ragazzo» disse Maureen McNamara in tono grave.

«Be', con un padre ubriacone e la madre morta quando era piccolo, che possibilità aveva?» ribatté Katherine. «E poi vive in quella capanna tutto solo sulla spiaggia. Direi che c'è da compatirlo.»

«Hai sempre avuto il cuore tenero, Katherine O'Mahoney. In ogni caso, mio fratello dice che Con ha una voce grandiosa.

L'ha sentito in un bar a Clonakilty qualche tempo fa» concluse Mairead.

I passi pesanti di suor Benedict echeggiarono nel corridoio.

«Be', io vado» sussurrò Mairead. «Chi viene con me?»

Ma a quel punto l'insegnante entrò in classe e mise fine alla conversazione.

Le quattro ragazze si ritrovarono alla fine delle lezioni. Durante la passeggiata giù per la collina, verso il villaggio di Ballymore, riaprirono l'argomento.

«Ci saranno tutti i ragazzi del St Joseph's. Anche mio fratello Johnny.» Mairead fece un cenno in direzione di Katherine, che arrossì. «Tommy Dalton.» E qui guardò Maureen, che prese a fissarsi i piedi. «E per Orla, qualsiasi ragazzo ti piaccia.»

«E come facciamo a uscire di casa il sabato sera per andare a sentire una band?» chiese Orla.

«Non preoccuparti. Ho già organizzato tutto» rispose Mairead sicura.

«Sentiamo» la sfidò Katherine.

Mairead sembrava compiaciuta. «Allora, sabato mattina mia madre e mio padre partono per Milltown per andare a trovare la zia. Non torneranno prima di domenica a pranzo. Hanno chiesto a Johnny di prendersi cura di me. Quindi, potete dire ai vostri genitori che venite tutte a dormire da noi. Non è necessario che sappiano che i miei sono via. Basta che ci presentiamo tutte puntuali alla messa di domenica mattina e nessuno sospetterà niente.» I suoi occhi brillavano di orgoglio. «Allora, cosa ne pensate?»

Le altre si guardarono.

«E se scoprissero dove siamo state? Gesù, Giuseppe e Maria! I miei di sicuro mi crocifiggerebbero!» esclamò Maureen.

«Ma non lo scopriranno. Non penserebbero mai che le loro figliolette sono state a ballare tutta la notte con dei ragazzi!» ridacchiò Mairead.

Orla scosse la testa, incerta. «Non ne sono così sicura.»

«Suvvia, abbiamo tutte quasi diciassette anni. Non siamo più delle bambine. E anche se lo scoprissero? Cosa possono fare? Metterci in prigione a Cork e buttare via la chiave? Ne dubito!»

Orla arrossì. «Hai ragione, Mairead. Ci penserò. A domani.»

Salutò e percorse la stradina tortuosa fino a McCurtain Square. Al centro, racchiuso da cancelli di ferro, c'era un giardino con una piccola fontana gorgogliante. Era lì che vivevano i professionisti del paese, in un complesso di case a schiera di quattro piani che suscitava l'invidia di molti. Orla attraversò la piazza e si avvicinò alla porta d'ingresso. Sul lato sinistro c'era una targa di ottone lucido con la scritta: SEAMUS O'DONOVAN, AVVOCATO.

Suo padre usava le tre stanze al piano inferiore come studio. La famiglia viveva ai tre piani superiori. Orla girò la chiave e si diresse verso le scale.

«Sono tornata, mamma» avvisò, togliendosi cappello, giacca, guanti e sciarpa. Percorse il corridoio e aprì la porta della cucina. Un delizioso aroma di pancetta la accolse mentre andava a baciare la madre, tutta sporca di farina.

«Ciao, tesoro. Com'è andata la giornata? Il tè è pronto, se ti va.»

«Tutto bene, grazie. Tu ne vuoi una tazza?»

«No, devo finire di cucinare. Viene Helen a cena.»

Orla si irritò. «Oh, mamma, è proprio necessario?»

«Sì, lo sai. Poverina, non ha più i genitori. È il minimo che possiamo fare. E non dimenticare che è una lontana cugina di tuo padre.»

Helen McCarthy frequentava la stessa classe di Orla, anche se era più grande di un anno. I genitori erano morti in un incidente d'auto quando aveva cinque anni, lasciando la grande casa e la loro fortuna all'unica figlia. Rimasta orfana, Helen era stata accudita da un'anziana zia.

Orla non aveva mai parlato delle visite mensili di Helen alle sue compagne di scuola. La madre di Helen era inglese e protestante, poco integrata nella comunità del villaggio. La famiglia si era sempre tenuta in disparte; lei da piccola aveva frequentato una scuola elementare privata a Bandon, ed era entrata nella scuola di Orla solo quando aveva compiuto dodici anni. Avendo una corporatura più robusta della maggior parte delle sue compagne, gli occhiali e un piccolo ritardo nell'apprendimento, Helen era un bersaglio facile per i bulli.

Una volta al mese la ragazza andava a cena dagli O'Donovan. Seamus gestiva il suo fondo fiduciario e il suo studio si occupava delle questioni relative alla villa con dieci camere e agli ottanta ettari di terreno che sarebbero diventati di Helen il giorno del suo diciottesimo compleanno, come stabilito nel testamento dei genitori.

Orla confessava spesso a padre Moynihan di essersi comportata male con Helen e che avrebbe cercato di parlare di più con lei in futuro, o di pranzare con lei nel refettorio, dove ogni giorno la ragazza sedeva da sola in un angolo. Ma alla fine non ci riusciva mai.

«Cerca di essere gentile con quella ragazza, Orla» la implorò la madre. «Si tratta soltanto di poche ore, una sera al mese. E poi è in classe con te.»

«Farò del mio meglio, promesso.»

«Brava. Coraggio, adesso vai a finire i compiti prima che arrivi Helen.»

Come sempre, la cena fu imbarazzante. Helen rimase concentrata sul cibo e poco altro.

«Allora, Helen. Hai qualche idea su cosa farai quando lascerai la scuola?» chiese Seamus nel suo tono più amichevole.

«Ancora non so» rispose lei, un po' smarrita, prima di riportare l'attenzione sul piatto.

«Be', presto dovremo parlarne. Fra pochi mesi la tenuta di Lissnegooha sarà tua a tutti gli effetti.»

«Sì» disse Helen, spezzando un pezzo di pane con aria assente.

Il dessert sembrò trascinarsi in eterno. Quando Mary si alzò per sparecchiare, Orla la seguì subito.

«Ti aiuto.»

«No, me la cavo benissimo da sola. Porta Helen su in camera tua.»

Orla lanciò alla madre una delle sue proverbiali occhiatacce, poi strinse i denti e disse: «Vieni, Helen. Andiamo di sopra».

La ragazza salì le scale dietro di lei e si sedette sul bordo del letto. Orla prese posto sulla sedia alla scrivania.

Non le venne in mente nulla da dire.

La mano di Helen iniziò a tamburellare nervosamente sulla coperta. Alla fine si fece coraggio. «Allora, andrai a sentire la band al circolo culturale sabato?» azzardò.

«Come lo sai?»

«Ho visto i manifesti in città e ho sentito che ne parlavate in classe stamattina.»

Orla scosse la testa, con aria colpevole. «No, certo che no.»

«Oh.» Helen si guardò le mani e giocherellò con i pollici. Orla notò che aveva le unghie rosicchiate fino alla pelle. «C'è anche quel Con Daly.» Helen si infilò una mano in tasca e tirò fuori un manifesto spiegazzato, lisciandolo. «È... be', è davvero bello, non credi?» Arrossì fino alla radice dei capelli spettinati.

«Sì, suppongo di sì.» Orla non ci aveva pensato molto.

«A volte gli parlo, quando vado a cavallo sulla spiaggia. Vedo la sua capanna dalla finestra della mia camera. Non sarebbe fantastico essere come lui, Orla? Vivere da soli, senza nessuno che ti dica cosa fare.»

Orla la guardò con stupore. Non l'aveva mai sentita parlare così tanto. «Penso che in quella capanna ci si senta soli. Per non parlare del freddo. E non c'è nemmeno un bagno.»

«Le persone come me e Con alla fine si abituano alla solitudine. Fa parte dell'essere diversi. Credo che io e lui ci assomigliamo parecchio.»

«Solo che tu diventerai molto ricca, con una grande tenuta, mentre Con Daly non ha niente tranne una baracca in cui vive per gentile concessione dei proprietari da quando suo padre è morto e gli hanno portato via la casa per pagare i debiti.»

Helen sembrava turbata. «Sì, forse hai ragione.» Ripiegò con cura il poster e se lo rimise in tasca. Orla si accorse che si stava ritraendo nel suo guscio. Rimasero sedute in silenzio finché Mary non bussò alla porta cinque minuti dopo per dire che Seamus era pronto a dare un passaggio a Helen per tornare a casa.

«Allora ciao, Orla.»

«Ciao, Helen.»

La ragazza uscì dalla camera da letto.

Poco dopo, Orla andò in bagno a prepararsi per la notte. Poi si mise a letto, si tirò le coperte addosso e pensò al concerto di sabato. Se ci fosse andata, sarebbe stata la prima volta che avrebbe mentito ai suoi. E poi cosa avrebbe indossato? L'abito della messa? Ridacchiò al pensiero, si girò e chiuse gli occhi. Ci avrebbe dormito sopra.

«Mamma, Mairead ha invitato me, Katherine e Maureen a passare la notte a casa sua sabato prossimo. Per te va bene se ci vado?» Tenne le dita incrociate dietro la schiena mentre glielo chiedeva.

Mary era impegnata a lavare il pavimento della cucina. «Non vedo perché no, ma prima devi finire tutti i compiti.»

«Lo farò, lo giuro.»

«Allora puoi dire a Mairead di sì.»

«Fantastico.» Orla rimase lì, stupita da quanto fosse stato facile.

Mary la guardò. «C'è qualcos'altro che vuoi, Orla? Vuoi per caso aiutarmi a lavare il pavimento?»

«Io... No. Grazie, mamma.»

E sgattaiolò via prima di tradirsi.

«Entra, prima che ti vedano» sussurrò Mairead, aprendo la porta della cucina.

«Ma *devono* vederci, ricordi?» ridacchiò Orla.

«Vero! Ho dovuto pagare mio fratello Johnny per fargli tenere la bocca chiusa. Viene al concerto con alcuni amici.»

«E non dirà niente?»

«No. Gli piace Katherine, quindi starà zitto.» Sorrise. «Hai portato qualcosa da mettere?»

«Sì, il vestito della messa» rispose Orla, seguendo Mairead su per le scale, fino alla sua camera.

«No! Non puoi.»

«Stavo scherzando. Ti faccio vedere fra un attimo.»

Katherine era seduta in mutande sul pavimento, fra mucchi di vestiti.

«Niente! È tutto orribile! Vado a casa a dormire.»

«Non fare la stupida» la rimproverò Mairead. «Stai benissimo con i pantaloni da equitazione e il maglione nero. Ti valorizzano.»

«Non posso mettermi i pantaloni da equitazione a un concerto!» si lamentò Katherine.

«Certo che sì. Su quella rivista che Maureen ha preso da sua zia a Londra ho letto che sono all'ultima moda.»

Orla gettò la borsa a terra. «Non capisco proprio perché ti preoccupi. I ragazzi ti muoiono dietro. Non devi nemmeno impegnarti, con i bei capelli biondi e gli occhi azzurri che ti ritrovi.»

«Senti chi parla. Sei l'invidia di tutte in classe, con i tuoi riccioli rossi e le gambe lunghe. Somigli alle modelle della rivista di Maureen.»

«Quando avete finito di dirvi che siete da concorso di bellezza, forse possiamo metterci al lavoro.» Mairead inarcò un sopracciglio. «Maureen è in ritardo. Ha detto che sarebbe arrivata per le quattro e mezza. Sono le cinque passate.»

«Arriverà» disse Orla, annuendo. «L'ho vista prima in città.»

«Bene. Bene.» Mairead impugnò spazzola e pettine. «Allora, da chi inizio?»

Un'ora e mezza dopo, la trasformazione era completa. Orla fissò sconcertata il suo riflesso allo specchio.

«Non mi riconosco.» Sporse in fuori le labbra truccate di rosso. Le palpebre erano appesantite dalle ciglia finte che l'amica le aveva applicato. Si toccò i capelli che Mairead aveva cotonato e fissato con delle mollette in cima alla testa. Il vecchio kilt che aveva ripescato dal fondo all'armadio aveva reagito bene all'accorciamento di quindici centimetri. Aveva modificato le cuciture laterali in modo che le fasciasse le cosce e le mettesse in mostra le gambe lunghe e snelle.

Anche Katherine si stava ammirando. «Mairead, dovresti aprire un tuo salone. Sei un genio.»

L'altra alzò le spalle e ripiegò la foto della modella da cui aveva preso ispirazione. «Non era niente di che. Ora è il mio turno. Potete chiamare Maureen mentre sono in bagno?»

Orla quasi non distolse lo sguardo dallo specchio. «Se non arriva tra dieci minuti, la chiamo.»

«Benissimo. Potete mettere un po' in ordine, intanto?»

«Ci proveremo» sospirò Katherine, sedendosi cauta sul letto per non scompigliare i riccioli dorati che Mairead aveva spazzolato fino a farli brillare. «Sai, non credo che le nostre mamme ci riconoscerebbero se ci incontrassero al concerto.»

«No. E non oso immaginare cosa direbbe mio padre se mi vedesse truccata e con la minigonna.»

«Pensi che succederà stasera a una di noi?» chiese Katherine.

«Cosa?» chiese Orla.

«Di essere baciate.» Katherine ritrasse le lunghe gambe.

«Chissà!»

Le due ragazze rimasero in silenzio, riflettendo sull'enormità di un simile evento.

A quel punto si sentì bussare al piano di sotto. Katherine balzò in piedi. «Sarà Maureen. Vado ad aprire.»

Due minuti dopo, Katherine riapparve in camera da letto con una Maureen rossa e accaldata.

«Gesù, Giuseppe e Maria! Pensavo che non sarei più riuscita a venire. Shane è malato e la mamma mi ha fatto badare a lui mentre era fuori. Quanto tempo ho per prepararmi?»

«Abbastanza, se ti aiutiamo tutte» la rassicurò Katherine.

Mezz'ora dopo, le quattro ragazze erano sedute sul letto, un po' nervose all'idea che stavano mentendo ai genitori.

Maureen, che sembrava a disagio in un vestito verde smeraldo rubato dall'armadio di sua madre, scosse la testa. «Non so, forse dovremmo lasciar perdere, farci dei panini e metterci in pigiama.»

«Adesso piantatela di farvi prendere dal panico. Ecco qui.» Mairead tirò fuori una bottiglietta di whisky da sotto il letto. «Abbiamo tutte bisogno di un piccolo incoraggiamento.» Svitò il tappo, si portò la bottiglia alle labbra, gettò indietro la testa e bevve.

Le altre videro Mairead iniziare a lacrimare.

«Presto, il mascara cola.» Orla le offrì un fazzoletto.

«Chi è la prossima?» Mairead le porse la bottiglia, tamponandosi gli occhi.

Le tre ragazze si guardarono incerte.

«Certo che di spirito d'avventura ne avete da vendere, eh?» Mairead scosse la testa e alzò gli occhi al cielo.

«Dammi qua.» Orla afferrò la bottiglia e ne bevve un sorso. «Ora tocca a te, Katherine.»

Katherine chiuse gli occhi e buttò giù una generosa sorsata di alcol. Anche i suoi occhi si riempirono di lacrime mentre passava la bottiglia a Maureen. «Mi piace.»

«Davvero?» rise Maureen, assaggiandolo a sua volta. Dovettero darle una pacca sulla schiena per farla smettere di tossire e sputacchiare.

«Bene, siamo pronte?» chiese Mairead.

Le altre annuirono solennemente.

«Allora mettiamo i cappotti, saliamo in bicicletta e andiamo.»

«E se incontriamo qualcuno che conosciamo?» domandò alle altre Katherine.

«Salutiamo e sorridiamo. Siamo uscite a farci un giro in bici, che male c'è?» Mairead alzò le spalle.

«Al buio?» ridacchiò Orla.

«Dai, andiamo.»
E uscirono tutte insieme dalla camera da letto.

Impiegarono quindici minuti per arrivare al circolo culturale, e una volta lì tirarono un sospiro di sollievo. Per fortuna la maggior parte della gente del villaggio era in casa vicino al fuoco, in quella fredda notte di gennaio, e così le ragazze nascosero le biciclette sul retro e si accodarono alla breve fila che si era formata all'esterno.

«Datemi i soldi, pago per tutte» disse Mairead.

Orla si voltò e vide un gruppo di ragazzi che le guardavano ammirati. Diede una gomitata a Katherine e le fece l'occhiolino. Mairead pagò i biglietti e si diressero nel bagno delle donne per una rapida sistemata al trucco.

Mentre si rimetteva il rossetto, Orla sentì la band che accordava gli strumenti nel corridoio accanto. Avvertì un brivido di eccitazione.

«Stai crescendo» sussurrò al suo riflesso.

Alle nove la sala era piena zeppa.

«Guardate, vengono anche da altri villaggi. C'è un mucchio di gente, ragazze, nessuno farà mai caso a noi» le rassicurò Mairead mentre si facevano strada verso il bar. «Allora, cosa vogliamo ordinare?»

«Limonata.»

«Per quattro?»

Annuirono tutte.

Una voce amplificata echeggiò tra la folla. «E ora, signore e signori, un grande applauso per Con Daly e la sua band!»

Il presentatore lasciò il palco. Le ragazze si alzarono in punta di piedi per guardare i cinque membri della band prendere posto. Con Daly si avvicinò disinvolto al microfono.

«Buonasera a tutti, e un caloroso benvenuto da parte mia e dei ragazzi. Speriamo che vi divertiate. *Let's rock!*»

Poco dopo la sala si riempì del suono di una voce profonda, accompagnata dal ritmo languido di una chitarra.

Le ragazze rimasero impalate a guardare Con Daly.

«Quasi non l'avrei riconosciuto, sapete? Non è niente male quando si dà una ripulita, non trovate?» sussurrò Mairead.

«Ora che lo guardo bene, in effetti, è proprio bello. E quei capelli neri e gli occhi azzurri mi ricordano Elvis. Non credi, Orla?» disse Katherine.

Orla non rispose. Fissava incantata Con Daly.

«Che voce» intervenne Maureen. «È bella come quella dei cantanti alla radio.»

«Orla, la tua limonata. Ehi, Orla!» Mairead le diede una spintarella.

«Sì, scusa.» Orla prese la bottiglia, si mise la cannuccia in bocca e iniziò a sorseggiare la bibita senza distogliere lo sguardo dal palco.

«Ehm... ti andrebbe di ballare, Katherine O'Mahoney?»

Un giovane alto e troppo magro, con una brutta acne, si era materializzato alle spalle di Katherine. Lo conoscevano tutte. Era nello stesso anno di Johnny, il fratello di Mairead.

«Potrei anche voler ballare» risposte Katherine voltandosi. «Ma non con te, Ryan O'Sullivan.»

Le ragazze ridacchiarono mentre Ryan si allontanava a testa bassa.

«Ehi, non dovresti essere così crudele» la ammonì Maureen.

«Forse sto aspettando che venga Johnny a chiedermelo» sorrise Katherine.

Le ragazze trovarono un tavolo libero su un lato della sala e si sedettero a guardare la band e le persone che avevano iniziato a ballare. Orla riusciva a malapena a distogliere lo sguardo da Con Daly.

Il gruppo concluse un pezzo vivace accolto da un caloroso applauso, e Con parlò al microfono. «Siete un pubblico fantastico, grazie. Ora suoneremo un lento. Prendete i vostri partner, ragazze e ragazzi. Vi faremo ascoltare una ballata che ho scritto mentre ammiravo la splendida baia di Ballymore.»

Johnny si avvicinò al loro tavolo. «Ti va di ballare, Katherine?» chiese, sicuro di sé.

Arrossendo, Katherine si alzò e prese la mano tesa di Johnny.

«E tu, Orla, balleresti con me?» Era Angus Hurley, un ragazzo che conosceva fin dall'infanzia. I suoi genitori gestivano la fabbrica di cotone fuori dal villaggio.

Orla annuì e Angus la condusse in pista. Le mise le mani intorno alla vita e lei gli posò le sue sulle spalle. Si dondolarono goffamente al ritmo della musica.

«Mi stupisce che i vostri genitori vi abbiano lasciate venire» disse lui.

«Non sanno che siamo qui. E se dici una parola, Angus Hurley, nessuna di noi ti parlerà mai più.»

«Non dirò niente, tranquilla.»

Orla appoggiò la testa sulla spalla di Angus e osservò Con Daly. Mentre lo guardava, gli occhi del cantante incontrarono i suoi. Per una decina di secondi si fissarono. Alla fine lei distolse lo sguardo imbarazzata.

«Scusa, Angus. Ero distratta. Cosa stavi dicendo?»

«Io... be', volevo chiederti, cioè...» Arrossì. «Stavo pensando che potremmo andare al cinema a Bandon la prossima settimana. Sei bellissima stasera, Orla. E mi sei sempre piaciuta, come sicuramente saprai.»

«È carino da parte tua. Posso pensarci su e fartelo sapere?»

«D'accordo» annuì Angus.

La ballata finì e Orla tornò al tavolo. Maureen era seduta lì da sola, con un'aria sconsolata.

«Dov'è Mairead?»

«Ah, un tizio affascinante è venuto a portarla via. E Katherine sta ancora ballando.»

Orla guardò la pista e vide le braccia dell'amica intorno al collo di Johnny. Sorrise. «È bello vederli insieme dopo tutto questo tempo. Si piacciono da mesi.»

«E tu e il bel Angus?»

«Oh, mi ha invitato al cinema la prossima settimana. Gli ho detto che ci avrei pensato.»

«Che cosa? Orla, sai benissimo che Angus è lo scapolo più ambito del villaggio. Un giorno erediterà la fabbrica e la grande casa sulla collina. E poi sembra una star del cinema.»

«Sono i tuoi gusti, Maureen. Personalmente, trovo che Con Daly sia più bello.»

«No!» esclamò Maureen. «Credo che non si lavi da mesi!»

Orla alzò gli occhi al cielo. «Sei terribile!»

«Posso solo dirti che dovresti essere grata di avere un ragazzo a cui piaci. Non so nemmeno perché sono venuta. Chi vorrebbe ballare con me, grassa e brutta come sono?»

Orla guardò il viso a forma di cuore della sua migliore amica, il naso cosparso di lentiggini e i piccoli riccioli rossi che sfuggivano allo chignon che Mairead le aveva faticosamente appuntato sulla nuca.

«Cosa dici, Maureen? Sei bellissima» le disse con sincerità.

«Allora perché me ne sto qui a fare da tappezzeria, mentre tutte le altre ballano?»

«Non resterai seduta ancora per molto, te lo prometto. Scusami, vado al bar. Torno tra un minuto.»

Orla si alzò proprio mentre la band annunciava una pausa di dieci minuti. Si diresse verso Angus, che era vicino al bancone del bar in fondo alla sala.

«Angus, verrò al cinema con te la prossima settimana.»

«Davvero?» Lui sorrise, sollevato. «È fantastico, Orla!»

«A una condizione.»

Angus alzò le mani. «Quello che vuoi.»

«Che compri una limonata alla mia amica Maureen, parli con lei per un pochino e, quando la band inizia a suonare, la inviti a ballare.»

Angus scrollò le spalle. «Va bene. Ti passo a prendere a casa venerdì prossimo alle sette. Possiamo andare con la macchina nuova che mi regaleranno per il mio diciottesimo compleanno.»

«Fantastico. Allora ci vediamo, se mantieni la promessa.»

«Vado a prendere la limonata.»

Orla sorrise, quindi si diresse al bagno delle donne, vicino all'ingresso. Si fermò davanti a un piccolo specchio rotto, si sistemò i capelli e si rimise il rossetto. Era appena uscita quando un braccio la afferrò e la tirò fuori, facendola sussultare.

«Shhh! Non ti faccio niente, giuro.»

Riconobbe la voce e sentì il profumo di dopobarba maschile. Era Con Daly, il corpo piacevolmente stretto al suo.

«Orla O'Donovan, ti ho vista con le tue amiche in spiaggia dalla mia capanna e ho sempre pensato che fossi meravigliosa. Stasera sei la cosa più bella che abbia mai visto. Ti giuro, vorrei sposarti proprio qui, ora...» La fece girare per guardarla in faccia. Era buio, ma vide che le stava sorridendo. «... o almeno, invitarti a prendere un tè da me la prossima settimana.» Orla lo guardò negli occhi, senza parole. «Allora?»

«Allora cosa?»

«Vieni a casa mia la prossima settimana?»

«Ehm...»

«Sì, verrai. Sai dove abito, giusto?» Lei annuì. «Bene, allora ti aspetto. E adesso baciami.»

La attirò delicatamente a sé e le diede un bacio sulle labbra. Poi la prese per le spalle e la guardò intensamente. «Orla...» Le fece l'occhiolino. «Ti aspetto.»

Orla lo vide entrare di nuovo in sala. Si appoggiò a un muro, respirando affannosamente. Aveva le gambe di burro e le girava la testa.

Con Daly era un fannullone che viveva nella sua baracca sulla spiaggia. Prima di quella sera, forse, avrebbe attraversato la strada per evitarlo. Mai e poi mai si sarebbe sognata di accettare le sue effusioni...

Orla si fece il segno della croce e chiese perdono a Dio, non soltanto per il bacio, ma perché ne aveva adorato ogni singolo istante.

Sarebbe andata da lui come le aveva chiesto?

Si allontanò dal muro mentre la band iniziava a suonare.

Quando entrò in sala, vide Angus che ballava con Maureen, Katherine che baciava Johnny e Mairead stretta a un ragazzo che non aveva mai visto prima.

Poi alzò lo sguardo verso il palco.

Con le sorrise.

E capì che quella sera era iniziato qualcosa che avrebbe potuto stravolgerle del tutto la vita.

3

Helen McCarthy sellò il suo cavallo, Davy, controllò le cinghie e gli salì in groppa. Uscì dalla stalla, trotterellò lungo il vialetto tortuoso, sbucò fuori dal cancello e puntò verso la spiaggia.

Quando era a piedi, Helen era goffa. Ma da lontano, in sella al suo stallone con aria così sicura, ragazza e cavallo formavano un'immagine elegante.

Era l'unica situazione in cui Helen si sentiva pienamente a proprio agio.

Poco dopo raggiunsero la lunga distesa di sabbia bianca.

«Via!» Helen diede un colpetto a Davy e lui si lanciò al galoppo. Il vento le sferzava il viso, il fragore delle onde era assordante. Come faceva spesso, Helen iniziò a singhiozzare forte, e i suoi lamenti si unirono a quelli dei gabbiani sopra di lei.

Cavalcò fino a raggiungere l'estremità della spiaggia. Poi rallentò e si fece strada al trotto attraverso lo sperone roccioso, fino a un'insenatura riparata che considerava il suo rifugio privato. Ci andava sempre, quando stava male. E di conseguenza, era lì che trascorreva la maggior parte del suo tempo.

Smontò di sella, legò Davy a una roccia che sbucava dalla sabbia e camminò piano verso le onde.

Per qualche istante, e non per la prima volta, pensò di continuare ad andare al largo finché le onde non le avessero sfiorato le cosce, lo stomaco, il collo, per poi inghiottirla, portandole pace e silenzio.

Lacrime salate le sgorgarono di nuovo dagli occhi, pungendole le guance. Scosse la testa. No, aveva troppa paura dell'acqua per farla finita così.

Si voltò e tornò indietro, salendo sulla roccia che offriva la vista migliore della costa. Mentre osservava la scena, i suoi occhi si fissarono sul faro di Galley Head, avvolto nella nebbia. La giornata a scuola era stata più triste del solito, se possibile. Aveva sentito Orla e le sue amiche ridacchiare di quanto si erano divertite al concerto sabato sera. Lei ci era rimasta malissimo per come avevano smesso immediatamente di parlare appena si erano accorte che era dietro di loro.

Il rifiuto di Orla O'Donovan era quello che faceva più male. Era carina, intelligente e popolare, con una madre e un padre che la amavano. In breve, aveva tutto ciò che Helen desiderava.

Alzò lo sguardo al cielo. Tra poco più di mezz'ora sarebbe calato il buio. Dopo una notte di tregua, il sole sarebbe sorto e Helen avrebbe dovuto sopportare di nuovo tutte quelle umiliazioni.

«Oh mamma, perché tu e papà mi avete lasciato?» gemette. Quanti altri bambini del villaggio non ricevevano un abbraccio confortante quando inciampavano e cadevano? Quanti altri, come lei, non sentivano la favola della buonanotte o un ruvido bacio maschile che parlava di amore e sicurezza quando la luce si spegneva?

«Non ho niente, niente!»

Helen sapeva che quell'affermazione era melodrammatica e tutt'altro che vera. In realtà c'era una cosa che avrebbe avuto molto presto, e in abbondanza.

Si asciugò gli occhi con un fazzoletto sporco e cercò di mettere ordine nei pensieri.

«Passerò tutta la vita a piangere?»

«Il rischio c'è.»

Helen sussultò e si voltò. L'elegante figura di Con Daly apparve alla sua vista. In piedi sulla roccia, torreggiava su di lei. Arrossì.

«Non è magnifico questo panorama?»

Helen tirò su col naso e se lo asciugò. «Sì.»

«Potrebbe essere il mio posto preferito al mondo.»

«Anche il mio.»

«Lo so.» Con si avvicinò e si accovacciò accanto a lei. «Il posto perfetto per persone inutili come te e me, un posto per stare da soli.»

Helen scoppiò a ridere. «Non sei inutile. Tutte le ragazze a scuola parlano di te e della tua band.»

«Davvero?» Con inarcò un sopracciglio. «Qualcuna in particolare?»

«Ne hai una in mente?»

Con alzò le spalle. «Forse.»

«Oh.» Le spalle di Helen si abbassarono.

«Non ti ho vista al concerto.»

«No. Non volevo venirci da sola.»

Con sospirò. «Ah, Helen, che brutta cosa vivere ai margini della società come noi. Tollerati, ma mai accettati. Non vedo l'ora di andare via di qui, lontano.»

«Beato te.» Lei pestò lo stivale da equitazione nella sabbia.

«Nemmeno tu hai niente che ti trattenga.»

«Ho la paura che mi trattiene, Con.»

«È una cosa potente, la paura. Ma non dimenticare che la solitudine ti dà forza. Passi la vita a osservare gli altri, a guardarli da fuori. E così finisci per imparare molto sulla natura umana.»

«Sì, ho imparato che fa schifo» rispose lei, amareggiata.

«Dai, la vita non è poi così male. Hai la tua grande villa e il terreno intorno. Un sacco di soldi per realizzare il tuo sogno. Il mondo è nelle tue mani.»

«Rinuncerei a tutto per essere popolare. E bella come Orla O'Donovan.»

Con sorrise. «Penso che a tutti piacerebbe essere belli come lei. Ma tu puoi comprarti un taglio di capelli e un gruppo di amiche.»

Helen sospirò. «Credo di sì.»

Con si alzò. «Vado. Ho un appuntamento a palazzo.» Indicò la capanna.

«Davvero?»

«Sì, ma è un segreto.» Si mise un dito sulle labbra. «Addio, Helen.» Con allungò una mano e la posò sulla sua spalla con fare rassicurante. Il cuore di Helen iniziò a battere più forte e il suo corpo si riempì di un calore indescrivibile. «Sai dove trovarmi se vuoi fare due chiacchiere.»

«Grazie, Con» disse lei con voce strozzata.

Lo guardò scavalcare agilmente le rocce e scomparire.

Pensò a quello che le aveva detto. Nonostante la sua reputazione di buono a nulla senza scrupoli, era un ragazzo intelligente. Le conversazioni che avevano avuto nel corso degli anni erano state rare ma memorabili. Era l'unica persona che conosceva a non trattarla come se non avesse un cervello.

E poi diventava più bello ogni volta che lo vedeva.

In mancanza di un altro uomo a cui pensare, pensava a Con. Doveva essere un po' innamorata di lui, ma sapeva che i suoi sentimenti non sarebbero mai stati ricambiati.

Del resto, quale uomo avrebbe mai potuto amarla?

Si tirò su la sciarpa fino alle orecchie. Il vento iniziava a soffiare. Con aveva appena dato voce a un'idea che le ronzava nella testa sempre più spesso negli ultimi tempi. Seamus O'Donovan le aveva assicurato che sarebbe diventata molto ricca. Helen non sapeva esattamente quanto, ma bastava chiedere per scoprirlo. Il suo avvocato la considerava ottusa ed era convinto che non sarebbe mai stata in grado di comprendere la sua situazione finanziaria o di affrontare la responsabilità di gestire la proprietà. Forse aveva ragione. Di sicuro faceva fatica a scuola: per qualche motivo era incapace di dare un senso alle parole scritte sulla pagina, anche se ne capiva il significato nella mente. Ma i numeri non erano un problema. Era sempre stata bravissima in matematica.

E quell'enorme somma di denaro che presto sarebbe stata sua... come aveva detto Con, poteva offrirle una via di fuga. Poteva andare ovunque volesse, un posto in cui ricominciare. Ma dove? Non si era quasi mai allontanata da Ballymore. Avrebbe avuto il coraggio di abbandonare una vita che poteva essere difficile, ma almeno era sicura e familiare?

Guardò il cielo. Si stava facendo buio. Non c'era più tempo per starsene lì a fantasticare. Doveva tornare a casa finché c'era ancora un po' di luce.

Montò in sella a Davy. Mentre trottava lungo la spiaggia, vide un bagliore nella capanna di Con. Avvicinandosi, sentì il suono di una risata. Fermò il cavallo e rimase a osservare per un attimo. Il profilo del ragazzo apparve nella piccola finestra sporca. A lui si unì un secondo profilo. Le loro bocche si incontrarono in un bacio.

Helen arrossì, detestandosi per aver spiato, ma anche incapace di distogliere lo sguardo. Dopo un po' la porta della capanna si aprì e ne emerse una figura snella, ma corse via tra le dune prima che Helen avesse la possibilità di vedere chi fosse.

Continuò a guardare mentre Con usciva e si fermava sulla soglia. Una fiamma tremolò e Helen vide il bagliore rosso di una sigaretta. Ormai era quasi completamente buio. Davy sbuffava, impaziente.

Helen si allontanò al piccolo galoppo lungo la spiaggia.

4

Maggio 1964

«Allora, verrai con me, Orla?»

Con era sdraiato sul divano sgangherato su cui mangiava e dormiva. Orla rabbrividì e si avvicinò al piccolo fuoco che ardeva nella stufa. Era l'inizio di maggio, ma le serate erano ancora pungenti.

«Ma dove, Con Daly? E di cosa vivremmo? Io non ho soldi, e nemmeno tu.»

«Ho la mia chitarra, Orla. Non moriremmo di fame, anche se dovessi cantare agli angoli delle strade con il cappello posato sul marciapiede. E sono sicuro che prima o poi mi daranno un ingaggio e un contratto discografico.» Indicò un punto oltre il mare. «Londra è il centro della scena musicale. È lì che devo essere.» Si infilò una mano in tasca e tirò fuori una sigaretta ammaccata. Poi andò alla stufa e la accese sui carboni. Fece un tiro. «Ne vuoi?»

Orla scosse la testa.

Con la abbracciò e la attirò a sé. La baciò. Le sue labbra avevano il sapore del fumo che aveva appena aspirato. Le accarezzò i capelli con dolcezza.

«Ah, Orla, sono un uomo divorato dalla passione. Non vuoi

fare l'amore con me, non mi dici se verrai con me in Inghilterra... Comincio a chiedermi se mi ami davvero.»

Gli occhi di lei si riempirono di lacrime. «Con, sai che ti amo. Tantissimo. Non penso ad altro. Suor Benedict mi ha addirittura chiesto se ho problemi a casa, dato che i miei voti a scuola stanno calando. È solo che... ho paura.»

«Di cosa, Orla? Del mio amore? Di me?»

Le sollevò il viso per guardarla.

«No. È che... Ho sempre pensato che avrei finito la scuola, frequentato un corso per segretarie a Cork e iniziato a lavorare nello studio di mio padre. E poi...»

«Avresti aspettato che un uomo adatto volesse sposarti, certo. Non sai che c'è un mondo là fuori che attende di essere esplorato? Questo piccolo angolo di terra resterà identico per i prossimi cinquant'anni. Pensavo che fossi in cerca di emozioni forti, Orla. Non vuoi vivere? Non mi vuoi?»

«Non...» Orla lo fissò, senza sapere cosa dire.

«Diamine!» Con si alzò, gettò la sigaretta nella stufa e chiuse lo sportello sbattendolo. Si passò una mano tra i capelli. «Orla, sono tre mesi che stiamo insieme. Capisco che sei giovane e ti senti protetta da mamma e papà, ma voglio che tu venga con me, che tu faccia parte del mio futuro. Ho giurato di prendermi cura di te, di sposarti anche, se vuoi, ma non posso stare qui a perdere tempo cercando di convincerti. Tra un mese andrò a Londra, Orla, con o senza di te. Ho abbastanza soldi anche per pagarti il biglietto, se vuoi venire. Questo è quanto.» Tirò su col naso. «Ora credo sia meglio che tu torni a casa. Altrimenti i tuoi chiamano le guardie e io verrò accusato di averti rapita.»

Con andò alla porta e la aprì.

Trattenendo le lacrime, Orla si guardò intorno in cerca della giacca.

«È dietro di te.» Con indicò il bracciolo del divano. Orla la prese e si diresse in silenzio verso la porta aperta.

«Ciao, Con. Quando ti rivedrò?»

Lui scrollò le spalle.

Orla varcò la soglia e uscì nell'aria frizzante della notte. La porta si chiuse con un tonfo. Si trascinò lungo il sentiero tra le dune, con gli occhi ancora annebbiati dalle lacrime, scossa dai singhiozzi. Avrebbe voluto andare in chiesa, chiedere consiglio al Signore, ma sapeva che scappare con un uomo e lasciare la famiglia per godere di quelli che presto sarebbero diventati i piaceri della carne non era il tipo di progetto che avrebbe accolto con approvazione.

«Ahia!» Orla inciampò e rimase distesa sulla sabbia aspettando che il dolore alla caviglia si attenuasse. Si girò a guardare il cielo. Era una bellissima notte limpida e si vedevano le stelle scintillare luminose nelle loro costellazioni.

Se lo avesse lasciato andare senza di lei, non se ne sarebbe pentita per il resto della vita? In fondo cosa la tratteneva lì? Non era più una bambina. E il pensiero di un futuro senza Con era insopportabile.

Quella sera, si sedette a tavola mentre sua madre iniziava a servire il purè di patate e cavolo. Dopo che Seamus ebbe pronunciato la lunga preghiera, la cena poté cominciare, tesa come sempre. Quando sua madre finì di sparecchiare, Orla trovò il coraggio di avviare una conversazione con il padre.

«Papà?»

«Orla.»

«Chiedi sempre a Helen McCarthy quali siano i suoi progetti per il futuro.»

Lui la fissò senza battere ciglio. «Volevi domandarmi qualcosa o solo fare un'affermazione?»

Orla arrossì. «Scusa. Stavo pensando che, visto che sto per compiere diciassette anni, potremmo discutere del mio futuro.»

Seamus sembrò addolcirsi. «Sì, mi sembra una conversazione sensata.» Incrociò le braccia. «Ora, per quanto io ti voglia bene come figlia, ho bisogno che la qualità del tuo lavoro sia eccellente.»

Orla sapeva esattamente dove stava andando a parare.

«Pertanto, prima di assumerti come dattilografa, voglio che tu ottenga la migliore qualifica di segretaria. A Cork ci sono diversi istituti che potrebbero essere adatti, ma la mia preferenza...»

«Papà?» Orla osò interromperlo. Seamus alzò un sopracciglio. «So che vuoi che lavori nel tuo studio, e sarebbe fantastico, però...» La madre riapparve al tavolo con un pudding di pane fumante.

«Per favore, finisci la frase, Orla.»

Iniziava ad agitarsi. «Ho sentito dire che ci sono molte opportunità a Londra.»

«Londra?» ripeté il padre. «Chi ti ha messo in testa queste idee?»

«Nessuno, è solo che...»

Seamus raddrizzò la schiena. «Mia figlia non se ne andrà a bighellonare in Inghilterra.»

«Capisco, papà, ma penso davvero che potrei fare qualcosa di buono lì. Qui non ci sono molte opportunità.»

Orla incrociò lo sguardo di sua madre, impegnata a riempire tre ciotole di pudding, visibilmente ansiosa.

«Non ci sono molte opportunità qui?» Seamus si sporse verso la figlia. «E, dimmi, quali sono le opportunità che avresti a Londra?»

Orla fissò il tavolo con sguardo assente. «Be'...»

«Come pensavo. Non hai una risposta. Non so quale stupida

amica ti abbia messo in testa questa cosa, ma è evidente che non ha pensato alla realtà concreta. Andresti laggiù senza niente. Come ti pagheresti un alloggio?»

«Io...»

«Le bollette? Il cibo?»

«Non lo so.»

«Perché non avrai alcun aiuto da me. Nessuno.»

«Non me lo aspetterei.»

«Ah, davvero? Bene, è l'unica conclusione logica che sei riuscita a trarre stasera. Se il tuo piano è andare laggiù e trovare un milionario da sposare, è una follia. Ci sono molte più donne tra cui scegliere in Inghilterra, e provengono tutte da una famiglia migliore della tua.»

Orla sorprese la madre a lanciare un'occhiataccia a Seamus.

«Hai molte più possibilità qui, con qualcuno che riteniamo adatto.»

La ragazza sentì la rabbia ribollire. Stava per traboccare. «E se non volessi sposarmi? E se volessi fare carriera?»

Suo padre scoppiò a ridere. «Ah, è una carriera che vuoi? Hai sentito, Mary? Nostra figlia vuole fare carriera!» La sua risata suscitò in Orla un'ondata di vergogna. «Sarai un'ottima dattilografa e una moglie e una madre ancora migliore. Nessun uomo vorrà una moglie che lavora.»

«Papà, per favore ascolta...»

«Basta!» Seamus batté il pugno sul tavolo. «Io e tua madre ti abbiamo cresciuta per rappresentare la famiglia O'Donovan. Non permetterò che tu vada in Inghilterra solo per vederti tornare a casa strisciando con la convinzione che sistemerò tutto. Non metterai in imbarazzo questa famiglia, Orla. Punto.»

Il dessert fu consumato nel silenzio più assoluto.

Quella notte, a letto, Orla pianse in silenzio. Il confronto con

Seamus l'aveva stremata. Che le piacesse o meno, andare a Londra insieme a Con era impossibile. Attraversare il Mare d'Irlanda avrebbe significato tagliare i ponti con la sua famiglia, e per quanto male la facesse sentire suo padre, Orla non era sicura di poter prendere una decisione così drastica alla sua età.

Se Con la amava davvero, come diceva, allora una vita insieme a Ballymore sarebbe stata sufficiente, no?

Detto ciò, il suo compito successivo sarebbe stato convincere il padre che Con era più di un semplice scapestrato del posto. Forse, se Seamus avesse apprezzato il suo talento, avrebbe capito che il ragazzo poteva essere un buon partito.

Con la sua bravura, come poteva fallire?

Certo, annunciare la loro storia a colazione l'indomani mattina non sarebbe stata la mossa più saggia. Sarebbe servito solo a far venire un infarto a suo padre. Avrebbe dovuto affrontare la questione in un altro momento.

Si asciugò le lacrime sulla federa e pensò agli occhi luminosi di Con.

Con stava strimpellando tristemente la chitarra quando sentì bussare. La porta si aprì prima che riuscisse ad alzarsi.

Orla era sulla soglia, tremante di freddo e di emozione. «Ti amo, Con. Non voglio stare senza di te.»

«Verrai con me a Londra, allora?»

Si fece coraggio. «No, non posso. La mia vita è qui.»

Lui scosse la testa e abbassò lo sguardo. «Oh, Orla. Come farò senza di te?»

Lei gli prese le mani tra le sue. «Non devi fare niente senza di me, Con Daly. Resta qui.»

«Sai che non funzionerà. Tuo padre non ci permetterà di stare insieme.»

«Questo è un mio problema, e lo risolverò... prima o poi.»

Con si liberò le mani e si strofinò gli occhi. «Non posso rinunciare alla mia musica. Sai che non posso.»

«Sì, ma pensavo che potresti andare a Dublino e cercare di farti notare da qualcuno del settore anche lì.»

Con sembrava incerto. «A Dublino vogliono cantanti folk. Io sono un rocker.»

«Sì. Ma ti serve soltanto una possibilità. Ottenuta quella, dopo potrai essere quello che vuoi, Con. Quando avrai successo, con migliaia di sterline e tre case, mio padre si convincerà che sei l'uomo giusto per me.» Gli rivolse un sorriso rassicurante. «E poi, chissà? Forse finiremo entrambi a Londra, proprio come vuoi tu.»

Con sembrava sinceramente combattuto. «Gesù, io ti amo, Orla. È solo...»

Lei gli prese la testa tra le mani e lo baciò dolcemente, poi con più passione. Dopo qualche minuto, il desiderio prese il sopravvento. Con la tirò giù sul divano e le sue mani iniziarono a esplorarle il corpo. Si aspettava che lei gliele togliesse dai seni, invece non incontrò alcuna resistenza. Le sue dita risalirono lungo le gambe di lei e le accarezzarono la morbida carne dell'interno coscia, sempre temendo di essere respinto. Ma gli occhi di Orla erano chiusi, le sue labbra piegate in un debole sorriso. Sospirava di piacere.

«Orla... è... possiamo?»

Lei aprì gli occhi e gli sorrise. «Sì. Promettimi solo che un giorno ci sposeremo. Così posso pensare che non sia un peccato mortale.»

«Siamo già sposati nell'anima. L'amore non è peccato agli occhi di Dio, Orla.»

«No. Allora amami, Con.»

Due ore dopo Orla era a casa, immersa in un bagno caldo. Si sentiva un po' dolorante, ma era un dolore piacevole, perché lei e Con si erano uniti. Aveva pedalato come una forsennata per tutto il tragitto fino a casa, terrorizzata all'idea che sua madre avesse chiamato Maureen per sapere perché era in ritardo e avesse scoperto che non era mai stata dall'amica. Ma quando era arrivata, la mamma era a letto con l'emicrania e il padre era ancora fuori per una riunione in Comune.

Si infilò la camicia da notte e si mise a letto. Guardò l'orsacchiotto ormai quasi spelacchiato che di solito le faceva compagnia. Lo prese e lo lanciò sul pavimento.

Gli orsacchiotti erano per le bambine.

E lei era una donna, ormai.

Da quel momento, lei e Con si appartenevano. Tutto doveva andare bene.

Si sarebbe assicurata che fosse così.

5

«Dunque, Helen, dai grafici puoi vedere che gli investimenti fatti dai tuoi amministratori fiduciari hanno avuto un discreto successo. Il tuo patrimonio è più che raddoppiato. Ora, la decisione spetta a te, ma ti consiglio di mantenere gli investimenti così come sono e di vivere degli interessi. Ritengo che saranno sufficienti per provvedere alla manutenzione della casa e del giardino, e anche per garantirti una vita confortevole.»

Seduta di fronte a Seamus O'Donovan, dall'altra parte della scrivania, Helen guardò i documenti. Colonne di cifre capovolte relative al suo futuro finanziario: cifre che doveva comprendere e assimilare se voleva prendere il controllo della sua vita.

«Posso portarmi i documenti a casa, così gli do un'occhiata?»

Seamus inarcò un sopracciglio. «Certo, Helen. Anche se, senza offesa, dubito che tu possa capirli.»

«Sono sicura che tu abbia ragione, Seamus, ma voglio esaminarli lo stesso.»

«Come vuoi. Helen, ho bisogno che tu decida se desideri che io e gli altri amministratori fiduciari continuiamo a gestire i tuoi soldi. Come dicevo, sono disposto a occuparmi anche della casa e del terreno. Dovremmo stabilire una sorta di compenso per il disturbo, ma non sarà esoso.» Sistemò i documenti, li infilò in una busta e li porse a Helen.

«Grazie, Seamus. Apprezzo il tuo aiuto e sono grata a te e agli altri amministratori fiduciari per aver gestito così bene i miei soldi in questi anni.»

«Di niente, Helen. Buona fortuna con quei documenti. Sarò felice di aiutarti se hai bisogno di qualche spiegazione.»

Helen si alzò. «Possiamo rivederci la prossima settimana?»

«Certo.» Seamus la accompagnò alla porta. «Vieni mercoledì per la consueta cena. Puoi arrivare un po' in anticipo, così possiamo parlare prima di metterci a tavola. Solo un'ultima cosa, Helen.»

«Sì, Seamus?»

«Fra tre settimane sarai una signorina molto ricca. Fino ad allora sarò uno degli amministratori fiduciari del tuo patrimonio. Pertanto mi sento in dovere di metterti in guardia. Non fidarti di nessuno. Molte persone là fuori vorranno approfittare della tua, ehm, giovinezza. E dei tuoi soldi.»

Helen gli sorrise. «Grazie, Seamus. Starò attenta.»

«Splendido. Arrivederci cara.»

«Arrivederci.»

Helen aprì il pesante cancello d'ingresso e imboccò il vialetto che si snodava fino alla sua casa. Mentre camminava, per la prima volta si guardò intorno apprezzando quel che vedeva. I giardini erano piccoli, la proprietà consisteva perlopiù di terreni agricoli che venivano affittati agli agricoltori per il pascolo. Quando la casa apparve alla sua vista, la esaminò. L'aveva sempre trovata brutta, con i massicci muri di pietra grigia costruiti per resistere alla salsedine, alla pioggia e ai forti venti tipici di un villaggio sul mare. Dentro faceva sempre freddo. Le sei stanze al piano inferiore non venivano mai utilizzate. Zia Betty le puliva una volta l'anno, dopodiché i mobili antichi, tutti in perfette condizioni a causa del mancato utilizzo, venivano coperti da teli. Lei e sua zia vivevano principalmente in cucina, dove la stufa era accesa giorno e notte.

A parte l'ampio bagno piastrellato di bianco e nero, l'unica altra stanza che Helen frequentava era la sua camera da letto. Ignorando le sontuose stanze con i soffitti alti al primo piano, si era sistemata in una delle più accoglienti della mansarda, originariamente utilizzata dalla servitù. Un'ampia finestra si affacciava sul villaggio di Ballymore da un lato e sulla spiaggia dall'altro. Helen trascorreva molto tempo seduta lì, a contemplare il mondo al di là del vetro.

Entrò dalla porta laterale che dava in cucina. Sua zia le aveva lasciato un biglietto per avvertirla che era già andata a dormire. Una pentola di stufato stava sobbollendo sul fornello. Helen se ne riempì un piatto, poi si sedette al grande tavolo di legno e tirò fuori i documenti dalla busta.

Due ore dopo, lo stufato era intatto e rappreso accanto a lei.

Aveva impiegato un sacco di tempo per capire cosa significassero le colonne e cosa dovesse essere sommato per ottenere il totale.

A quel punto fischiò. Se aveva indovinato, era più ricca di quanto immaginava.

«È una fortuna» sussurrò. Abbastanza da permetterle di vivere serenamente per il resto dei suoi giorni.

Helen fissò il vuoto. Ma dove avrebbe vissuto? Lì? Dove era così infelice? O doveva prendere i soldi e ricominciare da qualche altra parte?

Scosse la testa. Era una codarda. Non le era difficile immaginare di restare lì per sempre. Se avesse avuto qualcuno con cui andare, un'amica magari, allora forse quella avrebbe potuto essere un'opzione.

Sbadigliò. Era quasi mezzanotte. L'indomani, grazie a Dio, era domenica, quindi niente scuola.

Ripiegò i fogli nella busta e salì nella sua camera da letto in mansarda.

Helen si svegliò in una splendida mattina di sole. Sapendo quanto in fretta poteva cambiare il tempo e non volendo sprecare nemmeno un istante, si vestì, diede un rapido buongiorno alla zia mentre passava in cucina e uscì a sellare Davy. Amava andare a cavallo la domenica mattina: le spiagge erano deserte mentre il resto del villaggio era a messa.

Dopo una galoppata lungo la riva, si sentiva euforica e pronta per la colazione. Al trotto verso casa, vide una sagoma che si allontanava di corsa dalla spiaggia. La osservò mentre recuperava una bicicletta da un anfratto nella duna e la trascinava sulla strada.

«Orla O'Donovan» sussurrò, chiedendosi cosa ci facesse lì quando tutti gli altri abitanti di Ballymore erano in chiesa a quell'ora.

Orla salutò qualcuno alle spalle di Helen e partì a tutta velocità verso il villaggio.

Lei si voltò e vide Con Daly in cima a una duna di sabbia, a pochi metri. «Ciao, Helen. Una giornata meravigliosa, non trovi?» Le sorrise.

Soffocando un singhiozzo, lei si limitò ad annuire.

Poi spronò il cavallo e si allontanò lungo la spiaggia.

Il mercoledì successivo, Helen era seduta nell'ufficio di Seamus O'Donovan.

«Ecco qui.» Gli porse la busta di documenti.

«Grazie. Sei riuscita a capire la situazione?»

«Sì, credo di sì. Almeno ora so quanti soldi ho e come funzionano gli investimenti.»

«E vuoi procedere in questo modo?»

«Per ora sì.»

«Bene. Ti suggerisco di aprire un conto in banca, così potrò versare una quota mensile. Hai progetti per il futuro, Helen?»

«Non al momento.»

«Bene, hai abbastanza soldi per prenderti il tuo tempo e decidere.» Seamus guardò l'orologio. «Saliamo in casa, la cena sarà pronta.»

Dopo mangiato, anziché rimandare il momento in cui sarebbero andate in camera sua, Orla era impaziente di restare da sola con Helen.

«Mi hai vista in spiaggia domenica scorsa, vero?»

«Sì, certo. Eri da Con Daly.» Helen si studiò le unghie mordicchiate.

«No! Ma come ti viene in mente? È solo che avevo un terribile mal di testa. Così sono andata a prendere una boccata d'aria, tutto qui.»

«Oh. Mi è sembrato di averti vista salutarlo.»

«Sì... è un amico. A volte lo vedo quando vado a camminare sulla spiaggia.»

Helen deglutì prima di parlare. «Ti lasci baciare da tutti i tuoi amici?»

«Io...» Orla scrutò il viso pallido di Helen. I suoi occhi guizzavano per la stanza, come se fosse nervosa. «Ti sbagli, Helen, davvero.»

«Ti avevo già vista prima, Orla. Una volta, di sera. Stavi baciando Con Daly.» Helen trovò il coraggio di incrociare il suo sguardo. «Ti ho sentita ridere.»

Orla prese la sedia dalla scrivania e vi si lasciò cadere. «E va bene, mi hai vista. Lo dirai a qualcuno?»

«Non vedo perché dovrei.» Orla non le credeva. «Allora, raccontami tutto. Sei innamorata?»

Orla si morse il labbro. «Helen, giuri di non farne parola con nessuno? Non l'ho detto neanche a Maureen.»

«Se ti fidi di me, giuro di non farlo.»

Orla non aveva scelta e, inoltre, non vedeva l'ora di parlarne con qualcuno. «Va bene.»

Si alzò e aprì la porta della sua camera per controllare che non ci fosse nessuno in agguato sul pianerottolo, poi si sedette sul letto accanto a Helen.

«Non c'è molto da dire, in realtà. Io e Con ci amiamo.»

Helen rimase seduta a riflettere. «Lo sposerai?»

«Un giorno, sì.»

«Vuole lasciare Ballymore. Andrai con lui?»

Orla era sorpresa. «Come lo sai?»

«Oh, io e Con parliamo ogni tanto» rispose lei, tranquilla. «Non ti preoccupa che un giorno andrai alla sua capanna e lui non ci sarà più?»

«No. Capisce che ora non posso lasciare Ballymore. Andrà a Dublino a cercare un contratto discografico, e a quel punto mio padre si renderà conto che può prendersi cura di me.» Sapeva che stava dicendo troppo, ma non riuscì a trattenersi.

«Deve amarti molto, se ha deciso di restare.» Gli occhi di Helen si riempirono di lacrime. Lottò con tutte le sue forze.

«Sì. Ma ti scongiuro, Helen, se mamma e papà scoprissero qualcosa...» Non finì la frase.

Helen la fissò più a lungo di quanto fosse opportuno. «Sono brava a mantenere i segreti quando voglio. Pensi che Con riuscirà ad avere successo?»

«Oh sì. Ha una bella voce, potente. E scrive le sue canzoni.»

«E se i tuoi genitori lo scoprissero?»

«Possono arrabbiarsi quanto vogliono, ma ho quasi diciassette anni. Un giorno spero che Con diventi famoso e faccia un sacco di soldi, così potremo tornare a Ballymore e tutti saranno fieri di conoscerci.»

Orla era senza fiato. Helen si rese conto che era meno sicura di sé di quanto sembrava.

Qualcuno bussò alla porta. «Seamus è pronto ad accompagnarti a casa, Helen.»

«Arrivo, Mary.»

«Giuri di non dire niente?» la implorò Orla.

Helen le fece un mezzo sorriso. «Giuro.»

«Se mi tradissi, Helen McCarthy, che Dio mi perdoni, credo che ti ucciderei.»

«Lo so.»

Orla la seguì fuori dalla sua camera e giù per le scale. Seamus stava aspettando in corridoio.

«Grazie per la cena, Mary. Ciao, Orla.»

«Ciao, Helen.»

Helen seguì Seamus fuori dalla porta d'ingresso.

Quella sera, Helen rimase sveglia a guardare fuori dalla finestra della sua stanza. Vedeva la piccola lampada a olio scintillare nella capanna di Con Daly sulla spiaggia. Sospirò. Perché la vita era così ingiusta? Oltre a essere popolare e carina, adesso Orla aveva anche Con. Era ovvio che lui avrebbe avuto successo. Sarebbero scappati da Ballymore e avrebbero iniziato una nuova vita insieme.

Sì, Orla aveva proprio tutto ciò che Helen desiderava.

Rimase seduta a fissare fuori dalla finestra per molto tempo.

6

Venerdì pomeriggio, l'ultimo giorno di scuola, le ragazze sarebbero uscite a festeggiare. Come al solito, i loro programmi non includevano Helen. Lei guardò Orla e le sue amiche prendersi a braccetto e marciare giù per la collina, dirette al villaggio. Era prevista una grande festa a casa di Katherine.

La sua frustrazione per l'ingiustizia della vita non faceva che aumentare.

Domenica mattina scese in cucina e scoprì che zia Betty aveva preparato una colazione speciale per il suo compleanno.

«Eccoti qui, Helen. Auguri.» Sorrise alla nipote. «Ho un regalo per te.»

La ragazza lo aprì: era una copia rilegata in pelle delle *Opere complete* di Shakespeare. Le venne un nodo in gola. Per lei era già difficile leggere un fumetto, figurarsi Shakespeare. Eppure sua zia si era evidentemente data molto da fare per comprarle qualcosa di speciale. Helen si alzò, girò intorno al tavolo e baciò Betty sulla guancia.

«Grazie, zia. È un bellissimo regalo, e lo custodirò per sempre.» Si risedette e si dedicò alle uova, al bacon e alle salsicce. Betty finì la sua colazione e osservò la nipote.

«Allora, Helen, oggi diventi maggiorenne. La casa è tua e sei adulta. Non avrai più bisogno di me.» Helen alzò lo sguardo e si rese conto che sua zia la stava osservando con aria nervosa. «Intendi tenere la casa o la venderai?»

«La terrò, naturalmente. Spero che le cose continuino come sempre.»

«Quindi non ti dispiace se rimango qui, Helen?»

«Certo che no. È anche casa tua. Perché dovrebbe dispiacermi?»

«Be', forse posso restare finché non troverai un marito. A quel punto dovrai essere tu la padrona di casa, e potrò trovarmi un cottage in cui trascorrere il resto dei miei giorni.»

«Zia, non ti caccerei mai di casa. Sei sempre stata qui a prenderti cura di me. Sei l'unica famiglia che ho.»

«Grazie. Te ne sono grata, Helen.» Betty si alzò e iniziò in fretta a sparecchiare.

Quella mattina Helen era diventata una giovane donna molto ricca. E ora avrebbe preso la prima decisione importante della sua vita adulta.

Tornò in camera e si sedette alla finestra. Era bagnata di condensa. La pioggia sferzava i vetri e il vento impetuoso li faceva tremare.

Non c'erano dubbi, il tempo era perfetto.

Si guardò le unghie rosicchiate e prese a staccarsi le pellicine. Era più nervosa di quanto si fosse aspettata.

Più tardi, quando uscì a fare un giro con Davy, scoprì che il sentiero era ingombro di detriti sollevati dal mare in tempesta. Per quanto fosse abituato al clima rigido, il cavallo aveva paura del vento, per cui tornarono a casa.

Prima di pranzo, bevve un bicchiere di brandy con zia Betty per brindare alla sua maggiore età. Tenne d'occhio l'orologio mentre la zia serviva il roast beef. Dopo aver mangiato, salì di sopra e si mise alla finestra.

Sarebbe venuta? Non era sicura di poter sopportare l'ansia dell'attesa ancora a lungo.

Il tempo scorreva.

Poi la vide, in impermeabile, che pedalava verso le dune. La bicicletta entrò nella conca come al solito e lei si arrampicò sulla sabbia, diretta alla capanna. La porta si aprì e lei sparì all'interno.

Il cuore di Helen batteva.

Ma era ciò che meritava.

Scese al piano di sotto per fare una telefonata. Esitò solo un istante prima di sollevare il ricevitore. Era davvero capace di fare una cosa del genere? Chiuse gli occhi, pensò al futuro, e compose il numero.

«Dove stai andando, caro?» chiese Mary mentre Seamus si infilava il cappotto.

«Era Helen al telefono. Ha visto Orla andare in bici verso la spiaggia, ma non l'ha vista tornare. È preoccupata. La marea è molto alta oggi.»

Mary sembrava perplessa. «Orla mi ha detto che sarebbe andata da Maureen questo pomeriggio.»

«Be', Helen dice di averla vista pedalare verso la spiaggia. Vado a dare un'occhiata.»

«Ma Orla va su quella spiaggia fin da quando era piccola. Conosce il mare.»

«Sono sicuro che hai ragione, però Helen sembrava preoccupata.»

«Il vento è fortissimo, in effetti. Se è sulla spiaggia, sarà fradicia.»

Seamus si mise il cappello. «Non preoccuparti, la troverò. Ci vediamo dopo.»

Dopo essersi fermato a casa di Maureen e aver scoperto che Orla non c'era, Seamus guidò fino alla spiaggia. Il vento era così forte da fargli quasi perdere l'equilibrio. Si fermò su una duna e guardò a destra e a sinistra. La spiaggia era deserta. Facendosi strada sulla sabbia, con il vento che gli sferzava la faccia, Seamus notò la capanna di Con Daly. Se era in casa, forse aveva visto Orla.

Si diresse verso la porta d'ingresso e stava per bussare quando qualcosa che si muoveva all'interno attirò la sua attenzione. Scrutò oltre il vetro sporco di sale. Sul pavimento, due corpi nudi si contorcevano. E un attimo dopo Seamus si ritrovò a fissare il viso della figlia.

Barcollò all'indietro, si accovacciò e soffocò diversi conati di vomito.

«Gesù, Giuseppe e Maria!»

Asciugandosi la saliva dal mento, Seamus si alzò ed entrò nella capanna.

«Bastardo!» Afferrò Con per i capelli e lo scaraventò contro il muro. «Ti faccio sbattere in prigione!»

Orla sgranò gli occhi per la sorpresa. Poi fu assalita dal panico. Afferrò la camicia di Con e si coprì, assistendo impotente mentre suo padre prendeva a calci e pugni il suo amato finché lui non si accasciò a terra e si rannicchiò in posizione fetale. «Bastardo, bastardo!» continuava a urlare Seamus mentre Con cercava di difendersi.

Orla finalmente ritrovò la voce. «Smettila, papà! Smettila! Lo ucciderai!» Si alzò e si gettò addosso a Con. «Smettila, papà, ti prego!»

A quel punto Seamus non poteva più prendere a calci la sua vittima senza colpire anche la figlia. Respirando affannosamente, paonazzo in volto, la fissò con gli occhi vitrei per la rabbia.

«Dirai che ti ha costretta. Andremo alla polizia e lo faremo arrestare.»

Orla scosse la testa. «No, papà, non l'ha fatto. Lo amo.»

«Ci riprovo. Di' che ti ha costretta, così noi potremo tornare a casa e questo bastardo sarà rinchiuso dove merita.»

«No! Papà, non capisci? Lo amo! Non puoi impedirci di stare insieme. Ho quasi diciassette anni.»

«Ti rifiuti di ammettere che ti ha costretta?»

«Non mi ha costretta. Lo volevo anch'io.»

Lui le tirò un ceffone. «Mi fai schifo! Non sei meglio di una prostituta da quattro soldi! E non sei mia figlia!»

«Ci sposeremo.»

«Vi sposerete, eh? È questo che ti ha promesso? E pensi davvero che un prete sarebbe disposto a sposarvi, dopo quello che avete fatto?»

L'audacia di Orla svanì e lei scoppiò in singhiozzi. Con allungò un braccio per confortarla.

«Orla, te lo chiedo un'ultima volta. Ammetti che non ti ha dato scelta e vieni a casa con me. Se rifiuti, ti disconoscerò come figlia. Non potrai più mettere piede in casa mia. Ai miei occhi sarai morta.»

«Oh papà, ti prego, non posso. Lo amo.»

Seamus fissò la figlia per qualche secondo. «Addio, Orla. Spero che tu e questo scapestrato che dici di amare marcirete all'inferno!»

La porta sbatté e suo padre sparì.

Sulla via del ritorno, Seamus si fermò in un bar in città. Bevve quattro whisky in dieci minuti. Gli altri avventori del locale lo fissarono sbalorditi. Nessuno ricordava di aver mai visto Seamus O'Donovan bere alcolici in un bar.

«Dove sei stato, per l'amor del cielo? Stavo impazzendo!» Mary accolse il marito sulla porta d'ingresso, pallida per l'angoscia. E subito percepì l'odore di whisky nel suo alito. «Dov'è Orla, Seamus?»

A lui sfuggì un singhiozzo. «La tua adorata figlia è nella capanna sulla spiaggia di quello scapestrato, Con Daly. Entrambi nudi, probabilmente.»

«Seamus!» Mary si fece il segno della croce. «Mio buon Dio, è peccato dire una cosa del genere!»

«È peccato anche mentire, Mary, non credi?» Seamus appese il cappotto all'attaccapanni e si diresse barcollando verso le scale. «Vado a letto. Orla è bandita da questa casa. Non tornerà più. E se sento che ti sei avvicinata a lei, finirai anche tu per strada. Hai capito?»

«Seamus, il minimo che tu possa fare è darmi una spiegazione. Ti prego...»

«Stai zitta!» ruggì. «Ne ho abbastanza di donne supplicanti per oggi. Ti ho detto tutto quello che ti serve sapere. Buonanotte!»

Orla avvicinò uno straccio insanguinato al sopracciglio di Con. Lui sussultò quando lei glielo premette sulla ferita.

«Mi dispiace, ma dobbiamo fermare l'emorragia.»

«Per essere un avvocato, tuo padre sa come tirare i pugni, bisogna riconoscerlo. Oh, Orla, che cosa terribile.»

Lei non rispose. Si stava sforzando di non pensare, meglio dedicarsi alle cose pratiche, tipo medicare Con.

«Come faceva tuo padre a sapere che eri qui?» rifletté il ragazzo. «Hai parlato di noi con qualcuno? Le tue compagne di scuola?»

Orla arrossì. «Helen McCarthy. Era l'unica a saperlo. E vede la spiaggia da casa sua. Scommetto che mi ha vista arrivare e ha telefonato a mio padre.»

«Helen McCarthy? Perché avrebbe dovuto fare una cosa del genere?»

«Perché è una strega maligna. Mi ha sempre odiata. E ha una cotta tremenda per te da secoli.»

Con parve indifferente alla cosa. «Davvero?»

«Oh sì. Magari non sopportava l'idea di vederci insieme. Bene, ora non dobbiamo più nasconderci. Ecco qui, stai meglio. Domani avrai l'occhio nero, comunque, è molto gonfio.»

«Passami il whisky dalla credenza. Penso che un drink farà bene a entrambi.»

Orla prese la bottiglia, si sedette accanto a Con e gliela porse. Lui svitò il tappo e ne bevve un sorso. «Ne vuoi?»

Lei accettò.

«Allora, che facciamo adesso?«

Orla si prese la testa tra le mani. «A quanto pare non ho altra scelta. Non posso tornare a casa, quindi immagino che verrò con te. Con?» Si voltò verso di lui.

«Sì?»

«Andiamo a Londra.»

Lui si sforzò di reprimere un sorriso. «Sul serio?»

Lei scrollò le spalle. «Non vedo altra soluzione. La mia vita qui è finita.»

Con la strinse in un abbraccio. «Suppongo che tu abbia ragione.»

Orla alzò lo sguardo sul suo viso martoriato. «A una condizione.»

«Dimmi tutto.»

«Che partiamo domani. Non voglio restare a Ballymore un attimo più del necessario. Forse possiamo trovare una pensione a Dublino per un paio di notti e restarci finché la nostra nave non salperà per l'Inghilterra.» Orla si fece triste. «Oh no, mi è appena venuta in mente una cosa terribile!»

«Cosa?»

«I miei risparmi postali. Li avevo prelevati in caso tu avessi avuto bisogno di aiuto per arrivare a Dublino. Sono in una busta nella mia stanza. Sono quasi cento sterline.»

Con assunse un'aria colpevole. «Oh no... che peccato» sospirò, guardandosi intorno nella capanna.

«A meno che... a meno che non telefoni a mia madre e la implori di portarmeli. Così potrei salutarla e...» Orla si morse il labbro mentre le salivano le lacrime agli occhi.

Con le posò una mano sul ginocchio. «Lo so, lo so. Giuro che non dimenticherò mai il sacrificio che hai fatto per me oggi. Farò il possibile perché ne sia valsa la pena.» La baciò dolcemente, e lei sentì il sapore ferroso del sangue sulle sue labbra.

«Ti amo, Orla.»

«Anch'io ti amo, Con.»

7

Sembra una peccatrice che entra in paradiso, pensò Orla, osservando sua madre che scrutava guardinga a destra e a sinistra, come se temesse di essere colpita da una folgore da un momento all'altro.

«Possiamo chiudere le tende, Orla, per sicurezza?»

«Non ci sono tende, mamma.» Scrollò le spalle. «E non ti preoccupare. Papà non tornerebbe qui nemmeno se fosse la Beata Vergine in persona a ordinarglielo.»

«Ho portato la busta.» Mary gliela porse. «E i vestiti che hai chiesto.»

«Fantastico, mamma. Te ne sono molto grata.»

Mary si guardò intorno nella capanna, con aria incerta. «Orla, per favore, tuo padre non vuole dirmi cos'è successo ieri. È arrivato a casa ubriaco. Non l'ho mai visto così prima. Dice che non vuole che tu metta più piede in casa nostra. Sono sicura che sta esagerando. Devi venire a casa. Sei nostra figlia. Una volta che si sarà calmato, tornerà in sé.»

«No, mamma, non credo.»

«Allora dimmi cos'è successo!»

«Ha trovato me e Con qui insieme nella capanna. Ci stavamo... baciando.»

Mary studiò il viso di sua figlia. «È tutto, Orla O'Donovan?

Tuo padre sarà anche un puritano, ma nemmeno io riesco a immaginarlo bandirti da casa nostra solo per aver baciato Con Daly.»

«Ehm...» Orla arrossì e chinò la testa. «No, mamma. Non è tutto.» Si lasciò cadere sul divano e fissò le assi del pavimento nudo.

Mary sospirò. «Capisco. Be', ora non serve a niente che ti dica quanto sei stata sciocca, vero?»

Orla scosse la testa.

«Ti sei confessata?»

«Dai, mamma. Come se questo potesse aiutare me e Con.»

«Orla! Sto facendo del mio meglio per stare dalla tua parte, ma non tollero questo genere di discorsi! È meglio che me ne vada.»

«Non andare! Mi dispiace, mamma, davvero. Non volevo, ma non posso dirlo a padre Moynihan! E poi io e Con partiamo per l'Inghilterra domani.»

Mary deglutì a fatica. «Sul serio?»

«Sì. Non abbiamo scelta. Papà non ci perdonerà mai. Con è già considerato un reietto da mezzo villaggio, e anche se ci sposassimo, non migliorerebbe le cose.»

Mary fissò la figlia, il suo viso era una maschera di tristezza. «Di cosa vivrete?»

«Con ha dei soldi da parte, e io ne ho un po' nella busta che mi hai portato. Non appena arriveremo in Inghilterra, lui troverà un lavoro. Ha una voce fantastica. Spera di riuscire a ottenere un contratto discografico.»

Mary annuì. «Be', è vero che ci saranno più opportunità per lui a Londra. Non ha futuro qui.»

«Oh, mamma, mi dispiace tanto. Non avrei mai voluto che succedesse. Ancora non ci credo.»

Mary fece una pausa. «Orla, sei incinta?»
«No, mamma.»
«Be', almeno una buona notizia... Sei davvero innamorata di Con Daly?»
«Sì.»
«E pensi che lui sia innamorato di te?»
«Ne sono sicura, mamma. Me lo dice sempre. Ci sposeremo appena arrivati in Inghilterra.»
Mary guardò gli occhi della figlia brillare di felicità. Scrollò le spalle. «Spero che tu abbia ragione. E spero che Con si renda conto del sacrificio che stai facendo per lui.»
«Pensi che mi sia rovinata la vita, vero?»
Mary sospirò, poi si sedette accanto a Orla sul divano e le prese la mano. «Non sarei una brava madre se non fossi preoccupata per te, Orla. Sei così giovane. Potrei urlarti contro, dirti che sei stata una sprovveduta, ma che senso avrebbe? L'ha già fatto tuo padre, e te ne stai comunque andando.»
«Non abbiamo scelta, mamma, davvero. Non ora.»
«No, temo di no.» Mary fissò il vuoto. «Amavo moltissimo un ragazzo, quando avevo più o meno la tua età. Anche lui se n'è andato, ma io non ho avuto il coraggio di seguirlo.» Mary sorrise. «E ho trovato tuo padre.»
«Lo ami?»
«Certo che sì» rispose Mary, brusca. «Lui sa dei tuoi piani?»
«No. Sei l'unica a conoscerli. Pensi che mi perdonerà mai?»
«È improbabile. Ti adora, fin da quando eri piccola. Ti vede ancora come la sua bambina, il che peggiorerà le cose. Ma lasciamo perdere Seamus per un attimo. Quando ti sarai sistemata, devi scrivermi e mandarmi un indirizzo.»
«Certo, mamma.»
«Però è meglio se spedisci le lettere a casa di Maureen. Me

le recapiterà lei. È tuo padre a ritirare la posta al mattino, e sono sicura che strapperebbe ogni tua lettera.»

«Dirai a Maureen quello che è successo?»

Mary annuì, poi guardò l'orologio. «Devo andare. Tuo padre si aspetterà la cena in tavola.» Si alzò e Orla la seguì. «Abbi cura di te.»

«Lo farò.»

Mary attirò a sé la figlia e la baciò sulla fronte. «Se hai bisogno di qualcosa, cercherò di procurartelo.»

«Grazie, mamma.»

Mary si diresse alla porta con gli occhi lucidi di lacrime. «Ah, Orla, una parte di me ti invidia. Addio, tesoro mio. Che Dio ti assista.»

Stava per chiudere la porta quando Orla si ricordò della domanda che le ronzava in testa.

«Mamma, come faceva papà a sapere dov'ero ieri?»

«Helen McCarthy ci ha telefonato per dirci che era preoccupata perché le pareva di averti vista sulla spiaggia, e la tempesta era molto forte.»

«Oh.»

«Perché?»

«Niente.» Andò alla porta e abbracciò la madre. «Mi mancherai tanto, mamma. Addio.»

Orla si sedette su una duna e guardò il mare. La giornata era calda e l'acqua era di un azzurro perfetto. Lo sciabordio delle onde la cullava come se le sentisse per la prima volta.

Era stata fortunata a crescere in un posto così bello. Tornò con la mente alle lunghe e indolenti giornate estive che aveva trascorso su quella spiaggia con le sue amiche. E alle sere d'inverno in cui era corsa a casa sotto la pioggia battente per trovare un piatto di stufato fumante e un fuoco caldo accanto a cui asciugarsi.

La sua vita a Ballymore. Una vita che aveva giudicato noiosa mentre la viveva, ma che ora le sembrava così sicura e protetta. Avrebbe voluto piangere, ma si fece coraggio. Non poteva tornare indietro.

Con le posò una mano sulla spalla. «Pronta?»

Orla annuì.

«Ottimo. Non mi sono preoccupato di chiudere la capanna.» Sorrise e si sedette accanto a lei. «Sicura di stare bene?»

«Sicura. Ma ho una visita da fare prima di andare.»

Helen sentì suonare il campanello, ma, sapendo che sua zia avrebbe risposto, rimase sdraiata a letto.

«Helen, è per te.»

Uscì sul pianerottolo. «Chi è?»

«Orla O'Donovan.»

«Ah.»

Si fermò con riluttanza in cima alle scale.

«Scendi» la esortò la zia, irritata. «Orla sta aspettando.»

Helen scese lentamente la scalinata di quercia. Orla era in piedi nell'atrio.

«Metto su l'acqua per il tè?» chiese Betty.

«No, grazie. Ho solo pochi minuti» ribatté Orla in tono asciutto.

«Sono in cucina, se cambiate idea.»

Quando Helen arrivò all'ultimo gradino, Betty si voltò e si allontanò lungo il corridoio. Orla la osservò e aspettò di sentir chiudere la porta della cucina. Helen notò che era pallida, ma composta.

«Ciao, Helen. Sono venuta a salutarti.»

«Ah, io...»

«E anche a ringraziarti per aver detto a mio padre dov'ero ieri.»

«Ero preoccupata. La tempesta...»

«Non sprecare fiato in bugie, Helen. Sapevi dove mio padre mi avrebbe trovata. Volevi che lo scoprisse.»

«No, davvero.»

«Io e Con partiamo per l'Inghilterra oggi. Volevo solo chiederti perché, tutto qui. Mi avevi dato la tua parola che non l'avresti detto a nessuno.» Helen si accorse di non riuscire a parlare. Alla fine, Orla abbozzò un piccolo sorriso. «Eri sicura che mio padre mi avrebbe trovata nella capanna, mi avrebbe riportata a casa e mi avrebbe proibito di rivedere Con Daly. E io, da brava bambina, mi sarei sistemata a Ballymore, Con sarebbe scomparso e avrei perso la mia occasione di fuga, e anche lui. È questo che avevi pianificato, non è vero?»

Helen fissò con aria colpevole l'uomo alle spalle di Orla.

«Invece hai ottenuto l'esatto contrario. Mio padre mi ha sbattuta fuori di casa. Quindi ti ringrazio. Mi hai reso impossibile restare. Io e Con dobbiamo andarcene.»

Helen non aveva niente da dire.

«Forse è un bene che ci sia un mare tra noi, Helen. Sapevo che eri gelosa, ma non che mi odiassi così tanto. Cercherò di perdonarti, perché meriti pietà. Avrai anche un sacco di soldi, ma non hai un solo amico. Spero di non vederti mai più, per il resto della mia vita.»

«Io...» cercò di ribattere Helen, ma non riuscì ad aggiungere altro. Una lacrima le scivolò lungo la guancia.

Con si avvicinò ancora alla porta aperta.

«Orla, dobbiamo andare» disse dolcemente.

«Sì, ho detto quello che ero venuta a dire.» Si diresse verso

Con, ma poi si girò un'altra volta in direzione di Helen. «Almeno sei riuscita in una cosa. Ora anch'io non ho più una famiglia, proprio come te. Ma ho Con, e lui mi ama. Dubito che tu scoprirai mai cosa si prova. Addio, Helen.» Si voltò e iniziò ad allontanarsi a grandi passi dalla villa dei McCarthy. Accorgendosi che Con non la stava seguendo, si girò di scatto e vide i due scambiarsi una lunga occhiata. Helen fissava Con, visibilmente a disagio. «Con! Non serve intimidirla. Andiamo.»

Helen chiuse la porta e corse di sopra, in camera sua. Si gettò sul letto e scoppiò in singhiozzi.

«È così ingiusto, così ingiusto» ripeté, più volte, ferita dalle parole di Orla. Perché si sentiva come se fosse lei la cattiva? Orla e le sue amiche erano state altrettanto crudeli nei suoi confronti nel corso degli anni.

Aprì il cassetto del comodino e tirò fuori il libretto di banca appena aperto. Seduta sul letto, studiò l'importo che aveva depositato il giorno prima. Sfiorò con la mano la cifra scritta con l'inchiostro.

Era tutto ciò che le restava dei suoi genitori. Doveva cambiare vita. E se nessuno l'avesse aiutata, avrebbe dovuto trovare il coraggio e la forza di farlo da sola.

Ventiquattr'ore dopo, Orla guardava la costa della sua terra natale sparire rapidamente all'orizzonte. Le braccia di Con la stringevano, proteggendola dalla forte brezza marina. Il ragazzo la girò verso di sé.

«Ce l'abbiamo fatta. Hai paura?»

Orla alzò lo sguardo su di lui, il viso offuscato dal crepuscolo che si avvicinava. «Un pochino.»

«Anch'io, ma qualunque cosa dovremo affrontare, saremo insieme. Ed è tutto ciò che conta.»

«Sì.»

Con guardò oltre la sua testa e sussurrò un silenzioso saluto. «Ti prometto una cosa. La prossima volta che tornerò a casa, tutto il paese saprà che sto arrivando.»

Due mesi dopo, un'altra figura si trovava quasi esattamente nello stesso punto sul ponte della nave. Risalita dalla sua cabina soffocante per prendere una boccata d'aria fresca, Helen si rifiutò di versare una lacrima.

L'Irlanda non era stata buona con lei. Sperava di avere più fortuna nel paese in cui era nata sua madre.

8

Londra, ottobre 1964

Orla si svegliò e sentì odore di cavolo bollito. Non il dolce e invitante aroma che emanava dalla cucina di sua madre quando lo preparava con la pancetta, ma la puzza rancida e nauseabonda che annunciava l'inizio di un nuovo giorno nel buco infernale in cui vivevano lei e Con.

Plop. Plop. Plop.

Sospirò. Pioveva. Dal soffitto. Starnutì e cercò un fazzoletto sotto il cuscino per soffiarsi il naso. Aveva la gola secca come carta vetrata. Forse un tè caldo le sarebbe stato d'aiuto. Si mosse di cinque centimetri e praticamente cadde dallo stretto letto singolo. Con grugnì e si stiracchiò, sollevato di avere un po' di spazio in più.

Orla corse al camino e accese i pochi legnetti che aveva tenuto da parte dalla sera prima. Poi aggiunse il carbone rimasto e lo coprì di cenere per farlo bruciare più a lungo.

Si gelava. Ed era solo la fine di ottobre. Chissà come sarebbe stato a gennaio.

Dai, Orla, si rimproverò mentre andava verso l'angolo cottura e accendeva il fornello per scaldare l'acqua. Entro gennaio c'erano ottime probabilità che Con sarebbe diventato famoso e avrebbero vissuto in una bella casa, come quelle che aveva visto ai margini di Hampstead Heath.

Ma era un pensiero che iniziava a sembrare sempre più irrealistico.

Afferrò il maglione di Con e se lo infilò sopra la camicia da notte. Saltellò da un piede all'altro mentre aspettava che l'acqua bollisse.

Il suo amato dormiva ancora. Sembrava sereno, come se non avesse una sola preoccupazione al mondo. Il bollitore fischiò. Orla versò l'acqua nella teiera.

Non aveva rimpianti. Era con l'uomo che amava. Non importava se vivevano in una soffitta infestata dai topi ed erano ridotti ad accontentarsi di un misero pasto al giorno. E nemmeno che, dopo tre mesi e mezzo di lontananza, provasse una nostalgia struggente per Ballymore. I londinesi erano scostanti, maleducati. Tutto si muoveva a un ritmo frenetico lì, e a Orla mancavano le voci gentili della sua terra natale.

Più di ogni altra cosa le mancavano lo spazio e la vastità di Ballymore. Guardò sconsolata fuori dalla finestra della soffitta e vide solo una fila di comignoli fumosi.

Sentì le lacrime bruciarle gli occhi al pensiero della spiaggia, che in quel periodo dell'anno era maestosa nella sua bellezza selvaggia. E poi l'aria, così fresca che sembrava avere il potere di ripulire i polmoni.

Smettila, Orla, basta. Ricordi? Quando eri lì non vedevi l'ora di andartene.

Versò il tè in una tazza e la portò vicino al fuoco. Odiava il tè senza latte, ma non ne avevano più e non c'erano soldi per comprarne altro. La cosa peggiore era che presto anche quel posto sarebbe diventato un lusso che non potevano permettersi. Avevano ancora un mese di affitto nella scatola di latta nella credenza. E sapeva che la padrona di casa non avrebbe avuto pietà. Un giorno di ritardo con i pagamenti e li avrebbe cacciati via.

E poi?

Nessuno dei due aveva idea di quanto sarebbe stata dura. Arrivati a Londra, erano andati in una pensione, avevano comprato un giornale e si erano messi a sfogliare la sezione «Appartamenti in affitto», passando rapidamente a «Camere in affitto» quando avevano visto i prezzi settimanali richiesti. Erano giovani, irlandesi e non sposati (anche se avevano imparato quasi subito a mentire su quello) e non avevano referenze da offrire a un potenziale padrone di casa. Avevano ottenuto la stanza in cui si trovavano solo perché era quasi inagibile e la padrona di casa aveva chiuso un occhio sulle solite formalità.

Con aveva fatto il giro dei club e dei bar di Soho provando a convincere i proprietari ad ascoltarlo cantare, ma non era servito a niente. Orla lo aveva implorato di permetterle di cercare lavoro in uno dei grandi negozi del West End. Ma lui non ne aveva voluto sapere.

Disperato, Con aveva iniziato a suonare per strada a Carnaby Street. Orla lo accompagnava, percorrendo a piedi i quattro chilometri dalla loro stanza a Swiss Cottage, per risparmiare. A volte Con guadagnava abbastanza da potersi fermare in uno dei bar lì vicino a bere qualcosa. Per quelle poche sere, la vita era splendida. Erano nella città più trendy del mondo, parte di una nuova generazione di giovani che non avrebbe seguito le regole dei genitori.

Ma altre volte, quando la pioggia cadeva a dirotto mentre tornavano a casa in silenzio, con qualche spicciolo in tasca, erano depressi per il resto della serata.

Orla guardò fuori dalla finestra e pregò che la pioggia smettesse presto, perché suonare per strada a Carnaby Street in una giornata così era inutile. Nessuno voleva stare in piedi ad ascoltare musica sotto la pioggia. In quei casi, Con scendeva alla stazione della metropolitana e suonava finché non mandavano un controllore, o peggio ancora, la polizia a farlo sloggiare. Lui nutriva un odio e una paura istintivi per le forze dell'ordine. I giorni «sotterranei» non erano giorni felici.

Orla sorseggiò il tè. Si sentiva strana. Si tolse il maglione di Con. Era sudata. Come potevano andare avanti così? Certo, erano innamorati, ma la tensione di vivere sul filo del rasoio stava iniziando a condizionare la loro relazione. Orla era divorata dall'angoscia: e se Con si fosse stancato di lei, di quella vita? Forse non voleva più sposarla. Forse...

«Buongiorno, Orla. Come hai dormito sul nostro letto di chiodi?» Le braccia di Con le circondarono le spalle.

Lei aveva ricominciato a tremare. «Non bene, a dire il vero. Ho trovato un'altra cimice dei letti durante la notte. Mi si è arrampicata sulla coscia.»

«Ah, non è certo il Ritz. Ma chissà quali doni ci porterà la giornata di oggi!»

«La pioggia, Con.» Andò a prendergli il tè con le gambe tremanti.

Lui le sorrise mentre gli porgeva la tazza. «Ti stai stancando di questa vita, Orla? Non è quello a cui era abituata la mia piccola principessa, vero?»

«Nessun essere umano degno di questo nome dovrebbe abituarsi a vivere così» sbottò lei, ma se ne pentì subito. «Mi dispiace. Sono preoccupata, tutto qui. E non mi sento molto bene.» Barcollò per un giramento di testa. Con la afferrò al volo e le premette una mano sulla fronte.

«Gesù, Orla, scotti. Torna a letto. Ti preparo una tazza di tè con il latte.»

«Non c'è latte, Con. L'abbiamo finito ieri sera.»

«Allora esco a prenderlo. Sdraiati. Oggi non vado a suonare da nessuna parte. Devi rimetterti in sesto.»

Lasciò che Con la riaccompagnasse a letto e le rimboccasse le coperte. Poi lo guardò che si infilava i jeans e il maglione logori. «Vado a prendere del latte e delle medicine. Tu resta qui.»

Lei annuì debolmente. «Scusa, Con.»

«Non scusarti. È colpa di questa vita infernale che ti sto regalando.»

Dopo che se ne fu andato, Orla rimase a letto a piangere con gli occhi chiusi. A un certo punto si appisolò ed ebbe gli incubi... Era bloccata su un tetto sotto la pioggia battente. Con cercava di trattenerla per impedire che scivolasse in un abisso buio, ma la teneva soltanto con una mano, perché con l'altra reggeva la chitarra e non voleva lasciarla. Così lei scivolò. E mentre cadeva, lo chiamava per nome...

«Con! Con! Con!»

«Sono qui, Orla, sono qui. Era un sogno, era soltanto un incubo.»

Aprì gli occhi e lo guardò. Con era pallido, aveva un'espressione preoccupata. Orla si guardò intorno e si rese conto che la stanza era quasi al buio, illuminata solo da una candela.

«Ecco qui.» Le accarezzò delicatamente i capelli bagnati di sudore. «Grazie a Dio, credo che adesso la febbre sia finalmente passata.»

«Da quanto tempo dormivo?»

«Be', sono circa le tre del mattino. Non sono riuscito a svegliarti quando sono tornato, quindi ho chiamato il medico. Mi ha detto di farti delle spugnature fredde e di mandarlo a chiamare di nuovo se la temperatura non si fosse abbassata in poche ore. Hai l'influenza, Orla. Vuoi un po' d'acqua?»

Lei annuì. Si sentiva la gola secca.

Con le avvicinò il bicchiere alle labbra.

«Dove ti ho portata?» sospirò. «Londra, la grande città, e viviamo peggio dei contadini durante la carestia.»

Orla posò la mano su quella di Con. «Non dobbiamo perdere di vista il nostro sogno. Hai talento, qualcuno prima o poi dovrà notarti. È solo che non conosciamo le persone giuste, tutto qui.»

«E come potremmo conoscerle, Orla? Sono solo un artista di strada irlandese. Non avrei mai dovuto illudermi che le cose sarebbero andate diversamente.»

Orla emise un debole sospiro. «Ti prego, non dire così.»

«Mentre eri lì sdraiata e sembrava che stessi per esalare l'ultimo respiro, ho preso una decisione. Non è giusto continuare a vivere in questo modo. Aspetterò fino alla fine di questa settimana e lunedì inizierò a cercare lavoro come operaio. Non avremo mai una vita dignitosa con quello che guadagno cantando in strada.»

«*Io* posso trovare un lavoro, Con. Ci deve essere un posto a Londra che ha bisogno di mani oneste e disponibili.»

«È mio compito provvedere a te, soprattutto dopo che ti ho portata via da casa.»

«Non voglio che moriamo di fame a causa del tuo orgoglio maschile. Se riesco a trovare lavoro, lo accetterò.» Orla tossì violentemente.

«Questo non è il momento né il luogo per una discussione del genere. Lascia che me ne occupi io, tu pensa a guarire. Chiudi gli occhi, amore mio. Resterò qui finché non ti sarai addormentata.»

Troppo esausta per continuare a discutere, Orla fece come le era stato detto.

9

Era una splendida giornata di ottobre. La musica riecheggiava dalle boutique e dai bar del West End, con clienti e personale vestiti in un caleidoscopio di colori. L'atmosfera era elettrica.

«Caleidoscopio di colori, caleidoscopio di colori» canticchiò, fermandosi in mezzo a Carnaby Street, tirando fuori il suo quaderno e rosicchiando la matita.

La caratteristica più evidente di Derek Longthorne era la sua altezza. O meglio, la sua bassezza. Sebbene durante l'adolescenza si fosse misurato ogni giorno, riteneva di non essere cresciuto di un millimetro a partire da due mesi dopo il suo tredicesimo compleanno. Aveva implorato la madre di portarlo da uno specialista per vedere se un'iniezione di ormone della crescita potesse regalargli qualche centimetro in più. Lei aveva riso, gli aveva scompigliato i capelli e gli aveva detto che suo padre era uguale, ma le donne non vedevano altro che il suo bel viso e i suoi grandi occhi azzurri, e gli cadevano comunque ai piedi.

Il problema, pensò Derek, era proprio che le donne dovevano cadere per riuscire a guardarlo negli occhi. Ridacchiando tra sé per il proprio sarcasmo, si diresse verso il negozio di scarpe e i dieci centimetri in più che lì avrebbe ottenuto in cambio di una cifra ridicola. A quel punto, ne era sicuro, Peggy non avrebbe potuto resistergli.

Entrò e incrociò lo sguardo di una commessa magra come uno stecco che fumava una sigaretta.

«Buongiorno, sono Derek Longthorne. Sono venuto a ritirare i miei stivali.»

La commessa mise la sigaretta nel posacenere. «Vado a vedere se sono pronti.»

«Lo sono, devono esserlo. Voglio dire, ho telefonato questa mattina e...»

«Aspetti qui. Vado a dare un'occhiata.»

Derek attese, in preda all'angoscia. *Doveva* avere quelle scarpe. Alla fine la commessa tornò con una grande scatola.

«Ecco. Vuole provarli?»

«Sì, grazie.»

«Si accomodi, allora.» La ragazza indicò un pouf rosso.

Lui si sedette e la guardò mentre tirava fuori gli stivali dalla scatola. Erano di morbida pelle marrone lucido. Derek si tolse le scarpe.

«Va bene, infilarmeli da solo.» Allungò una mano per prenderli.

«Come preferisce.» Lei scrollò le spalle e si allontanò per finire la sigaretta ancora accesa nel posacenere.

Derek indossò gli stivali e chiuse le cerniere lungo l'interno della caviglia.

Si alzò in piedi barcollando, sentendosi sbilanciato. Poi andò con cautela verso lo specchio.

Un metro e settanta. Finalmente, il sogno irraggiungibile. Sorrise allo specchio, si passò un pettine tra i capelli biondi, mandò un bacio al suo riflesso, pagò e uscì dal negozio.

Non aveva fretta di tornare a casa. Comprò un nuovo paio di pantaloni e percorse Carnaby Street immaginando Peggy che apriva la porta di casa e gli si gettava tra le braccia.

Ne era innamorato da sei anni, da quando la famiglia di lei si era trasferita a Londra dal nord e la ragazza era entrata nella sua classe a scuola. Persino suo cugino Todd, di solito poco incline a fare complimenti alle donne, aveva trovato Peggy «carina». Era diventata subito popolare, unendosi al gruppo delle ragazze più desiderate, con i compagni di classe che facevano la fila per portarla fuori.

Derek sapeva di non avere alcuna possibilità. Sognava Peggy di notte e si accontentava di quello. Finché non l'aveva incontrata mentre andava a scuola e aveva scoperto che abitava in fondo alla sua strada. Aveva iniziato a organizzare i loro «casuali» incontri mattutini. Si attardava dietro una siepe finché non la vedeva uscire dal cancello, poi le camminava dietro per un tratto e la salutava. Lei si girava e lui fissava i suoi grandi occhi azzurri e il bel viso.

«Ciao, Derek» diceva, e aspettava che lui la raggiungesse. Poi facevano insieme il resto del tragitto fino a scuola. Derek viveva per quegli intermezzi mattutini. A scuola lo chiamavano «Piccolo Del» – persino alcuni insegnanti –, eppure Peggy lo faceva sentire speciale.

Il primo Natale, Derek le aveva regalato una boccetta di profumo. Dopo averla aperta, lei lo aveva abbracciato e lo aveva baciato.

«Derek, sei davvero il ragazzo più dolce che conosca.»

L'episodio aveva portato la sua passione a vette ancora più elevate. A gennaio, alla ripresa della scuola, aveva trovato il coraggio di chiedere a Peggy di uscire. Con suo grande stupore, lei aveva accettato. L'aveva portata al cinema a vedere Elvis in *Il delinquente del Rock & Roll* e avevano condiviso un sacchetto di popcorn. Derek aveva passato l'intero film a cercare il coraggio di metterle un braccio intorno alle spalle.

«È stato bellissimo» aveva detto Peggy, mentre lui la accompagnava a casa. «Andare con un ragazzo al cinema e sapere che non mi avrebbe attaccata come una piovra non appena si fossero spente le luci.» Poi lo aveva baciato sulla guancia. «Buonanotte, Derek. Sei davvero un caro amico.»

Non era stato facile quando aveva scoperto che Peggy usciva con Mikey Doolan, il belloccio della classe. Derek rabbrividì al ricordo di quella volta che sua madre era andata a prenderlo alla stazione di polizia dopo che l'avevano beccato a lanciare un mattone contro la finestra della cucina dei genitori di Mikey. In seguito a un paio di altri episodi simili, Derek era stato indirizzato da uno psicologo. Il medico aveva ipotizzato che avesse sviluppato un'ossessione, probabilmente causata dagli ormoni adolescenziali impazziti. Aveva assicurato alla madre che ne sarebbe uscito crescendo. Derek aveva finto che fosse così, ma dentro di sé sapeva che il suo amore per Peggy non lo avrebbe mai lasciato.

Decise di andare a bere qualcosa. Entrò in un bar, si sedette su uno sgabello e ordinò una birra. Sospirò. Quegli episodi risalivano a cinque anni prima. Aveva fatto come gli avevano ordinato lo psicologo e la polizia, ed era stato alla larga da Peggy. Sapeva che lei non era davvero intimidita dal suo amore. Glielo aveva detto solo per nascondere i suoi veri sentimenti. Sapeva, nel profondo, di essere l'uomo giusto per lei.

Stava aspettando l'occasione propizia. Ora Peggy viveva sopra una friggitoria, a poche centinaia di metri da lui. Sapeva che andava ogni giorno nel West End per frequentare un qualche college, perché una volta si era intrufolato nel suo stesso autobus e l'aveva vista scendere.

Bevve un sorso di birra. Si consolò al pensiero che una volta diventato famoso, Peggy lo avrebbe amato. Ricordava le chiacchiere negli spogliatoi dei ragazzi sulle band che avrebbero formato dopo la scuola. La maggior parte dei suoi compagni era finita a fare apprendistato nella fabbrica di scarpe, e molti erano disoccupati. Lui, Derek Longthorne, alias Piccolo Del, invece, era il chitarrista di una vera band. Avrebbe organizzato presto un incontro con Peggy. Ma il tempismo doveva essere perfetto. Doveva impressionarla.

Todd, suo cugino da parte del padre defunto, era un idolo per lui. Quando aveva iniziato a frequentare la sua stessa scuola, Derek veniva bullizzato senza pietà per via della statura. Il cugino, di tre anni più grande, si era preso cura di lui e si era assicurato che lo lasciassero in pace. Dopo la scuola Todd aveva frequentato un famoso college musicale e aveva detto a Derek di continuare a esercitarsi con la chitarra, perché un giorno avrebbe voluto formare una band. Derek lo aveva preso in parola. Aveva suonato per ore ogni sera, facendo quasi impazzire la madre, ma si era accorto che la concentrazione gli scacciava dalla mente il pensiero costante di Peggy.

Poi, come previsto, Todd era andato a trovarlo l'estate in cui aveva finito la scuola e gli aveva chiesto se gli sarebbe piaciuto entrare a far parte del nuovo gruppo che stava formando. Nonostante fossero cugini, Derek aveva dovuto fare un'audizione, ma i suoi anni di esercizio, uniti a un talento naturale, l'avevano resa una formalità.

Si scolò il resto della birra. Erano passati tre anni. La fama stava impiegando più tempo del previsto ad arrivare. I Todd Bradley and The Blackspots si esibivano regolarmente e avevano un piccolo seguito, ma non erano certo delle star. In più avevano appena perso Norman, il bassista, passato a un altro gruppo, e la cosa li aveva ulteriormente demoralizzati.

Derek guardò l'orologio. Non doveva correre a casa quella

sera. Zia Marge sarebbe passata per il tè, e sapeva quanto a lei e alla mamma piacesse essere lasciate sole a chiacchierare. Si alzò e decise di fare una passeggiata lungo Carnaby Street.

Con represse uno sbadiglio mentre si metteva la chitarra in spalla e strimpellava qualche accordo. Trovare un posto dove il suono del suo strumento non fosse coperto dalla musica che proveniva dai negozi stava diventando sempre più difficile. Controllò quanto aveva guadagnato fino a quel momento. Nemmeno dieci scellini. Non sarebbero bastati neanche per sfamare un cucciolo.

Era l'ultimo giorno. Lunedì si sarebbe trovato un lavoro vero, con una paga decente. Presto lui e Orla sarebbero finiti per strada. Lei meritava di meglio. Le doveva una bella vita, in fondo. Non aveva alternative.

«Ah be'» sospirò ad alta voce, senza rivolgersi a nessuno in particolare, «non si può dire che non ci abbia provato.»

Mentre passeggiava, Derek pensò alla canzone che aveva composto per metà quel giorno. Avrebbe potuto mostrarla a Todd una volta finita, vedere se potevano suonarla in uno dei loro concerti. Di colpo sentì un suono melodioso proveniente dall'altro lato della strada. Contrastava così tanto con il resto della cacofonia frenetica di Carnaby che si voltò a guardare. Il musicista di strada era alto – Derek non provava più rancore nei confronti delle persone alte – e molto attraente. La canzone che stava cantando non gli era familiare, quindi immaginava che fosse sua. Era semplice, ma con una melodia suggestiva. Attraversò lentamente la strada per osservarlo. Non c'era dubbio che fosse un bravo chitarrista, e gli piaceva la sua voce profonda e suadente.

Quando il musicista si fermò, Derek si infilò una mano in

tasca e tirò fuori degli scellini. Li gettò nella custodia aperta della chitarra.

«Suonane un'altra.»

Con fissò il ragazzo. Lo aveva visto attraversare la strada per venirgli incontro. La sua andatura era insolita, le ginocchia si piegavano ai lati, come se fosse sbilanciato. Con quei capelli biondi e i grandi occhi azzurri, gli ricordava un chierichetto un po' cresciuto. Non sapeva dire che età avesse, poteva essere tra i sedici e i trent'anni. Abbassò lo sguardo sui quattro scellini nella custodia della chitarra.

«Hai richieste?»

«Suonane un'altra tua.»

Con gli rivolse un sorriso cortese. «Va bene.»

Suonò un pezzo più ritmato che aveva composto a quattordici anni e che era ancora uno dei suoi preferiti.

Quando ebbe finito, il giovane applaudì. «Fantastico. Per caso suoni il basso?»

«Mi è capitato.»

Si avvicinò e gli tese la mano. «Derek Longthorne. Piacere di conoscerti. Ti va una birra?»

Con arrivò a casa due ore dopo. Oscillava tra la felicità e l'incertezza. Proprio ora che aveva deciso che la sua carriera musicale era finita, gli era stato offerto un piccolo passo nella giusta direzione.

«Ciao, tesoro. Che buon profumo.» Annusò l'aria mentre attraversava la stanza per abbracciare Orla, che stava mescolando il contenuto di una pentola. «E tu sei talmente bella che ti mangerei.» Le avvolse le braccia intorno alla vita e la baciò, lanciando un'occhiata nella pentola. «Come mai la pancetta? E la minigonna?»

Lei si voltò a guardarlo. Era la prima volta che la vedeva truccata da un pezzo.

«Con...» I suoi occhi brillavano. «Dobbiamo festeggiare.»

«Ho dimenticato un anniversario o un compleanno?»

«No. Ma devi promettermi che non ti arrabbierai.»

«Bella come sei, puoi dirmi quello che vuoi.»

«Okay. Ho un lavoro. Inizio lunedì e sarò pagata cinque sterline a settimana.»

Con le lasciò la vita. «Pensavo che ne avessimo già parlato.»

«Sì, ma la situazione è disperata.»

«Lo so, lo so» sospirò. «Va bene, cosa farai esattamente?»

«Una cosa molto femminile. Lavorerò al banco della profumeria di Swan and Edgar.»

«Non è un'azienda di fiammiferi?» Si sedette sull'unica sedia dell'appartamento.

«No, sciocco» ridacchiò Orla, rilassandosi. «È un grande magazzino a Piccadilly Circus. Sei contento?»

«Vieni qui.» Con si diede una pacca sul ginocchio.

Orla si sedette, stringendogli le braccia al collo.

«Credo» disse, baciandole il collo, poi la spalla, «che non riuscirò a pensare finché non avrò fatto l'amore con te.»

Dopo, rimasero sdraiati a letto, con le gambe intrecciate. «Quindi, la mia preziosa principessa deve andare a guadagnarsi la pagnotta per il suo inutile amante. Non avrei mai pensato che saremmo arrivati a questo punto.» Con accarezzò la pelle setosa dell'interno coscia di Orla.

«Non durerà a lungo. Arriverà la svolta, ne sono sicura.»

«Be', a dire il vero, oggi mi è successa una cosa.»

«Cosa? Qualcosa di bello?»

«Potrebbe essere.»

Gli occhi di Orla si illuminarono. «Raccontami.»

«Ho incontrato un ragazzo che dice di far parte di una band. Il loro bassista se n'è appena andato. Questo tizio mi ha sentito suonare per strada, mi ha portato a bere una birra e mi ha chiesto di andare in un pub di Camden Town domani sera per fare una prova.»

«Una prova?»

«Come bassista.»

«Ah, ho capito...»

«Non sembri entusiasta.»

«Mi dispiace, pensavo che volessi un gruppo tuo. E invece fai il bassista?» Orla arricciò il naso. «Vali molto di più.»

«E tu vali più che vendere profumi a donne grasse e ricche.» Con saltò giù dal letto e andò a cercare nei jeans la scatola di tabacco e le cartine.

«Sono felice per te, Con, davvero. È solo che ho sempre immaginato che saresti stato il frontman della band.»

«Orla, entrambi immaginavamo un sacco di cose che non sono successe da quando siamo arrivati qui. Comunque sia, non accetterò. È meglio se mi metto a cercare un lavoro fisso come operaio.» Accese la sigaretta e fece un tiro con aria cupa.

«No, non intendevo questo. È un inizio. Certo che sono contenta. Parlami di loro. Che genere di musica fanno?»

Con alzò le spalle. «Roba moderna e rock. Più che altro cover, ma anche qualche canzone originale.»

«Sono famosi?»

«Non li ho mai sentiti nominare. Ma sarebbe un inizio.»

«Con, è una bella notizia. Devi andare domani sera.»

«Ci penserò. Ora, che ne dici di assaggiare quella pancetta?»

Il pub Queen Victoria in Camden High Street era rumoroso e appestato di fumo. Lo frequentava un mix eclettico di bevitori, dagli anziani seduti attorno a un tavolo a giocare a carte alla giovane folla variopinta accalcata a un'estremità del bancone a guardare la band che sistemava la propria attrezzatura sul piccolo palco.

«Ehi» sussurrò Orla quando furono a pochi metri di distanza, «sembra che abbiano un bel seguito. È già qualcosa.»

Con non rispose. Osservava la scena con interesse.

«Ciao! Sono contento che tu sia riuscito a venire.» Derek gli diede una pacca sulla schiena. «E chi è questa visione?» I suoi occhi si posarono su Orla.

«La mia signora, Orla O'Donovan.»

«Derek Longthorne. Chitarrista dei Blackspots. Piacere di conoscerti, Orla.» Le sorrise. «Bene, venite da questa parte, così vi presento al resto del gruppo. Ho parlato con Todd, secondo lui è meglio se ascolti il primo set per farti un'idea del nostro stile, puoi unirti a noi dopo la pausa.» Condusse Con verso il palco. Orla lo seguì docilmente, a disagio.

«Oh, Orla, perché non vai da Lulu, al tavolo nell'angolo? È la ragazza di Todd. Ti spiegherà tutto. Con, come ti dicevo ieri, lo stile è molto...»

Orla guardò nella direzione che Derek le aveva indicato. Seduta a un tavolo, a fumare una sigaretta, c'era una bellissima ragazza. Aveva lunghi capelli lisci color ebano che le arrivavano quasi alla vita, in netto contrasto con la pelle di un pallido alabastro. Gli occhi erano truccati con un kajal nero e le labbra di un rosso acceso risaltavano sulla pelle bianca. Indossava un elegante tailleur scamosciato blu con stivali abbinati.

Sentendosi terribilmente trasandata con il suo impermeabile e la minigonna di tweed, Orla si avvicinò al tavolo.

«Ciao. Derek mi ha detto di venire qui.»

Gli enormi occhi da cerbiatta si concentrarono su Orla. La

scrutarono dalla testa ai piedi con un'intensità tale che lei si sentì avvampare.

«Allora siediti.»

«Mi chiamo Orla O'Donovan. Sono venuta insieme a Con Daly. Farà un provino come bassista per la band.»

«Buon per lui» commentò Lulu con voce strascicata, facendo un altro tiro dalla sigaretta. «Non ci spererei troppo, tesoro. Ne hanno provati dodici nell'ultimo mese. Non è un gruppo di provincialotti, i Todd Bradley and the Blackspots faranno strada.»

«Ne sono sicura.»

«Todd è un musicista di formazione classica. Sa il fatto suo.»

«Qual è Todd?»

«È in piedi vicino al microfono.»

Orla lanciò un'occhiata in quella direzione. Con gli occhiali e i capelli corti, Todd non sembrava un rocker.

«È l'uomo più intelligente che abbia mai incontrato. Mi ha fatto conoscere Proust e Freud. Riesce a citare poesie per ore. Ha un cervello pazzesco. Lo trovo molto stimolante. Ogni sua canzone è unica, una poesia in musica.»

Orla fissò Lulu, e una parte di lei sperò che Con non si dimostrasse all'altezza. Non credeva proprio che fra loro sarebbe nata un'amicizia.

«Allora, ehm, Carla, cosa fai nella vita?»

«In realtà mi chiamo Orla. Lunedì prossimo comincio a lavorare al banco della profumeria di Swan and Edgar.»

«Davvero? Affascinante. Io sono un'attrice. Forse mi riconosci, ho fatto un sacco di film.»

Lulu rivolse di nuovo il suo sguardo penetrante a Orla, sfidandola.

«Io... sì, mi pare proprio di sì.»

«Ho un provino la prossima settimana, per la Hammer.»

«Chi?»

«La Hammer Pictures! Ho un provino per *La moglie di Frankenstein.*»

«Oh, sono sicura che la parte ti calzi a pennello.»

«Grazie.»

Orla era contenta che Lulu l'avesse preso come un complimento.

«Okay, ragazzi.» Todd stringeva il microfono. Ci fu un'ondata di applausi dal pubblico. «Grazie di essere venuti. Iniziamo con un vecchio cavallo di battaglia. Ecco *Time Slips By.*»

Orla osservò con interesse la band che iniziava a suonare. Non era un'esperta di musica, ma la melodia era piacevole e Todd aveva una bella voce. Vide che Con li studiava attentamente. A un certo punto si voltò e le fece l'occhiolino. Lei ricambiò. Lulu era seduta con la testa appoggiata al bancone, gli occhi chiusi, e muoveva le labbra. Orla si sforzò di ascoltare il testo. Aveva certamente senso, ma la «poesia» le sfuggiva.

Venti minuti dopo la band annunciò una breve pausa. Todd scese agilmente dal palco e si diresse verso Lulu.

«Superbo come sempre, tesoro mio.» Lo baciò su entrambe le guance.

«Grazie. Chi è lei?»

Un paio di occhi intelligenti fissarono Orla con interesse da dietro le lenti.

«Orla, la ragazza di Con.»

«Ah, il nostro potenziale bassista, scoperto da Derek mentre bighellonava a Carnaby Street.» Todd sorrise. «Piacere di conoscerti, Orla. Spero davvero che Con ci dia dentro. La band non può andare avanti finché non avremo un quarto membro che si impegna quanto tutti noi. Ci vediamo più tardi, tesoro. Io e

Con dobbiamo parlare e voglio fargli provare il basso. Ciao, Orla, piacere di averti conosciuta.»

Todd mandò un bacio a Lulu e se ne andò.

«Trasuda sesso, non è vero?» mormorò Lulu.

Quindici minuti dopo, Todd era di nuovo al microfono. «Bene, lasciate che vi presenti Con Daly, arrivato di recente dall'Isola di Smeraldo, e cercheremo di non farglielo pesare» ridacchiò, «dove aveva una sua band di successo. Come al solito, voglio che ci aiutiate a decidere se Con è il nostro nuovo uomo. Signore e signori, Con Daly!»

Con salì sul palco, fece un cenno di saluto imbarazzato, poi si mise il basso al collo.

«Buona fortuna, Carla» tubò Lulu. «Questo pubblico può essere tosto.»

«Grazie» rispose Orla a denti stretti. Era orribile. Con non era secondo a nessuno per talento, eppure veniva trattato come un idiota alle prime armi.

«Suoneremo *Can't Buy Me Love*! Quella la conosciamo tutti.» Todd sorrise e diede il cenno di inizio.

«Forza Con, dimostragli cosa sai fare» borbottò Orla a bassa voce.

Il pubblico esultò. Todd li guidò direttamente a un altro successo dei Beatles.

«Ora, quest'uomo non sa solo suonare il basso, mi dice che sa anche cantare. Ecco a voi Con Daly!»

Con si fece avanti e si mise al microfono.

«Grazie» disse, e iniziò a suonare il familiare riff di chitarra che segnava l'inizio di *House of the Rising Sun*.

Orla vide Lulu tirarsi su e fissarlo. Quella canzone era perfetta per lui. Si sentì invadere da un'ondata di orgoglio.

Mentre la band concludeva il successo degli Animals, un

applauso fragoroso riecheggiò in tutto il pub. Con si inchinò e prese posto dietro a Todd.

«Allora, che ve ne pare?»

«Sì! Sì!» fu la risposta del pubblico. «Bene, Con, sembra che tu sia dei nostri. Allora benvenuto nei Todd Bradley and the Blackspots.»

«Con un po' di allenamento, il tuo ragazzo potrebbe cantare sul serio.» Lulu guardava Orla con rispetto, adesso.

«Penso che se la cavi bene anche senza allenamento.»

Lulu si accigliò. «Non metterti sulla difensiva. È bravo. Comunque, farà solo da spalla. È Todd il cantante del gruppo.»

«Certo» rispose Orla, cupa.

Un'ora più tardi, dopo aver rifiutato l'offerta di unirsi al resto della band in un club di Soho per mancanza di soldi, Orla e Con attraversarono a piedi Regent's Park per tornare a casa a Swiss Cottage.

Con era su di giri.

«Proveremo tre pomeriggi a settimana. Hanno più di una dozzina di concerti nei pub in programma per il prossimo mese. Todd vuole sfondare. È molto professionale, Derek è un vero asso alla chitarra e Ian, il batterista, è eccezionale. Penso davvero che potrebbero farcela. Anzi, *potremmo*.»

Orla annuì in silenzio.

Con si fermò.

«Sei taciturna. Non sei nemmeno un po' contenta per me?»

«Certo che lo sono, Con. È che, quando ti sei fatto avanti e hai cantato, il palco si è animato. So di essere di parte, ma anche il pubblico l'ha sentito. Come ha detto la ragazza di Todd, suonerai il basso e canterai solo come spalla. Todd Bradley è la star e... non credo dividerà la scena.»

Con si fermò e prese le mani di Orla. «E secondo te non lo so? Ma Orla, che importa se devo fare da spalla a Todd per un po'? È un primo passo. Se sono bravo, mi farò notare cantando sia da solista sia da corista. È meglio di niente, almeno così la vedo io.»

«Certo.»

«Ah, Orla.» Con la abbracciò e la strinse forte. «Vuoi sempre il meglio per me, vero?» La baciò sulla fronte. «La band non renderà molto. Todd stava giusto dicendo che gli incassi divisi per quattro sono poca roba. Ha detto anche che per ora posso prendere in prestito il suo basso, ma prima o poi dovrò comprarne uno mio.»

«Allora è una fortuna che io abbia trovato un lavoro. Sono felice di mantenerti finché la tua carriera non decollerà, a patto che tu riesca a sopportare che puzzi di sei diversi tipi di profumo quando torno a casa.»

«Non voglio vivere sulle tue spalle, ma diamoci un paio di mesi per vedere come va.»

«Splendido.»

Con la guardò. «Qualunque cosa dovremo affrontare, resteremo sempre insieme.»

«Sempre» ripeté lei, mentre le labbra di lui si avvicinavano alle sue.

10

Helen fece uno sbadiglio e guardò lo skyline di Londra. L'aula era soffocante, il numero di corpi stipati e la vecchia stufa a gas rendevano l'aria viziata e sgradevole.

Come le era saltato in mente di iscriversi a un corso di economia? Era stato un terribile errore. Le lezioni erano impossibili, ed era già indietro. La parte di matematica andava bene, come sempre. Aveva già deciso che alla fine del trimestre si sarebbe ritirata e avrebbe fatto altri piani per il suo futuro.

«Signorina McCarthy, posso chiederle di darmi la risposta entro oggi? L'intera classe è qui che pende dalle sue labbra. Signorina McCarthy?»

Helen si rese conto che il professore si stava rivolgendo a lei. Arrossì e guardò la cifra scritta in fondo alla pagina. «Sì, mi scusi. All'azienda rimarrebbero circa trentacinquemila sterline, avendo versato settemilacinquecento sterline e quindici scellini all'erario.»

«Benissimo. Okay, ragazzi, per i compiti a casa, voglio che rispondiate alle domande a pagina quarantasette del libro di testo *Pratiche di contabilità per principianti*. Ci vediamo lunedì alle nove e mezza in punto. Buon fine settimana.»

Si udì un sospiro di sollievo collettivo mentre i quindici studenti riponevano penne, quaderni e manuali e iniziavano a chiacchierare dei loro programmi per i due giorni successivi.

Helen mise via le sue cose, si alzò e si diresse verso la porta.

«Signorina McCarthy, posso parlarle un attimo?»

Lei annuì rassegnata e andò verso di lui. Il professore attese che l'ultimo studente lasciasse l'aula, chiuse la porta alle sue spalle e si appoggiò al tavolo che usava come cattedra.

«Si accomodi.»

Helen si sedette, memore dei giorni in cui le suore l'avevano trattenuta e punita per il suo pessimo lavoro. «Volevo parlarle dei compiti che ha consegnato.»

«Non sono all'altezza, lo so. Mi impegnerò di più in futuro, signor Bryant...»

Quasi senza pensarci, iniziò una litania ben collaudata di scuse e promesse di fare meglio. Il signor Bryant alzò le mani.

«Helen, per favore... posso chiamarti Helen?»

«Ehm...» Alzò lo sguardo verso di lui. I suoi occhi erano gentili. Per la prima volta si rese conto che non sembrava arrabbiato. «Sì.»

«Prima di tutto, vorrei ricordarti che non sei più a scuola. Io e gli altri insegnanti qui siamo pagati dagli studenti. Quanto vorrai impegnarti dipende da te. Siamo stipendiati per insegnare e offrire consigli e assistenza. Quindi, qualsiasi commento io faccia è inteso solo come critica costruttiva, per aiutarti a raggiungere la qualifica per cui stai pagando. Capito?»

«Sì.» Non importava in che termini l'avesse posta, era lo stesso. Stava per dirle che le relazioni che aveva consegnato erano pessime.

«Helen, alcuni dei tuoi scritti sono in effetti pessimi» ridacchiò. Lei non poté fare a meno di ritrarsi. «Ma il tuo lavoro con i numeri è, francamente, superbo. Sei di gran lunga la più brillante della classe.»

Lo guardò, perplessa.

«Helen, leggi mai dei libri?»

«A volte. Io...» Poi scosse la testa. «No, non leggo.»

«Perché no?»

«Perché...» Si torse le mani.

«Perché non riesci a decifrare le parole sulla pagina?»

«Sì» ammise lei, e scoppiò a piangere.

«Tranquilla, va tutto bene. Ecco, prendi questo.» Bryant le offrì un fazzoletto.

«Grazie.» Helen si soffiò il naso. «Ci provo, signor Bryant, davvero. Ma non c'è niente da fare, sono stupida.»

Tony Bryant scosse la testa. «È questo che gli insegnanti della tua scuola ti hanno fatto credere?»

«È quello che pensa anche lei, vero?» chiese.

«No, certo che no. Correggo i tuoi compiti da quasi due mesi. La produzione scritta è incomprensibile... eppure non ho mai dovuto correggere una sola addizione. Quindi, è chiaro che hai una mente matematica. E questo mi porta a dedurre che non sei affatto stupida. Anzi.» Helen lo ascoltava rapita. «Però, tutto questo mi fa pensare che tu possa avere un problema che richiede attenzione.»

«Che tipo di problema?»

«Helen, hai mai sentito parlare di dislessia?» Lei scosse la testa. «È una difficoltà di apprendimento che rende molto difficile decifrare le parole su una pagina.»

«Oh. Be', in effetti mi sembra quello che succede a me.»

Tony alzò le mani. «Ora, io non sono un esperto, ma ho avuto un paio di studenti con difficoltà simili. A entrambi è stata diagnosticata la dislessia.»

Un piccolo raggio di speranza stava iniziando a illuminare il mondo di Helen. «Lei... pensa davvero che questo possa essere il mio problema?»

«Sì, vorrei che andassi a trovare un mio conoscente. Lui potrà dirti se la mia ipotesi è corretta. L'unica cosa è che... è piuttosto costoso.»

«I soldi non sono un problema» rispose Helen in fretta.

«Bene.» Scrisse un nome e un indirizzo su un blocchetto. «Il dottor Allen lavora in Harley Street. Non so il numero di telefono a memoria, ma perché non passi di lì stasera mentre torni a casa? Sono dieci minuti a piedi da qui. La segretaria può fissarti un appuntamento.»

Tony Bryant le sorrise. Helen iniziò a capire perché le altre ragazze della classe lo trovavano così attraente.

«Grazie.» Prese il foglio e se lo infilò nella tasca del cappotto.

«Non mi ringraziare, Helen. Spero di non sbagliarmi. Vorrei solo che qualcuno se ne fosse accorto prima.» Le rivolse un sorriso. «Deve averti reso le cose molto difficili.»

Helen deglutì il nodo che aveva in gola. «Sì, molto.»

«Bene, è ora di andare. Fai qualcosa di carino per il fine settimana?»

«No, io...»

«Okay. Fammi sapere l'esito del tuo incontro con il dottor Allen.»

«Lo farò.»

E con un piccolo cenno della mano, scomparve giù per le scale.

Ci vollero quindici minuti prima che Helen si sentisse abbastanza in sé da lasciare la scuola di Baker Street e dirigersi verso Harley Street.

L'indirizzo che il professor Bryant le aveva dato si rivelò essere quello di una delle tante case con le facciate bianche in stucco lungo la strada. Suonò il campanello vicino alla porta diverse volte senza ottenere risposta, poi vide un avviso che diceva che l'ambulatorio del dottor Allen chiudeva alle cinque. Erano già le cinque e venti. Helen scarabocchiò il numero di telefono sulla copertina di uno dei suoi quaderni, scese di nuovo le scale e si diresse verso Oxford Street. Le luci di Natale erano state installate nei giorni precedenti e fiumi di persone entravano e uscivano dai grandi magazzini. Trovò la fermata dell'autobus per tornare a casa a Wimbledon e si mise in fondo alla lunga coda.

Quarantacinque minuti dopo, entrò al numero sette di Wimbledon Park Grove. L'edificio era una casa vittoriana a doppia facciata, che era stata divisa in diversi appartamenti qualche anno prima. Quello di Helen era all'ultimo piano. Controllò sul tavolo all'ingresso se c'era posta per lei. Zia Betty scriveva ogni due settimane e Seamus O'Donovan si teneva in contatto per quanto riguardava le sue finanze.

Quel giorno non c'era niente. Guardò le lettere degli altri inquilini; con nessuno di loro era riuscita a scambiare più di un breve saluto.

Mentre saliva le scale, Helen rifletté su quanto fossero diverse le persone lì rispetto a Ballymore. Vivevano in quattro sotto lo stesso tetto, usavano la stessa porta d'ingresso, eppure non si conoscevano affatto. A casa, in Irlanda, la gente poteva anche vivere a dieci chilometri di distanza, ma avrebbe comunque saputo i fatti tuoi prima di te.

Girò la chiave nella serratura, accese la luce nel piccolo corridoio, appese il cappotto al gancio e si diresse nel suo soggiorno-camera da letto.

La stanza era fredda. Helen andò al caminetto elettrico e lo accese. Poi chiuse le tende intorno alla grande finestra a bovindo.

Aveva visto diversi appartamenti più grandi quando si era messa in cerca di un posto dove vivere, ma aveva scelto quello per due motivi. Primo, di fronte alla finestra c'era un bellissimo ciliegio che in primavera sarebbe fiorito in un tripudio di bianco e rosa. Secondo, l'appartamento includeva il più raro dei comfort moderni: un bagno privato.

Un'ora dopo, Helen emerse dal bagno avvolta nella sua nuova e morbida vestaglia di velluto. Versò dei fagioli in una pentola e mise due fette di pane a tostare, poi accese il suo bene più prezioso: un televisore in bianco e nero.

«Tempismo perfetto» sorrise, mentre la sigla di *Agente speciale* risuonava dal piccolo altoparlante. Era il programma preferito di Helen. Emma Peel era la sua eroina e considerava Diana Rigg la ragazza più bella che avesse mai visto.

Dopo essere rimasta incollata allo schermo per ore, abbassò lo sguardo mentre scorrevano i titoli di coda e si rese conto di aver dimenticato di mangiare i fagioli con il pane tostato. Affamata, ma senza la forza di prepararsi altro, rovesciò la cena nella pattumiera, si lavò i denti, spostò il copriletto e si coricò.

Erano solo le otto e mezza, ma non importava. Era stanca, e voleva pensare a Tony Bryant.

Tony... Helen ebbe un fremito sussurrando il suo nome. Era stato così gentile... e il modo in cui l'aveva guardata, con i suoi grandi occhi castani...

11

«Okay, ragazzi, proviamo. Al quattro.»

I membri dei Todd Bradley and the Blackspots iniziarono a suonare. Nel magazzino deserto e pieno di spifferi con una magnifica vista sul Tower Bridge riecheggiarono le note dell'ultima composizione di Todd. Con pizzicava il basso, Ian era alla batteria e Derek alla chitarra, mentre Todd era il solista.

«Stop!» Todd alzò la mano. «Siete tutti in ritardo sugli *ah, ah*. E attenuateli. Mi state coprendo troppo, ragazzi. Ricominciamo.»

Un'ora e mezza dopo, Ian si accese una canna e la offrì a tutti.

«Allora» disse Todd mentre faceva un tiro e la passava a Derek, che inspirò troppo forte e iniziò a tossire. «Siamo in forma per domani sera?»

«Certo che sì» risposero gli altri.

«Bene. Ci vediamo alle sette per preparare tutto.»

«Ho chiamato il tizio della Pirate Records» intervenne Derek. «Non si sa mai, potrebbe farsi vivo.»

«Ehi, amico, lo chiami sempre prima dei nostri concerti e non si presenta mai» lo canzonò Ian.

«Un giorno potrebbe venire. Non si può mai dire chi si nasconde nel pubblico» rispose Derek sulla difensiva. «Faccio del mio meglio, sai.»

«Lo sappiamo.» Todd controllò l'orologio. «Devo andare. Ho appuntamento con Lulu fra mezz'ora.»

Con e Derek aiutarono Ian a mettere via la batteria e a caricarla nel vecchio furgone della band.

«Che bello sarebbe avere una sede fissa. Spostare questa roba mi sta uccidendo.»

«Un giorno avremo il nostro studio, Ian. Aspetta e vedrai» disse Derek.

«Come no, e Harold Wilson verrà lapidato in Parlamento» scherzò Ian. «Vado. C'è una festa a Soho stasera. Volete venire? Ci saranno ragazze e un sacco di roba buona.»

Con e Derek scossero la testa. Ian alzò le spalle. «Come vi pare. Vi darei un passaggio, ma non c'è posto. Ci vediamo domani.»

«Sì, e stavolta non dimenticare dove, Ian.»

Dopo diversi tentativi di avviare il furgone, Ian salutò con la mano e si allontanò lungo la strada. Con e Derek lo seguirono e svoltarono a destra per attraversare il Tower Bridge.

«Sigaretta?» Derek gli offrì un pacchetto.

«Sì, grazie.» Con pescò una Embassy.

«Cosa fai per Natale?»

«Resto a casa con Orla. E tu?»

«Oh, devo accontentare mia mamma e stare con lei» disse Derek, scrollando le spalle. «Non ha nessuno a parte me. Sai come sono le famiglie.»

Con non rispose.

«Allora, fai parte della band da quasi un mese. Cosa ne pensi di noi?»

«Penso che siate tutti fantastici.»

«Non intendevo noi personalmente. Voglio sapere cosa ne pensi del sound.»

«Be', Ian è un batterista formidabile, quando non è troppo fatto. Todd scrive... canzoni interessanti, e tu sei molto bravo con la chitarra. Va meglio così?»

«Stai glissando, ecco cosa. So quali sono i nostri problemi. Non abbiamo un'identità abbastanza forte. Siamo uguali a mille altri gruppi che cercano tutti di essere i Beatles o gli Stones. Eppure il motivo per cui quei due gruppi stanno andando così bene è che sono diversi.»

Raggiunsero l'altro lato del Tower Bridge.

«Senti, ti va un drink, Con?» chiese Derek.

«Mi piacerebbe, ma non posso. Mi vedo con Orla quando esce da lavoro, tra venti minuti, e Piccadilly è troppo lontano da qui, mi dispiace.»

«Okay» disse Derek, scrollando le spalle. «Ci vediamo domani sera, allora.»

Con lo guardò allontanarsi. C'era qualcosa di triste in Derek, ma non riusciva a capire cosa. Si voltò e iniziò a camminare svelto in direzione di Piccadilly Circus. Orla lo stava aspettando nel loro solito bar in Archer Street.

«Ciao, bellezza.» La baciò e si sedette al bancone accanto a lei. «Com'è andata la giornata?»

«Non male. È un caos per lo shopping natalizio. Abbiamo dovuto assumere due ragazze in più per aiutarci. E la tua?»

Con tirò fuori la sua scatola di tabacco e iniziò a rollare una sigaretta.

«Tutto bene.»

«Hai fatto ascoltare a Todd la nuova canzone? Avevi detto che volevi farlo.»

Con fece un tiro dalla sigaretta. «Lo so, ma ho l'impressione di pestargli i piedi. È lui a scrivere le canzoni per la band.»

Orla gli tolse un pelucco dal colletto. «Be', almeno hai chiesto se puoi cantare un pezzo? Non se la prenderà per una sola canzone, no?»

«Grazie» disse Con, mentre la cameriera gli passava il cappuccino. «Temo proprio di sì, invece. Ha un ego smisurato. Aspettiamo fino a dopo le feste, Orla. Abbiamo dieci concerti nelle prossime due settimane. E questo significa qualche soldo extra. Non voglio rovinare tutto agitando le acque. E poi a Natale siamo tutti più buoni, anche con i cantanti egoisti, i batteristi strafatti e i chitarristi bassi.»

«Va bene, non insisto. Anzi, ho delle buone notizie.»

«Ovvero?»

«Una delle commesse della pelletteria sa di un monolocale vuoto nella sua casa di Hampstead. Costerebbe un bel po' di più di quello che paghiamo ora, ma il tetto non gocciola e Bridget dice che è piuttosto spazioso.»

«Quanto di più?»

Orla strinse le labbra. «Con il mio bonus di Natale potremmo permetterci la caparra. Significherà dover ridurre gli extra, ma sai che bello avere una stanza confortevole? Possiamo almeno andare a vederlo, per favore?»

Con le diede un bacio sulla guancia. «Ma certo, Orla, come vuoi.»

Si trasferirono nel monolocale in Arkwright Road tre giorni prima di Natale. La casa consisteva in una grande stanza ariosa, appena ristrutturata, con un piccolo angolo cottura.

Orla aveva quattro giorni di ferie dal lavoro e li trascorsero ad ambientarsi nella nuova casa. La vigilia di Natale ricevette un biglietto d'auguri con tre sterline da sua madre. Con quelle, andò a fare la spesa al mercato di Berwick Street proprio mentre i venditori ambulanti stavano riponendo la merce, e riuscì ad accaparrarsi un alberello, un tacchino e un bel mazzo di agrifoglio. Mentre Con era fuori per il concerto, Orla si diede da fare per addobbare la stanza. Farcì il tacchino e sbucciò le verdure per il giorno dopo, poi canticchiò i canti natalizi alla radio mentre incartava il regalo di Con: un costoso dopobarba che aveva comprato da Swan and Edgar con lo sconto per il personale.

«*Silent night, holy night.*» Sistemò il regalo sotto l'albero, poi andò alla finestra e aprì le tende. La notte era silenziosa e frizzante, con appena un filo di vento.

Le campane alla radio suonarono per annunciare la mezzanotte.

«Buon Natale, mamma» mormorò.

La mattina seguente, Con e Orla si scambiarono i regali. Lei aprì una scatola di velluto con dentro un anello. Lo sollevò in controluce e vide un piccolo smeraldo che scintillava nel suo grappolo di diamanti.

«Con, è stupendo» sussurrò. «Ma come hai fatto a comprarlo?»

«Mi hanno pagato bene nell'ultima settimana.» Si inginocchiò davanti a lei, prese l'anello e glielo infilò all'anulare della mano sinistra. «Ecco. È un po' largo, ma il gioielliere ha detto che può stringerlo.»

Lei lo guardò con gli occhi che brillavano. «Ed è...?»

«Sì. Un anello di fidanzamento. Avrei voluto che fosse una fede nuziale. Ma non appena avrò guadagnato abbastanza da regalarti il giorno che meriti, ti giuro che ci sposeremo.»

Orla lo baciò. «Ti amo, Con. E questo anello significa tutto per me.»

Più tardi, dopo una cena abbondante, qualche whisky di

troppo e una passeggiata al parco, Orla si rannicchiò felice accanto a Con.

«È stato un Natale magnifico, solo noi due nella nostra nuova casa.»

«Non hai ripensato ai Natali a Ballymore?»

«Un pochino. E tu?»

«No, per niente. Mio padre si ubriacava così tanto di whisky la vigilia che il più delle volte non si alzava dal letto fino al pomeriggio e poi metteva il broncio perché la sera di Natale i bar erano chiusi» ridacchiò lui.

«Be', ora hai me. Sono io la tua famiglia. E ti prometto che non ti lascerò e non ti farò mai del male, mai.»

Con le accarezzò delicatamente i capelli. «E io ti prometto che un giorno ti renderò orgogliosa di me.»

«So che lo farai, Con, lo so.»

12

«Ebbene, Helen, Tony Bryant aveva ragione. Credo che lei sia dislessica.» Il dottor Allen, un signore inglese di mezza età, la scrutava da sopra gli occhiali a mezzaluna.

«Ma... è meraviglioso» sussurrò Helen.

«Parola mia, non credo di aver mai sentito un paziente andare in estasi per una diagnosi.»

«Mi scusi. È che ho finalmente capito perché faccio fatica a leggere e perché andavo così male a scuola.»

«Sì, certo, capisco cosa intende. Ma la dislessia può essere un problema persistente. Ci vorrà molta pazienza e determinazione per superarla.»

«Ho determinazione da vendere.»

«Bene, è lo spirito giusto. Potrebbe interessarle sapere che crediamo che un bambino su quattro con difficoltà di apprendimento a scuola soffra di dislessia. Tuttavia, molti non vengono mai curati. I test a cui l'ho sottoposta questa mattina mi hanno dato un'idea della sua condizione. Riesce a distinguere i colori e non ha nessun problema con i numeri. Ma sembra che le parole le saltino addosso dalla pagina.» Helen annuì. «Confonde le lettere quando scrive, anche se in teoria sa benissimo dove andrebbero messe. Non è raro, e ho sicuramente incontrato casi peggiori. Credo che, con il tempo e la pazienza, lei possa imparare a gestire il suo disturbo. Inizieremo con alcuni esercizi.»

Il dottor Allen porse a Helen un fascio di fogli. «Voglio che copi esattamente la parola sopra lo spazio, più volte. È noioso e ripetitivo, ma è dimostrato che funziona. Piano piano allenerà il cervello a riconoscere le forme. Voglio anche che si faccia coraggio e che legga il più possibile. Può iniziare con le riviste. In genere le frasi sono brevi e accompagnate da immagini che aiutano a capire il sunto della storia. La pratica è fondamentale.»

«Sì, dottor Allen. Farò di tutto per migliorare.»

«Benissimo. La mia segretaria fisserà il prossimo appuntamento tra una settimana. Rivedremo gli esercizi e discuteremo di eventuali problemi che avrà incontrato.»

«Grazie, dottor Allen. Le sono molto riconoscente.»

Si alzarono entrambi e Helen gli porse la mano.

«Ottimo, ottimo. Faccia attenzione con la neve là fuori. È pericoloso.»

«Lo farò. Arrivederci.»

Anche se i marciapiedi erano insidiosi, Helen camminò a passo svelto.

Non sono stupida, non sono stupida, pensò tra sé, sorridendo. Nemmeno mezz'ora di attesa a causa del guasto di un autobus a Wimbledon Hill riuscì a smorzare il suo entusiasmo. Arrivò a casa fradicia, ma più felice che mai.

Inizialmente Helen aveva guardato con timore alla pausa per le vacanze di Natale. Aveva anche pensato di tornare a Ballymore, ma alla fine aveva deciso che il Natale con sua zia in una grande casa vuota era una prospettiva ancora più deprimente di due settimane da sola a Londra.

Ora che il momento era arrivato, Helen non si sentiva per niente giù di corda.

La vigilia di Natale andò a fare shopping in Wimbledon High Street. Comprò un piccolo tacchino, delle verdure, una bottiglia di vino e un'enorme scatola di cioccolatini. Poi entrò in un'edicola e acquistò diverse riviste. Avrebbe fatto pratica di lettura, come le aveva suggerito il dottor Allen, e si sarebbe goduta le splendide foto patinate delle modelle che indossavano le ultime tendenze.

Finito lo shopping, barcollò verso casa sotto il peso delle borse.

Trascorse la mattina di Natale a preparare un pranzo delizioso. *Peccato che sia solo per me*, pensò, riflettendo su quanto sarebbe stato bello poterlo condividere con Tony Bryant.

Dopo aver visto un film di Natale in televisione, Helen si infilò a letto per i suoi dieci minuti di fantasticherie su Tony. Poi prese una rivista dalla pila sul comodino. Jean Shrimpton, Twiggy e altre bellissime donne senza nome la fissavano dalle pagine lucide. Con un sospiro, si sdraiò sui cuscini e fissò il soffitto.

Dai Helen, sii realista. Tony non potrebbe mai trovarti attraente. Sei una nullità con quattro occhi e nessun amico.

Sentiva arrivare il solito pianterello di autocommiserazione. Ma stavolta, invece di abbandonarsi al dolore come aveva fatto in passato, ne provò disgusto. Si asciugò le lacrime, scese dal letto e andò a mettersi davanti allo specchio a figura intera dentro l'anta dell'armadio.

Per prima cosa, si ispezionò il viso. La sua pelle era giallastra e un po' brufolosa. Ricordava di aver letto su una rivista che eliminando il cioccolato e bevendo tanta acqua si poteva migliorare l'incarnato.

Poi si tolse gli occhiali e si studiò gli occhi. Non c'era dubbio che fossero il suo punto forte: di una bella forma e di un insolito verde acqua. Sospirò. A meno di non voler passare le giornate andando a sbattere contro qualsiasi superficie, non poteva fare a meno degli occhiali. Ma poteva procurarsi una montatura più adatta al suo viso.

Sorrise allo specchio. I denti erano belli; perlati e dritti, senza sgradevoli spazi vuoti.

Si passò una mano tra i capelli. Erano di un colore spento. *Acqua di scolo incontra topo morto*, pensò. Ma erano folti e sani. Inspirando a fondo, Helen si tolse il pigiama e si preparò a valutare oggettivamente il suo corpo nudo per la prima volta in vita sua. Cosa diceva quella rivista? Quindici minuti di esercizio al giorno abbinati a una dieta equilibrata aiutavano a perdere peso, se lo si desiderava. Si abbottonò il pigiama e tornò a letto. Poi sfogliò un'altra rivista, osservando i corpi snelli e flessuosi delle modelle.

Valeva la pena provare?

Sistemandosi sotto le lenzuola, allungò la mano e spense la luce sul comodino. Mancavano dieci giorni all'inizio del nuovo semestre. Dieci giorni in cui, se non riusciva a cambiare completamente se stessa, poteva almeno iniziare.

«Ecco qui, cara. Che ne pensi?» Il parrucchiere le avvicinò uno specchio per farle vedere la nuca.

Helen girò la testa da una parte e dall'altra, sorridendo. «Li adoro.»

«La differenza è incredibile.» Il parrucchiere passò le dita con orgoglio nel caschetto lucido. «Come ti dicevo, prendi un flacone del nostro shampoo speciale per capelli non trattati e fai due passate almeno tre volte a settimana. Il taglio è facile da mantenere.» Le tolse la mantellina dalle spalle. «Ci vediamo, tesoro.»

Helen uscì sotto il sole splendente di gennaio. Erano iniziati i saldi, e Regent Street era affollata. Cercò nella borsa una mappa di Londra. Orientandosi, iniziò a camminare in direzione di Carnaby Street. Ne aveva letto su una delle sue riviste e sapeva che era il posto giusto dove trovare «vestiti alla moda».

Can't Buy Me Love dei Beatles risuonava da alcuni altoparlanti fuori da una boutique. In quella successiva si sentiva il nuovo singolo dei Rolling Stones. Più in là, lungo la strada, un paio di musicisti ambulanti strimpellavano le loro chitarre. La strada era piena di giovani, e la cacofonia di rumori e colori travolse Helen. Non aveva mai visto niente di simile.

Il suo nuovo taglio le dava più sicurezza, comunque, quindi fece un respiro profondo ed entrò in una delle boutique.

Di ritorno nel suo appartamento, Helen si sistemò la minigonna di tweed e il maglione nero a collo alto. Si mise di lato e si guardò allo specchio. D'accordo, non era Twiggy, ma il suo tentativo di prendersi cura del suo corpo negli ultimi dieci giorni iniziava a dare frutti. Con i collant neri e gli stivali di vernice scura, le gambe sembravano toniche. Inoltre, il trucco con cui si era esercitata ossessivamente le definiva i lineamenti del viso.

Afferrò la giacca di pelle nuova e la indossò, poi prese lo zaino. Non c'erano dubbi. Per la prima volta nella sua vita, Helen era orgogliosa di ciò che vedeva allo specchio. D'istinto mandò un bacio al suo riflesso, e uscì.

Come aveva sperato, Tony la trattenne dopo la lezione.

«Helen, volevo sapere come vanno le cose con il dottor Allen.»

«Oh, molto bene, grazie. Ho lavorato sodo e credo che la mia lettura e la mia scrittura stiano migliorando. All'ultima visita il dottor Allen si è detto molto soddisfatto.»

«Ottimo! Sono sicuro che inizierò a notare un miglioramento nei tuoi compiti molto presto, allora.»

«Grazie, signor Bryant. Di tutto» disse, mentre si dirigeva verso la porta.

«Oh, e Helen?»

«Sì, signor Bryant?»

«Trovo che il tuo nuovo taglio sia fantastico.»

Helen quasi saltellò fino a casa. Il tempo, i soldi e gli sforzi che aveva investito negli ultimi dieci giorni... Ne era valsa la pena se aveva appena ascoltato quelle poche e semplici parole dalla bocca dell'uomo che amava.

13

«Ciao, tesoro, ci vediamo stasera al Victoria. Potrei fare un po' tardi perché il drago ha convocato una riunione.» Orla baciò Con sulla guancia.

Lui la afferrò e la attirò a letto.

«Con! Lasciami! Ci ho messo ore a pettinarmi!»

«Vai pure, allora, torna alla tua nuvola di profumi.»

Lei gli sorrise mentre si lisciava i capelli. «Non dimenticare di comprare il latte. Oddio, sono in ritardo. Dovrò correre fino a Fitzjohn's Avenue.»

«Così ti mantieni in forma!»

«Una bella sfacciataggine da uno che se ne sta ancora a poltrire a letto!» Si diresse verso la porta e la aprì. «Ciao.»

«Ciao, tesoro.»

La porta si chiuse alle spalle di Orla e Con si mise a sedere, incrociò le braccia dietro la testa e guardò fuori dalla finestra. Era una soleggiata mattina di marzo. In tutta la città, i narcisi cominciavano a fiorire, facendo capolino con le loro teste dorate dal terreno indurito dall'inverno.

Allungò la mano verso la sua vecchia chitarra, che era sulla sedia accanto al letto. Si sedette più dritto e iniziò a strimpellare.

«*And I have loved you more than...*»[1]

[1] E ti ho amato più di... [N.d.T.]

Suonò un accordo dissonante, quindi rimise la chitarra al suo posto.

Non c'erano dubbi, i suoi giorni con i Blackspots stavano volgendo al termine. Orla aveva ragione. Finché Todd Bradley era il leader assoluto della band, non c'era modo che Con potesse emergere. Gli aveva fatto sentire un'infinità di canzoni che pensava potessero essere adatte alla band.

«Ottimo, Con, ci do un'occhiata» era la sua risposta. E poi, inevitabilmente, non se ne sentiva più parlare.

Saltò giù dal letto e iniziò a cercare la scatola di tabacco. I Blackspots non stavano andando da nessuna parte e il frontman era affetto da grave megalomania. Con poteva fare di meglio. Glielo avrebbe detto al concerto quella sera.

«Con, pare che stasera dovrai darmi una mano.»

Todd era pallidissimo e aveva una sciarpa intorno al collo. Stava tracannando porto e limone a grandi sorsi.

«Hai l'influenza?»

«Sì. Lulu l'ha avuta la settimana scorsa. E vorrei essere stato più comprensivo con lei. Mi fa male anche parlare. Faccio io le presentazioni, come al solito, ma poi vieni avanti tu e canti insieme a me.»

«Okay.»

«Derek, tu e Ian potete mettere più energia nell'accompagnamento? Stasera non avrete Con su cui contare.»

«Certo amico, nessun problema» disse Ian, agitando una mano nella loro direzione.

«Che diavolo si è fatto stasera? Sembra fuori di sé» gracchiò Todd.

Con alzò le spalle. «Forse dovresti dirgli qualcosa. Sta peggiorando. L'altra sera si è addormentato durante un pezzo.»

Todd alzò la mano. «Sì, Con, quando starò meglio. Puoi testare il volume degli amplificatori, per favore?»

«Certo, Todd, tutto quello che vuoi, Todd» borbottò Con.

Freddy Martin stava tornando nel suo confortevole appartamento di Belsize Park quando all'improvviso gli venne voglia di una pinta. Si fermò in Camden High Street, parcheggiò in un vicolo laterale, comprò un giornale della sera ed entrò al Victoria Arms.

Ordinò la sua birra, prese uno sgabello e andò a sedersi al bancone.

«Buonasera, signore e signori. È bello rivedervi. Mi scuso per il raffreddore. Per vostra fortuna, Con ha promesso di aiutarmi.»

Alzando lo sguardo verso il palco nell'angolo, Freddy vide che si trattava della solita band, un quartetto con un nome orribile che stando ai suoi ricordi era anche poco interessante. Mentre iniziavano a suonare la prima canzone, aprì il giornale e cominciò a leggere.

«Con, amico, devi subentrare tu. Non ce la faccio, non ho più un filo di voce» sussurrò Todd in tono drammatico dopo il terzo pezzo.

Con annuì.

«Ti ricordi bene le parole?»

«Sì, certo.»

«Okay.» Todd annuì. «Inizia con *Fields of Glory.*»

«Buonasera, gente. Prenderò il posto di Todd per il resto della serata. Il nostro ragazzo ha l'influenza.»

Un lamento si levò dal pubblico. Con fece cenno alla band. «Bene, andiamo.»

Freddy stava leggendo che il Cavern Club di Liverpool, il locale dove i Beatles avevano iniziato, rischiava di essere rilevato dal curatore fallimentare. Lui stesso aveva suonato lì agli esordi e provò un'ondata di nostalgia.

«Fields of glory, as they march on...»[2]

Alzò lo sguardo verso il palco. E fu colpito da ciò che vide.

Ecco, questo sì che è un bel ragazzo, pensò Freddy. *E sa anche cantare.*

«One day we'll win, oh yes, oh yes, we will.»[3]

«Liquidate il paroliere» borbottò Freddy. Ma adesso era abbastanza interessato da posare il giornale.

«Sei bravo» mormorò, «molto bravo.»

La band era senza dubbio migliorata dall'ultima volta che aveva visto una loro esibizione. Questo nuovo membro sembrava aver finalmente portato un po' di coesione. Il sound era molto più raffinato.

Freddy ordinò un'altra pinta mentre la band scendeva dal palco alla fine del primo set. Fu tentato di avvicinarsi e presentarsi, ma decise di non farlo. Era interessato, ma aveva bisogno di sentire qualche altro pezzo.

Rimase ad ascoltarli ancora per una mezz'ora, riflettendo sull'aspetto dei membri della band. Concluse che i ragazzi erano tutti attraenti a modo loro. In fin dei conti, era il sex appeal a far vendere i dischi.

«Che cavolo» sospirò Freddy. Si era annoiato a morte negli ultimi sei mesi. Aveva bisogno di una sfida.

Scese dallo sgabello del bar e andò a salutarli.

«Ciao ragazzi, ho visto lo spettacolo. Mi è piaciuto.»

[2] Campi di gloria, mentre marciano... [N.d.T.]

[3] Un giorno vinceremo, oh sì, oh sì, vinceremo. [N.d.T.]

«Grazie» gracchiò Todd, chino su un amplificatore, dando le spalle a Freddy. «Non era la serata migliore per sentirci, però. Ho l'influenza e...» Todd si alzò e si voltò, con il viso arrossato per la fatica. Di fronte a lui c'era un uomo alto con la mascella scolpita e i capelli biondi. Il suo abito era impeccabile.

«Io... ehm... Buonasera, signor Martin» farfugliò.

«Ascolta, ti chiami Todd, vero?»

«Sì.»

«Questo è il mio biglietto da visita. Chiamami e vediamoci. Mi piacerebbe fare due chiacchiere con voi. Non farmi aspettare troppo, capito?»

«Okay, signor Martin.»

«Bene. Ci vediamo, ragazzi. Grazie per la serata.»

Freddy Martin fece un cenno di saluto con la mano e uscì dal pub. Tutti e quattro i membri della band lo fissarono.

«Accidenti.»

«Porca miseria.»

«Che mi prenda un colpo.»

«Qualcuno potrebbe dirmi chi era?» chiese Con.

«Quello era Freddy Martin, Con. Era un grande rocker negli anni Cinquanta, sempre al primo posto nelle classifiche. Voglio dire, la sua musica è roba vecchia ormai, ma accidenti, ho tutta la sua collezione di singoli in soffitta.» Derek era sbalordito.

«Quindi era un cantante famoso.» Con lanciò un'occhiata a Ian e Todd, che parevano impressionati quanto Derek.

«Ora è un manager. È stato lui a scoprire e lanciare i Tin Men.»

«A quanto pare ci sono stati dei disaccordi e si sono sciolti sei mesi fa» continuò Derek.

Todd starnutì e tirò fuori un fazzoletto usato. «Scusate. Comunque, forse Freddy sta cercando un nuovo gruppo da gestire. Ve lo dico, quel tizio conosce tutti nel mondo della musica.»

Derek aveva iniziato a saltellare su e giù per l'eccitazione. «Ehi ragazzi, potrebbe essere la volta buona, la nostra grande occasione. Chi vuole un drink?»

«Todd, io devo andare a casa.» La voce di Lulu smorzò l'atmosfera. «Domani giro a Elstree e mi tocca essere lì per le sei.» Si alzò imperiosa dal suo posto.

«Certo, Lulu. Mi spiace, ragazzi, io passo. Devo tornare a casa a curarmi l'influenza. Chiamo Freddy Martin domattina e vi faccio sapere cosa mi dice.»

Todd e Lulu se ne andarono, Derek andò a prendere qualcosa da bere al bar. Orla strinse la mano di Con mentre lui si sedeva accanto a lei.

«Sei stato fantastico» sussurrò. «Non mi stupisce che Freddy Martin si sia interessato alla band.»

Con la baciò. «Grazie, anche se vedrai che già da domani sarò rimesso al mio posto.» Alzò lo sguardo mentre il suo compagno di band posava i drink sul tavolo. «Ah, Derek, bravo ragazzo!»

«Be', brindiamo ai Todd Bradley and the Blackspots. Speriamo che l'anno prossimo a quest'ora il nome sarà sulla bocca di tutti.» Derek alzò il bicchiere.

«Brindiamo.»

«La prima cosa da cambiare è il nome della band. È orribile. Qualcuno vuole un caffè?»

Freddy guardò i quattro ragazzi seduti nervosamente nel suo spazioso salotto. Tutti annuirono. Versò il liquido nero fumante in quattro tazze di porcellana.

«Servitevi pure latte e zucchero. Il punto è che serve un nome corto e incisivo, che sia facile da ricordare. In ogni caso, possiamo rifletterci se dovessimo decidere di lavorare insieme. Chi scrive le canzoni?»

«Io.» Todd tirò su le spalle, pronto a ricevere elogi.

«Sarò onesto con te, Todd, da quello che ho sentito un paio di sere fa, non stanno centrando il bersaglio. Le linee melodiche sono insolite, e questo è un aspetto positivo... però i tuoi testi fanno schifo. Qualcun altro scrive?»

«Io» intervenne Derek.

«Bene. Fammi dare un'occhiata alla tua roba.»

«E anch'io» disse Con a bassa voce.

«Fantastico. La cosa migliore è che siate voi a comporre il vostro materiale. Vi semplificherebbe la vita e vi darebbe un sound definito. Possiamo assumere un compositore se necessario, ma prima fatemi vedere cosa riuscite a fare da soli.»

Con lanciò un'occhiata a Todd. Era rosso in viso per l'umiliazione.

«Ora, per quanto riguarda la vostra immagine... o meglio, la vostra mancanza di immagine...» Freddy ridacchiò. «Siete tutti dei bei ragazzi, ma non vi rendete giustizia. Consiglio caldamente nuovi tagli di capelli e un nuovo guardaroba prima che torniate a esibirvi davanti al pubblico.»

I quattro sorseggiarono il caffè in silenzio.

Alla fine, Con parlò.

«Signor Martin, non vorrei essere scortese, ma non le piace il nostro nome, non le piace la nostra musica, non apprezza i nostri capelli o i nostri vestiti. Sarebbe così gentile da dirci cosa le piace?»

«Le mie scuse, Con. Dovrai abituarti al fatto che dico sempre quello che penso. Evito di perdere tempo in chiacchiere. Siete qui, no? Questo significa che penso abbiate del potenziale. State bene insieme sul palco. Due biondi e due bruni sono una combinazione accattivante. Musicalmente, avete un bel sound. E a parte questo, avete...» Freddy cercò la parola giusta. «Un *carisma* ancora grezzo al momento, ma che potrebbe essere sviluppato. Credo che con un po' di tempo, impegno e denaro, potremmo mettere insieme qualcosa di speciale.» Rivolse ai ragazzi un ampio sorriso.

«Non vorrei sembrarle arrogante, signor Martin, ma cosa ci sta offrendo di preciso?» chiese Todd.

«Non essere frettoloso, Todd, ci stavo arrivando. Altro caffè?» Freddy se ne versò ancora mentre i quattro ragazzi si agitavano sulle sedie. «Sono sicuro sappiate che anch'io ero un cantante. Negli ultimi anni ho gestito una band molto nota, che, per ragioni che non voglio approfondire, non esiste più. Quello che sto pensando di offrirvi, ragazzi, è lo stesso accordo che avevo offerto a loro, molte lune fa. Sarei il vostro manager.» Freddy si alzò e iniziò a passeggiare per il salotto. «Come potete immaginare, i miei contatti nel mondo della musica sono vasti e consolidati. Qualsiasi band prenderò in gestione entrerà in una casa discografica solo grazie alla mia raccomandazione. Mi occuperò personalmente delle demo e di tutte le spese sostenute prima di avere un contratto. Vi pagherò anche uno stipendio dignitoso che vi verrà poi detratto dal primo contratto. Per il privilegio di avermi come manager, la band mi pagherà il venti per cento dei guadagni lordi. E questo, signor Bradley, è quello che vi offro.»

«Capisco» annuì Todd.

Gli altri fissarono Freddy in silenzio.

Lui incrociò le braccia e tornò verso la band, torreggiando su di loro. «C'è una cosa che dovete capire prima di andare avanti. Sono un uomo ragionevole, ma se ho imparato qualcosa dalla gestione dell'ultima band è che c'è posto per un solo capo. Inutile dire chi sarebbe.» Freddy guardò l'orologio. «Temo di dover interrompere la riunione. Ho un pranzo a Soho tra mezz'ora. Perché non ne parlate un po' tra di voi?» Si alzò e i suoi ospiti lo seguirono fino alla porta d'ingresso. Strinse solennemente la mano a tutti. «Arrivederci. Chiamatemi tra un paio di giorni e ci rivedremo.» Freddy chiuse la porta, si concesse un sorrisetto ripensando alle loro espressioni sconcertate e corse di sopra a prendere le chiavi della macchina.

Sul marciapiede, i quattro ragazzi si guardarono.

«Pub?» concordarono all'unisono, e si avviarono lungo la strada finché non ne trovarono uno.

«Avete visto quella casa? Cavolo, è una vera reggia.» Ian si accese una canna mentre Derek e Todd tornavano con le birre.

Todd tossì e scacciò via il fumo. «Ian, devi proprio? È la terza da colazione.»

«Senti, Todd, questa roba è meglio delle sigarette» rispose Ian, facendo un altro tiro.

Todd sorseggiò la sua pinta. «Allora, cosa ne pensate?»

«È un uomo potente» disse Con.

«Conosce un sacco di gente» aggiunse Derek.

Todd tirò su col naso e strinse le labbra prima di esprimere la sua opinione. «Be', per me è uno stronzo di prima categoria. Non abbiamo bisogno di lui, ragazzi. Non ha fatto altro che criticare la nostra musica e suggerirci un taglio di capelli.» Todd scosse la testa. «Mi dispiace. Sarà anche un pezzo grosso, ma non mi è piaciuto affatto.»

«Solo perché ha detto che i tuoi testi fanno schifo, Todd» lo canzonò Ian, bonario. «Forse aveva ragione!»

«Davvero, Ian? Be', se non fossi strafatto giorno e notte potresti provare a prendere carta e penna e scrivere qualcosa. Così capiresti quanto è difficile...»

«Ragazzi, ragazzi, non è il momento di discutere.» Con alzò

le mani. «Ci è stata fatta una proposta e dobbiamo considerarla seriamente.»

«Ha parlato di un salario dignitoso...» sussurrò Derek, incredulo.

«Va' a sapere che intende con dignitoso» fece Todd, cupo.

«Be', siamo onesti, non può essere meno di quello con cui stiamo tutti cercando di sopravvivere al momento.»

«Quindi venderesti la tua integrità artistica per qualche sterlina a settimana?»

«Dobbiamo mangiare, Todd» intervenne Con. «E non c'è niente di male nel voler fare soldi. Secondo me è stato schietto. Senza fronzoli. Mi ha fatto una buona impressione.»

«Solo perché con te faceva tutto il carino.»

«Be', amico, se a lui è piaciuto mica devi criticarlo» ribatté Ian, frugando nelle tasche in cerca di una scatola di fiammiferi e riaccendendo la canna.

Todd sembrava sul punto di scagliarsi contro Ian, così Derek gli mise una mano fraterna sulla spalla. «Sai quanto è difficile convincere qualcuno di una casa discografica a venire a una serata. Freddy Martin li porterebbe senza sforzo. Ha anche detto che avrebbe pagato per le demo, cosa che noi non potremmo permetterci.»

Todd allontanò la mano del cugino. «Sì, Derek, e poi si riprenderà i soldi quando avremo il nostro primo contratto e continuerà a prendersi il venti per cento di tutto ciò che guadagniamo.»

«Ma sono affari, Todd. Qualsiasi manager si prenderebbe la sua parte. Possiamo essere la migliore band del mondo, ma se non abbiamo soldi da investire per farci conoscere, è inutile. Potremmo rimanere come siamo per anni.»

«Può anche averci insultato, ma, ehi, deve pensare che abbiamo qualcosa di buono. È in gioco anche la sua reputazione. Qualcuno vuole un tiro?» Ian agitò la canna.

«No grazie» disse Con. «Freddy Martin sa il fatto suo. Certo, non è perfetto, ma cos'altro abbiamo? Ci sono un centinaio di band a Londra che coglierebbero al volo un'occasione come questa. Se non ne approfittiamo noi, lo farà un altro gruppo.»

«Giusto» disse Derek. «Ragazzi, sapete cosa vi suggerisco?»

«Dicci tutto» cantilenò Todd.

«Mettiamola ai voti.»

«E se finisce pari?» chiese Ian. «Siamo in quattro.»

Derek sorrise. «Allora lanceremo una moneta o qualcosa del genere. Okay, inizio io. Dico di andare con Freddy Martin.» Fece spallucce quando il cugino gli rivolse un'occhiata velenosa.

«E io dico che lascio la band se tutti votano a favore» li minacciò Todd.

«Con?» Derek si voltò verso di lui.

«Sono d'accordo con Derek. Penso che un taglio di capelli e dei vestiti nuovi siano meglio di un possibile fallimento e della probabile morte di fame.»

«Ian?» chiese Derek.

«Sono d'accordo anch'io, Con. Già mi immagino folle di groupie urlanti.»

«Bene ragazzi, sembra che la decisione sia presa. Diamo una possibilità a Freddy Martin. Mi dispiace, Todd» disse Derek.

Il cugino si alzò, con un'espressione di disgusto sul volto, e lasciò il pub in silenzio.

«Hai fatto *cosa*?»

Lulu era al centro del suo salotto a Chelsea, e fissava incredula Todd.

Lui si versò un altro bicchiere di whisky dalla bottiglia già mezza vuota. Bevve un sorso e alzò le spalle. «Sì, me ne sono andato.»

«Sei uno stupido arrogante!» Lulu prese un cuscino dal divano e glielo tirò addosso.

«Ehi! Pensavo che saresti stata dalla mia parte! Dici sempre che ami i miei testi. Freddy Martin ha detto che fanno schifo!»

Sembrava un bambino ferito. Lulu capì di dover provare un approccio diverso. «Tesoro, io adoro le tue canzoni. Credo che tu abbia un talento straordinario. Ma dopo tutto questo tempo finalmente è arrivata la svolta. Freddy Martin, *quel* Freddy Martin, ex manager di uno dei gruppi più famosi del paese, si è offerto di rappresentarvi. E proprio adesso tu dici che vuoi andartene. Capirai la mia sorpresa.»

«Senti, Lulu, non hai idea di com'è andata, non c'eri. Freddy mi ha insultato. Sono io il cantante dei Blackspots, eppure ho avuto la netta sensazione che quel Martin sbavi per Con Daly. Finirei per essere relegato a un ruolo di supporto nella mia band, l'ho capito subito. No, grazie. Ne fonderò un'altra, migliore. Batterò Con Daly al suo stesso gioco.»

Lulu si lasciò cadere su una sedia e sospirò. Si scostò i folti capelli neri dal viso. «Quindi è una questione di gelosia. Pensi che Con ti abbia rubato la scena.»

Todd strinse i pugni. «Lo odio a morte, Lulu, lui e il suo fascino irlandese. Ha fregato il resto della band e Freddy Martin, ma non me.» Si prese la testa tra le mani. «Dietro quella sua calma esteriore si nasconde l'acciaio. È determinato ad arrivare in alto almeno quanto me.»

«Ed è sbagliato?» Lulu scosse la testa. «Ora sembri un bambino viziato e geloso. Con è un bravo ragazzo, Todd. Sì, è bello e ha talento. Ma sono anche queste le qualità di cui un gruppo ha bisogno per sfondare, no?»

Todd le lanciò un'occhiata severa. «Parli come se Con ti piacesse.»

Lei alzò gli occhi al cielo. «No, però capisco perché molte donne lo trovino attraente.»

«Fantastico. Tutte carezze per il mio ego.»

«Tesoro, sai che ti amo. Quello che voglio dire è che Con è una risorsa. È così che dovresti pensarla. C'è posto per entrambi nella band! Guarda Lennon e McCartney: entrambi musicisti, cantanti e cantautori brillanti. Scommetto che ci saranno stati fuochi d'artificio tra quei due. Ma più talento c'è nel gruppo, più possibilità avrete di fare successo. Lavora insieme a Con. Non fartelo nemico.»

«Sei sicura che non dovrei andarmene?»

«Assolutamente.»

«Merda.» Todd si strofinò gli occhi e soffocò uno sbadiglio. «Sono sbronzo.»

«Lo so.» Lulu si alzò e andò a sedersi accanto a lui. «Fidati di me, tesoro. Il mio istinto mi dice che devi rimanere.»

«E va bene» capitolò Todd, dopo una lunga pausa, «ma quel Con Daly non mi piacerà mai.»

«Non deve per forza piacerti, devi solo *lavorare* con lui. Dai, ti porto a letto.»

Todd si alzò barcollando. Prese una ciocca di capelli di Lulu e se la arrotolò intorno al dito. «Tu pensi che io sia meglio di Con, vero?»

Lulu gli prese la mano e lo accompagnò in camera. «Sì, caro.» Senza accendere le luci, iniziò a sbottonargli la camicia.

«Ciao, Con. Passavo di qui e mi sono chiesto se potevo salire da te per fare due chiacchiere.»

Todd viveva a Chelsea. A Con suonava improbabile che si

trovasse per caso in Arkwright Road, a Hampstead, alle nove e mezza del mattino.

«Certo. Vieni.»

Todd lo seguì su per tre rampe di scale fino a una stanza ampia e ariosa.

«Bel posto.» Con le mani in tasca, Todd guardò fuori dalla finestra.

«Ah, è Orla. Ha il tocco magico.»

«Sì. Ehm... Con, penso che dovremmo parlare.»

«Certo. Mi stavo preparando un caffè. Ne vuoi?»

«Sì, ho un post sbornia tremendo. Avrei dormito tutto il giorno se Lulu non si fosse alzata alle cinque per andare in studio. Ti giuro, per essere una creatura così femminile, si muove con la grazia di un elefante. E se mi sveglio, io non riesco più a riaddormentarmi.» Stava straparlando per il nervosismo, e lo sapeva. «Senti, Con, quello che ho detto ieri... ero arrabbiato per come mi ha parlato Freddy Martin. Puoi immaginare come mi sono sentito sentendogli dire che le mie canzoni fanno schifo, soprattutto dopo gli anni passati al conservatorio.»

«Certo.» Con riempì due tazze con caffè solubile in polvere e acqua calda. «Scusa, abbiamo finito il latte.»

«Nessun problema. Lo prendo comunque senza.»

«Perfetto, ecco qui.» Porse una delle tazze a Todd, si sedette sul bracciolo del divano e attese.

«Il fatto è che io e te siamo la forza della band, sia come cantanti sia come autori. Ian e Derek sono bravi e supporteranno musicalmente il gruppo, ma saremo noi a rendere possibile la magia.»

«È generoso da parte tua.» Con sorseggiò il caffè, senza mai staccare lo sguardo calmo dal volto di Todd.

«Quindi, riflettendoci, forse dovremmo...» Todd sembrava

combattuto «... mettere insieme le nostre risorse. So che tu preferisci un suono più melodico e lento, mentre a me piacciono i riff più chiassosi.» Con annuì. Todd alzò le mani. «E ammetto che alcuni dei miei testi possono essere un po' banali, mentre i tuoi, scusa se te lo dico, a volte rasentano lo sdolcinato. Forse insieme potremmo smussare i nostri eccessi.»

Con fece roteare il caffè nella tazza. «Be', ha senso. E significa che, parlando del futuro, hai cambiato idea sull'andartene?»

«Sì. Ho fondato io quella dannata band, no? Ieri è stata una brutta giornata, tutto qui. Mi sono calmato e ho capito di aver reagito male.»

Con era colpito dal nuovo atteggiamento di Todd. «È stato duro con tutti noi.»

«Be', ho la sensazione che il signor Martin ci riserverà di peggio. Faremmo meglio ad abituarci al fatto che non tiene per sé le sue opinioni.»

«Quindi sei contento di firmare con lui?»

«Come avete detto tutti, è meglio che morire di fame.»

Con annuì e prese la sua scatola di tabacco. «Allora, vuoi che proviamo a scrivere qualcosa insieme?»

«Sì. Dovremmo provarci.»

«Ci sto.»

«Bene. Penso sia importante lavorare in squadra. Avete deciso quando darete a Freddy Martin la notizia che abbiamo accettato la sua offerta?»

«Derek gli avrebbe telefonato questo pomeriggio. Sarà meglio fargli sapere che sei tornato.»

Todd annuì, con una punta di umiltà. «Sì, hai ragione.»

14

«Ciao, Derek! È un piacere rivederti. Ti trovo bene.»

«Grazie.»

Derek tremava dalla testa ai piedi, ma cercò di trasmettere sicurezza.

Peggy lo studiò. «Sembri... cresciuto.»

«Davvero?» Pregò di non arrossire. «Due fish and chips, per favore, uno con sale, l'altro con sale e aceto.» La cameriera annuì e preparò l'ordine. Derek si sporse oltre il bancone per prendere il pacco caldo avvolto in carta di giornale.

«Allora, Derek» Peggy gli rivolse un sorriso cordiale, «cosa stai facendo di bello in questo periodo?»

Lui provò ad appoggiarsi con nonchalance al muro della friggitoria, ma valutò male l'angolazione e barcollò goffamente all'indietro. «Be', faccio parte di un gruppo.»

«Oh. Un gruppo di cosa?» chiese lei, con aria innocente.

«Una band. Una rock band.»

«Davvero? Suoni ancora la chitarra, allora?»

«Sì, strimpello ancora quella dannata cosa, ahahah!» La risata gli era sfuggita troppo aggressiva e fece arretrare Peggy di un passo.

Datti una calmata, Derek. «A dire il vero, abbiamo appena firmato un contratto con Freddy Martin» disse, cercando di apparire disinvolto.

Peggy sussultò. «Intendi *quel* Freddy Martin?»

Bingo. Era colpita. «Sì. È ancora presto, ma le cose sembrano andare bene.»

«Ecco il suo ordine, signorina.»

«Grazie.» Peggy prese il cartoccio dalla donna dietro il bancone e si diressero entrambi verso l'uscita.

«E tu cosa fai?» chiese Derek, pur sapendolo benissimo.

«Oh, frequento il college nel West End, seguo un noioso corso di economia. E condivido l'appartamento sopra questa friggitoria con un'amica.»

«Ah, ho capito. Sei andata via di casa, eh?»

«Sì, sai quanto era iperprotettivo mio padre. Tu sei ancora a casa?»

Derek annuì. «Sì. Non potevo lasciare la mamma. Dipende da me.»

«Certo. Come sta?»

«L'artrite si è aggravata. Ormai esce solo in sedia a rotelle. Riesce a malapena a prepararsi una tazza di tè.»

«Mi dispiace, Derek. Ma sembra che tu te la stia cavando molto bene. Fate tante serate? Oh, ehm, scusate.» Si accorse che c'era una fila di persone in attesa di uscire dalla friggitoria. «Stiamo bloccando il passaggio.»

Derek aprì la porta e i due raggiunsero il marciapiede.

«Sì, ci esibiamo spesso, ma probabilmente ora resteremo in studio per un po'. Freddy vuole che registriamo qualche demo.»

«Caspita. Sembra tutto molto eccitante.»

Derek continuò a comportarsi nel modo più tranquillo possibile. «Direi di sì, sì.»

Peggy lo guardò. «Senti, devo andare, o le patatine si raffredderanno.» Derek era sempre stato molto dolce con lei. C'era qualcosa nel suo aspetto da ragazzino innocente che le piaceva.

Certo, aveva sviluppato una vera ossessione nei suoi confronti quando gli aveva fatto capire che lo vedeva solo come un amico... ma ormai era passato tanto tempo. Si arrischiò. «Fammi sapere dove suoni, magari posso venire a sentirti.»

Derek annuì. «Lo farò.» Poi finse di avere appena avuto un'idea. «In realtà domani sera suoniamo al Queen Victoria di Camden Town. È a soli quindici minuti da qui.»

«Davvero? Magari riesco a fare un salto. Mi ha fatto piacere rivederti.»

«Anche a me, Peggy.»

Lei sembrò sorpresa. «Caspita, nessuno mi chiamava così da anni. Dai tempi della scuola, a dire il vero. Comunque, ciao, Derek.»

Lei gli fece un cenno di saluto con la mano mentre si allontanava.

Derek si sentì mancare. Andò a sedersi su una panchina coperta di graffiti per cercare di calmarsi. Era andata meglio di quanto si sarebbe mai potuto aspettare.

Lei sembrava piuttosto impressionata. Ed era bellissima.

L'indomani sera forse sarebbe andata a sentirlo suonare.

Alzandosi, Derek si rese conto che le patatine che aveva comprato per lui e per sua madre erano ormai fredde come la pietra. Le gettò nel cestino accanto alla panchina e tornò dentro per rimettersi in coda e ordinarne altre due porzioni. Aveva avuto ragione da sempre. Lui e Peggy erano destinati a stare insieme.

Il bancone di Orla era stato particolarmente affollato nell'ultimo mese. Forse perché la primavera era nell'aria. Anche se doveva stare in piedi dalla mattina presto fino alla chiusura del negozio, alle sei del pomeriggio, le piaceva il suo lavoro. Le altre ragazze della profumeria erano simpatiche e la divertivano le loro chiacchiere all'ora di pranzo, piene di pettegolezzi su chi si vedeva con chi.

Anche se di recente Con le aveva detto che presto avrebbe guadagnato abbastanza per entrambi, non era sicura di voler smettere di lavorare. In fin dei conti, cos'avrebbe fatto nella loro stanza a Hampstead tutto il giorno? Sapeva come la pensava Con, ma era il 1965. Molte ragazze si guadagnavano da vivere, soprattutto lì a Londra. Di certo avrebbero litigato, ma lei era intenzionata a tenere il punto. E poi qualsiasi guadagno extra era d'aiuto in quel momento.

Orla canticchiava tra sé mentre spolverava i flaconi sul suo bancone di marmo. Se non avesse mollato quell'impiego, con lo stipendio di Con, avrebbero potuto permettersi qualcosa di più di un monolocale... e magari anche un bagno privato. Sapeva già che nel loro palazzo sarebbe stato disponibile qualcosa di adatto tra qualche settimana.

Osservò la guardia giurata aprire l'ingresso principale del negozio, lasciando entrare il rumore del traffico che rombava intorno a Piccadilly Circus.

«Eccoci qui, altre otto ore a spruzzare profumo» gemette Gladys, la ragazza che lavorava con lei al bancone. «E io ho una sbornia terribile. Solo l'odore mi fa venire la nausea.»

«Respira con la bocca allora» ironizzò Orla. Era abituata alle continue lamentele di Gladys.

«Certo, potrei mettermi una molletta sul naso» ridacchiò l'altra, «ma dubito che sarebbe una buona pubblicità per Elizabeth Arden.»

«Scusate se interrompo le vostre chiacchiere, ma vorrei un flacone di Blue Grass.»

«Certo, signora.» Orla lanciò un'occhiata alla sua cliente e si rese conto di averla già vista nella mensa del personale. Prese il flacone di Blue Grass dallo scaffale. «Vuole che glielo incarti?»

«No, grazie. Lo metta in un sacchetto. Ho fretta.»

«Certo, signora.»

Mentre Orla prendeva un sacchetto e vi riponeva il profumo, sentì gli occhi della donna fissarla.

«Quanto è alta, signorina?»

Orla si guardò intorno per vedere se la donna stesse parlando con qualcun altro. Ma no, la domanda era decisamente rivolta a lei. «Io?»

«Sì, lei» disse la cliente con impazienza.

«Ehm, circa un metro e settanta, credo.»

«Mmm. E quanto pesa?»

Orla scosse la testa. «Temo di non saperlo.»

«Vita? Seno?»

La ragazza iniziò ad arrossire. Scrollò le spalle. «No, non ne ho idea. Fanno due sterline e sei scellini.»

«Grazie.» La donna le porse i soldi. «A che ora è la sua pausa pranzo?»

«Alle dodici, signora.»

«Bene. Allora venga a trovarmi al terzo piano alle dodici e cinque in punto. Voglio prendere delle misure. Ma potrebbe andare, potrebbe proprio andare. Le dodici e cinque in punto, mi raccomando. Buona giornata.»

Orla fissò la donna a bocca aperta mentre si allontanava. Si voltò e vide che anche Gladys la stava osservando.

«Lo sai chi era, vero?» Orla scosse la testa. «Quella è la direttrice, o capo *vendeuse*, come preferisce essere chiamata, del reparto abiti firmati al piano di sopra. Se vuole prenderti le misure, potrebbe essere interessata a farti diventare una delle modelle del negozio.»

«E cos'è una modella del negozio?»

«Indossi gli abiti che i clienti vogliono vedere. Non è proprio come essere una vera modella, tipo Twiggy, ma è più glamour che stare qui a spruzzare profumi in aria tutto il giorno.»

«Capisco. Ma perché dovrebbe volere me?»

«Be', sai di essere carina, quindi inutile che te lo dica io. Insomma, a quanto pare mi ritroverò con una nuova complice qui dietro. Mi parlerai ancora quando sarai una modella del terzo piano?»

Orla ridacchiò. «Certo che sì.»

Quella sera, al Queen Victoria, raccontò a Lulu del suo incontro con Marie Elaine, capo *vendeuse* di Swan and Edgar.

Dato che le due ragazze si ritrovavano spesso insieme a causa dei rispettivi partner, avevano stretto una strana amicizia. Orla aveva imparato a ignorare i commenti privi di tatto di Lulu. Sapeva che era il suo modo di fare.

«Sembra una noia starsene lì impalata finché non arriva una cliente che vuole vedere un abito, ma si guadagna meglio che in profumeria.»

«Tesoro, sei passata da commessa a modella in un giorno. Devi accettare.»

«Non credo che Con approverà.»

Lulu sembrava perplessa. «E perché mai?»

«Oh, non gli è mai piaciuto che lavorassi.»

Lulu alzò gli occhi al cielo. «Allora il tuo Con deve uscire da quella palude irlandese in cui si è infilato e rendersi conto che le donne di oggi pensano con la propria testa. Spero sia orgoglioso che la sua ragazza sia abbastanza carina da fare la modella.»

Orla si mise un dito sulle labbra mentre Con e Todd si avvicinavano al tavolo.

Freddy Martin si sedette e contemplò il suo ultimo affare. I membri della band sapevano che era lì, quindi si stavano comportando bene. Le solite battute rilassate tra un pezzo e l'altro erano sparite, e suonavano in modo teso. Con Daly era tornato al suo ruolo di basso e corista. Il manager si chiese se sarebbe stato altrettanto ansioso di ingaggiarli, sentendoli suonare quella sera anziché qualche giorno prima.

C'era un sacco di lavoro da fare. Freddy chiuse gli occhi e cercò di costruirsi un'immagine nella mente. Quei ragazzi non erano fatti per essere aggressivi, con un look trasandato e i testi pieni di parolacce. Erano tutti dei bei ragazzi, decisamente più Beatles che Stones. Dovevano essere impeccabili, eleganti, il tipo di uomini che le ragazze sarebbero state orgogliose di presentare alla madre.

Osservò ogni membro della band, uno alla volta. Ian era la mina vagante, era evidente che facesse uso di sostanze. Stava chiudendo gli occhi mentre colpiva la batteria, mormorando le parole della canzone. Avrebbe attirato le adolescenti più avventurose, anche se il suo vizietto doveva essere tenuto sotto controllo.

Derek era il biondo con la faccia d'angelo. Era basso – Freddy aveva notato i suoi «sollevamenti» – e non dimostrava più di quindici anni. Avrebbe risvegliato l'istinto materno delle fan. Poteva funzionare.

Todd era l'intellettuale arrogante. Di sicuro i suoi tratti aquilini avrebbero attratto le donne della classe media.

E infine c'era Con, senza dubbio la star dei quattro. L'aria cupa e irlandese e il fisico possente avrebbero certamente fatto girare la testa a tutte. Quel ragazzo trasudava sex appeal. E aveva anche una bella voce.

Freddy sapeva che portare Con alla ribalta e fargli condividere la scena con l'attuale cantante del gruppo non avrebbe fatto piacere a Todd, ma non aveva scelta. Se Todd non era d'accordo, poteva andarsene. Assicurarsi che i ragazzi lavorassero insieme era fondamentale.

Un'ondata di applausi si levò dal pubblico alla fine di un pezzo. La band non lo sapeva ancora, ma quella era l'ultima volta che si sarebbero esibiti in un posto così squallido. La settimana successiva avrebbero iniziato a lavorare sul serio.

Quando Derek era salito sul palco, si sentiva lo stomaco negli stivali alti dieci centimetri. Aveva detto a Todd, Con e Ian che quella sera sarebbe andata a sentirlo una ragazza. Ma lei non si era ancora presentata. Aveva un nodo in gola così grande che a stento riusciva ad aprire la bocca per i cori. Era terrorizzato all'idea di scoppiare a piangere davanti a tutti.

E poi, poco prima dell'ultima canzone del primo set, era entrata, con i capelli biondi che le illuminavano il viso. Era bellissima, con le gambe snelle e tornite visibili da sotto la minigonna. Era venuta a vederlo. Lo amava.

Peggy era rimasta in fondo al locale, nervosa, con le mani ficcate nelle tasche della giacca. Lui incrociò il suo sguardo e le sorrise. Lei ricambiò. Desiderando che la canzone finisse il più in fretta possibile per poterla raggiungere, Derek sollevò la chitarra sopra la testa non appena ebbe suonato l'ultimo accordo e praticamente saltò giù dal palco.

«Ciao Peggy!» La fece quasi cadere all'indietro gettandole le braccia al collo.

«Caspita, ciao, Derek...»Lei fece del suo meglio per liberarsi dalla presa.

«Pensavo non venissi.» Il respiro di Derek era affannoso e sudava copiosamente.

Peggy si allontanò. «Sono passata solo un attimo. Io...»

«Vieni, ti presento gli altri membri della band.» Derek le mise un braccio intorno alla schiena con fare protettivo e la accompagnò verso il gruppo, nell'angolo.

Freddy era lì, gli altri tre si stringevano intorno a lui mentre parlava. «Eccoti, Derek. Sto organizzando un incontro dal mio avvocato la prossima settimana per firmare i contratti. Va bene martedì mattina alle dieci?» chiese Freddy.

«Certo, va bene.» Annuì. «Sentite ragazzi, posso presentarvi Peggy? Freddy Martin, il nostro manager. Con Daly, Todd, che conosci, e Ian Hancock, il nostro batterista.»

«Piacere di conoscerti, cara. Posso prendere in prestito Derek per qualche minuto? Vai a sederti lì con le altre ragazze» suggerì Freddy, con un sorriso.

«Certo.» Sentendosi a disagio, Peggy raggiunse le due ragazze sedute.

«Ciao, tesoro. Sei la ragazza di Derek, vero? Io sono Lulu, e lei è Orla. Vuoi una birra?»

«Grazie.» Si sedette. «Non sono la ragazza di Derek, sono solo un'amica.»

«Be', fossi in te ci farei un pensierino. Derek non è niente male. È un bravo ragazzo. E presto avrà uno stuolo di donne ai suoi piedi. Un altro drink, Orla?»

«Sì, grazie» rispose lei.

Lulu si alzò e si diresse verso il bancone.

«Con chi sei?» chiese Peggy a Orla.

«Con, quello alto e moro. Viviamo insieme. Conosci Derek da tanto tempo?»

Peggy annuì. «Sì, da anni, in realtà. Eravamo nella stessa classe a scuola. Non lo vedevo da secoli... e poi l'ho incontrato per caso in un locale.» Sorrise. «Mi ha invitata, e sono venuta. Sembrano bravi.»

«Lo sono. Freddy Martin li sta ingaggiando. Potrebbero essere alle soglie del successo.»

«Davvero?» Peggy sembrò un po' sorpresa. Il suo sguardo si spostò su Derek. Era in gran forma quella sera. «Caspita. Non ci posso credere.»

Lulu era tornata con tre birre. «Eccoci, ragazze. Sostentamento per groupie stanche. Allora, Peggy, cosa fai nella vita?»

«Seguo un corso di economia al college.»

«Interessante. Orla è una modella di Swan and Edgar e io sono un'attrice.»

«Davvero? Del cinema?» Derek sembrava essere entrato proprio in un bel giro.

«Sì. Ho fatto un film horror con la Hammer e domani ho un provino per un ruolo importante in un nuovo film che stanno girando a Elstree.»

«Peggy, stai bene?» La mano di Derek le si posò sulla spalla.

Lei annuì, arrossendo leggermente.

«Dobbiamo tornare a suonare. Ci vediamo più tardi e magari andiamo a mangiare qualcosa. A dopo.» Si allontanò a razzo.

Orla e Con arrivarono a casa poco dopo mezzanotte.

«È estenuante la strada per la fama e la fortuna.» Con si gettò sul letto con il cappotto addosso.

Orla andò a preparare una tazza di tè. «La ragazza di Derek sembrava un po' a disagio.»

«Davvero? Non me ne sono accorto. Lui continua a parlare della sua Peggy. È innamorato di lei da anni, mi diceva Todd.»

«Credo sia un sentimento a senso unico. Povero Derek, spero che non soffra.»

«Se la caverà, ne sono sicuro. Vieni qui.» Con spalancò le braccia e Orla gli si arrampicò addosso. «Ah, che bella sensazione.» La strinse forte a sé, poi la girò in modo da poterla guardare negli occhi. «Orla, tutto quello che sognavamo sta per avverarsi. La prossima settimana firmeremo il contratto con Freddy, e lui inizierà a investire per renderci ricchi e famosi. Avrò uno stipendio settimanale, il che significa che potrai smettere di lavorare in quel grande magazzino.»

Orla si fece coraggio. «Ma mi piace lavorare lì. E guarda caso, sono stata promossa.»

«Davvero? A fare cosa?»

«Mi è stato offerto un lavoro come modella. Devo mostrare gli abiti alle clienti. Lo stipendio è di due sterline in più a settimana rispetto a quello che mi danno al momento. È una grande opportunità, Con, e mi piacerebbe coglierla.»

«Ma non c'è bisogno. Te l'ho appena detto. Freddy ci pagherà un buon stipendio ogni settimana. Ora posso mantenerti. Puoi andartene quando vuoi.»

Orla si staccò da lui e si raddrizzò. «Sembri mio padre. Molte ragazze lavorano di questi tempi, anche se non ne hanno bisogno.»

«Tu non sei come le altre.»

«E cosa dovrei fare tutto il giorno mentre tu sei via per diventare una superstar?»

Con alzò le spalle. «Cosa fanno le donne mentre i loro uomini lavorano?»

Orla batté i pugni sul letto per la frustrazione. «Quindi andava bene che lavorassi finché ti serviva. Ora non è più così e mi stai dicendo di smetterla? Che diritto hai di dirmi cosa fare?»

Lui la fissò. «Cosa intendi?»

«Intendo che non siamo sposati e...»

«Ah, quindi è questo il punto. Bene. Ti sposerò.»

«Con Daly, al momento non ti sposerei nemmeno se fossi

l'ultimo uomo sulla faccia della terra! Pensavo fossi diverso dagli uomini di Ballymore, ma non lo sei. Hai una mentalità ristretta come loro. Accetterò il lavoro come modella, e non mi interessa cosa ne pensi!»

Orla andò alla porta d'ingresso, la aprì e se la sbatté forte alle spalle per ottenere il massimo effetto. Rimase nel corridoio freddo per qualche minuto, tremando di rabbia e frustrazione. Aveva un solo posto dove andare. Avanzò a fatica lungo il corridoio, si chiuse nel gelido bagno comune e scoppiò in lacrime.

15

«Okay, ragazzi, mandiamoli fuori di testa!»

Freddy diede una pacca sulla schiena a Con, sorrise e lo spinse su per le scale. I quattro membri del gruppo erano pallidi e la tensione era palpabile.

«E ora, signore e signori, vi presento la nuova band più hot di Soho: The Leopards!»

Un forte applauso si levò nel piccolo e fumoso locale. Freddy andò al suo tavolo in fondo. Non c'era timore che il pubblico disapprovasse i suoi protetti: a quasi tutti i presenti erano stati offerti drink gratis per l'intera serata per incitare i ragazzi.

Il nome della band non era ancora quello giusto. Era troppo aggressivo, ma a nessuno veniva in mente niente di meglio, quindi avevano accettato il suggerimento di Todd.

«Ciao ragazzi. Benvenuti al Basement. Io sono Todd, lui è Con, Ian alla batteria e Derek alla chitarra. Spero che vi godiate la serata. Okay, andiamo!»

Freddy mandò giù un bel sorso di whisky mentre i ragazzi cominciavano a suonare. Il primo pezzo era leggero e spumeggiante, scelto appositamente per riscaldare il pubblico. Sorrise. Erano molto diversi rispetto a qualche settimana prima. Si erano tagliati i capelli in un caschetto corto e lucido (con grande disgusto di Con e Ian), e indossavano dei completi verdi con risvolti neri. Freddy chiuse gli occhi e ascoltò le armonie. Anche il sound era migliorato. Tutti e quattro avevano preso lezioni di canto. Avevano ancora molta strada da fare, ma le voci stavano iniziando a fondersi nell'importantissimo «brand sound», la nota che li avrebbe distinti dagli altri.

La prima canzone terminò in un fragoroso applauso. Todd ringraziò e la band accennò i primi accordi di una ballata lenta composta da lui e Con un paio di settimane prima.

Can Someone Tell Me Where She's Gone? aveva fatto correre un brivido di eccitazione lungo la schiena di Freddy la prima volta che gliel'avevano fatta sentire, in studio. Era una canzone speciale. L'avrebbe inserita come traccia iniziale della demo che avrebbero registrato la settimana successiva. La rivalità di fondo tra i due frontman giocava a loro favore. Ognuno voleva fare meglio dell'altro.

Freddy fece segno alla cameriera di portargli un altro whisky. Entro poche settimane la demo sarebbe stata pronta e lui avrebbe potuto presentare la sua nuova creatura alle persone che contavano.

Lulu sedeva in un angolo buio del locale e osservava intensamente Con Daly. Diamine, era proprio bello.

Lanciò un'occhiata alla sua sinistra. Orla fissava nervosa il fondo del suo bicchiere di birra vuoto. Cosa ci trovava Con in lei? «Qualcosa non va?» le chiese Lulu.

Orla alzò le spalle. «No, non proprio.»

«Dai, puoi dirmelo. Forse posso aiutarti.»

«Non credo.»

«Si tratta di Con, vero? Sta facendo lo scemo in giro?»

«Oh no, niente del genere» sospirò Orla. «È ancora arrabbiato perché ho accettato il lavoro come modella.»

«Gli passerà.»

«Forse, ma c'è di più.»

«Cosa?» chiese Lulu, sollevando le mani per applaudire la fine del pezzo.

«Ieri è venuta una donna al negozio. Le ho fatto da modella per due abiti e un cappotto. Alla fine mi ha chiamata in disparte e mi ha detto di essere un'agente. Vuole che vada nel suo ufficio. Pensa che potrei lavorare per le riviste e magari anche in televisione.»

«Ma è fantastico!» esclamò Lulu, alzando la voce mentre il gruppo iniziava a suonare un pezzo particolarmente rumoroso. «Una grande opportunità.»

«Già, ma Con non ne vorrà sapere.»

«Gliel'hai detto?»

«No. È tornato tardi ieri sera, e poi so già cosa direbbe. Secondo te che devo fare, Lulu?»

Lei lanciò a Orla uno sguardo severo. «Vai da questa agente. Che male c'è? So che ami Con, ma non è accettabile che una donna lasci che sia un uomo a decidere della sua vita.» Bevve un sorso di White Russian. «Voglio dire, non è nemmeno tuo marito.»

Orla arrossì. «Lo so. Non riesco proprio a capirlo, Lulu. Non avrei mai detto che fosse così antiquato, ma forse non lo conosco bene come pensavo. Lui è quasi sempre in giro con la band. Il lavoro è l'unica cosa che mi impedisce di impazzire. Che farei da sola tutto il giorno?»

«Se fosse ricco, spenderesti i suoi soldi» disse Lulu con un sorriso. «Nemmeno io vedo tanto Todd, sai. È un momento importante per loro. E ti consiglio di pensare un po' alla tua vita, come sto facendo io.» Allungò le braccia sul tavolo.

«Hai ragione, certo. È solo che non abbiamo più la possibilità di parlare come una volta. Forse non mi sento più così vicina a lui.»

«I ragazzi sono sotto pressione. Freddy si aspetta molto da loro.»

Orla annuì. «Sì, sono sicura che una volta che avranno un contratto discografico andrà meglio. E fino ad allora dovrò prendere le mie decisioni.»

«Brava ragazza, questo è lo spirito giusto.» Con un lampo di trionfo negli occhi, Lulu vide Orla riportare l'attenzione sulla band.

«Allora, Orla, per cominciare ci serviranno delle foto: primi piani e a figura intera. Poi potremo procurarti degli incarichi. Ti suggerisco di andare da John O'Hara. Ha fotografato Jean e Twiggy, e sono sicura che andrebbe bene anche per te. Te la caverai alla grande.» Audrey Bennington annuì in segno di approvazione. «Sì, proprio alla grande. Immagino che i capelli rossi siano naturali, vero?»

«Sì.»

«Segui una dieta per essere così magra?»

«Mai fatto.»

«Bene, bene. Hai domande, cara?»

«Ehm.» Orla era senza parole. «Dovrei lasciare il lavoro da Swan and Edgar?»

«Non ancora. Vediamo come va. La maggior parte delle riviste ha sede lì vicino, a Soho. Inizialmente cercherò di fissare i tuoi appuntamenti per mezzogiorno, così potrai sgattaiolare via durante la pausa pranzo. Ora, fammi chiamare John e vediamo quando può trovarti un posto.»

Mentre Audrey si metteva al telefono, Orla contemplò le pareti del suo elegante ufficio nel West End. Erano tappezzate di foto di ragazze bellissime, molte le aveva già viste sulle copertine delle riviste e nelle pubblicità. Era difficile credere che quella donna la considerasse abbastanza attraente da diventare una di loro.

«Bene, John. Giovedì alle sei. Glielo dico. Sì, ci vediamo allo spettacolo domani sera. Ciao, tesoro.» Audrey riattaccò e scarabocchiò qualcosa su un pezzo di carta. «Ecco l'indirizzo di John. Porta un paio di cambi d'abito: una minigonna e un tailleur pantalone, magari. Lui mi manderà le foto e da lì ci occuperemo di tutto noi. Chiamami alle dieci ogni mattina, d'accordo, cara? Così posso dirti se c'è qualcosa per te.»

Orla si alzò. «Lo farò. Grazie, signora Bennington.»

«Chiamami Audrey, lo fanno tutti. Ciao, cara, a presto.»

Tornando da Swan and Edgar, Orla si fermò al mercato di Berwick Street per comprare cavolo e patate, poi prese un succulento pezzo di pancetta dal macellaio. Quella sera avrebbe cucinato il piatto preferito di Con e gli avrebbe raccontato dell'opportunità che Audrey Bennington le aveva offerto. Se la amava, pensò mentre passava accanto alla statua di Eros, che riluceva nel sole di giugno, sarebbe stato contento per lei. E in caso contrario... be', sarebbe stato un suo problema.

Orla apparecchiò con una tovaglia fresca di bucato e decorò la tavola con un mazzo di peonie e fresie dai colori vivaci. Con aveva detto che sarebbe arrivato per le otto, e tutto era pronto, persino il profumo della pancetta che voleva lo accogliesse al suo ingresso. Stappò la bottiglia di vino che aveva comprato: una stravaganza, ma era una serata importante.

Alle otto e mezza squillò il telefono.

«Sono in ritardo, Orla. Io e Todd abbiamo avuto un'idea per una canzone. Dobbiamo lavorarci subito.»

«Oh, avevo cucinato» rispose lei, avvilita.

«Sì, scusa. Non aspettarmi sveglia. Farò tardi.»

«Con, io...» sospirò Orla.

«Cosa?»

«No, niente. Ciao.»

Orla riattaccò. Aveva deciso.

Aveva provato a dirglielo, ma era ovvio che al momento non era lei la priorità della vita di Con.

Lulu aveva ragione. Doveva costruirsi il suo futuro.

16

«Allora, ragazzi, i contratti sono firmati e lo studio è prenotato per la prossima settimana. Manca soltanto una cosa. Non abbiamo ancora trovato il nome giusto per il gruppo.»

I quattro membri della band si erano riuniti nel salotto di Freddy. Lui stava strappando via la lamina dorata dal tappo di una bottiglia di champagne.

«The Leopards non mi dispiaceva» commentò Todd tirando su col naso.

«Scusa Todd, non mi convince. L'unica parte che dovremmo tenere è "the". "The" qualcosa funziona bene. Qualche idea?»

«Che ne dici di The Flies? I nomi di insetti sembrano andare di moda al momento» scherzò Derek.

«No, sa troppo di cliché. Altri suggerimenti?»

«Blue Heaven? Sì, mi piace» propose Ian, senza ottenere alcuna reazione.

Freddy lo fissò con sguardo assente. «Ehm, qualcos'altro?»

I ragazzi scossero la testa, poi Con prese finalmente la parola. «The Fishermen vi piace? Ho sempre pensato che fosse un nome grandioso per una band.»

«Immagino, essendo un cattolico irlandese» ribatté maligno Todd.

«The Fishermen.» Freddy ci pensò su. «The... Fishermen... Sì, mi piace abbastanza.»

«Anche a me» concordò Ian.

«Non è male» disse Derek.

Todd alzò gli occhi al cielo.

«Bene, se a qualcuno viene in mente qualcosa di meglio, me lo faccia sapere. Ma ora è il momento dello champagne. Brindiamo al gruppo più di successo nel panorama musicale degli ultimi anni!»

«Speriamo» disse Todd, prendendo un bicchiere da Freddy.

«Dovete crederci voi per primi, altrimenti non ci crederanno neanche gli altri. Alla salute. Brindiamo ai Fishermen!»

«Ai Fishermen!» risposero in coro.

«Allora, giovedì prossimo si torna in studio. Faremo un mix di roba vostra, Con e Todd, e qualche hit collaudata. Ho già contattato un paio di case discografiche per avvisare che presto arriverà una demo.»

«A dire il vero ho anch'io qualche canzone, Freddy» disse Derek.

«Allora portala.»

«Lo farò.» Il viso di Derek si illuminò.

Freddy prese Ian in disparte per sfogliare una rivista di batterie. Todd si avvicinò a Con.

«Ti va di vederci questo fine settimana per scrivere qualcosa?»

«Certo.»

«Vieni da me. L'appartamento di Lulu è più grande. Che ne dici di sabato mattina alle undici?»

«Ci sarò.»

Todd notò che il suo co-frontman sembrava un po' giù di corda. «Tutto bene, Con?»

Lui alzò le spalle. «Sì, bene.»

«Sembri sottotono, tutto qui.»

«Sto benissimo, Todd, davvero.»

«Devo andare, ragazzi» disse Derek. «Esco con Peggy stasera.»

«Non dovevamo andare per pub a festeggiare?» chiese Todd.

Derek vuotò il suo bicchiere di champagne. «Scusate, ho altri impegni. Grazie, Freddy. Ci vediamo la prossima settimana.»

Derek uscì dall'appartamento e si diresse verso la stazione della metropolitana più vicina. Seduto sul treno diretto a West End, tirò fuori di nascosto la busta marrone che Freddy aveva consegnato a ciascuno dei ragazzi dopo la firma dei contratti. Sentì le banconote scricchiolare al suo tocco. Aveva pagato a tutti un mese di anticipo. E Derek sapeva esattamente cosa voleva fare con quei soldi.

La porta d'ingresso di casa di Peggy era tra la friggitoria e l'edicola. La vernice si stava scrostando e il campanello pendeva dal chiodo. Con il cuore che gli martellava nel petto, Derek suonò. Non ci fu risposta.

«Accidenti» imprecò tra sé, provando una seconda volta.

Proprio mentre stava per andarsene, la porta si aprì di qualche centimetro.

«Sei tu, Peggy?»

Il battente si scostò ancora un pochino. «Ehm, sì.»

Derek vide che era in vestaglia. I suoi capelli, solitamente impeccabili, erano arruffati, e aveva una sbavatura di mascara sotto un occhio.

«Peggy, stai male?»

«Sì. Ho l'influenza.»

«Mi dispiace. Posso fare qualcosa per te?»

«No, no, devo solo restare a letto e smaltirla.»

«Che peccato» sospirò Derek. «Avevo prenotato un tavolo all'indiano per le sette e mezza. Volevo portarti fuori a festeggiare.»

«Festeggiare cosa?»

«Il nuovo contratto del gruppo!» rispose Derek, raggiante. «Abbiamo firmato stamattina.»

«Caspita. Congratulazioni.»

«Grazie. Ti ho portato una cosa.» Le porse una scatolina.

«Oh, Derek, perché? Non devi sprecare i tuoi soldi per me.» Sentì un tuffo al cuore vedendolo – aveva ancora l'aspetto di un ragazzino – che le porgeva il regalo. Non poteva accettarlo. Non doveva.

«Ci tengo. Per favore, prendilo. Mi dispiacerebbe molto se non lo facessi.»

Il viso di Peggy assunse un'espressione a metà tra un sorriso e una smorfia. «Va bene. Grazie» disse.

«Di niente. Posso passare domani a vedere come stai?»

Gli occhi di Peggy guizzarono. «Ehm, no, non preoccuparti. Probabilmente tornerò dai miei se sto ancora male. Ed è meglio che tu stia alla larga da mio padre.»

Derek si passò una mano tra i capelli e si sforzò di ridacchiare. «Sì, forse hai ragione. Va bene, verrò la prossima settimana e magari ti porterò a mangiare da quell'indiano.»

«Certo, Derek. Grazie per il regalo. Ora devo andare. Mi sento debole. Ciao.» Fece per chiudere la porta, ma lui la fermò con una mano.

«Mi sei mancata, Peggy, lo sai? Non ho mai smesso di aspettarti.» I suoi occhi da cucciolo la imploravano di dargli una risposta positiva.

«Ehm...» Sembrava più insicura che mai. «Devo proprio andare. Ciao, Derek.»

Chiuse la porta, la bloccò con la catenella e salì al piano di sopra. Dalla cucina del suo appartamento sporco e malmesso, andò alla finestra e tirò la tenda. Derek era seduto su una panchina sulla strada. Peggy sospirò. Non avrebbe dovuto accettare il regalo.

Seduta al suo tavolino pieghevole, scartò il pacchetto. Una scatola rivestita di velluto con il nome di un gioielliere di Hatton Garden. Dentro c'era un medaglione d'oro a forma di cuore. Lo prese e aprì il piccolo fermaglio, leggendo l'incisione: PEGGY, NEL MIO CUORE, PER SEMPRE. DEREK.

Si torse le mani e si rimproverò. *Cos'hai fatto?* Perché, dopo tutti i guai che aveva avuto con Derek anni prima, era andata al pub a sentirlo suonare?

Cercò di analizzare la sua decisione.

Era sempre stato gentile con lei, non c'era dubbio. E quello che aveva sempre distinto Derek dagli innumerevoli altri uomini della sua vita era il rispetto che le dimostrava. Decine di ragazzini avevano fatto di tutto per portarsela a letto, ma aveva sempre avuto la netta sensazione che a Derek piacesse davvero la sua compagnia. I suoi trucchetti per incontrarla nel tragitto fino a scuola erano dolci, ed essere adorata in quel modo era indubbiamente molto lusinghiero.

Peccato che non le fosse mai piaciuto davvero.

L'aveva illuso anni prima? Forse. Ma il suo comportamento non giustificava i mattoni lanciati contro le finestre.

Quando l'aveva incontrato alla friggitoria, era rimasta colpita dalla sua ascesa professionale. E questo, unito al sorriso radioso e alla folta chioma, aveva stuzzicato il suo interesse. Ma quel medaglione confermava che Derek era ancora infatuato di lei. E doveva essere onesta, non avrebbe mai ricambiato. Perché diavolo insisteva a chiamarla con quel soprannome ridicolo da scolaretta, poi?

Sapeva di dover chiudere con lui, di nuovo. E stavolta per sempre.

Rimise il medaglione nella scatolina, aprì un cassetto della cucina e la nascose sul fondo. Tornò alla finestra. La panchina era vuota.

Tirò un sospiro di sollievo.

«Tesoro, dove sei?»

Peggy uscì dalla cucina e si diresse verso la camera da letto. Le tende erano tirate.

«Ci hai messo un secolo.»

«Scusa.»

«Chi era?»

Si sfilò la vestaglia. «Oh, nessuno. Un vecchio amico» disse mentre sprofondava nel letto caldo e nel suo abbraccio.

17

Helen scese dall'autobus e percorse Baker Street. Era una mattina luminosa, e l'ultimo giorno del semestre estivo. Mentre attraversava la strada, sentì fischiare insistentemente. Alzò lo sguardo su un'impalcatura e scoprì che gli occhi degli operai erano tutti fissi su di lei. Si guardò intorno per assicurarsi che non ci fossero altre ragazze in vista. Il «complimento», per quanto volgare, doveva essere rivolto a lei. Sorrise fra sé e pensò a come erano diverse le cose da quando aveva percorso per la prima volta quel tratto dalla fermata dell'autobus al college. Non era più la ragazza semplice e goffa di Ballymore. Sentendosi invasa da un'ondata di fiducia, mandò un bacio agli uomini, tra applausi entusiasti. Ridacchiò.

Certo, era triste e ridicolo che adesso la notassero per motivi tanto superficiali. Il sorprendente cambiamento d'immagine di Helen, qualche mese prima, aveva dato il via a una serie di amicizie con le altre ragazze della classe. Tutte sembravano aver improvvisamente deciso di accettarla. E questo, unito al fatto che le sue capacità di lettura e scrittura miglioravano di giorno in giorno, aveva fatto crescere molto la sua autostima.

La trasformazione aveva richiesto un'enorme dose di disciplina. Helen non aveva la fortuna di un metabolismo veloce, e la maggior parte dei cibi grassi le faceva riempire il viso di brufoli e mettere su chili. Ma non aveva ceduto. E aveva funzionato. Era molto orgogliosa di sé. Sorrise al pensiero di tornare in Irlanda tra due settimane. Chissà quanti al villaggio non l'avrebbero riconosciuta.

Salì di corsa i gradini ed entrò nel college. Salutò con un cenno del capo i compagni e si diresse verso l'aula in cima all'edificio, quella che avrebbe sempre ricordato come il punto di partenza della sua metamorfosi.

«Ciao, Helen. Sei felice che stiano per iniziare le vacanze?» Samantha White, la ragazza bionda che sedeva accanto a lei in classe, le sorrise.

«Sì.» Helen posò la borsa e si tolse la giacca.

«Che bel tailleur. Il colore ti sta benissimo. È nuovo, vero?»

«L'ho preso da Biba sabato scorso. Pensi davvero che mi stia bene?» chiese, arrossendo di piacere.

«Sì, è favoloso.»

«Grazie. Ciao, Mags.»

«Buongiorno a tutte.» Mags si sedette al banco dall'altro lato di Helen e sbadigliò sonoramente.

«Nottata pesante, eh?» Samantha alzò le sopracciglia.

«Sì.»

«Ah be', da domani puoi dormire fino a tardi» disse Helen per consolarla.

«Vorrei tanto poterlo fare, ma devo alzarmi alle sei per andare nel Devon con i miei genitori. È la solita vacanza estiva. Un mese di pioggia in una casa umida vicino a una spiaggia ventosa, circondata da cugini che non sopporto.» Mags scosse la testa. «È l'ultima volta che ci vado. Ho fatto un patto con papà. Compirò diciotto anni a novembre, e per me le vacanze in famiglia sono finite.»

Helen guardò Mags, il bel viso una maschera di disappunto,

e pensò a quanto le sarebbe piaciuto andare in vacanza con la sua famiglia.

«Allora ti perderai la mia festa di fine anno» disse Samantha. «È un peccato. Sarà una vera figata. Mio fratello sta invitando un sacco di suoi amici e persino il nostro amato tutor ha detto che farà un salto. Ah, parli del diavolo...» sussurrò. «Il signor Sexy in persona. Accidenti, è messo peggio di te, Mags!»

Tony Bryant si diresse verso la prima fila della classe. Come al solito in sua presenza, Helen sentì il battito accelerare e i palmi delle mani diventare sudati. «Buongiorno a tutti.» Tony sbatté la sua valigetta marrone sulla cattedra, poi si appoggiò al bordo. «Bene, bene.» Scrutò gli studenti. «Non vi ho mai visti così vivaci e pieni di energia nell'ultimo anno.» Aprì la borsa e tirò fuori un fascio di fogli. «Sam, potresti darmi una mano a distribuire questi, per favore? Ho le gambe a pezzi. I nomi sono in alto a sinistra.»

«Certo, signor Bryant.»

Samantha si alzò, prese i fogli e iniziò a posarne uno su ogni banco.

«Questi, miei cari, sono i vostri elaborati d'esame del primo anno, rivisti e corretti. E se fossi nella maggior parte di voi, smetterei di sorridere. L'anno prossimo a quest'ora i voti saranno reali. E in base a ciò che avete appena prodotto, l'ottanta per cento di voi fallirebbe miseramente. So che è l'ultimo giorno di lezione e non voglio fare il guastafeste, ma penso che molti, qui, dovrebbero valutare se sono disposti a tornare a settembre e impegnarsi il doppio per recuperare il tempo perso. In ogni caso» Tony alzò le spalle, «sono i vostri soldi che state sprecando, non i miei.» Si diede una pacca sulle cosce. «Okay, ramanzina finita. Ora vi dirò chi ha ottenuto i voti migliori in assoluto quest'anno. È l'unica persona che, a mio avviso, ha diritto a otto settimane di vacanza e a festeggiare i suoi successi.» Tony indicò. «Helen, vieni a ritirare questo fantastico premio, una scatola di cioccolatini, per celebrare la tua vittoria.»

Helen sapeva di essere l'unica con quel nome in classe, ma era così sconvolta che non riusciva a muoversi.

«Dai, Helen.»

Quando si alzò, tutti scoppiarono in un applauso spontaneo.

Paonazza per la vergogna, e quasi senza riuscire a guardare Tony negli occhi, prese la scatola di cioccolatini.

«Ben fatto» si complimentò lui.

«Grazie» mormorò lei, e tornò al suo posto.

Il resto della giornata passò in un lampo. Quella sera Helen tornò a casa e posò la scatola di cioccolatini sul tavolo vicino alla finestra, si sedette sulla sedia e la fissò. Si chiese quanto durassero i cioccolatini, perché non li avrebbe mai mangiati. Voleva incorniciarli.

La mattina dopo andò da Mary Quant e si comprò un abitino color limone da indossare alla festa di Samantha. Poi passò al solito salone per farsi sistemare i capelli e asciugarli con il phon, e trascorse il pomeriggio a mettersi lo smalto alle unghie, fare bagni profumati e provare diversi tipi di trucco per vedere quale si abbinasse meglio al nuovo vestito.

Alle sette era pronta. Chiamò un taxi per non farsi rovinare i capelli dal vento.

«Dove andiamo, tesoro?»

«Ehm, Sydney Street. Vicino a King's Road.»

«Bene.»

Helen si godette il viaggio attraverso Londra. La serata era soleggiata e calda e il mondo stava diventando un posto molto piacevole in cui vivere.

Scese dal taxi davanti a un'alta casa a schiera bianca. Da una finestra aperta a uno dei piani superiori si sentiva della musica a tutto volume. La porta era socchiusa, e Helen salì le scale, stringendo quattro bottiglie di birra.

«Eccoti! Stai benissimo.» Sam era sulla porta, gridando per farsi sentire sopra la musica. «Se riesci a entrare, accomodati. Temo che ci sia un po' di confusione.»

Il piccolo atrio era pieno di ospiti, e l'interno angusto dell'appartamento era ancora più gremito. Helen si fece strada tra la marea di corpi, incerta su dove stesse andando. Alla fine, quando si ritrovò in cucina, aveva perso di vista Sam. Dopo aver posato le birre sul bancone appiccicoso e macchiato, non sapeva cosa fare.

«Ciao, bellezza, chi sei?»

Si voltò e vide un ragazzo altissimo che la guardava con aria maliziosa. Aveva l'alito fetido di alcol. «Helen» rispose lei a bassa voce.

«Come?» tuonò lui.

«Helen!»

«Oh.» Il ragazzo ruttò. «Ciao, Helen. Vuoi bere qualcosa?»

«Ehm, stavo giusto prendendo una birra.»

Gli voltò le spalle con decisione e aprì una delle sue bottiglie. Appena la portò alle labbra, però, sentì una mano pizzicarle il sedere. Sussultò inorridita e la birra le andò di traverso. Tossì. Il ragazzo le posò una grossa mano pelosa sulla schiena e iniziò a colpirla, facendo fuoriuscire la birra dalla bottiglia e macchiandole il vestito nuovo.

«Smettila, smettila!» urlò. «Guarda cos'hai fatto!» Si voltò furiosa verso di lui.

Quello alzò le mani in un gesto di scuse da ubriaco. «Okay, mi dispiace, mi dispiace.»

«Spostati.» Gli lanciò un'occhiata fulminante mentre gli passava accanto.

«Ti capisco.» Il ragazzo ruttò di nuovo. «Comunque hai il sedere flaccido, tesoro» borbottò mentre lei si faceva strada fuori dalla cucina.

Quando finalmente trovò il bagno, Helen aprì la porta e la chiuse a chiave alle sue spalle. Si sedette sul bordo della vasca, cercando di controllare il respiro. Le guance le bruciavano per l'imbarazzo e la rabbia. Non le ci volle molto per concludere che sarebbe tornata a casa. Quel tizio orribile aveva del tutto minato la sua fiducia. Era furiosa con lui. Ed era furiosa anche con se stessa: nonostante la trasformazione, sotto i vestiti costosi e il trucco era ancora la solita sempliciotta.

Aprì la porta e puntò verso l'uscita, sperando di poter sgattaiolare fuori senza essere notata. Nessuno la fermò mentre raggiungeva il pianerottolo e stava per scendere le scale quando sentì un tocco sulla spalla.

«E tu dove pensi di andare?» le chiese una voce familiare. Helen si fermò, poi si voltò e vide Tony Bryant che le sorrideva.

Fece del suo meglio per ricomporsi. «Io... avevo bisogno di una boccata d'aria fresca. Si soffoca, lì dentro» borbottò.

Tony annuì. «Anch'io. Fai strada, allora.»

Helen si voltò e riprese a scendere le scale.

«Caspita, faceva davvero caldo lassù.» Tony tirò fuori un fazzoletto e si asciugò la fronte. «Credo di essere troppo vecchio per queste feste.» Si appollaiò sul gradino d'ingresso e diede una pacca sul posto accanto a sé.

Helen si sedette, sfiorando la coscia di lui con la sua. Per un po' nessuno dei due disse nulla. Alla fine, Tony ruppe la tensione. «Sei molto carina stasera, signorina McCarthy, se posso permettermi.»

Helen non rispose.

«Perché così giù? Pensavo che essendo risultata la prima della classe saresti stata al settimo cielo. Dovresti essere davvero orgogliosa di te, Helen. Solo io so quanto ti sei impegnata. Ogni compito ti richiede il triplo del tempo di tutti gli altri e sei comunque riuscita a superarli tutti.»

Lei annuì, in silenzio. Era sull'orlo delle lacrime e non osava parlare.

«Vuoi tornare su?» Tony indicò la porta aperta.

Helen scosse la testa.

«Bene, nemmeno io. Non sono dell'umore giusto per una festa, ma dovevo farmi vedere. Che ne dici di trovare un pub da qualche parte e bere qualcosa per rinfrescarci?»

«Io...» Helen lo guardò, un po' sorpresa. «Sì, va bene.»

«Ottimo.» Tony si alzò e le porse la mano, aiutandola a tirarsi su, poi la prese a braccetto. «Andiamo.»

Trovarono un pub a poche centinaia di metri, su King's Road. Tony andò a prendere da bere mentre Helen si assicurava un posto.

«Ecco.» Tony posò una pinta di birra e una bottiglia sul tavolo. «Speriamo che questa non ti finisca tutta sulle scarpe.» Sorrise. «Non so da quanto stessero bevendo lì dentro, ma direi dall'intero pomeriggio, più o meno. Comunque, brindiamo alle vacanze estive.» La sua voce era piena di finta allegria. «Sembri felice quanto me che siano arrivate» commentò, sorseggiando la pinta.

«Non ti piacciono le vacanze?» azzardò Helen.

«Sì, in generale sì. Ma guarda caso la donna dei miei sogni ne trascorrerà una buona parte a chilometri di distanza.»

«Capisco.» L'infelicità di Helen aumentò. «Non puoi andare con lei?»

«Oh, Helen, se solo potessi» sospirò Tony. «Purtroppo non è così semplice. La mia vita non sembra mai esserlo.»

«Nemmeno la mia» concordò lei, sorseggiando il suo drink.

«Be', siamo una bella coppia, eh?» sorrise, prima di darsi una pacca sulle cosce. «Ora, ti ho detto cosa mi rende triste. A te che cos'è successo?»

«Niente, un ragazzo alla festa mi ha fatto un commento offensivo, tutto qui.»

«Davvero? Santo cielo, cosa cercano i ragazzi di questi tempi? Ero certo che fossi la loro donna ideale. Bellezza e intelligenza, tutto in uno.»

Helen arrossì. «È gentile da parte tua, Tony, ma...»

«Non lo dico tanto per dire, Helen.» Il suo sguardo era serio e sincero. «Impara ad accettare un complimento quando te lo fanno. A dire il vero mi hai sempre affascinato. Non capita spesso di incontrare una persona come te.»

«Lo so bene.» Helen alzò le sopracciglia.

Tony sospirò. «Sul serio, Helen, da dove viene il tuo complesso di inferiorità? Prendi tutto quello che dicono come una critica.»

«Non è una critica la tua?»

Tony rise. «No, ma certo che no. Sto dicendo che sei unica. Oserei dire che era un complimento. Mettiamola così: se qualcuno mi dicesse che sono una persona ordinaria, ne sarei devastato.»

«E invece è tutto ciò che ho sempre desiderato essere.» Helen vuotò il suo bicchiere.

Lui si alzò. «Vado a prendere un altro giro, poi potrai raccontare allo zio Tony cosa diavolo ti ha spinto ad avere un'ambizione così insensata. Non andartene.»

Helen lo guardò mentre attraversava il locale. Chiunque fosse la ragazza che aveva rubato il cuore di Tony Bryant, era la persona più fortunata del mondo.

Con l'aiuto di sei birre, Helen aveva parlato senza freni. Tony ora sapeva più cose di lei di qualsiasi altro essere umano al mondo.

«Bene, bene. Povera Helen. E io ero qui a compatirmi.»

«Non voglio compassione» disse lei brusca.

«Non intendo compatirti. Ascolta, Helen.» Tony le prese le mani tra le sue. «Voglio dirti una cosa, ora, e voglio che tu ci rifletta. Hai diciannove anni. Sì, hai avuto una vita difficile, ma le cose stanno iniziando a girare a tuo favore. Hai una grossa eredità, e sei in una posizione migliore per farla fruttare rispetto a molti altri, perché hai un dono.»

Helen fece un piccolo singhiozzo. «Quale dono?»

«Nei miei anni di insegnamento, non ho mai incontrato una mente matematica più acuta della tua. Quando si tratta di numeri, dai a tutti filo da torcere. E nei corsi di gestione aziendale hai dimostrato quanto sai essere analitica. In poche parole, sei brava a prendere decisioni logiche.»

«In classe» annuì Helen. «Non so come me la caverei nel mondo degli affari.»

«Brillantemente, secondo me. Trova un'idea, Helen, e avvia la tua attività. Qualcosa di piccolo per iniziare – non rischiare tutto – e fidati del tuo istinto. Scommetto che andrà benissimo.»

«Pensi davvero che potrei gestire una mia attività?»

Tony annuì. «Senza dubbio. E hai i fondi da investire. Se io avessi i tuoi capitali a disposizione, di certo non insegnerei in una scuola di economia, sarei là fuori a mettere in pratica quello che predico.» Vuotò il bicchiere.

«Che tipo di attività ti interessa?» chiese Helen.

Tony ridacchiò. «Ho sempre avuto il sogno di gestire una casa discografica e scoprire la prossima grande band di successo. Non è molto originale.» Scrollò le spalle. «O forse aprirei un'agenzia di viaggi. Le vacanze all'estero saranno un mercato enorme nei prossimi anni, vedrai.»

«Ultime ordinazioni, gente!» gridò il proprietario.

«L'ultimo giro, Helen?»

«No, grazie. Ho già bevuto troppo.»

«Bene. Forse hai bisogno di qualcosa da mangiare?»

Lei scosse la testa. Aveva la nausea, e il pensiero del cibo la fece sentire peggio. «Scusami...»

Qualche minuto più tardi Helen tornò dal bagno, pallida e tremante.

«Santo cielo, mi dispiace. Ti ho fatta bere troppo.»

«Non ti preoccupare. Potresti chiamarmi un taxi? Penso sia meglio andare a casa. Non mi sento molto bene.»

«Certo. Ti accompagno.»

Scusandosi di nuovo, Helen corse ancora nel bagno delle signore. Quando tornò, vide Tony che la aspettava sulla porta.

«C'è un taxi per noi fuori.»

«Grazie. Spero di farcela.»

Tony rifletté un attimo. «Senti, io abito a cinque minuti di macchina. Andiamo da me, potrai tornare a casa quando ti sentirai meglio.»

Helen annuì, troppo debole per discutere.

Dieci minuti dopo aveva la faccia nella tazza del water di Tony. Non riusciva a credere di avere ancora qualcosa da vomitare. Barcollò verso il soggiorno, dove lui camminava avanti e indietro, ansioso.

«Come ti senti?»

«Abbastanza bene. Forse dovrei sdraiarmi un po'.»

«Certo. Ecco, lascia che ti aiuti.»

Tony la accompagnò in una piccola camera da letto.

Lei si distese, sperando che smettesse di girarle la testa. «Mi dispiace, Tony, mi dispiace davvero.» Si addormentò seduta stante.

Si svegliò disorientata. Si guardò intorno nella stanza. La luce fioca del mattino filtrava dalle tende arancioni di lino.

Sentì le tempie pulsarle. Si alzò dal letto con cautela ed entrò a piccoli passi in soggiorno. Tony era sdraiato sul divano, dove russava piano. Intorpidita, provò a entrare nello sgabuzzino e in cucina prima di trovare finalmente il bagno. Si gettò l'acqua sul viso e usò lo spazzolino da denti di Tony per rinfrescarsi la bocca. Sentendosi meglio, tornò in camera in punta di piedi. Stava per addormentarsi quando sentì il letto sprofondare alla sua destra.

«Come stai?»

Aprì gli occhi e vide Tony che la fissava.

«Meglio, credo. Anche se ho un terribile mal di testa.»

«Posso offrirti un'aspirina?»

«No, forse è meglio non ingerire niente.»

«Come vuoi.»

Tony le scostò una ciocca di capelli dal viso. «Ero preoccupato per te.»

Il labbro inferiore di Helen tremò. «Mi dispiace. Non riesco a combinare niente di buono, eh? Non riesco nemmeno a bere senza sentirmi male e rovinarmi una bella serata.»

«Su, Helen. Smettila di essere così severa con te stessa.» Le schiacciò il naso scherzosamente, come se fosse un pulsante. «Non sei abituata, tutto qui. E poi...» Si chinò in modo che il suo viso fosse a un paio di centimetri da quello di lei. «Io ti trovo adorabile». La baciò delicatamente sulle labbra. «Scusa. Volevo solo... ehm...»

All'improvviso lui sembrò timido, e Helen sentì il cuore gonfiarsi.

«Sai, mi ha fatto sentire un po' meglio, in effetti.» Fece un mezzo sorriso.

«Davvero? Ne sei sicura?»

«Sì.»

Stavolta Helen sollevò le labbra verso quelle di Tony, gli cinse il collo con le braccia e lo attirò a sé.

Più tardi, mentre giaceva tra le sue braccia e guardava la sua mano accarezzarle il ventre nudo, pensò di essere morta e finita in paradiso. Qualsiasi cosa avesse fantasticato durante i suoi impacciati tentativi di piacere era insignificante rispetto alla realtà. Era riuscita a rispondere naturalmente alle coccole di Tony e a rilassarsi abbastanza da godersi il momento. Il fatto che il suo corpo potesse procurarle un tale piacere era una rivelazione.

«Sei piena di sorprese, eh?» disse lui sorridendo, mentre la sua mano si spostava dal ventre alla coscia.

«Cosa intendi?»

«Be', sei così poco sicura di te, ma... sei stata meravigliosa. Stento a credere che fosse la tua prima volta.»

«Lo era, davvero.»

«Allora sono orgoglioso di essere stato io.» Si appoggiò su un gomito e la fissò. «Helen, non ti penti di quello che ti è appena successo, vero?»

«No, per niente.»

«Bene. Mi dispiacerebbe se pensassi che mi sono approfittato di te.»

«Non l'hai fatto, o almeno, non più di quanto io mi sia approfittata di te.»

Entrambi tacquero e rimasero sdraiati a guardare i raggi di sole che filtravano attraverso le tende arancioni.

«Helen?»

«Sì?»

«Conosci la mia situazione. La mia ragazza starà via per un po' e... non vorrei mai illuderti. Capirò se non vorrai più rivedermi, ma...»

«Ma cosa?»

«Penso che io e te potremmo divertirci, finché lei non tornerà. Suona squallido, me ne rendo conto, ma è giusto che io sia onesto con te. Ti rispetto molto, non voglio ferirti.»

«Capisco, Tony.»

«Se non altro, vorrei che restassimo amici, anche se ammetto che mi mancherebbe quello che abbiamo appena fatto.»

Helen si voltò. Lei era lì, e la donna misteriosa no. Questo le dava un vantaggio. Tony avrebbe potuto innamorarsi così follemente di lei da non volere più l'altra. Era un rischio che avrebbe dovuto correre. Il dolore sarebbe arrivato dopo, e del resto lei era brava a sopportarlo.

«Tony?»

«Sì?»

Si voltò di nuovo verso di lui e sorrise. «Lo rifacciamo?»

18

«Allora, Ben, cosa ne pensi?»

Ben alzò le spalle. «Abbastanza bravi, amico. Sono abbastanza bravi.»

«Solo abbastanza?»

«Temo di sì.»

«Capisco. Okay, non ha senso che ti faccia perdere altro tempo. Sei il primo con cui parlo. Reg della RCA era interessato, ma gli avevo detto che ti avrei dato la prelazione.» Freddy Martin si alzò.

«Purtroppo devo rifilarti un bidone, amico.» Girò intorno al lungo tavolo di vetro per stringere la mano a Freddy.

«È un errore, te lo dico. Dovresti vederli dal vivo. Sono fantastici.»

«Forse, ma ci sono troppe band che si contendono una fetta della scena in questo momento. Magari avrai più fortuna altrove, capisci?»

«Certo. Ci vediamo, Ben.»

«Ci vediamo.» Lo salutò con la mano prima di tornare alla sua sedia.

Il manager percorse il corridoio, uscì dalla reception e prese l'ascensore per scendere nell'atrio. Attraversò Golden Square, aprì il cancello nero in ferro battuto e trovò una panchina su cui sedersi.

Strinse i pugni. «Merda!»

L'anziana signora all'altra estremità della panchina si allontanò, turbata.

Freddy iniziava a preoccuparsi. Aveva già contattato quattro delle cinque maggiori case discografiche e finora non aveva destato altro che un tiepido interesse. Se la RCA avesse detto di no, sarebbero rimaste solo le etichette indipendenti più piccole, senza il peso finanziario necessario per dare al suo gruppo la spinta di cui aveva bisogno. Si era sbagliato? I Fishermen non erano niente di speciale? Doveva correre subito ai ripari e lasciar perdere?

Scosse la testa. No, l'istinto gli diceva che aveva ragione. Se lo sentiva. Come se l'era sentito con i Tin Men. Era sicuro che i Fishermen avessero qualcosa di speciale. Doveva far sì che se ne accorgessero anche gli altri e investissero nella band, come aveva fatto lui.

Si alzò. Nel giro di qualche giorno avrebbe incontrato la RCA. Se non fosse andata bene, si sarebbero rivolti alle etichette indipendenti.

Derek era tornato almeno una decina di volte alla porta azzurra tra la friggitoria e l'edicola. Aveva suonato il campanello e bussato, ma senza successo. Si sentiva confuso.

Era domenica. Le nove meno dieci di domenica mattina, per la precisione. Dopo una serie di scampanellate e colpi alla porta, la donna che gestiva l'edicola uscì dal suo negozio.

«Stai facendo un gran baccano. È partita.»

Derek andò nel panico. «Quando? Dov'è andata?»

«Tranquillo, tesoro. È solo andata in vacanza.»

Tirò un sospiro di sollievo. «Ah, capisco. Ha detto per quanto tempo?»

«No, lo so solo perché mi ha chiesto di annaffiare le piante mentre è via.»

«Quindi tornerà?»

La donna ridacchiò. «La gente torna dalle vacanze, no?»

Derek girò sui tacchi e si allontanò a grandi passi lungo la strada.

«Che tipo strano» borbottò la donna mentre rientrava per sistemare i giornali della domenica.

Orla aveva appena varcato la soglia quando squillò il telefono.

«Pronto?»

«Ciao, Orla.» Era la sua agente, Audrey. «Buone notizie, tesoro. Hai ottenuto il tuo primo lavoro da modella.»

«Davvero?»

«Sì. È un servizio di due pagine sulla maglieria. È soltanto una mattina, ma è un primo passo.» Orla sentì Audrey sfogliare delle carte. «Vediamo... Mercoledì prossimo a St. James's Park. Devi essere lì alle otto.»

«Dovrò prendermi la mattina libera dal lavoro?»

«Sì. Puoi dire che devi andare dal dentista o qualcosa del genere. Vediamo che succede, se inizieranno ad arrivare altre proposte, come credo, potrai lasciare i grandi magazzini. La paga è buona. Venti sterline.»

«Venti sterline?» ripeté Orla, incredula.

«Sì, può andare bene?»

«Oh certo, è una bella cifra, fantastico.»

«Ottimo. Ho dato a quelli della rivista il tuo numero di casa. Ti chiameranno nei prossimi due giorni. Ben fatto, cara. Siamo partite. Ti saluto.»

«Ciao e grazie, Audrey.»

Orla riattaccò e si lasciò cadere sulla sedia più vicina con un sorriso trionfante. Nelle ultime quattro settimane aveva partecipato a una ventina di provini senza mai essere richiamata, e aveva iniziato a pensare che Audrey si fosse sbagliata sul suo conto.

Il sorriso svanì al pensiero di doverlo dire a Con.

Pochi minuti dopo, sentì la chiave nella toppa e il suo fidanzato entrò in casa, con il giornale della sera sottobraccio.

«Ciao.» Sorrise. «È una bellissima serata, non trovi?»

«Sì, bellissima. Con?» Lo fissò mentre si sedeva.

«Che succede?»

«Ho appena ricevuto una notizia.»

La guardò. «Dimmi.»

Orla attraversò la stanza e si accoccolò al suo fianco. «Prima devi giurare che non ti arrabbierai.»

Lui socchiuse gli occhi e le accarezzò i capelli. «Come posso farlo senza sapere cosa hai da dirmi?»

«Ho già provato a dirtelo, ma non trovavo mai il momento giusto.»

Con ora sembrava preoccupato. «Ti ascolto. Parla.»

«Sono stata ingaggiata da un'agenzia per modelle. Oggi ho ottenuto il mio primo lavoro, come modella di maglieria per una rivista. E indovina quanto mi pagheranno per una mattinata? Venti sterline! Ti prego, dimmi che sei felice per me. La mia agente dice che potrebbe essere l'inizio di una grande carriera!»

Con ripiegò il giornale e la fissò per un attimo, prima di pronunciare il suo verdetto. «Posso dirlo, se vuoi, ma non è la verità. Sai cosa penso del fatto che lavori. Non cambierò idea. Se vuoi mettere in mostra il tuo corpo è una tua decisione.»

«Dai, Con, non dire così! È una rivista femminile.»

«E cosa succederà quando vorranno che tu faccia la modella di costumi da bagno o di biancheria intima?»

«Dirò di no.» Orla scosse la testa. «Almeno pensa ai soldi, Con. Venti sterline! E ne arriveranno altri.»

«Pensi che questo mi faccia sentire meglio? Il fatto che non riesca a guadagnare a sufficienza per prendermi cura della mia donna, come ogni uomo perbene dovrebbe fare?»

«No, Con, ti sbagli. Guarda Lulu e Todd. A Todd non sembra importare che lei lo mantenga.»

«Lulu è diversa.»

«Perché, Con? In cosa è diversa?»

«Perché...» Sembrò sforzarsi di trovare una risposta. «Perché è... inglese.»

«E che differenza fa?»

Con storse il naso. «Fa differenza eccome.»

«È una risposta patetica, e lo sai!» Orla trattenne le lacrime. «Non sapevo fossi così, Con, davvero.»

«Così come?»

«Maschilista.»

«E chi ti ha insegnato questa parola? Lulu?»

«Certo che no! Vengo da un piccolo villaggio in Irlanda, ma sono una persona colta.» Orla scosse la testa. «Questa discussione non ci porterà da nessuna parte, Con.»

«Hai ragione.»

Lei lo guardò. «Non mi ami più?»

Con sospirò. «Certo che ti amo. Per questo non voglio vederti umiliata.»

«Ma non lo sono affatto!» Orla diede una manata alla sedia, frustrata. «Il lavoro non è umiliante, Con. Ti dà indipendenza. E finché non arriverà il momento in cui avrai la tua grande occasione, abbiamo bisogno di soldi. Non puoi sostenere il contrario!»

«Ah, i soldi. Si tratta sempre dei soldi, eh? Non voglio più discutere con te. Sono già in ritardo per l'appuntamento con Todd.» Si alzò.

«Non andartene, Con. Dobbiamo parlarne.» Lo guardò mentre si infilava il giornale nella tasca della giacca e si dirigeva verso la porta. «Per favore, Con, non...»

La porta sbatté alle sue spalle.

«Ciao, Con, Todd non c'è.»

«Oh.» Con rimase sulla soglia, a disagio alla vista di Lulu in un accappatoio corto. «Ha detto che sarebbe tornato alle sette.»

«Sì, è quello che ha detto anche a me. Sono sicura che arriverà a momenti. Entra, prima che mezza strada mi veda in *déshabillé*.»

«Grazie.» Seguì Lulu oltre la soglia, lungo il corridoio e in salotto.

«Vuoi qualcosa da bere?»

«No, grazie.»

«Va bene, allora bevo solo io. Ho appena ricevuto una chiamata dal mio agente. Ho avuto il ruolo da protagonista nel prossimo film della Hammer.»

«Che bella notizia, congratulazioni.»

«Grazie. Devo ammettere che sono molto contenta.» Lulu si chinò a prendere una bottiglia da una credenza, offrendo a Con una visuale perfetta sul suo fondoschiena. «Sicuro che non vuoi unirti a me?»

«No, grazie.» Con si voltò e andò a guardare fuori dalla finestra.

«Un irlandese che rifiuta da bere.» Lulu versò una generosa quantità di whisky in un bicchiere. «Incredibile. Salute.»

«Alla tua.»

«Ancora nessuna notizia da Freddy?»

«No.» Con sospirò. «Non si fa sentire molto, forse sta avendo problemi a ottenere un accordo.»

«Vi troverà un contratto, Con. Ho piena fiducia sia in lui sia nel gruppo.» Lulu si accomodò sul divano e piegò le gambe sotto di sé. Diede una pacca sul posto accanto a sé. «Vieni.»

Con obbedì, riluttante.

«Scusa se te lo chiedo, Con, ma c'è qualcosa che non va? Hai l'aria depressa. Todd dice che da qualche tempo non ti riconosce più.»

«Va tutto bene, Lulu.»

«Sicuro?»

«Sì.»

Lulu allungò una mano e sfiorò il ginocchio di lui. «Ascoltami, Con, ti considero un amico e spero che tu mi veda allo stesso modo. Se c'è qualcosa di cui vuoi parlare, sai dove trovarmi.»

Con fissò la mano sul suo ginocchio. «È gentile da parte tua, ma sto bene, davvero.»

Sentì il rumore di una chiave nella serratura. Sussultò e si liberò dalla mano di Lulu, facendole rovesciare il whisky sulla gamba nuda.

«Piano. Sei teso come una corda di violino.»

«Scusa, scusa.»

Con tornò vicino alla finestra mentre Todd entrava.

«Buonasera a tutti. Scusate il ritardo. La metropolitana è rimasta ferma per secoli a Earls Court.»

«Tesoro, indovina?» Lulu si alzò, posò il bicchiere e gettò le braccia al collo di Todd, coprendogli il viso di baci.

«Cosa?»

«Ho avuto la parte di Veronica! Diventerò una vera star del cinema.»

«Meraviglioso, tesoro. Sono felice per te.» La abbracciò, poi fece un passo indietro e la guardò. «Non pensi che dovresti vestirti?»

«Scusa. Con mi ha beccata mentre ero nella vasca da bagno e abbiamo fatto una bella chiacchierata, vero, Con?»

Lui grugnì qualcosa in risposta.

Todd le diede una pacca sul sedere. «Vai. Corri. Con e io abbiamo da fare.»

«Non ci metterete molto, vero?» Lulu s'imbronciò. «Stasera voglio uscire a festeggiare.»

«Prima te ne vai, prima finiremo.»

«Okay. Ciao, Con.» Gli mandò un bacio e uscì dalla stanza.

Todd alzò le sopracciglia. «Donne.»

«Brindiamo alle donne» sospirò Con.

«Vuoi da bere?»

«Ma sì, perché no.»

«Problemi con Orla, eh?» Todd servì due whisky dalla bottiglia aperta.

«Si è fatta assumere da un'agenzia per modelle senza dirmelo e ora sembra che abbia un lavoro.» Prese il bicchiere dalla mano tesa di Todd.

«E allora? Buon per lei. Dov'è il problema?»

Con scosse la testa. «Non mi aspetto che tu capisca. Veniamo da mondi diversi.»

«Ma adesso vivi in questo, Con. Non ti sembra di essere un po' antiquato?»

«In Irlanda le donne restano a casa e si prendono cura dei bambini. Cucinano, puliscono, si occupano della famiglia.»

«Non credo alle mie orecchie.» Todd si mise la mano libera sul fianco. «Primo, tu e Orla non siete sposati. Però vivete insieme, il che mi pare una cosa piuttosto moderna. Secondo, non avete una famiglia di cui Orla possa prendersi cura. E terzo, siamo nel 1965, non nel 1865.»

Con scosse la testa. «Senti, lascia perdere, d'accordo? Non avrei dovuto dire niente. Sapevo che non avresti capito.»

«Oh, capisco benissimo. Si tratta del tuo ego maschile e nient'altro. Hai mai pensato a cosa vuole Orla?»

«Lasciamo perdere, okay?» Lanciò a Todd un'occhiataccia.

Todd fece spallucce. «Certo, come vuoi. Dobbiamo metterci al lavoro, comunque, così puoi riversare tutta la tua angoscia nei testi. Ma voglio darti un consiglio, Con, e spero che tu lo prenda per il verso giusto: Orla è una ragazza fantastica. È ovvio che ti adora e non ha fatto altro che sostenerti da quando sei arrivato in Inghilterra. Se continui così, la perderai. E te ne pentirai. Bene, fine della ramanzina.» Si diresse verso il pianoforte, sollevò il coperchio e si sedette sullo sgabello. «Allora, dove eravamo rimasti?»

Erano le undici passate quando Con tornò a casa. Era uscito dall'appartamento di Todd alle nove, poi aveva fatto una lunga passeggiata lungo il Chelsea Embankment. La vista e il suono dell'acqua l'avevano calmato, e aveva iniziato a pensare più lucidamente.

Quando entrò in camera da letto, sentì che Orla non dormiva. Si tolse i vestiti e si infilò sotto le lenzuola, posandole una mano sulla spalla. «Possiamo parlare?»

«Certo.» Si girò per guardarlo.

«Voglio scusarmi, Orla. Sono stato stupido. Mi perdoni?»

«Sì.»

«Bene. Vieni qui.» Lei si rannicchiò tra le sue braccia. «Se provo a spiegarti, forse, potrai capire.»

«Sì, ti prego.»

«Sai da dove vengo, che tipo di infanzia ho avuto.»

«Sì.»

«Mia madre si è spaccata la schiena tutta la vita per darmi da mangiare e garantirci un tetto sopra la testa, mentre mio padre si ubriacava ogni sera nei pub e quando tornava a casa sfogava la sua disperazione e infelicità su di lei. Ero lì quando mia madre è entrata in travaglio e trentasei ore dopo è morta insieme al bambino, senza che mio padre si facesse vedere.»

Orla lo guardava in silenzio. «E così mi ero ripromesso di provvedere alla donna che sarebbe diventata mia moglie, di assicurarle uno stile di vita grandioso, di fare in modo che non dovesse mai avere preoccupazioni. Quando abitavamo in quel posto terribile a Swiss Cottage, all'inizio, mi sembrava di vedere la storia ripetersi.»

«Con, è ridicolo! Non sei un alcolizzato né un violento. E le cose stanno migliorando. Sei a un passo dal successo. A parte questo, sono felice di uscire e guadagnare qualche soldo.»

«Sì, lo so. Ho capito che mi stavo comportando da idiota. E volevo spiegartelo. Vorrei poterti dare il mondo, Orla, tutto qui.» Allungò le dita e le intrecciò alle sue. «Se ti rende felice fare la modella, per me va bene.»

«Grazie. Davvero.»

«Ah, un'altra cosa, Orla. Una cosa a cui Todd mi ha fatto pensare. Avrei voluto darti un matrimonio in grande stile, ma in fondo è il pezzo di carta che conta. Se non ti addolora rinunciare a una festa da sogno, vorrei che ci sposassimo il prima possibile.»

«Con, ti sposerei anche sul marciapiede qui fuori, se necessario. Non mi è mai importato. Sei sempre stato tu a voler fare le cose in grande.»

«Sei sicura di non dirlo solo per farmi sentire meglio?»

«Sicurissima» rispose lei, con enfasi. «Penso con la mia testa, sai? Non vivo e respiro solo per compiacerti» disse, sorridendo.

«Allora siamo d'accordo. Lo organizzeremo presto.»

«Perfetto.»

Con si sporse e spense la luce.

Poi si addormentarono, con le dita ancora intrecciate.

19

Helen firmò la lettera con uno svolazzo (finirne una era pur sempre un trionfo). La rilesse tra sé.

> *Cara zia Betty,*
> *mi dispiace, ma non potrò tornare a casa a Ballymore quest'estate. Ho troppo da studiare e non riesco proprio a trovare il tempo. Mi auguro che tu capisca. Cercherò di venire a ottobre, per le vacanze di metà semestre. Spero che tu stia bene quanto me.*
>
> *Tua nipote, Helen*

La piegò in tre e la infilò nella busta. Non era stata particolarmente espansiva, ma andava bene così. Non doveva giustificare le sue azioni con nessuno, come le aveva insegnato Tony.

Tony... Helen guardò sognante fuori dalla finestra. Da quando erano finiti i corsi, dieci giorni prima, avevano passato molto tempo insieme, soprattutto a letto. L'idea di lasciarlo di lì a una settimana per andare a Ballymore non le sembrava nemmeno lontanamente accettabile. E poi *l'altra* sarebbe tornata a breve. Aveva poco più due settimane per fargli dimenticare quella donna, se non l'aveva già fatto...

Controllò l'orologio. Tony sarebbe dovuto rientrare nel giro di un'ora. Giusto il tempo di correre alla buca della posta, tornare indietro e mettersi qualcosa di più comodo. Sorrise al pensiero della nuova biancheria intima nera di seta e del reggicalze che aveva comprato quella mattina.

Mentre usciva di casa e camminava lungo la strada, pensò a quanto avesse imparato sugli uomini negli ultimi dieci giorni. La strada per il loro cuore non passava dalla gola, come diceva sempre zia Betty. Oh no, passava per una parte ben diversa del corpo. Paragonò i suoi sentimenti per Tony Bryant a quelli che un tempo nutriva per Con Daly. Il suo legame con Tony era profondo, significativo. E, cosa più importante, il suo affetto era ricambiato. Ora sapeva che Con non era altro che un'infatuazione adolescenziale. Quanto era stata sciocca.

Imbucò la lettera e tornò indietro per la strada da cui era venuta. Anche se all'inizio Tony le aveva detto che quello fra loro era solo divertimento tra adulti consenzienti, ormai doveva aver cambiato idea. Ne era sicura. Proprio l'altra sera si era messa a cavalcioni su di lui, rifiutandosi di muoversi finché non avesse pronunciato le due paroline magiche.

«Ti amo» aveva detto.

Poi gliele aveva fatte ripetere sempre più forte, finché non aveva urlato di piacere.

Tornata a casa, Helen mise lo champagne in fresco nel congelatore. Aveva anche comprato fragole e panna da mangiare a letto come spuntino dopo l'amplesso.

Si guardò allo specchio. L'amore e una considerevole quantità di esercizio fisico le avevano fatto perdere quasi quattro chili in altrettanti giorni. Era ancora proporzionata, ma per la prima volta riusciva a vedere le ossa dei fianchi. La nuova lingerie le sosteneva il seno, facendolo risaltare sopra il bordo di pizzo. Indossò un abito corto nero, si versò un bicchiere di champagne e si sedette ad aspettare il suo amante.

«Sei davvero incredibile.»

«Grazie. Vuoi qualcosa da bere?»

«Sì. In effetti mi è venuta sete.»

Helen si allungò verso il tavolino accanto al letto e riempì i due bicchieri di champagne. Ne porse uno a Tony.

«Cin cin.»

«Cin.» Lui alzò il bicchiere e bevve un sorso. «Be', chi avrebbe mai pensato che io e te avremmo passato gran parte di luglio a letto insieme?»

«Lo so. È fantastico.»

«Credo che sia ancora più speciale perché sappiamo entrambi di avere una scadenza.»

«Cosa intendi?»

«La mia ragazza tornerà presto, tutto qui.» Tony sembrò un po' imbarazzato.

«Oh. Capisco.»

«Non fare quella faccia, Helen. Mi fai sentire in colpa, e avevi promesso che non l'avresti fatto.»

«Scusa. Parliamo d'altro, va bene?»

«Certo. Senti, pensavo che dovresti fare un minimo di esperienza lavorativa nel mondo esterno.»

Helen aggrottò la fronte. «Intendi un lavoro per le vacanze?»

«Suppongo di sì. Ho un amico che sta cercando una receptionist temporanea.»

«Una receptionist? Cosa potrei mai imparare rispondendo al telefono?» Era un po' offesa.

«Probabilmente scopriresti sull'azienda più cose di quante ne sappiano la maggior parte dei dirigenti» sorrise lui.

«Mi piace non fare niente. A parte farmi te.»

«Sì, ma questo è un posto divertente dove lavorare» continuò Tony. «È una piccola etichetta discografica appena fuori Carnaby

Street, il posto più in voga di Londra al momento. E poi sarebbe soltanto per agosto. La loro receptionist va in Australia per un matrimonio di famiglia.»

«Sai che non ho bisogno di soldi.»

«Sì, lo so, Helen. Ho solo pensato che potesse servirti fare un po' di esperienza mentre ti diverti e allarghi la tua cerchia di amici a Londra. Ma come vuoi» disse, scrollando le spalle.

«Va bene. Vuoi delle fragole?»

Tony posò il bicchiere vuoto sul comodino e la attirò a sé. «Dopo.»

Tre giorni più tardi, Helen era seduta nella reception della Metropolitan Records. Era lì solo perché Tony sembrava entusiasta dell'idea.

Osservò l'attuale receptionist, che sembrava in tutto e per tutto una Barbie, e si consolò pensando che se cercavano lunghi capelli biondi e cosce sottili come aghi, non avrebbe comunque ottenuto il lavoro.

«Brad ti aspetta. Vai al primo piano. Il suo ufficio è il primo a destra.»

«Grazie.» Helen si alzò e seguì le istruzioni della ragazza. Bussò alla porta cinque volte prima che si aprisse. Brad era al telefono. Le indicò di sedersi e fece il segno di due minuti con le dita. Helen lo studiò mentre parlava. Era basso, moro e attraente in un modo tipicamente mediterraneo.

«Va bene, Freddy. Ci vediamo venerdì al solito posto. Ciao.»

Brad riattaccò e si sedette sul bordo della scrivania, con le braccia conserte.

«Piacere di conoscerti, Helen. Tony mi ha parlato molto bene di te. Vai a letto con lui, eh?» Ridacchiò, poi notò che Helen era diventata rossa come un peperone. Si schiarì la gola e andò a sedersi dietro la scrivania ingombra. «Tony ti avrà detto che il posto sarebbe solo per un mese. Jilly, che hai visto di sotto, parte per la terra dei koala per il matrimonio di suo fratello. Non c'è niente di particolare da spiegarti, in realtà, solo un telefono che squilla di continuo. Alzi la cornetta, rispondi, premi un pulsante per deviare la chiamata a uno degli altri quattro che lavorano qui ed è fatta. Davvero noioso, a parte la possibilità di incontrare qualche rock star.»

Brad era un fiume in piena. Helen riuscì a stento a dire un «Capisco» prima che lui ripartisse.

«Anche la paga è un po' da fame. Siamo una piccola etichetta, operiamo da un paio d'anni e stiamo appena iniziando ad avvicinarci ai grandi nomi. Il che significa che abbiamo un budget limitato. Ma conoscerai un sacco di gente. Ci stiamo espandendo, e se fai un buon lavoro potrebbe esserci un posto libero per te in futuro.» Brad allargò le braccia. «Allora, cosa ne pensi? Ci stai o no?»

«Ehm...»

«Senti, chiamami domani mattina. Sei l'unica ragazza che ho visto finora. Hai un bell'aspetto e Tony dice che sotto la facciata timida sei un piccolo genio.» Il telefono squillò. «Scusa, tesoro, è un problema se non ti accompagno? Questa chiamata è dagli Stati Uniti. Ci sentiamo domani, va bene?» Indicò la porta.

Helen uscì nello stretto vicolo appena fuori Carnaby Street. Era un pomeriggio caldo, il sole era alto nel cielo blu fiordaliso. Quando sbucò sulla strada principale, l'energia era incredibile. Tutti intorno a lei sembravano sorridere, trasudando giovinezza e vitalità.

Avvertì un'improvvisa ondata di felicità mai provata prima. Le avevano appena offerto un lavoro nel cuore della città più eccitante del mondo. Nuove esperienze, nuovi amici. Sarebbe stata pazza a rifiutare.

Si girò e tornò sui suoi passi. Spinse la porta della Metropolitan Records. La Barbie alla reception le rivolse uno sguardo interrogativo.

«Hai dimenticato qualcosa?»

«No, ma potresti lasciare un messaggio per Brad? Digli che accetto il lavoro. Ci vediamo lunedì prossimo.»

La Barbie sorrise. «Bene, glielo dirò.»

«Grazie.»

Helen ricambiò il sorriso e uscì di nuovo dall'edificio.

20

Con, Orla, Lulu e gli altri tre membri dei Fishermen erano seduti fuori dall'ufficio dell'anagrafe, in attesa di essere chiamati. Orla indossava un abito corto color crema di Biba, comprato con le venti sterline che aveva guadagnato per il suo incarico da modella. Il velo era fissato da una corona di madreperla e i capelli rossi erano raccolti in uno chignon.

Con le stringeva la mano. Quando il funzionario dell'anagrafe uscì, il gruppo si alzò. Con si tenne indietro e lasciò andare gli altri per primi. Poi si voltò verso Orla e le diede un bacio sulla fronte.

«Non dimenticherò mai quanto sei bella oggi e che uomo fortunato sono. Sei l'amore della mia vita. Ti amo. Volevo solo che lo sapessi.»

Gli occhi di Orla si riempirono di lacrime. «Anch'io ti amo.»

«E un giorno, ti giuro che avrò i soldi per darti il meglio di tutto.»

«Con, non importa. Oggi divento tua moglie, è questo che conta.»

«Dai, allora. Andiamo, Orla O'Donovan. È l'ultima volta che ti chiamo così.»

Si sorrisero ed entrarono mano nella mano nell'ufficio.

La cerimonia fu breve e informale. Todd e Lulu fecero da

testimoni e, mentre Orla e Con scendevano le scale, gli altri li inondarono di coriandoli.

Andarono in un pub dietro l'angolo per un paio di drink, poi si spostarono nell'appartamento di Todd e Lulu. Lei aveva preparato un pranzo a base di roast beef con vari contorni, e lo champagne scorreva a fiumi.

«Non avevo idea che sapessi cucinare» disse Todd, posando coltello e forchetta sul piatto vuoto.

«Infatti non so cucinare» sogghignò Lulu, «ma lo chef del ristorante dietro l'angolo fa uno Yorkshire pudding strepitoso ed è un mio fan.» Gli fece l'occhiolino. «Altro champagne?»

«Sì, versa da bere a tutti. È l'ora del discorso dei testimoni. E visto che sono il più bravo con le parole, lo farò io» rise.

Lulu riempì i bicchieri e Todd si alzò.

«Bene, signor e signora Daly. Mi dispiace di non avere storie imbarazzanti da raccontare sulla giovinezza di Con. Posso solo dire che, da quando vi conosco, sembra che abbiate portato la fortuna degli irlandesi a tutti noi. Sono sicuro che presto Freddy ci procurerà il contratto che tutti meritiamo.»

«Ben detto» mormorò Lulu.

«Orla, sei una donna coraggiosa a sopportare Con. Sei bella, dolce e leale, mentre lui è un bastardo difficile, volitivo e determinato...» Fece una pausa e fissò lo sposo. «Tutte qualità di cui ha bisogno per aiutare i Fishermen a farcela. E, anche se mi duole ammetterlo, hai un talento incredibile. Fra questo e una moglie come Orla, dovrei detestarti.» Sorrise e alzò il bicchiere. «Invece sono molto contento che tu sia entrato nelle nostre vite. Congratulazioni a entrambi. Alla coppia felice, Con e Orla.»

Tutti alzarono i bicchieri e bevvero.

«Okay, okay. Abbiamo una cosa per voi.» Todd tirò fuori una busta dalla tasca della giacca. «È il vostro regalo di nozze da parte della band. Abbiamo contribuito tutti. Aprila tu, Orla.» Le porse la busta.

«Grazie.» Orla la aprì con cautela. All'interno trovò due biglietti del treno da Londra a Brighton, più una lettera che confermava una camera per due notti con pensione completa al Grand Hotel.

«Il vostro treno parte alle sei di stasera. Abbiamo pensato che doveste fare una piccola luna di miele» spiegò Lulu.

«Ma...» Orla era così commossa che riusciva a malapena a parlare. «Guarda, Con.» Gli mostrò il contenuto della busta.

Notando la faccia di Con, Todd corse subito ai ripari. «Non arrabbiarti, amico. Sappiamo quanto sei orgoglioso, ma potrai ripagarci quando saremo famosi!»

«Discorso, discorso!» urlò Lulu. «Tocca a te, Con.»

Lui guardò i presenti intorno al tavolo. «Grazie a tutti. È stata una giornata stupenda.» Alzò il bicchiere. «Ai nostri amici, e alla mia bellissima moglie.»

«Al successo dei Fishermen» aggiunse Ian.

«Bravo» esultò Todd.

Derek non disse nulla. Era stato di umore strano per tutto il giorno, come se qualcosa lo turbasse. Pur essendo fisicamente presente, con la testa era altrove. Finì il suo bicchiere di champagne, poi prese la bottiglia per versarsene un altro.

Un'ora dopo, Con e Orla partirono per prendere il treno diretto a Brighton. Lulu iniziò a sparecchiare e Ian andò in cucina ad aiutarla a lavare i piatti.

«Che succede, Del?» chiese Todd, mentre Derek sedeva cupo in salotto a bere il suo terzo whisky.

«Niente.»

«Problemi di donne?»

Derek scrollò le spalle.

«Non è ancora Peggy, vero?»

Lui aggrottò la fronte. «No, certo che no» rispose, stizzito.

«Bene, perché tra non molto avrai ai tuoi piedi una marea di donne.»

«Lo pensi davvero?»

«Certo. Avremo fan e groupie che urlano fuori dai nostri hotel, e sesso bollente ventiquattr'ore su ventiquattro.»

«Certo, Todd.» Derek guardò l'orologio. «Devo andare, temo. Ho promesso alla mamma che sarei tornato per il tè.»

«Peccato. Okay, amico, come vuoi.» Gli diede una pacca sulla schiena. «Speriamo di avere qualcosa da festeggiare molto presto. Freddy mi ha detto ieri che c'è un produttore interessato. Ci vediamo venerdì al concerto.»

Derek annuì e si alzò quando Lulu entrò in salotto. «Grazie, Lulu. È stata una bella festa.»

«Di niente, Derek.»

«Allora vado.»

Lulu e Todd lo guardarono mentre usciva dalla stanza.

Lei scosse la testa. «Che gli prende? Nelle ultime settimane sembra depresso.»

«È l'amore, Lulu» sospirò Todd. «Il nostro Derek è nei guai.»

Derek percorse a piedi i primi cinque chilometri, poi prese un autobus per il resto della strada. Avendo speso quasi tutti i suoi soldi per la collana di Peggy, doveva contare ogni centesimo finché Freddy non gli avrebbe dato il prossimo anticipo.

Scese dall'autobus alla fermata di fronte al negozio di alimentari. A quel punto lei doveva essere già tornata, no? Era passato più di un mese.

Si fermò dall'altra parte della strada, aspettando che il traffico si calmasse per attraversare, quando vide un uomo suonare il campanello a sinistra della porta azzurra. Pochi secondi dopo, la porta si aprì e apparve Peggy, bellissima, come ce l'aveva impressa nella mente.

Il cuore di Derek si riempì di sollievo e felicità alla sua vista, poi di orrore quando lei gettò le braccia al collo dell'uomo sulla soglia.

Un vecchio amico, un parente... provò ad autoconvincersi lui, ma ogni sforzo si rivelò vano quando Peggy si alzò in punta di piedi e baciò l'uomo.

Derek rimase a guardare con disgusto e dolore per un minuto buono prima che lo sconosciuto mettesse un braccio intorno alle spalle di Peggy ed entrassero. La porta azzurra si chiuse alle loro spalle.

Lui rimase lì, inchiodato al suolo, paralizzato dallo shock. Si sentiva stordito e debole. Lo stomaco gli si rivoltò e vomitò sui suoi preziosi stivali.

Helen rispose al telefono. «Metropolitan Records, come posso aiutarla?»

«Ciao, tesoro, sei nuova?»

«Sì. Sono la sostituta receptionist» rispose educatamente.

«Dov'è la deliziosa Jilly? Scappata con una rock star?»

«No, è in Australia.»

«Capisco, capisco. Comunque, posso parlare con Brad?»

«Certo, signor...?»

«Digli solo che è Freddy.»

«Attenda un istante.» Helen chiamò Brad.

«Sì?»

«Ho Freddy in linea.»

«Digli che lo richiamo più tardi» grugnì. «Ora ho da fare.»

«Okay.» Helen riprese la chiamata di Freddy. «Brad si scusa, ma ora non può rispondere. Ha un impegno imprevisto.»

«Oh, poverino...»

«Dice che la richiamerà più tardi.»

«Okay, ma riferisci da parte mia che se non lo sento entro le tre e mezza avrà perso la sua occasione. Ciao, tesoro.»

Helen riattaccò. Il telefono squillò di nuovo. Rispose, sperando che fosse Tony. Non era lui. Il cuore le si strinse. Se non aveva ancora chiamato, era probabile che non l'avrebbe fatto.

Helen aveva iniziato a lavorare lì da poco più di una settimana. Ci era voluto del tempo per padroneggiare il centralino e imparare a non farsi prendere dal panico quando tutte le linee squillavano contemporaneamente. Ma ora aveva preso il ritmo e cominciava a divertirsi. Il lavoro le piaceva e dalla reception passava un sacco di gente eccentrica.

Brad era del tutto disorganizzato, fissava appuntamenti e li disdiceva all'ultimo momento, lasciando lei a gestire manager furiosi e irascibili pop star alle prime armi. Nonostante fosse lì da poco, le era chiaro che l'azienda aveva bisogno di riorganizzarsi e assumere più personale.

Naturalmente, non aveva espresso la sua opinione. Era soltanto una receptionist, ma era interessante riflettere, nei momenti di calma, su cosa avrebbe fatto se fosse stata lei a dirigere l'azienda.

Tony aveva ragione. L'esperienza lavorativa le sarebbe tornata utile. Di sicuro di lì a qualche mese quella mansione sarebbe diventata noiosa, ma per il momento era tutto nuovo ed entusiasmante. Aveva ricevuto tre inviti per vedere diversi gruppi esibirsi in locali alla moda di Soho. Aveva chiesto a Tony se gli andava di accompagnarla, ma la settimana prima non poteva e lei non voleva presentarsi da sola.

«Ti prego, squilla.» Helen fissò il centralino, sperando che Tony la chiamasse. La magia doveva aver funzionato. Il centralino si illuminò.

«Metropolitan Records, come posso aiutarla?»

«Ciao piccola, sono io.»

«Ciao. Riesci a venire per pranzo?»

«Ehm, no.»

«E stasera?»

«Sì, ti chiamavo proprio per proporti di incontrarci stasera. Ti passo a prendere al lavoro e andiamo in città, ci godiamo una bella serata.»

«Okay.» *L'ultima*, pensò cupa.

«Devo scappare. Ci vediamo alle sei.» E riattaccò.

Helen fissò un punto lontano. Anche se Tony non aveva detto nulla, sapeva che *lei* era tornata. Doveva essere rientrata qualche giorno prima, grossomodo quando Tony aveva iniziato a interromperla bruscamente ogni volta che gli telefonava. Era una fortuna avere quel lavoro. A stare a casa tutto il giorno sarebbe impazzita.

Sospirò. Quella sera ne avrebbe avuto la certezza.

Poco dopo le sei, Tony entrò dall'ingresso della Metropolitan.

Si sporse sulla scrivania e la baciò sulla guancia. «Sei bellissima, il lavoro ti fa bene, a quanto pare.»

«Grazie Tony.»

«Dai, andiamo.»

Era una calda e afosa serata d'agosto e Londra era in fermento, ma Helen non riusciva a scrollarsi di dosso la malinconia. Lei e Tony entrarono in un bar lì vicino per un drink e chiacchierarono della Metropolitan Records. O meglio, Tony faceva domande e Helen rispondeva a monosillabi.

Alla fine la conversazione si spense ed entrambi rimasero seduti a fissare il vuoto.

«Oh, cielo» disse Tony. «Lo sai, vero?»

Lei annuì.

«Cosa posso dire? Se può fare qualche differenza, non avevo idea di quanto mi sarei affezionato a te.»

«Non fa nessuna differenza.»

«No, immaginavo.»

«Sei tornato con lei, allora?»

«Sì.» Tony annuì solennemente.

«E fra noi è finita?»

«Ti prego, non dire così, Helen. Alcune parti della nostra relazione devono finire, sì, ma non posso pensare di perderti del tutto.» Le prese la mano, sorprendentemente fredda per una serata così calda. «Sei speciale, Helen. Dico sul serio.»

«Smettila, se non vuoi che vomiti» gemette lei.

«Scusa, non volevo sembrare falso. Trovo che tu sia una delle donne più straordinarie che io abbia mai incontrato.»

Lei alzò lo sguardo su di lui. «Allora, se sono così speciale e straordinaria, perché torni da lei?»

Tony scrollò le spalle. «Perché la amo, credo. E poi ha bisogno di me. Lei... è fragile.»

«E io non ho bisogno di te?»

«No. Tu sai badare a te stessa. Lei non è forte come te.» Ci fu un altro lungo silenzio. Tony sospirò. «Senti, mi spiacerebbe se ci lasciassimo in cattivi rapporti. Sapevamo fin dall'inizio che la nostra era una relazione temporanea. Ma sarebbe molto triste rischiare di perdere la nostra amicizia. Non sei d'accordo?»

«Sì, suppongo di sì» rispose lei.

«Se mai avessi bisogno di un consiglio o di un aiuto, vorrei che tu sentissi di poter venire da me. Capirò se non vorrai vedermi per un periodo, ma forse, quando avrai avuto modo di rifletterci, capirai che quello che sto dicendo ha senso.»

«Posso farcela. E ovviamente voglio restare tua amica. Abbiamo tutti bisogno di amici, no?» Gli sorrise senza calore, poi vuotò il bicchiere. «Ora devo proprio andare.»

«Così presto? E la cena?»

«Avevo detto che sarei passata a un concerto a cui sono stata invitata.»

«Ah, okay. A quanto pare ti stai ambientando bene alla Metropolitan.»

«Sì.»

«Non prenderci troppo gusto. Voglio vederti in classe tra un mese.»

«Ci sarò.» Lo baciò sulla guancia. «Ciao, Tony.»

«Ciao, Helen.»

Lei scese dallo sgabello e, senza voltarsi, lasciò il bar.

Quella notte non dormì. Invece di abbandonarsi alla disperazione, però, cercò di analizzare gli aspetti positivi di quell'estate. Da un punto di vista puramente oggettivo, Tony aveva fatto molto per lei nell'ultimo anno. Non si sentiva più brutta, e grazie a lui sapeva di poter piacere agli uomini. Le aveva anche dato fiducia nella sua intelligenza, e aveva tutte le ragioni per credere che il suo futuro sarebbe stato radioso. In poche parole, la sua breve relazione con Tony le aveva fatto scoprire una sicurezza che ignorava di possedere.

Ma tutti quei pensieri coraggiosi non alleviavano il dolore del rifiuto.

Esisteva un modo di indurire il proprio cuore, di sigillarlo per non soffrire più? Helen non lo sapeva, ma era una domanda a cui era determinata a trovare risposta.

21

Derek suonò il campanello a lato della porta azzurra, con le gambe tremanti. Non ricevendo risposta, tenne premuto il dito sul pulsante finché non sentì dei passi sulle scale. Aveva bisogno di vederla. Se solo fosse riuscito a far capire a Peggy che nessun uomo avrebbe mai potuto amarla come lui... Sì, un grande gesto era proprio quello che ci voleva.

La porta si aprì. Lei gli sorrise incerta.

«Ciao, Derek, come stai?»

«Bene, grazie.»

Ci fu un silenzio imbarazzato. «Non...»

«Dove sei stata?» la interruppe lui.

«In vacanza.»

Derek tirò su col naso. «Be', avresti potuto dirmelo. Ero molto preoccupato.»

«Mi dispiace.» Pensò fosse meglio placarlo.

«Non fa niente. L'importante è che ora sei qui. Queste sono per te, per darti il bentornato a casa.» Le porse un grande mazzo di rose.

«Ehm, grazie. È molto gentile da parte tua.»

«Di niente. Posso entrare?»

«Ascolta, Derek, non è un buon momento. Devo uscire tra mezz'ora e...»

«Solo un minuto» la incalzò.

Lei si prese un attimo per riflettere. «Va bene, allora.» Aprì di più la porta per lasciarlo entrare, poi la chiuse alle loro spalle. Salirono le scale e Peggy gli fece strada in soggiorno. «Sono bellissime.» Annusò i fiori e li posò su un tavolino. «Allora, come va la band?»

«Potremmo concludere un accordo a breve.»

Lei gli sorrise. «Fantastico. Devi essere molto contento.»

«Lo sono.»

Non aveva detto a Derek di sedersi, ma lui lo fece comunque. «Sono venuto a chiederti una cosa.»

«Cosa?»

Lui fece un paio di respiri profondi. «Be', io... sai cosa ho sempre pensato di te. Ti amo, Peggy. Ti ho sempre amata. Non ci sarà mai un'altra ragazza per me. E ora sembra che potrei darti quello che meriti. Voglio dire, una bella vita, un sacco di soldi, una casa tutta tua. Quindi...» Frugò in tasca e tirò fuori una piccola scatola rivestita di pelle. Gliela porse. «Voglio chiederti di sposarmi.»

Lei prese la scatola e la aprì. Lì, incastonato nel velluto, c'era un anello con solitario. Lo fissò per un attimo, poi sospirò e scosse la testa. «Oh, Derek. Sei davvero dolce.» Si allungò sul tavolino, posò la scatolina e prese un pacchetto di Embassy. «Ne vuoi una?»

«No, grazie. Non fumo. Fa male alla voce.»

«Certo.» Peggy prese una sigaretta e la accese, aspirando a fondo. Si sedette di fronte a lui e lo fissò intensamente per qualche secondo, prima di parlare di nuovo. «Derek, non so dirti quanto sono lusingata. Nessuno mi ha mai chiesto di sposarlo prima.»

Lui era nervoso. «E allora?»

«Allora, sono quasi imbarazzata che tu mi abbia concesso questo onore. Non sento davvero di meritarlo.»

«Invece lo meriti. Sei la donna più meravigliosa del mondo, Peggy» rispose lui, con tutto il cuore.

Il senso di colpa la divorò. Fece un tiro di sigaretta. «Hai mai avuto la sensazione che io ti avessi illuso? Ti ho mai dato l'impressione che avrei potuto accettare una tua proposta di matrimonio?»

«No, non l'hai fatto» disse lui, scrollando le spalle.

«Sono contenta. Perché ti voglio un bene immenso. Da sempre. E chissà, se la situazione fosse diversa, forse...» La sua voce si spense e lei fissò il vuoto.

«Di quale situazione stai parlando, Peggy?» gracchiò Derek con la bocca secca.

Lei fece un ultimo tiro, poi spense la sigaretta in un posacenere. «Derek, il fatto è che, credimi, non c'è un modo semplice per dirlo... Non posso accettare la tua proposta, perché sono innamorata di un altro. Tra qualche settimana andremo a vivere insieme. Voglio passare il resto della mia vita con lui.»

Derek non parlò. Non ci riusciva. Il cuore gli batteva così forte contro il petto che lo sentiva nelle orecchie.

«Stai bene, Derek?»

Lui non rispose, si limitò a fissarla, orripilato.

«Mi dispiace tanto. Non voglio davvero turbarti o ferirti. Sono addolorata se ti ho dato l'impressione sbagliata, ma davvero, non credo di averlo fatto. Sono solo venuta a uno dei tuoi concerti. Non siamo nemmeno mai usciti per un appuntamento vero e proprio...»

Lui continuò a fissarla.

«Derek.» Si scostò i capelli dalla fronte, agitata. «Di' qualcosa, per favore.»

Alla fine lui scosse la testa. «Non posso.» Si alzò, tremando. «Devo andare.»

«Derek, per favore, non andartene! Non possiamo parlarne? Voglio provare a farti capire. Voglio ancora essere tua amica. Io...» Lo seguì mentre barcollava verso la porta e quasi ruzzolava giù per le scale, nella fretta di andarsene. «Derek, l'anello! Hai dimenticato l'anello!»

La porta si chiuse sbattendo alle sue spalle.

Sfinita, Peggy tornò in salotto, si lasciò cadere sulla sedia e si accese un'altra sigaretta. Tirò fuori l'anello e se lo provò. Le stava alla perfezione. Sospirò e lo tolse, riponendolo nella custodia di velluto. Dopo aver finito la sigaretta, portò la scatola in cucina e la mise in fondo al cassetto, accanto alla collana.

22

Brad entrò e piazzò la posta sulla scrivania di Helen. «Puoi sorvegliare la fortezza per mezz'ora, cara? So che sarebbe la tua pausa pranzo, ma tutti gli altri sono fuori. Puoi andare a mangiare quando torno. Non dovrei metterci molto.»

«Certo.»

«Fantastico. Oh, e puoi smistare la mia posta, se hai tempo? C'è roba vecchia di mesi che non ho ancora letto. Tieni quello che deve essere gestito e cestina il resto.»

«Ma...»

«Usa il buon senso. Sembra che tu ne abbia un sacco. A dopo.» E si avviò alla porta.

Tra l'una e le due l'ufficio era sempre tranquillo e Helen non vedeva l'ora di andare a mangiare il suo panino al bar dietro l'angolo. Sospirando, prese la posta in arrivo e iniziò a esaminarla. Mezz'ora dopo, la sua scrivania era ricoperta di carta. Helen era sconvolta da ciò che aveva trovato. Dodici fatture non pagate risalenti a quattro mesi prima e sette richieste di risarcimento che erano state aperte soltanto ora, da lei. Molti creditori minacciavano azioni legali. Ma la lettera peggiore, quella del fisco del Regno Unito, fissava un'udienza in tribunale di lì a due settimane. L'importo richiesto ammontava a migliaia di sterline.

Helen non riusciva a capacitarsi di come Brad avesse potuto ignorare lettere tanto aggressive e minacciose. Se non avesse risposto presto, la Metropolitan si sarebbe ritrovata in guai seri. Scosse la testa e iniziò a dividere le lettere in tre pile: urgenti, molto urgenti e urgentissime. Avrebbe dovuto dare a Brad la brutta notizia al suo ritorno dal pranzo.

«Mi piace il loro sound, hanno un look interessante e penso che abbiano qualcosa di speciale.» Brad bevve un sorso della sua birra.

«Bene. Quindi ci farai un'offerta?»

Scrollò le spalle. «Non lo so. Siamo una piccola etichetta, Freddy. Abbiamo quattro gruppi di discreto successo e un megaseller. E tu mi stai chiedendo di investire tempo e denaro nel tuo progetto. Le nostre risorse sono già al limite. Un anno fa probabilmente li avrei scritturati, ma al momento siamo al massimo delle nostre possibilità con le band che abbiamo.»

«Vieni a vederli, Brad. Sono davvero bravi dal vivo. Fidati di me» lo implorò Freddy.

«Certo, volentieri. Il problema è che so che tipo di accordo ti serve, dal punto di vista finanziario, e non credo che la Metropolitan Records possa offrirtelo adesso.»

«Senti, sai quanto ti ammiro come produttore, Brad. Sei uno dei migliori e credo davvero che nei prossimi due anni la Metropolitan decollerà. Quindi, se sei disposto a dare una possibilità ai miei ragazzi, potremmo a nostra volta essere disposti a raggiungere una sorta di compromesso dal punto di vista economico. Potremmo, per esempio, accettare un anticipo più basso in cambio di royalties più consistenti.»

Brad vuotò la pinta e gli sorrise. Era un compromesso accettabile. «Okay, hai vinto. Verrò a vederli al prossimo concerto.»

«Suonano giovedì sera al Civic. Dovrebbe esserci un bel pubblico. Hanno già un discreto seguito.»

«Bene. Ora però devo scappare, amico. Sono già in ritardo per il mio prossimo appuntamento.»

«Nessun problema. Ci vediamo al Civic giovedì alle sette e mezza. Cerca di arrivare prima possibile.»

«Certo. Ciao.»

Freddy guardò Brad uscire dal pub. Poi fece segno a George, il barista, di servirgli un'altra pinta. Sperava di non essere sembrato troppo disperato, ma la Metropolitan Records era davvero la sua ultima spiaggia prima di dover ammettere la sconfitta.

Erano le sei e mezza e di Brad non c'era ancora traccia. Tutti gli altri erano andati a casa. Helen si aggirava per la reception chiedendosi se fosse il caso di lasciare le lettere sulla scrivania del suo capo con un biglietto.

Mentre si metteva il cappotto e spegneva le luci, però, Brad spalancò la porta d'ingresso.

«Tesoro, sei ancora qui?»

«Sì.»

«Fai gli straordinari anche da sostituta, eh? Jilly dovrà stare attenta al suo lavoro. Spariva sempre alle cinque e mezza in punto. Vai a casa ora. Ci vediamo domani, cara.» E le passò accanto, diretto verso le scale.

«Brad, in realtà ti stavo aspettando.»

Lui si voltò di scatto. «Ah sì? Perché?»

«Per via di queste.» Helen prese la pila di fatture dalla scrivania e gliele porse.

«Cosa sono?»

«Il contenuto della tua posta. Credo proprio che faresti meglio a leggerle.»

«Lo farò, domani.»

«No, dovresti leggerle ora» lo incalzò lei.

Brad alzò le spalle. «Okay.» Si sedette sul divano arancione e iniziò a sfogliare la pila, con le mani che rallentavano e la fronte sempre più aggrottata mentre leggeva il contenuto. Helen prese posto sulla sedia dietro la scrivania.

Brad emise un fischio. «Oddio.» Guardò Helen. «Un vero disastro, eh?»

«Non se hai i soldi per saldare subito le fatture.»

Lui fissò un punto alle sue spalle, in silenzio. «Non credo di averli, tesoro, non credo proprio.» Posò le fatture e annuì, apparentemente tra sé. «Vuoi qualcosa da bere?»

Sembrava così sconsolato che Helen pensò di non poter rifiutare.

Mezz'ora dopo, in un bar dietro l'angolo, Brad era al suo quarto whisky. «Il problema, Helen, è che sono un produttore, non un contabile. Lavoravo per una grande etichetta. Il mio lavoro era scovare talenti e produrre dischi. Ero bravo!» Bevve un sorso del suo drink. «Mi sono messo in proprio un paio d'anni fa perché sembrava tutto così facile. Ho chiesto un prestito in banca, ho investito tutti i miei risparmi nella Metropolitan e all'inizio le cose sono andate bene. Voglio dire, i Trojans potrebbero farci guadagnare centinaia di migliaia di sterline se conquistassero l'America, come sembra che faranno.»

«Se è così, posso chiederti perché hai problemi a pagare queste fatture?»

Brad sospirò e vuotò il bicchiere. «È un problema di flusso di cassa. Abbiamo migliaia di sterline di crediti dai negozi di dischi. Essendo una piccola etichetta, dobbiamo darli in conto vendita. Ovviamente, vogliamo far arrivare nei negozi il maggior numero possibile di dischi. Quindi dobbiamo sostenere noi i costi iniziali, finché non veniamo pagati.» Si massaggiò le tempie. «Inoltre, per accumulare profitti il mondo della musica si basa sulla speculazione. Diamo anticipi ai nostri gruppi, paghiamo la registrazione, la produzione, il marketing e la distribuzione dei dischi. E poi non possiamo fare altro che sederci e aspettare di iniziare a vedere i risultati. Bisogna soltanto capire se arriveranno abbastanza in fretta da impedirci di andare a rotoli.»

Helen annuì.

Brad la fissava. «Qualche idea? Sei tu che stai frequentando un corso di economia. Siamo spacciati?»

«Non sono un'esperta e dovrei dare un'occhiata ai tuoi conti, vedere le entrate e le uscite prima di poterti dare un parere. A dire il vero, penso che dovresti contattare un commercialista, qualcuno di qualificato.»

«Sì, ma come lo pago?»

Helen si grattò la testa. «Davvero non ci sono soldi sul conto aziendale?»

Brad si appoggiò allo schienale della panca malandata e incrociò le braccia. «Forse qualche centinaio di sterline.»

«Oh cielo.» A Helen piaceva Brad, e voleva aiutarlo. «Senti, perché non vai in ufficio a prendere i conti e io ti offro un altro drink?»

«Sono proprio a un passo dal baratro se la sostituta della receptionist deve sistemare le mie finanze e pagare i conti del bar. Te ne sarei davvero grato.» Le sorrise.

Quarantacinque minuti dopo, i due erano impegnati a esaminare i conti.

Helen scosse la testa. «Cavolo, Brad, la situazione è grave. A quanto pare le lettere di oggi sono solo la punta dell'iceberg.»

«Lo so. Avevamo un contabile part-time, ma sei mesi fa se

n'è andato e non l'ho ancora sostituito. Pensavo di potercela fare per conto mio, ma sono immerso fino al collo in altre cose e, a dire il vero, speravo quasi che, ignorando la cosa, il problema si sarebbe risolto da sé. Non succederà, vero?»

«No, Brad, non succederà.» Nel suo campo, con la mente che fendeva veloce le colonne di cifre, Helen si sentiva più sicura. «È difficile studiarli bene qui, con tutto questo rumore. Potrei portarli a casa stasera e provare a esaminarli con calma. Non dico che avrò delle risposte per te, ma posso almeno darti un'indicazione più chiara su come stanno le cose.»

«Helen, sei un tesoro.» Brad la guardava come se fosse la sua salvatrice. «Sai che non posso pagarti.»

«Sì, Brad, l'ho capito. Mi servirà come esperienza lavorativa.» Sorridendo, chiuse i libri contabili e se li mise sottobraccio. «Meglio che vada. Arrivi domattina presto?»

«Credo di sì.»

Si alzarono e si diressero verso l'ingresso del pub.

«Cerca di non preoccuparti. Sono sicura che ci sarà una via d'uscita.»

«Intendi forse un tunnel per scappare di prigione? Buonanotte, Helen.»

«Buonanotte, Brad.»

La mattina seguente, Helen entrò nell'ufficio di Brad. Lui indossava ancora i vestiti della sera prima e non si era rasato.

Lei posò i libri contabili sulla sua scrivania e si sedette. «Vuoi la cattiva notizia o la cattiva notizia?» Brad abbandonò la testa sulla scrivania. «L'azienda ha oltre ventimila sterline di debiti. Anche se la prossima settimana riscuotessi ogni singolo centesimo dai tuoi creditori, ci sarebbe comunque un ammanco di cinquemila sterline.»

Brad annuì in silenzio.

«Tuttavia, ieri sera ho fatto una previsione a medio termine per te, ipotizzando una crescita delle vendite del quindici per cento l'anno, senza considerare le somme che i Trojans potrebbero guadagnare per la Metropolitan se decollassero negli Stati Uniti, come credi che faranno. A patto che l'azienda venga gestita con più prudenza e buon senso, i dati nei prossimi due anni miglioreranno notevolmente.»

«Benissimo, ma come faccio ad arrivare a quel punto?» sospirò Brad.

«Be', è solo la mia opinione, e come ho detto dovresti chiedere il parere di un professionista... ma credo che tu abbia tre alternative.»

«Sono tutto orecchi. Spara.»

«Numero uno, fai subito istanza di fallimento e chiudi. Questo ti libererà dai creditori. Numero due, cerchi di trovare un acquirente per la Metropolitan Records che consideri le previsioni a medio termine e copra i tuoi debiti, anche se potresti non ricavare molto dalla transazione. Oppure, numero tre, trovi un investitore privato che inietti immediatamente una considerevole quantità di denaro nell'attività.»

«Capisco.» Brad scosse la testa. «Nessuna mi sembra molto appetibile. In ogni caso perderei il controllo del mio piccolo impero. Ed è per questo che ho lasciato i grandi, per avere un po' di autonomia.»

Helen alzò le spalle. «Ma ieri sera hai detto che non sei un contabile, Brad. Se vuoi gestire un'azienda, come minimo devi avere qualcuno di competente che si occupi dell'aspetto finanziario.»

«Lo so, lo so. Ho sbagliato tutto, Helen. Be', non ha senso tirarla per le lunghe. Dovrò dichiarare bancarotta. Mi sembra piuttosto improbabile che qualcuno voglia comprare un mucchio di debiti.»

Helen fece un respiro profondo. «In realtà, Brad... io potrei farlo.»

L'idea le era venuta nelle prime ore del mattino. Il suo cervello stava ancora lavorando a pieno ritmo, anche se aveva chiuso i libri contabili. Era andata a letto e aveva spento la luce nel vano tentativo di dormire.

Se fosse stata possibile un'iniezione di liquidità, e se l'azienda fosse gestita con criterio, ci sarebbero state possibilità di successo. Il punto di forza della Metropolitan era proprio Brad. In pochissimo tempo aveva scovato diverse band destinate al successo e le aveva ingaggiate. Il mondo della musica lo rispettava. Tutto ciò di cui aveva bisogno era una scoperta di successo ogni due anni, e il potenziale guadagno era enorme.

Ma come si poteva convincere una banca? Nessun istituto finanziario affidabile avrebbe corso quel rischio. Doveva essere per forza un investitore privato, qualcuno che vedeva il potenziale dell'attività ed era disposto a rischiare. Helen si era tirata a sedere. La risposta era lì, davanti ai suoi occhi. Aveva acceso la luce, recuperato i libri contabili e un blocco di carta, e aveva iniziato a delineare il tipo di finanziamento che sarebbe stata disposta a offrire e, allo stesso tempo, cosa si sarebbe aspettata in cambio dalla Metropolitan.

Sapeva che Brad era disperato ed era incapace di gestire soldi. Questo la metteva in una posizione di forza, ma non intendeva abusarne. Se voleva investire nella Metropolitan Records e diventare socia dell'azienda, le cose dovevano essere eque fin dall'inizio.

Avrebbe messo a repentaglio quasi venticinquemila sterline

solo per mantenerla a galla. Poi avrebbe dovuto coprire le spese dei dodici mesi successivi, finché il denaro non avesse iniziato ad affluire.

«Tu?» chiese Brad, stupito.

«Sì, io.»

«Non per essere scortese, Helen, ma dove troveresti il denaro di cui la Metropolitan ha bisogno?»

«I miei genitori sono morti quando ero piccola e i loro capitali sono stati investiti a nome mio. Nel tempo sono diventati una cifra considerevole. L'ho ereditata il giorno del mio diciottesimo compleanno.»

«Caspita, sei piena di sorprese, eh? E perché esattamente vorresti aiutarmi?»

«Perché voglio fare qualcosa con i miei soldi e vedo il potenziale della Metropolitan.»

Il telefono squillò sulla scrivania di Brad. Helen rispose e glielo passò.

«È Billy Friar, il manager dei Trojans, dagli Stati Uniti.»

«Sarà lunga. Hanno di nuovo distrutto le camere d'albergo. Senti, vediamoci all'una per pranzo, così ne parliamo meglio.»

«Okay.»

Helen scese e si sedette alla reception. L'adrenalina le scorreva a mille nelle vene, la concentrazione vacillava, ma rispose comunque al telefono.

«Metropolitan Records. Come posso aiutarla?»

«Sì, vorrei parlare con Brad. Sono Freddy Martin.»

«Temo che sia in riunione. Vuole lasciare un messaggio?»

«Digli di non dimenticarsi il concerto al Civic stasera. Ci vediamo lì verso le sette e mezza.»

«Glielo dirò, Freddy.»

«Grazie, cara. Vuoi venire anche tu a sentire la band più eccitante del momento?»

«Purtroppo sono impegnata. Magari un'altra volta.»

«Certo. Ricordati di dirgli di stasera.»

«Lo farò. A presto.»

«Ciao, tesoro.»

Un'ora più tardi, Helen e Brad stavano mangiando dei panini al pub.

«Quindi, quello che stai dicendo, semplificando, è che saresti disposta a saldare i debiti della Metropolitan e a iniettare abbastanza liquidità nelle casse da farci andare avanti per i prossimi dodici mesi?»

«Sì.»

«E in cambio vorresti il cinquanta per cento dell'azienda?»

«Esatto.»

Brad sospirò e scosse la testa. «Non lo so, sono abituato a essere autonomo. Dovrei correre da te ogni volta che devo prendere una decisione?»

«Se è una decisione finanziaria, sì. Per quanto riguarda la parte musicale, avrai carta bianca. Sono consapevole di non sapere nulla di band e di cosa vende o meno. Se individui un gruppo con del potenziale, purché i conti tornino, per me andrà bene.»

«Okay, allora, facciamo un esempio pratico.» Brad diede un morso al suo panino e masticò. «Stasera vado a vedere un gruppo. Ho sentito la loro demo e se dal vivo sono altrettanto bravi, sarei entusiasta di metterli sotto contratto. Avrei l'autonomia per farlo?»

«Be', presumo che in quel caso ne discuteremmo e troveremmo un pacchetto finanziario adeguato e sensato. Ma sì, se pensi che abbiano le carte in regola per avere successo, sarei felice di accettare.»

«Quindi lasceresti davvero questo aspetto a me?»

«Assolutamente.»

Brad annuì. «Okay. Ora, devo chiederti una cosa. Sei una receptionist in sostituzione con un'eredità e un anno di facoltà di economia alle spalle. Pensi di poter gestire la parte finanziaria della Metropolitan?»

«No, non subito. Potremmo assumere un commercialista per un periodo, qualcuno con esperienza nel campo della musica. Tanto per mettere un po' d'ordine in azienda e allo stesso tempo insegnarmi a tenere sotto controllo la parte finanziaria. Prenderò le redini quando sarò sicura di poter fare il lavoro da sola. Ti ricordo che saranno i miei soldi a mandare avanti la Metropolitan e non voglio metterli a rischio provando a correre prima di saper camminare.»

«Ha senso. Conosco un bravo commercialista che ha lasciato la Parlophone qualche tempo fa. Ma non costerà poco.»

«Allora dovrò imparare in fretta» disse, sorridendo.

Brad si strofinò il viso con i palmi delle mani, poi sbadigliò. «Sono distrutto, Helen, completamente distrutto.»

«Lo immagino. Senti, perché non ci dormi su? Ma prendi una decisione entro la fine della settimana. Prima ti decidi, prima potremo occuparci dei problemi con il fisco e iniziare a saldare alcuni di questi debiti. Altrimenti potrebbe non esserci più una Metropolitan Records.»

«Sì, hai ragione. Accidenti, dev'essere stato il destino che ti ha mandata a lavorare per noi. Almeno ora ho una scelta. E qualunque cosa decida, ti sono grato per il tuo aiuto.» Brad si alzò. «Vado a casa per il pomeriggio. Devo schiarirmi le idee su tutto questo e non posso farlo finché non avrò dormito.»

«Okay, Brad. Se qualcuno chiama, dirò che sei in riunione.»

Lo guardò uscire dal pub a passo lento, le mani affondate nelle tasche.

Sapeva che avrebbe accettato. Che scelta aveva?

Sorrise, pensando a come un pizzico di potere fosse una piacevole alternativa al dolore.

Brad si svegliò alle sei, disorientato e con i postumi della sbornia. Fece una doccia, si preparò un caffè, poi prese il telefono e compose il numero di Tony Bryant.

«Sì, tutto quello che ti ha detto è vero. È una giovane donna molto ricca e con un gran cervello per i numeri. Ma è ancora ingenua. Non osare manipolarla, Brad.»

«Cosa? Credo che sia lei a manipolarmi. Ha il coltello dalla parte del manico e mi ha chiesto metà dell'azienda.»

Tony ridacchiò. «Brava la mia ragazza. Ha avuto un grande insegnante, Brad, non dimenticarlo.»

«Quindi pensi che sia affidabile?»

«Oh sì, assolutamente. Helen è una persona onesta. Se fossi in te, prenderei lei e i suoi soldi prima che lo faccia qualcun altro.»

«Pensi che dovrei darle metà dell'azienda?»

«Be', da quello che mi hai detto, presto la tua azienda potrebbe non esistere più. Ricorda che metà di qualcosa è meglio di niente.»

«Sì, immagino che tu abbia ragione. Comunque, grazie per il consiglio.»

«Quando vuoi. Fammi sapere come va.»

«Lo farò. Ciao, Tony.»

Brad uscì dal suo appartamento alle otto meno dieci e si diresse al Civic, un locale alla moda nei pressi di Brewer Street.

Occuparsi di un potenziale ingaggio era l'ultima cosa che voleva fare visto in che acque navigava la sua casa discografica, ma Freddy gli avrebbe fatto sanguinare le orecchie con le sue lamentele se non si fosse presentato, e non poteva sopportarlo.

Brad si fece strada tra la folla al bar e ordinò una birra, poi cercò un angolo buio dove Freddy non lo vedesse.

Il gruppo salì sul palco tra un applauso caloroso e molti fischi. Non c'era dubbio che fossero dei bei ragazzi.

Iniziarono a suonare una delle canzoni della demo. Niente male. La reazione del pubblico fu positiva. Poi il bassista si fece avanti e prese il microfono.

«E ora ne ho una nuova per tutti voi. Si intitola *Can Someone Tell Me Where She's Gone?*»

Il bassista cantò la prima strofa da solo, accompagnato dalla chitarra solista. Aveva una voce fantastica, profonda e melodiosa. Nel ritornello, la band lo sostenne con armonie perfette e un arrangiamento ben costruito. Il ponte aveva ancora bisogno di un po' di lavoro, ma la melodia era indubbiamente orecchiabile. Brad sentì i brividi sulla nuca. Il pubblico era ammutolito, ma dopo l'ultima nota un'ondata di applausi esplose nel locale.

Quella canzone era speciale. Brad non riusciva a togliersi la melodia dalla testa. Il singolo perfetto per un debutto natalizio. Era agosto, quindi avevano meno di quattro mesi per registrarlo, organizzare le pubbliche relazioni e lanciare la band. Se componevano regolarmente canzoni come quella, sarebbero andati alla grande.

Brad si fermò. Era inutile entusiasmarsi finché non avesse avuto certezza delle sorti della Metropolitan. D'altra parte, se avesse stretto i denti e venduto a Helen McCarthy metà dell'azienda, quella band avrebbe potuto essere sua.

Brad aveva sentito abbastanza. Lasciò il Civic e tornò in ufficio. Aprì la porta d'ingresso, corse su per le scale e cercò la rubrica sulla scrivania disordinata. Dopo aver trovato i dati di Helen, chiuse a chiave l'ufficio e chiamò un taxi.

«Ciao.» Helen indossava una vestaglia e aveva il viso lucido per una specie di crema che aveva cercato di togliersi prima di aprire la porta.

«Scusa l'ora, Helen. Posso entrare?»

«Certo.» Lo lasciò passare.

«Bel posticino» commentò lui, in piedi a disagio in mezzo alla stanza.

«Grazie. Accomodati pure.»

Lei si sedette sulla poltrona di fronte a lui e aspettò.

«Senti, Helen, sono venuto per dirti che, se la tua offerta è ancora valida, la accetto. Ho lavorato così tanto alla Metropolitan che non potrei sopportare di perderla. In questo modo, almeno, ne perderò solo la metà.»

Helen annuì, compiaciuta. «Ottimo! Allora dobbiamo definire alcuni dettagli e ovviamente far redigere dei documenti da un avvocato.»

«Il prima possibile» concordò Brad. «Immagino che interromperai il tuo corso di economia aziendale, vero?»

«Direi di sì, mi sembra piuttosto inutile ora che ho una vera attività a tenermi occupata.» Sorrise.

«Non metto in dubbio la tua evidente abilità con i numeri, ma avrai tanto da imparare.»

«Lo so. Assumeremo presto un commercialista.»

«Bene. Se sei d'accordo e sei davvero disposta a lasciarmi la parte creativa senza interferire, allora possiamo procedere.» Brad le sorrise e le porse la mano. «Ci siamo?» Helen la strinse con fermezza. «Perfetto, socia. Benvenuta alla Metropolitan Records.»

«Grazie, socio.»

«Senti, ora ti lascio andare a dormire. Possiamo parlare domattina.»

«Certo.»

«Oh, un'altra cosa.»

«Sì?»

«Stasera ho sentito una band che credo possa avere un ottimo potenziale. So che il momento non è dei migliori, ma se non li scritturo io lo farà sicuramente qualcun altro. Vorrei chiamare il manager e fargli un'offerta domani. Il che significherebbe pagare una sorta di anticipo iniziale, ma penso davvero che ne valga la pena.»

Helen si chiese se la stesse mettendo alla prova. Scrollò le spalle.

«Se pensi che la Metropolitan Records abbia bisogno di questo gruppo, non mi oppongo. Non ho idea di quanto valga una band.»

«Dipende da quanto sono disperati» ribatté lui con una risata. «E sospetto che questa band in particolare potremmo portarla a casa per una cifra relativamente bassa.»

«Sembra un buon inizio.»

«Sì. Dai, ti lascio in pace.» Brad si alzò e si diresse verso la porta. «Buonanotte, e grazie per avermi salvato la pelle.»

«Di niente. Resta solo un'altra cosa da sistemare.»

«Ovvero?» Brad si voltò.

Gli occhi di Helen brillarono. «Penso che dovremmo trovarci una nuova receptionist fino al rientro di Jilly, non credi?»

23

«Allora, è venuto?»

Tutti i presenti fissarono speranzosi Freddy.

Lui fece spallucce. «Non so, Todd, davvero. Se è venuto, non si è fatto vedere, ma a volte succede. Lo chiamerò domattina.»

Un coro di imprecazioni si levò dai membri della band.

Lulu e Orla strinsero le mani dei rispettivi uomini in segno di supporto.

«Non scoraggiatevi, ragazzi. Anche se non si è presentato, potrebbe sempre venire a un concerto la prossima settimana. Andiamo, cosa posso offrirvi da bere?»

«Birra per tutti, credo» rispose Todd.

«E gin per noi ragazze» aggiunse Lulu.

Freddy si alzò e andò al bar.

Todd si accese una sigaretta. «Non lo so. Freddy non mi ha mai convinto del tutto. Forse dovremmo cercare un altro manager. Continua a dire che ci farà ottenere un contratto, ma la maggior parte dei grandi nomi ci ha già rifiutato.»

«Dagli tregua, Todd» disse Con. «Sta facendo del suo meglio. Magari il problema siamo noi, la nostra musica. Forse non ci stiamo dimostrando grandi come pensiamo di essere.»

«Stronzate, Con! Eravamo un po' grezzi qualche settimana fa, questo sì, ma ora siamo forti!»

«E chi ci ha aiutato? Freddy!» sottolineò Con.

«Ragazzi, ragazzi, smettetela. Non ha alcun senso litigare tra di voi» li ammonì Lulu.

«Sì, pace, amico. Va tutto bene. Qualcuno vuole un tiro?» Ian sorrise beato e agitò la canna in aria.

«No, grazie. Dov'è Derek?» chiese Todd.

«L'ultima volta che l'ho visto stava andando in bagno. Sembrava proprio triste stasera» disse Ian.

Era vero. Derek era stato cupo per tutta la serata.

«Problemi di donne, senza dubbio» commentò Todd mentre Freddy tornava con un vassoio di bevande. «È sempre stato un po' sensibile sull'argomento.»

«Alla salute» disse il manager allegro, portandosi il bicchiere alle labbra. Nessuno rispose. «Forza, ragazzi. Nessuno ha detto che la strada per la fama sarebbe stata facile. Vi avevo avvertiti che ci sarebbe voluto tempo.»

«Freddy ha ragione» disse Lulu. «Dovete continuare a credere in voi stessi. Altrimenti, perché qualcun altro dovrebbe farlo?»

Derek tornò furtivamente al tavolo. Aveva gli occhi rossi e iniettati di sangue. Quando si sedette, l'umore nella stanza, già basso, colò a picco. Lulu fece una smorfia a Todd e indicò con un cenno Derek. Todd annuì.

«Su, Derek, andiamo a prendere un po' d'aria fresca.»

Derek non rispose. Todd gli mise un braccio intorno alle spalle e dovette letteralmente sollevarlo dallo sgabello.

Fuori, Todd si accese un'altra sigaretta. «Allora» borbottò, «che ti prende?»

L'altro non rispose.

«Non c'entra niente quella Peggy, vero?»

Le guance pallide di Derek avvamparono.

«Ho indovinato, eh? Ti ha scaricato?»

Derek rimase in silenzio.

«Sei un idiota! Le stai dietro da quando avevi tredici anni. Non hai ancora recepito il messaggio? Voglio dire, è una ragazza attraente, certo, ma niente di spettacolare. Credimi, ce ne sono molte altre meglio di lei.»

«Tu che cosa ne sai? È la ragazza più bella, gentile e dolce del mondo. Non ce ne sarà mai un'altra come lei, mai!» Todd aveva sempre pensato che suo cugino fosse dolce e ingenuo, ma quella sera delirava. «Abbiamo avuto i nostri problemi in passato, non posso certo negarlo, ma è venuta a sentire la band. Perché lo avrebbe fatto, se non mi amasse?» Derek colpì il muro di mattoni del pub con il palmo aperto. «Ha accettato la collana che le ho comprato. Non l'avrebbe fatto se non mi avesse voluto. Non ha proprio senso!»

«Forse non voleva essere maleducata» suggerì Todd.

«Stai zitto, Todd. La conosco!» Derek alzò lo sguardo sul viso perplesso di suo cugino, stringendo i denti.

«Okay, calmati. Anche se fosse una specie di dea, Derek, non può comunque meritare questo stato orribile in cui ti trovi, non credi?»

«Non mi aspetto che tu capisca. Lascia perdere, d'accordo?»

«Va bene, scusami.»

Rimasero in silenzio per un po', a respirare l'aria della notte.

«Non è lei il problema.»

Todd si voltò a guardare Derek. «Cosa intendi?»

«È lui.»

«Lui chi?»

«Quest'uomo che sta frequentando. Mi avrebbe detto di sì se non fosse stato per lui. Le ha fatto perdere la testa. Non è la persona giusta per lei.»

«Stai cercando di dire che hai chiesto a Peggy di sposarti e lei ha detto di no?»

Derek annuì.

«Ora è tutto chiaro. Ti ha respinto perché ha un altro?»

«Sì, ma non lo ama, lo so.» Derek scosse la testa.

Todd non sapeva più cosa dire. «Te lo ripeto, amico, quando sfonderemo – e sono sicuro che succederà – le donne faranno la fila per uscire con te. Ti giuro che ti dimenticherai completamente di Peggy!»

«Non capisci. Nessuno capisce. Lo scopo della band è impressionare *lei*.» Derek fissò Todd intensamente. «Senza di lei, non sono niente.»

Todd era a disagio. «Be', non direi proprio, Del. Tanto per cominciare sei un chitarrista bravissimo!» Rise di gusto, ma il cugino rimase impassibile, la mente a un milione di chilometri di distanza. «Comunque, lasciamo perdere. Torni dentro per una birra?»

Derek scosse la testa. «No. Vado a casa.» Girò sui tacchi e affondò le mani in tasca. Mentre si allontanava, Todd lo sentì borbottare tra sé. «Non ha senso. Non ha senso...»

Todd lo guardò andare via, spense la sigaretta contro il muro e rientrò nel locale.

Brad prese il telefono sulla scrivania e compose il numero di Freddy Martin. Finalmente una chiamata che era felice di fare. Squillò due volte prima che qualcuno rispondesse.

«Freddy, sono Brad.»

«Che fine hai fatto ieri sera?»

«Ero lì, scusa se non sono venuto da te, ma sono dovuto scappare prima che il concerto finisse.»

«Non ti preoccupare. Allora, che ne pensi?»

«Dei Fishermen?»

«Sì.»

«Penso che abbiano del potenziale. E voglio offrire loro un contratto.»

«Capisco.»

Anche se si stava sforzando di mostrarsi tranquillo, Brad percepì sollievo e gioia nella voce di Freddy. «Ma devono lavorare tanto, Fred. E bisogna investirci un sacco di soldi.» Si dondolò sulla sedia, ricordando la performance. «La cosa che mi ha convinto è stato quel secondo pezzo, *Can Someone Tell Me Where She's Gone?*»

«È bello, vero?»

«Sembra fatto per scalare le classifiche di Natale.»

«Sono contento che la pensi così.»

Freddy non si stava sbilanciando come Brad si aspettava. «E il bassista è speciale. Che voce.»

«Con Daly. Ha scritto lui il brano, insieme a Todd Bradley.»

«Sì, ecco, proprio questo è un altro motivo per cui sono interessato. La Metropolitan vorrebbe tutti i diritti editoriali delle sue canzoni.»

«Aspetta un attimo, Brad. Se vuoi offrire ai miei ragazzi un accordo, perché non ci vediamo la prossima settimana? Ne parliamo a pranzo?»

«Okay. Dimmi un giorno.»

«Mercoledì va bene?»

«Per me va bene. Passa in ufficio all'una. Prenoto un posto qui vicino.»

«A presto, allora.»

«Certo. Ciao, Freddy.»

Brad riattaccò proprio mentre Helen appariva sulla soglia. Le fece cenno di entrare.

«Ho chiamato un avvocato e ho fissato un appuntamento per martedì prossimo» disse. «Gli ho accennato quello che abbiamo in mente, e ha detto che redigerà una specie di contratto di base che potremo modificare.»

«Bene.» Brad batté la biro sul tavolo.

«Prima risolviamo gli aspetti legali, prima potremo iniziare a pagare quelle fatture in sospeso.» Helen abbassò lo sguardo sul disordine sulla scrivania. «E iniziare a organizzare meglio la situazione.» Prese una fotografia in bianco e nero in cima a una pila precaria. «Chi sono?»

«Il gruppo che voglio mettere sotto contratto. Si chiamano The Fishermen. Cosa ne pensi?»

Helen studiò la fotografia. «Non male.» Stava per posarla, quando, da sotto uno dei caschetti lucidi da paggetto, un volto familiare attirò la sua attenzione. Notò una scritta in basso e lesse: «Todd, Con, Ian e Derek sono i Fishermen».

Brad la osservò mentre barcollava leggermente. «Stai bene, Helen?»

«Bene, benissimo.» Rimise la foto sulla scrivania. «Hai... hai già chiamato il loro manager?»

«Sì. Ci vediamo mercoledì prossimo. Se sarai d'accordo con le cifre su cui sto lavorando, gli farò l'offerta durante il pranzo.»

Helen si era ripresa. «Sono sicura che riusciremo a trovare un punto d'incontro. Sei tu quello con il fiuto per i talenti. Ci vediamo più tardi.» Gli rivolse uno strano sorrisetto e uscì dalla stanza.

Il mercoledì successivo, Helen attese in preda a una tensione straziante che Brad tornasse dal pranzo con Freddy Martin, il manager dei Fishermen. Non osava mostrarsi troppo ansiosa, dopo quello che aveva detto sul mantenere bassi i costi per il momento, ma a dire il vero, se i Fishermen avessero voluto quattro volte quello che lei e Brad avevano concordato di offrire, avrebbe capitolato.

E tutto per vedere l'espressione sul volto di Con Daly quando Brad l'avrebbe presentata come direttrice della Metropolitan Records... Nelle loro vite precedenti era stato lui ad avere tutto il potere. Helen avrebbe fatto qualsiasi cosa per lui. Ma ora la situazione era rovesciata. Il suo valore non era più determinato dallo sguardo di Con Daly. E questo le dava piacere, forse più di quanto avesse previsto.

Per non pensare a cosa stessero dicendo Brad e Freddy, prese il telefono e compose il numero di Tony. Non era riuscita a contattarlo negli ultimi giorni, quindi lui non era ancora al corrente della novità.

«Pronto?»

«Tony, sono io, Helen.»

«Helen, ciao.» Sembrava angosciato.

«Come stai?»

«Bene, bene. E tu?»

«Benissimo. Ho delle novità, Tony. Stai parlando con la quasi socia al cinquanta per cento della Metropolitan Records.»

«Cosa?»

Helen ripercorse rapidamente gli eventi della settimana appena trascorsa.

«Wow, Helen, è incredibile! Congratulazioni.»

«Grazie. Non firmeremo prima della prossima settimana, ma non prevedo intoppi.»

«Penso che tu abbia fatto un investimento molto astuto. Brad sa il fatto suo quando si tratta di musica. Accidenti, Helen, di questo passo diventerai una magnate prima di compiere ventun anni!»

«Lo spero proprio, Tony» disse, seria.

«Immagino questo significhi che non ti rivedrò in classe.»

«Esatto.»

«Mi mancherai. Ho perso la mia migliore allieva.»

«Devo ringraziare te per questa opportunità. Quindi la prossima settimana, dopo aver firmato i contratti, vorrei portarti fuori a cena per festeggiare. Ti devo molto, Tony, davvero.»

«Non mi devi niente, tesoro. Ti ho dato soltanto un po' di fiducia.»

«Ci terrei comunque a offrirti la cena. Perché non ci vediamo da Kettner's giovedì?»

«Vedo che stai già imparando a conoscere tutti i posti alla moda» la prese in giro. «Giovedì prossimo sarebbe perfetto, visto che la mia signora se ne va per qualche giorno.»

«Facciamo alle otto, allora. Non vedo l'ora.»

«Anch'io. Ciao, tesoro.»

«Ciao, Tony.»

24

Freddy telefonò ai quattro membri dei Fishermen e li convocò a casa sua per le sei e mezza di quella sera. Poi andò al suo negozio di alcolici di fiducia e comprò quattro bottiglie del miglior champagne che avevano.

Tornando a casa lungo Belsize Park Road, assaporò la propria rivincita. Dopo settimane passate a chiedersi se non avesse messo a repentaglio la sua reputazione per niente, la perseveranza aveva dato frutti. D'accordo, non era la RCA o la EMI, ma dopo una serrata trattativa con Brad, Freddy era convinto di aver fatto un buon affare per sé e i suoi ragazzi.

Alle sei e venticinque, Todd arrivò con un Derek dall'aria imbronciata.

«Entrate, entrate» disse Freddy gioviale. Li condusse in soggiorno. «Come stai, Derek?»

«Bene, grazie.» Annuì e si sedette, con le mani nelle tasche della giacca.

Freddy lanciò un'occhiata a Todd, che alzò le spalle. «Bene, Derek, potrei avere delle novità che ti faranno passare la malinconia.»

«Davvero?» chiese lui, senza entusiasmo.

Il campanello suonò di nuovo.

«Todd, fai entrare gli altri mentre preparo i drink.»

Dal salotto, i quattro membri della band lo sentirono stappare lo champagne.

«Secondo voi...» fece Todd.

«Se beviamo champagne, immagino...»

«La notizia di un accordo non sarebbe fantastica, Derek?» chiese Con.

«Sì, come no» rispose lui cupo.

«Bene, eccoci qui.» Freddy portò due bottiglie aperte e cinque bicchieri su un vassoio. Lo posò sul tavolino al centro del salotto. «Ora, prima di iniziare a bere, voglio darvi la notizia e farvi un breve riassunto di quello che ho concordato con Brad Owen della Metropolitan Records.»

«Metropolitan? Hanno i Trojans, vero?» mormorò Todd.

«Esatto, e Brad vuole i Fishermen per la sua etichetta. Abbiamo un accordo con la Metropolitan, ragazzi.»

Freddy li studiò uno a uno. Todd sorrideva da un orecchio all'altro, Con sembrava sbalordito, Derek riuscì ad alzare un sopracciglio e Ian ostentava l'espressione beata di sempre.

«Metropolitan, eh?»

«Fanculo, ce l'abbiamo fatta, ragazzi!»

«Ehi, pensa alle groupie, amico.»

«Diventeremo ricchi.»

Freddy lasciò che i ragazzi parlassero tra loro per qualche minuto, mentre versava lo champagne.

«Ora» disse, porgendo loro il primo bicchiere, «ovviamente c'è molto da fare, ma vi do subito i dettagli essenziali. La Metropolitan vuole farvi firmare per due album e cinque singoli, il primo dei quali uscirà questo Natale. Brad Owen pensa che *Can Someone Tell Me Where She's Gone?* sia un potenziale successo stagionale.»

Freddy fece una pausa per lasciarli assimilare la notizia.

«Quanto ai soldi, l'anticipo non vi renderà milionari da un giorno all'altro, ma le royalties saranno dell'un per cento più alte del normale per compensare il ridotto anticipo iniziale. E questo giocherà in vostro favore se i Fishermen inizieranno ad avere un grande successo. Mi seguite?»

Ci fu un generale cenno di assenso.

«Bene. Per quanto riguarda la Metropolitan, ha un curriculum straordinario. È in attività da poco tempo e, come hai detto prima, Todd, ha fatto un grande affare con i Trojans. Dimostra che può competere con le grandi etichette. Non è la RCA, certo, ma non c'è motivo per cui tra qualche anno non dovrebbe rientrare tra le prime cinque case discografiche. E il vantaggio di firmare con un'etichetta minore è che sarete un pesce grosso in uno stagno piccolo. La Metropolitan deve farvi lavorare se vuole guadagnare. Questo significa che si impegnerà moltissimo.» Freddy ripassò l'ordine del giorno. «E infine, ultimo ma non ultimo, avrete un produttore che considero uno dei migliori del settore. Brad Owen ha lavorato con molti dei gruppi più importanti quando era alla RCA. Averlo in studio è un enorme vantaggio. Ecco tutto. Vi consiglio vivamente di accettare l'offerta.»

I ragazzi si guardarono incerti, sopraffatti dalla notizia.

«Non riesco a crederci» disse Todd. «Mi ero convinto che non sarebbe mai successo, e invece siamo qui a parlare di album e singoli e...» Scosse il capo. «È pazzesco.»

Gli altri annuirono.

Freddy sorrise. «Quindi c'è la possibilità che prendiate in considerazione l'offerta della Metropolitan?»

«Cosa ne pensiamo, ragazzi?» chiese Todd.

«Quanti soldi possiamo aspettarci all'inizio?» chiese Derek, che si era ripreso un pochino.

«Circa il doppio di quello che vi do ora ogni settimana.»

«Wow» commentò Ian.

«E naturalmente, una volta che i dischi inizieranno a vendere, potreste arrivare a dieci, venti volte di più, e oltre.»

«E i diritti delle canzoni che componiamo?» chiese Con.

«Temo che li avrà la Metropolitan. Una prassi comune, purtroppo. Ma il compositore riceverà un pagamento extra per le royalties sulle vendite di qualsiasi sua canzone.»

Con annuì.

«Altre domande, o possiamo bere lo champagne prima che diventi caldo?»

«Penso che saremmo degli idioti a rifiutare» disse Todd.

«Anch'io» concordò Derek. «Pensate ai soldi. Potremmo comprare tutto quello che vogliamo... Potrei... potremmo avere qualsiasi cosa.» Fissò il vuoto.

Con interruppe l'imbarazzante silenzio. «Se il produttore è bravo come dici, allora sono d'accordo» disse, raggiante.

«Ci sto» sorrise Ian.

«Allora siamo d'accordo.»

I quattro ragazzi annuirono.

«Ottimo. Ai Fishermen!» brindò Freddy, alzando il suo bicchiere.

Todd, Con, Ian e Derek alzarono i loro. «Ai Fishermen!»

25

Helen firmò l'ultima pagina del documento con uno svolazzo. Alzò lo sguardo verso Brad e il giovane avvocato, con le guance rosse di eccitazione.

«Ecco fatto, signora McCarthy. Manca solo il bonifico dalla sua banca, che posso organizzare questo pomeriggio, e il cinquanta per cento del capitale sociale della Metropolitan Records è suo. Congratulazioni.»

Helen sorrise all'avvocato. «Grazie, signor Brierley.»

«Sì, congratulazioni, Helen» aggiunse Brad in tono sbrigativo. Lei capì come doveva sentirsi. Si alzò e tese la mano all'avvocato. «Grazie per l'aiuto.»

«A sua disposizione, signora McCarthy.»

«Arrivederci.» Brad si alzò e seguì Helen fuori dall'ufficio, giù per le scale e fuori, nella splendida giornata che illuminava Holborn.

«Brindiamo per festeggiare?» suggerì.

«Ehm, ti dispiace se vado? Incontro Freddy alle cinque per discutere del nuovo contratto. Sono le quattro e ho delle chiamate da fare in ufficio.»

«Certo. Invece io penso che prenderò la mia prima decisione dirigenziale e mi concederò il resto del pomeriggio libero.»

«Te lo meriti, Helen.» Brad chiamò un taxi. Si fermò e aprì la portiera. Mentre stava per salire, si voltò. «Grazie di tutto.»

Helen annuì. Brad le rivolse un sorriso tirato e il taxi si avviò per le strade di Holborn.

Poco prima delle otto di quella sera, Helen entrò da Kettner's. Aveva i capelli appena lavati e acconciati e indossava un nuovo miniabito verde di Biba. Mentre aspettava l'arrivo di Tony, ordinò dello champagne, prese un bloc notes dalla sua ventiquattrore e iniziò ad appuntarsi una lista di cose da fare per l'indomani. Nick Rogers, il commercialista che Brad le aveva consigliato, avrebbe iniziato a lavorare alla Metropolitan. Alle undici avevano un appuntamento con l'ufficio del fisco per la questione dei pagamenti in sospeso. Dopo avrebbero incontrato Brad a pranzo per discutere della situazione finanziaria dei successivi sei mesi. Ora che era responsabile dell'attività, avrebbe gestito tutto in modo impeccabile.

«Grazie.» Sorrise al cameriere mentre metteva lo champagne in un secchiello per il ghiaccio vicino al suo tavolo.

«Prego, signora. Posso versare?»

Helen guardò l'orologio. Tony era in ritardo di quasi quindici minuti.

«Perché no?»

Quando il cameriere si fu allontanato, Helen si portò il liquido frizzante alle labbra. «A te, Helen, e al tuo futuro» sussurrò tra sé. Poi posò il bicchiere e iniziò a scrivere altri appunti.

Comprendere meglio la scena musicale.

Questo era di vitale importanza. Finché non ne avesse saputo di più sul settore e i meccanismi che lo regolavano, sapeva di essere svantaggiata. Era impossibile farsi un'opinione finanziaria fondata se non sapeva cosa vendeva. Brad sarebbe sempre stato un passo avanti.

Dai un'occhiata alle band emergenti. Compra i migliori venti singoli sul mercato e un giradischi, scarabocchiò sotto il titolo principale.

Leggi i numeri di «Melody Maker» usciti negli ultimi dodici mesi...»

Quarantacinque minuti, sei pagine di bloc notes e mezza bottiglia di champagne più tardi, di Tony non c'era ancora traccia.

Helen si alzò e chiese dove fosse il telefono pubblico più vicino. Compose il numero. Squillava, ma non ebbe risposta. Forse era solo in ritardo e stava arrivando.

Mezz'ora dopo, divenne ovvio che Tony non sarebbe arrivato affatto.

Helen ordinò un'insalata e la spiluccò, incerta sul da farsi. Provò a chiamare a casa di lui altre quattro volte, ma ancora nessuna risposta.

Alla fine pagò il conto e uscì. Si chiese se Tony si fosse dimenticato, ma era improbabile. Demoralizzata, arrabbiata e un po' preoccupata, chiamò un taxi, che la portò lungo il Mall e attraverso Chelsea, diretta a Wimbledon. «Può fermarsi un attimo?» Il tassista eseguì. «Aspetti qui, per favore. Ci metto un secondo.»

«Va bene, signora.»

Helen scese e tornò indietro di tre case fino all'appartamento nel seminterrato di Tony. Nervosa, scese in punta di piedi le scale, temendo che la sua «signora» potesse essere lì e che fosse per questo che era stata piantata in asso.

Bussò tre volte. Al terzo colpo, si udì un leggero *clic* e la porta si aprì da sola. Non c'era nessuno dietro. A quanto pareva non era stata chiusa bene. Con cautela, la spinse. L'appartamento era al buio.

«Ehi? Tony, sono io, Helen.»

Silenzio.

«Tony?»

Cercò un interruttore della luce lungo la parete del corridoio e lo schiacciò.

«Dannazione.» La lampadina era saltata.

Helen tastò lungo il muro finché non arrivò alla porta del soggiorno.

«Tony? Sei qui?»

Per fortuna lì dentro la luce funzionava ancora e il soggiorno si illuminò.

Era vuoto.

Helen attraversò la stanza fino alla cucina. Era terribilmente in disordine e dai fornelli proveniva uno strano odore. Scrutò nella pentola e subito balzò all'indietro, disgustata, portandosi una mano alla bocca per reprimere un conato di vomito. La carne nella pentola si era trasformata in un ammasso di vermi che si contorcevano. Rimase lì, ansimando, in soggiorno.

«Tony?»

Rabbrividì.

Ovviamente non era in casa. E dalle condizioni della cucina, sospettava che non ci mettesse piede da giorni. Controllò la camera. Il letto era fatto e la stanza in ordine. Tornò in soggiorno e cercò carta e penna nel cassetto della scrivania.

Giovedì sera

Tony, dove sei finito? Sono venuta a cercarti. Fai una telefonata alla nuova direttrice della Metropolitan Records, quando puoi.

Con affetto,
Helen

Posò il biglietto sul tavolino e, lasciando la porta d'ingresso esattamente come l'aveva trovata, corse su per le scale, verso il taxi che l'aspettava.

L'appartamento era di nuovo immerso nel silenzio, a parte il gocciolio del rubinetto del bagno. L'acqua nella vasca, un tempo rosso acceso, era diventata di un intenso color rame. Immerso, con una saponetta ancora stretta in mano, Tony Bryant fissava il soffitto con occhi vitrei.

26

«Ciao, Orla. Entra, siediti. Stai benissimo. Hai fatto qualcosa ai capelli?»

Orla si fece strada tra le foto, le buste e il disordine generale sparso sulla moquette dell'ufficio di Audrey. Spostò una pila di riviste dalla sedia davanti alla scrivania e si sedette.

«Sì. Me li hanno tagliati per la pubblicità dei fagioli la settimana scorsa.»

«Davvero? E hai chiesto un compenso?»

«No. Non sapevo di doverlo fare.»

«Non preoccuparti, li chiamo io. Lo sanno benissimo che i cambi di acconciatura vanno concordati in anticipo e pagati. Comunque, ti stanno così bene che penso ti abbiano fatto un favore.»

«Grazie. Anche a Con sono piaciuti.»

«Bene, bene.» Audrey si tolse gli occhiali, scrutando Orla con quegli enormi occhi castani che l'avevano resa la modella più pagata degli anni Quaranta. «Hai visto il servizio di "Woman's Own" la settimana scorsa?» le chiese.

«Sì.»

«Era fantastico. Ieri mi hanno chiamata in cinque per chiedere informazioni sulla tua disponibilità.» Audrey sorrise. «Credo sia giunto il momento di lasciare il tuo lavoro "principale", per così dire.»

«Intendi Swan and Edgar?»

«Secondo me non corri alcun rischio a lasciarlo. Ecco qui.» Le porse una busta. «Questo potrebbe farti sentire un po' più tranquilla. L'assegno è piuttosto consistente.»

«Grazie.» Orla prese la busta e la mise nella borsa.

«Prima te ne vai, meglio è. Quanto preavviso devi dare?»

«Una settimana.»

«Perfetto. Ho due impegni confermati tra dieci giorni e tre in forse per la settimana successiva. Tutti ottimi lavori. Ho anche ricevuto una telefonata da un'agenzia pubblicitaria che ha visto il tuo servizio su "Woman's Own". Stanno cercando qualcuno per promuovere un nuovo drink. Vogliono una ragazza della porta accanto, non troppo glamour.»

Orla era frastornata. «Sì, okay.»

«Se ottenessi il contratto, diventeresti famosa. L'azienda vuole mandare in onda una serie di spot televisivi, oltre ai manifesti e alle pagine sulle riviste. Sarebbe un lavoro esclusivo per un anno. Avresti un contratto con loro e non potresti accettare altro. Non abbiamo ancora parlato di soldi, ma sarebbe una cifra importante. L'uomo con cui ho parlato era ansioso di incontrarti. Che ne pensi?»

Orla si passò le mani tra i capelli. «È fantastico, Audrey. Ma immagino che vedranno tutte le modelle di Londra.»

«Si staranno guardando intorno, sì. Posso fissare un appuntamento verso la fine di questa settimana? Ci sarà un incontro preliminare con l'agenzia pubblicitaria e poi, se piaci a loro, un secondo con i pezzi grossi dell'azienda.»

«Va bene, ma questa settimana dovrà essere durante la pausa pranzo o dopo il lavoro. Non posso piantare in asso la mia capa, anche se sto per dare le dimissioni. È stata molto gentile con me.»

«Capisco. Ti farò sapere quando e dove.» Audrey sorrise soddisfatta mentre Orla si alzava. «Se fossi in te, andrei a spendere una parte di quell'assegno per farmi un regalo speciale. Stai andando alla grande, cara.»

«Grazie.»

Il telefono sulla scrivania squillò.

«Esci da sola?»

«Certo.»

Audrey la salutò mentre sollevava il ricevitore.

Fuori dall'ufficio, Orla infilò una mano nella borsa e tirò fuori la busta. Aprì l'assegno e lesse l'importo. Le ci sarebbero voluti quattro mesi per guadagnare la stessa cifra da Swan and Edgar. Incredula, rimise con cura l'assegno nella busta e lo ripose in una tasca interna.

Il vento forte che soffiava all'esterno la riscosse dai suoi sogni a occhi aperti. Diede un'occhiata all'orologio. Erano le sei e dieci. Doveva vedere Con alle sette nel loro bar preferito. Rabbrividì e si strinse nel cardigan prima di affrettarsi lungo la strada.

I negozi di Carnaby Street erano ancora aperti. Orla entrò in una boutique, attratta dal tepore. Studiò gli abiti in esposizione e ne prese due che le piacevano. Cinque minuti più tardi, dopo essersi sfilata i suoi vestiti nel camerino, indossò un abito corto di lana. Scostò la tenda per potersi osservare nel grande specchio comune, e si fermò di colpo. In piedi accanto alla cassa, a parlare con la commessa, c'era una persona così familiare che la sua prima reazione fu di fare un passo indietro e nascondersi per non essere vista.

Non poteva essere.

Con cautela, Orla scostò la tenda di qualche centimetro e sbirciò fuori. La giovane donna le dava le spalle. I capelli erano diversi e lei era molto più snella... non poteva esserne sicura, senza vederla bene in faccia.

Restò a guardarla mentre prendeva il resto e il suo sacchetto, per poi uscire dalla boutique.

«Okay, ragazzi, ascoltate.» Brad premette il pulsante sul pannello e lo studio si riempì di musica.

I quattro membri della band ascoltarono in silenzio fino alla fine della canzone.

«Allora, cosa ne pensate?»

Brad li fissò.

«È fantastica, ecco cosa penso» disse Con.

Gli altri concordarono.

«Vi piace il nuovo arrangiamento degli intermezzi?»

«Molto.» Con annuì. «L'ha migliorata tantissimo.»

«Perfetto. Allora incidiamo il singolo. Tra un paio di settimane potrò mostrarvi il vostro primo vinile. Credo che siamo sulla strada giusta!» Brad fece un giro sulla sedia, felice come un bambino. «Ne discuterò con Freddy, ma credo che potremmo promuovere il singolo a *Juke Box Jury* a fine novembre. Il programma televisivo è un'ottima pubblicità.»

Todd sembrava nervoso. «Anche se la giuria bocciasse la canzone?»

Brad alzò le spalle. «Dobbiamo incrociare le dita e sperare che non succeda. Comunque, devo rientrare in ufficio. Potete tornare qui domani alle dieci, così lavoriamo un paio d'ore alla traccia sette? Vorrei registrare nel pomeriggio. Mancano solo sei settimane al lancio.» Balzò in piedi.

«Certo. Ciao, Brad.»

«Ciao, ragazzi. Siete stati bravi oggi, davvero.» E con un cenno della mano, scomparve dalla cabina di controllo.

Con vide Orla seduta su uno sgabello tra la folla rumorosa del bar Hades.

«Ciao, amore.» Le cinse le spalle e la baciò.

«Ciao, tesoro. Ti ho ordinato una birra.» Orla indicò il bicchiere sul bancone e bevve un sorso del suo gin. Con si strinse accanto a lei.

«Vestito nuovo?»

«Sì. Audrey mi ha dato un bell'assegno e ho deciso di farmi un regalo.»

«Direi che hai fatto bene.» Con bevve un sorso di birra. «Abbiamo finalmente finito *Can Someone Tell Me Where She's Gone?*»

«E allora?»

«È fantastica!»

«Sono molto contenta.»

Con la osservò. Era carina come sempre e il verde del nuovo vestito di lana si abbinava ai suoi occhi, ma aveva il viso pallido e sembrava distratta. «Stai bene, tesoro?»

«Sì, sì, tutto bene, perché?»

«Hai l'aria strana.»

«Dici? È solo che... no, niente.» Scosse la testa. «Mi sto comportando da idiota, davvero.»

«Dai, dimmelo. Che succede?» Si sporse sul tavolo e le prese la mano.

Orla sospirò. «Mi dirai che sono stupida, ma ero in un negozio in fondo alla strada a provare questo vestito e mi è sembrato di vedere Helen.»

Con aggrottò la fronte. «Helen chi?»

«Helen McCarthy, di Ballymore.»

Il viso di Con passò dalla perplessità al disagio. «Ah. E sei sicura che fosse lei?»

«Non lo so. Quando ho guardato di nuovo si era girata e non sono riuscita a vederla in viso.» Scosse la testa. «Probabilmente non era lei. Voglio dire, era molto più magra e più elegante e aveva i capelli diversi, ma...»

«Cosa ci farebbe Helen McCarthy in una boutique di Carnaby Street? Avrai visto qualcuno che le somigliava.»

«Le somigliava proprio tanto, lo giuro.»

Con lasciò andare la mano di Orla, vagamente agitato. «Anche se fosse stata lei, comunque, che male c'è? Lei e Ballymore appartengono al passato.»

«Lo so. È stato strano, però. Mi è sembrato di vedere un fantasma. Non so perché mi abbia turbata tanto.»

Con si addolcì di nuovo, stringendo forte le braccia intorno alle spalle di Orla, che si rannicchiò contro il suo petto. «Su, su.» Le accarezzò i capelli. «Sei qui a preoccuparti di aver visto Helen McCarthy quando abbiamo così tanto di cui essere felici. Finalmente le cose iniziano ad andare per il verso giusto. Sembra quasi che tu voglia preoccuparti a tutti i costi.»

«Hai ragione.» Orla si raddrizzò e scosse la testa, nel chiaro tentativo di liberarsi dalla tensione che la opprimeva. «In più Audrey aveva buone notizie per me. Vuole che lasci Swan and Edgar. Ho cinque ingaggi nelle prossime tre settimane e un colloquio per un lavoro molto importante. È per promuovere un nuovo drink al malto. Audrey dice che mi renderà famosa, se lo ottengo.»

«Sei proprio una donna in carriera, eh?» la stuzzicò Con.

Lei lo guardò con ansia. «Sei felice per me, vero?»

«Certo che sì, Orla. Non dico che sia facile per me, ma sto imparando a convivere con la tua indipendenza, anche se forse ti preferirei a piedi nudi, con il pancione e in cucina...»

«Dici sul serio?»

«Secondo te?» Con ridacchiò e le diede un bacio sulla fronte. «Sto morendo di fame. Che ne dici di offrire a tuo marito una cena in quel ristorante dietro l'angolo? Possiamo sognare singoli primi in classifica, fama e fortuna.»

Orla prese il suo gin e bevve d'un fiato quello che era rimasto nel bicchiere. Mentre lo posava, Con vide che le sue guance avevano ripreso colore e i suoi occhi brillavano. Credeva di averla scampata, nonostante lo spavento. Se Helen era davvero a Londra, e lei e Orla si fossero incontrate da sole, senza che lui fosse presente... le conseguenze non erano nemmeno immaginabili.

«Ci sto, Con Daly, andiamo.»

27

«Pronto, Helen.»

«Ciao. Ho un certo ispettore Garratt in reception per te.»

Helen aggrottò la fronte. «Sul serio?»

«Sì. Chiede di vederti urgentemente.»

«Va bene, mandalo pure su.»

Riattaccò e, sistemando le carte sulla scrivania, si chiese perché mai un poliziotto volesse parlarle.

Poco dopo, qualcuno bussò con decisione alla porta del suo ufficio.

«Avanti.»

Un uomo alto e magro, con una folta chioma brizzolata, entrò nella stanza.

«Helen McCarthy?»

«Sì.»

«Ispettore Garratt, Scotland Yard.» Le tese la mano.

Lei gli porse la sua e sentì la stretta forte.

«Mi dispiace disturbarla, ma sto conducendo un'indagine e penso che potrebbe aiutarmi.»

Helen era confusa e a disagio. «Non so come, ma... la prego, si accomodi.»

L'uomo si sedette. Lo spazio era appena sufficiente per le sue gambe.

«Signora McCarthy, credo che conosca un uomo di nome Tony Bryant.»

«Sì, certo che lo conosco.»

«Bene.» Gli occhi di Garratt si mossero per la stanza, osservando l'ambiente circostante, prima di fissarsi su Helen. «Il signor Bryant è stato trovato morto nella vasca da bagno del suo appartamento una settimana fa. Era stato accoltellato più volte. È stata un'aggressione violenta.»

Helen fissò l'ispettore, troppo scioccata per reagire.

Lui la studiò per un attimo prima di parlare di nuovo. «Mi dispiace doverle dare questa brutta notizia. Il signor Bryant era un suo amico?»

Helen sentì le lacrime pizzicarle gli occhi. Annuì.

Garratt prese un blocco per appunti e iniziò a sfogliarne le pagine. «È stata nel suo appartamento giovedì scorso?»

Helen annuì di nuovo.

«Bene. Abbiamo trovato il biglietto che aveva scritto. Posso chiederle come è entrata? Aveva una chiave?»

Helen scosse la testa. «No... no... La porta era aperta. Mi scusi, io...» Il suo respiro si stava facendo affannoso e si tenne la testa tra le mani per fermare le vertigini.

«Capisco, signora McCarthy. Si prenda il suo tempo.» Garratt non cambiò postura. Continuò a sporgersi verso di lei, aspettandosi una risposta.

«La porta era aperta.»

«Aperta, ha detto? Ha notato qualche segno di effrazione?»

«Io... no.»

«Mi dispiace di averla turbata. Immagino che lei e il signor Bryant foste molto intimi?»

«Sì, cioè... Eravamo ottimi amici. Era stato il mio tutor al college e...» Si chinò e frugò nella borsa in cerca di un fazzoletto.

Si soffiò il naso con forza. «Mi scusi. Non riesco proprio a credere a quello che mi sta dicendo. È sicuro che sia Tony?»

«Purtroppo sì. Suo padre l'ha identificato.»

L'ispettore Garratt osservò e attese mentre Helen si asciugava gli occhi, si soffiava di nuovo il naso e si passava una mano tra i capelli nel tentativo di ritrovare il controllo di sé.

«Quando è andata a casa del signor Bryant giovedì scorso, è entrata in bagno?»

«No. L'ho chiamato un paio di volte. Ho pensato che se fosse stato in bagno mi avrebbe sentita.»

«Certo. Sa di qualcuno che nutriva rancore nei confronti del signor Bryant? Le ha confidato dei segreti riguardo a qualche problema che aveva?»

Helen rispose risoluta. «No, assolutamente no. Tony era sempre così... felice. È stato molto buono con me. Mi ha aiutata tanto.»

L'ispettore Garratt si schiarì la gola. «Capisce che devo chiederle della natura della sua relazione con il signor Bryant?»

«Cosa intende?»

«Quello che vorrei sapere, senza mezzi termini, è se lei e il signor Bryant eravate amanti.»

Helen non esitò. «Lo siamo stati per un periodo, d'estate, ma poi è finita.»

Garratt annuì. «Posso chiederle perché la relazione è finita?»

«Perché la ragazza di Tony è tornata. Era quello che avevamo concordato, che avremmo chiuso al suo ritorno.»

«E ha idea di chi fosse questa ragazza?»

«No. Non l'ho mai incontrata. Ovviamente...»

«Ma pensa che si siano rivisti di recente?»

«Oh sì, ne sono certa.»

«Allora mi sorprende che non abbiamo avuto sue notizie.

Ma abbiamo appena diffuso il comunicato stampa. A breve ne sapremo di più.»

«Se può essere d'aiuto, Tony mi aveva accennato che sarebbe partita per qualche giorno. Forse non è ancora tornata.»

«Forse.» Lo sguardo penetrante dell'ispettore Garratt si posò di nuovo su di lei. «Quindi non c'era astio tra lei e il signor Bryant alla fine della relazione?»

«No. Sapevo come stavano le cose fin dall'inizio. Ho accettato la situazione. Non avevo scelta.»

Garratt si passò la lingua sulle labbra, riflettendo. «Signora McCarthy, era innamorata del signor Bryant?»

Helen abbassò lo sguardo sulle sue mani appoggiate sul tavolo. «Sì. Suppongo di sì. È stato molto gentile con me quando ho avuto bisogno di un amico.» Guardò Garratt. «È stata la prima persona a farmi sentire speciale.»

«Mmm. Quindi, il giovedì sera in cui ha fatto visita al suo appartamento, dovevate incontrarvi da qualche parte?»

«Sì. Avevamo organizzato una cena da Kettner's. Tony non si è presentato, quindi sono andata a cercarlo. Non riesco ancora a crederci. Chi mai avrebbe potuto ucciderlo?»

«È quello che intendo scoprire.» Garratt si diede una pacca sulle cosce. «Bene, grazie per aver risposto alle mie domande. Le lascio il mio numero di telefono. Se le viene in mente qualcosa di rilevante, la prego di contattarmi subito.»

Helen deglutì a fatica. «Certo.»

Garratt si alzò e la sua testa quasi sfiorò il soffitto basso. Helen cercò di alzarsi, ma le gambe le erano diventate di gelatina.

«Non si disturbi. Arrivederci, signora McCarthy.»

«Arrivederci, ispettore.»

L'uomo uscì dall'ufficio e Helen rimase seduta a fissare il vuoto, con tutto il corpo intorpidito.

«Tony, Tony, perché?» chiese, ad alta voce.

Alla fine, prese la borsetta e si alzò barcollando. Arrivò in qualche modo alla porta, poi scese le scale fino alla reception.

«Esco per il pomeriggio» disse a Jilly. «Non torno.»

«Okay, Helen. Stai bene? Hai un colorito strano.»

«Sì, sto bene, grazie.»

Entrò nel bar più vicino e ordinò un doppio whisky. Dopo averlo bevuto ed essersi schiarita la mente, si diresse verso il più vicino negozio di alcolici. Cinque minuti più tardi, stringendo al petto una bottiglia di scotch, chiamò un taxi e andò a casa.

28

«Allora, giurati, ascoltate questo. È il singolo di debutto dei Fishermen. Si intitola *Can Someone Tell Me Where She's Gone?* ed è in uscita per Natale. Eccolo.»

Sette paia di occhi fissarono nervosamente lo schermo del televisore mentre le note del brano risuonavano dal piccolo altoparlante.

«Ricordate, ragazzi, anche se lo bocciano, non importa. Ci sono stati tanti grandi successi che hanno raggiunto il primo posto in classifica ed erano stati cassati dalla giuria.»

Le parole di Freddy non confortarono nessuno. Con stringeva forte la mano di Orla. Lulu sedeva sulle ginocchia di Todd, con le braccia intorno al suo collo. La mano di Derek tremava stringendo il bicchiere di birra e una traccia di tensione si leggeva persino sul volto di Ian. Rimasero seduti in silenzio per tutta la durata della canzone.

«Non c'è dubbio, ragazzi, qualunque cosa dicano, è un pezzo bellissimo» commentò Freddy mentre le ultime note svanivano e la telecamera tornava a inquadrare David Jacobs.

«Allora, Jody, sentiamo che ne pensi.»

«Be'...» L'affermata pop star giocherellò con la penna che teneva in mano.

«Dai, parla» borbottò Todd.

«L'ho adorata.»

«Sì!»

«Wow, amici!»

«Shhh, ragazzi, sentiamo cosa dice.» Freddy fece un gesto per zittire la sala.

«Mi sono piaciuti il testo, la melodia e, dalla foto, devo dire che mi piacciono anche i ragazzi» ridacchiò la pop star. «Tocca a te, Jimmy.»

«Eccoci» borbottò Freddy. Il produttore era noto perché cassava il settanta per cento delle canzoni proposte.

«Non male, direi, se ti piace il genere. Un po' banale. Potrebbe entrare nella top trenta, visto che a tutti piacciono i pezzi sdolcinati a Natale, ma...» Jimmy scosse la testa. «Anche se ce la fanno con questo, credo che saranno una meteora. Niente di speciale.»

L'atmosfera nel salotto cambiò. Dei cuscini vennero lanciati contro lo schermo.

«E ora tu, John. Cosa ne pensi?»

Il disc jockey annuì. «Come al solito, quello che non piace a Jimmy piace a me. Penso che sia un pezzo fantastico. Di sicuro lo manderò in onda nelle prossime settimane. I Fishermen faranno strada. Sono i miei preferiti questa settimana.»

Urla di gioia esplosero nel salotto.

«E Paul? Tu?»

«Mi piacciono.»

«Bravi ragazzi» mormorò Freddy.

«Allora, votiamo. Promossa o bocciata?»

La giuria mostrò le carte. David Jacobs suonò il campanello per segnalare un successo.

«Tre sì e un no per i Fishermen. Ora passiamo al nuovo singolo di...»

Freddy si alzò, spense il televisore e si voltò verso gli altri.

«Bene, ragazzi, io e Brad eravamo indecisi se mandarla o meno a *Juke Box Jury*. È sempre una scommessa, ma se va, può darvi grande slancio.» Sorrise soddisfatto. «Siete sulla buona strada, gente.»

Il telefono squillò quando Orla si era appena versata lo shampoo sui capelli.

«Oh, per l'amor del cielo» mormorò, tirando fuori la testa dal lavello della cucina e cercando l'asciugamano che credeva di aver messo sullo scolapiatti. Era caduto a terra. Si chinò per raccoglierlo, se lo avvolse intorno alla testa come un turbante e attraversò la stanza a passo lento, diretta al telefono.

«Sì?» disse, brusca.

«Ciao, tesoro, tutto okay?»

«Ciao, Audrey. Scusa. È solo che ultimamente il nostro telefono non smette mai di squillare.»

«Ah, la popolarità...»

«Non è me che vogliono, chiamano Con. Non capisco proprio come facciano i giornalisti ad avere questo numero.»

«È il prezzo della fama. A proposito, ho ottime notizie per te. Puoi passare nel mio ufficio questo pomeriggio per una chiacchierata?»

«Dobbiamo fare una cosa veloce, Audrey. La casa discografica di Con ha organizzato una grande festa per i ragazzi. Sono arrivati al secondo posto in classifica. Più tardi sapremo se sono saliti al primo.»

«Il tuo uomo se la sta cavando bene, eh? Pur essendo un'appassionata di Beethoven, i Fishermen sono riusciti a entrarmi in testa. Sei sposata con una vera pop star, nientemeno.»

«Se mai lo rivedrò» mormorò Orla. «È fuori dalla mattina alla sera a fare la star.»

«Be', non mi preoccuperei. Ho un sacco di cose per tenerti occupata, cara. Ci vediamo più tardi.»

Orla riattaccò e tornò al lavello. Era una giornata di dicembre molto fredda e le era venuta la pelle d'oca a stare in reggiseno e mutande. Si lavò i capelli in fretta, infilò l'accappatoio di spugna di Con e mise a bollire l'acqua. Si preparò un caffè, poi si sedette su una poltrona vicino alla stufa a gas per riscaldarsi.

Gli ultimi due mesi erano volati. Stentava a credere che di lì a tre giorni sarebbe stato Natale. Dall'inizio della campagna di marketing di Brad e dall'uscita di *Can Someone Tell Me Where She's Gone?* non aveva quasi visto Con. La band aveva trascorso tre settimane in tournée per il paese, esibendosi con il nuovo singolo in tutti i club che Freddy riusciva a prenotare. E una volta tornati a Londra, con il brano in ascesa nelle classifiche, sembrava che ogni rivista musicale, stazione radio e conduttore televisivo volesse intervistare i Fishermen.

Con era sfinito, ma sembrava più felice di quanto Orla lo avesse mai visto. Era entusiasta per lui e per il resto della band, ma sarebbe stata ancora più contenta quando quella serata fosse finita e si sarebbero potuti godere il tranquillo Natale che avevano programmato.

«Niente feste, niente gente intorno, solo io e te» le aveva sussurrato Con la sera prima, dopo aver fatto l'amore.

«Non vedo l'ora. Mi manchi» aveva risposto Orla.

Se anche Audrey aveva buone notizie per lei, allora avrebbero avuto molto da festeggiare.

Si voltò e vide la condensa che gocciolava dalla finestra. Disegnò un piccolo cuore con la sua iniziale a un'estremità di una freccia e la C di Con all'altra.

«Quanta strada abbiamo fatto, Con, quanta strada abbiamo fatto.»

Helen arrivò a casa alle quattro e mezza. Quella serata era molto importante e voleva avere tutto il tempo per prepararsi.

Riempì la vasca e si mise la cuffia di plastica per non bagnare i capelli freschi di parrucchiere. Immersa nell'acqua calda, rimase sdraiata a fissare il soffitto, cercando di rilassarsi. Il pensiero di quella sera le faceva battere forte il cuore.

Si era assicurata che la sua presenza alla festa sarebbe stata una totale sorpresa per Con. Nelle poche occasioni in cui lui e i Fishermen erano stati negli uffici della Metropolitan, lei si era eclissata. Solo la settimana prima aveva ordinato la nuova carta da lettere con l'intestazione e il suo nome stampato in basso a destra: HELEN MCCARTHY, DIRETTRICE.

Sbadigliò, cullata dall'acqua calda. Nonostante l'adrenalina, sapeva di essere fisicamente e mentalmente esausta. Nelle ultime dodici settimane aveva lavorato sedici ore al giorno. La fatica era un balsamo. Le impediva di pensare a Tony e alla cosa terribile che gli era successa.

La storia del suo omicidio era su tutti i giornali. L'ispettore Garratt era apparso in tv chiedendo a chiunque avesse informazioni utili di farsi avanti. Helen aveva chiamato Samantha, la sua amica del college, per sapere quando si sarebbero svolti i funerali e aveva scoperto che sarebbe stata una cerimonia intima, riservata alla famiglia. Ma aveva mandato comunque dei fiori in chiesa ed era andata a visitare la sua tomba, per porgergli un saluto privato.

Per quanto ne sapeva, il crimine era ancora irrisolto. Aveva passato notti intere a chiedersi chi avesse potuto fare una cosa simile. Si chiedeva come stesse l'altra donna della vita di Tony, sentendosi quasi confortata al pensiero che ci fosse qualcun altro a cui forse lui mancava quanto mancava a lei.

«Oh, Tony, Tony» mormorò, iniziando a insaponarsi. Se non

fosse stata tanto impegnata alla Metropolitan, sarebbe davvero potuta impazzire.

Durante il giorno, lavorava in silenzio nel piccolo sgabuzzino al piano superiore che chiamava con orgoglio il suo ufficio. Nick Rogers, l'amico commercialista di Brad, le aveva insegnato i trucchi del mestiere. Insieme avevano saldato le fatture in sospeso, sistemato i conti e rimesso in carreggiata l'azienda.

La sera si dedicava a conoscere il mondo della musica. Quando non andava ai concerti, se ne stava a casa ad ascoltare dischi e a leggere ogni pubblicazione che le capitava tra le mani.

Helen uscì dalla vasca e si asciugò. Ancora con la cuffia in testa, si sedette davanti allo specchio e iniziò a truccarsi. Aveva riflettuto a lungo su cosa indossare per la festa dei Fishermen. Alla fine aveva scelto un meraviglioso tailleur pantalone in lurex blu che si adattava al suo colorito e metteva in risalto la scollatura.

Quarantacinque minuti dopo, era pronta. Si guardò allo specchio e si rivolse un sorriso soddisfatto.

Un'autorità nel settore della musica, qualcuno che conta davvero. Era quello che voleva. Se non poteva avere l'amore, il potere era un degno sostituto.

29

Orla lasciò l'ufficio di Audrey e chiamò un taxi.

«Al Waldorf Hotel, per favore.»

«Certo, signora.»

Il taxi partì e Orla appoggiò la testa al sedile, ancora stordita. Audrey l'aveva appena informata che le avevano offerto il contratto di un anno come testimonial del Mighty Malt. L'avrebbero pagata una fortuna, e secondo Audrey era probabile che il suo viso diventasse famoso quanto quello di Con.

Aveva già deciso di tenere per sé la notizia fino a Natale. Quella serata era di Con, avrebbero potuto festeggiare il suo successo più tardi.

Il taxi si fermò al Waldorf. Orla pagò ed entrò nell'hotel.

«Orla Daly, sei radiosa!» Con le passò un braccio intorno alle spalle e la condusse nella sala affittata per la festa.

«Grazie. E tu... be', sembri esausto.»

«Sì, sono sfinito, ma sono al settimo cielo. Ci sono tutti gli altri. Abbiamo un tavolo all'angolo.»

I flash illuminarono i loro volti mentre si dirigevano verso il resto del gruppo, già alla quarta bottiglia di champagne.

Ian era con due ragazze con cui si stava dividendo una canna. Derek sembrava a disagio con una donna sulle ginocchia, che quasi gli soffocava il viso con il suo seno prosperoso. Todd era immerso in una conversazione con una donna attraente, mentre Lulu sedeva in silenzio dall'altra parte, con aria cupa. Il suo viso si illuminò quando vide Orla e Con.

«Venite a unirvi alla banda. Sedetevi vicino a me e parlatemi.» Diede una pacca sulla sedia accanto a sé. «Todd è così preso dalla sua nuova amica di "Melody Maker" che non mi ha ancora nemmeno salutata.» Alzò gli occhi al cielo. «Gradite dello champagne, ragazzi?»

«Grazie, Lulu.»

Distribuì il resto della bottiglia tra tre bicchieri e ne porse uno a ciascuno. «Cin cin.»

«Cin cin. Hai visto Freddy?» chiese Con.

«No. Sembra che lui e Brad non siano ancora arrivati. Conosci metà di queste persone, Con?»

«Alcune.» Con esaminò la folla nella stanza. «È strano come all'improvviso si abbiano così tanti amici, quando si diventa famosi.»

«Molto» concordò Lulu con voce strascicata.

«Ciao, ci siete tutti?» Freddy apparve dietro Con e Orla, insieme a Brad.

«Pensavamo ti fossi dimenticato della piccola festicciola di stasera, Freddy.»

«Impossibile, Lulu. È successo qualcosa di importante e io e Brad abbiamo dovuto discuterne. Derek respira ancora, sotto quella montagna di femminilità?» Freddy aggrottò la fronte alla vista della donna che si era gettata su Derek e gli stava praticamente facendo la respirazione bocca a bocca. «Sentite, ragazzi, dobbiamo scambiare due parole. Posso rubarvi alle vostre signore per cinque minuti? Meglio parlare prima che siate tutti troppo stanchi per capire cosa vi diciamo.»

A malincuore, le due ragazze di Ian lasciarono il tavolo, seguite dalla donna procace e infine dalla giornalista di «Melody Maker».

«Ce l'hai fatta di nuovo, Freddy» disse la giornalista, passandogli accanto. «Bravi, ragazzi.» Passò un dito sul colletto di Brad. «Dobbiamo vederci. Riapprofondire la nostra conoscenza.» Mandò un bacio a Todd. «Ci vediamo dopo, tesoro.»

Lulu borbottò tra sé.

Freddy prese due sedie dal tavolo vicino e lui e Brad si sedettero. «Bene, signori. Ho delle novità» annunciò. «I Trojans torneranno negli Stati Uniti dopo Natale e abbiamo appena chiuso un accordo con la loro casa discografica americana per i Fishermen.»

I ragazzi lo guardarono in silenzio.

«Non solo, vogliono che vi uniate al tour dei Trojans come gruppo spalla. Partirete per New York a fine gennaio e tornerete a fine aprile per il lancio dell'album. D'accordo?» Freddy fissò i quattro volti inespressivi. «Qualcuno dica qualcosa, per favore.»

«È una bella notizia, Freddy. Vero, ragazzi?» disse Con.

«Sì. Gli Stati Uniti... milioni di persone che non vedono l'ora di comprare i nostri dischi» sorrise Todd, sognante.

«E di infilarsi nei nostri pantaloni» aggiunse Ian con un filo di voce.

«Quindi siete tutti contenti?» chiese Brad. «È un'opportunità meravigliosa. Se riuscite a sfondare negli Stati Uniti, allora avete davvero fatto bingo.»

«È quasi troppo, non riesco a crederci» sussurrò Derek.

«Lo so. Dunque, dopo stasera avrete una settimana di vacanza per Natale. Sembrate tutti distrutti. Vi suggerisco di rintanarvi da qualche parte e riposare. Godetevi il successo. Fidatevi, il primo assaggio è sempre il più dolce.» Freddy guardò le bottiglie vuote di champagne sul tavolo. «Sembra che sia finito l'alcol.»

«Vado a prendere una bottiglia» propose Brad, alzandosi.

Un tizio magrissimo, con il viso devastato da anni di abuso di sostanze, gli diede una pacca sulla spalla. «Ehi, Freddy, da quanto tempo! Un altro successo all'attivo, allora.»

«Mick, che diavolo ci fai qui?» Freddy si voltò e si ritrovò subito immerso in una nuova conversazione.

«Ehi, Orla, grande notizia questa degli Stati Uniti, no? Potrei chiedere al mio agente di fissarmi qualche provino a Los Angeles mentre siamo lì. E non vedo l'ora di fare shopping a New York. Mentre i ragazzi lavorano possiamo andare a spendere i loro soldi da Bloomingdale's e Macy's» ridacchiò Lulu.

«Scusami.» Orla si alzò. «Devo andare a incipriarmi il naso.»

«Stai bene?» Con vide che Orla era impallidita.

«Sì, tranquillo.»

Mentre lei si alzava da tavola, la giornalista di «Melody Maker» riapparve e si sedette accanto a Todd.

«Tra un minuto la strangolo, quella sgualdrina» sussurrò Lulu a Con.

Lui stava ancora guardando dall'altra parte della stanza, nella direzione in cui si era allontanata Orla.

Lulu gli posò una mano sul ginocchio. «Scommetto che stenti a credere che stia succedendo.»

«Hai ragione, ancora non ci credo.»

«Te lo meriti, Con. Hai un talento incredibile. E hai dato alla band quello che mancava.»

«Tutti e quattro contribuiamo al successo, Lulu» rispose lui brusco.

«Champagne per tutti!»

Brad tornò con un vassoio, bicchieri e due bottiglie. Lulu tolse subito la mano dalla gamba di Con.

Orla si ritoccò il rossetto e sorrise allo specchio. Non era la serata giusta per pensare ai tre mesi di lontananza da Con o a un eventuale rifiuto del contratto con Mighty Malt. Sicuramente c'era un modo per aggirare la questione. Non doveva rovinare la serata a nessuno dei due.

Mentre si spazzolava i capelli sentì tirare uno sciacquone, e stava per dirigersi verso la porta quando la raggiunse una voce familiare.

«Caspita, com'è piccolo il mondo!»

Il cuore di Orla quasi mancò un battito.

Helen McCarthy era in piedi dietro di lei, sorridente. Orla fissò il suo riflesso nello specchio.

«Helen... Cosa ci fai qui?»

«Oh, sono qui per lavoro.»

«Davvero? Lavori a Londra?»

«Sì, esatto.»

Orla annuì, cercando di imitare la calma di Helen. Era così diversa, così... sicura di sé. «Da quanto tempo vivi qui?»

«Ho lasciato Ballymore un paio di mesi dopo di voi.»

«Capisco.»

Calò il silenzio, rotto da un improvviso boato e da un'ondata di applausi provenienti dalla sala. Orla andò verso la porta. «Be', devo tornare di là.»

«Certo. È stato bello rivederti.»

Orla si sforzò di non digrignare i denti. «Sì. Ti trovo molto bene, Helen.»

«Grazie. Anche tu stai bene. Siamo cambiati parecchio dai tempi di Ballymore.»

«Sì. Con e io ci siamo sposati.»

«Ho sentito. Congratulazioni a entrambi.»

«Hai sentito?» Orla non riuscì a nascondere la sorpresa.

«È incredibile quanto possa essere piccola una città come Londra. E la vita è piena di coincidenze, vero?»

«Sì. Be', ciao, Helen.»

«Ciao, Orla, sono sicura che ci rivedremo.» Helen le rivolse un sorriso che sembrava emanare genuino calore. Considerando che l'ultima volta che si erano viste Orla era stata sul punto di strangolarla, la cosa la sorprese. Fece un sorriso forzato e si affrettò a lasciare il bagno.

Tornò di corsa al tavolo per riferire a Con l'accaduto, ma lo trovò circondato da una troupe televisiva.

«Ottime notizie, Orla.» Freddy la prese per un braccio. «Abbiamo appena saputo che il singolo è arrivato al primo posto, anche se non sarà confermato fino a domani.»

Lei cercò di ricomporsi. «È meraviglioso, Freddy.»

«Sì, vero? Merito di Con e Todd, hanno scritto proprio una canzone stupenda. Tra poco farò cantare i ragazzi. Poi la serata è vostra.»

«Orla, Orla, non è fantastico?» Con si materializzò al suo fianco. La troupe si era spostata su Todd.

«Sì, Con. Fantastico.» L'attenzione di Orla era stata catturata dalla vista di Helen McCarthy, che Brad stava guidando tra la folla, verso il loro tavolo. «Con, guarda. Guarda chi c'è! L'ho appena incontrata in bagno. Ti avevo detto che pensavo di averla vista a Carnaby Street.»

Con seguì lo sguardo di Orla. La sua euforia si trasformò in nervosismo. «Gesù» mormorò.

Guardarono storditi Brad e Helen raggiungerli.

«Con, Orla, posso presentarvi Helen McCarthy?»

«A dire il vero, Brad, noi tre ci conosciamo. È un piacere rivederti, Con, e congratulazioni» intervenne Helen.

«Grazie» riuscì a dire Con. «E, ehm, qual è il tuo ruolo esattamente?»

«Oh, non lo sapevi? Helen è l'altra direttrice della Metropolitan» disse Brad. Gli occhi di Con quasi uscirono dalle orbite. «Si occupa della parte finanziaria. Non la lasciamo uscire spesso dal suo sgabuzzino di sopra, sarà per questo che non vi siete mai incontrati! Suppongo si possa dire che è lei la vera donna al potere. Quindi attento a non contrariarla» lo avvertì Brad, quasi scherzando. «È lei che fa girare i soldi.»

«Sì. Non contrariarmi, Con.» Le parole furono pronunciate con un sorriso, ma gli occhi di Helen erano fissi su di lui.

«Hai conosciuto il resto della band?» chiese Brad.

Lei scosse la testa. «No, non credo.»

«Dai, allora, rimediamo.»

Helen tese la mano a Con. «Sembra che avremo parecchio a che fare l'uno con l'altra in futuro. Non vedo l'ora.»

La mano di Helen rimase sospesa in aria. In imbarazzo, Con la strinse.

«Sì.»

«Ciao e buon Natale.»

«Orla, amore mio» disse Con mentre guardava Helen che veniva presentata al resto della band, «il tuo uomo ha bisogno di un drink.»

Helen guardò gli alberi fuori dalla finestra, illuminati dal bagliore dei lampioni. Era troppo agitata per dormire. Quella era stata, senza dubbio, la serata più bella della sua vita. Le espressioni sconcertate di Con e Orla Daly quando avevano saputo della sua posizione alla Metropolitan l'avevano resa euforica.

Non si aspettavano che diventasse qualcuno. Non avrebbero mai immaginato che un giorno avrebbe avuto lei la chiave del palazzo. Era stato piuttosto gratificante, visto com'era finita a Ballymore. A ripensarci, quella vicenda era stata a dir poco imbarazzante. Alla nuova Helen non sarebbe mai successo.

Orla appoggiò la testa sulla spalla di Con mentre il taxi li riportava a casa a Hampstead.

«Ti è piaciuta la serata?»

«Sì. Tu ti sei divertito?»

«Molto. Ma tu eri diversa dal solito. Qualcosa ti turba?»

«Io...» Orla guardò fuori dal finestrino. «No.»

«Sei sicura?»

«Sì.»

Quando arrivarono a casa, fecero l'amore. Poi, Orla si rannicchiò tra le braccia di lui, lasciandosi accarezzare i capelli.

«Sta iniziando ad avverarsi.»

«Il tuo sogno?»

Lui annuì.

«Te lo meriti, Con.»

«E tu meriti la vita che la fama porta con sé. Posso darti tutto, ora. Non dovrai più lavorare, non dovrai più umiliarti per pochi centesimi.»

Orla deglutì, turbata. «Sì.»

«E pensa che bello partire per l'America! Non vedo l'ora.»

Lei rimase in silenzio.

Con cambiò posizione per poterla guardare in viso. «Non sei emozionata per il viaggio? Freddy ha detto che sarà in prima classe. Auto di lusso, hotel, tutto pagato.»

«Sarà meraviglioso, Con. È solo che...»

«Cosa?»

Aveva pensato di riservare la buona notizia per Natale. Ma non le sembrava più tanto una buona notizia.

«Mi hanno offerto un lavoro. Sarebbe un contratto di un anno con una paga molto, molto buona. Audrey dice che mi renderebbe famosa. Il problema è che inizierei proprio mentre tu devi volare negli Stati Uniti.» Con la scrutò in silenzio. «Non so cosa fare» sospirò lei. «Mi piacerebbe molto accettare il lavoro, ma staremmo lontani per più di tre mesi.»

«Ecco perché eri così giù stasera.»

«Sì. Cosa ne pensi tu?»

«Penso che sia triste che qualcosa rovini la nostra felicità. È sciocco chiedermelo, Orla. Sai cosa voglio.» La lasciò andare e si abbandonò sul cuscino. «Fa male a un matrimonio passare tanto tempo separati.»

«Quindi non potrei fidarmi di te?»

Con agitò una mano. «Non è questo, lo sai. È una tua scelta. Non posso fermarti.» Sospirò. «Immagino sia una questione di priorità.»

«Sei tu la mia priorità, Con. Ma mi sembra un peccato rifiutare un'opportunità del genere.»

Con si voltò verso di lei. «E rifiuteresti l'opportunità di vedere l'America?»

«Lo so, lo so. E non sopporto l'idea di stare separata da te per tre mesi. Però ho lavorato sodo per il mio successo. Non è grandioso come il tuo, ma è il mio.»

«Sì, ma dove ci porterà? Voglio dire, proprio stasera pensavo che ora che siamo sulla buona strada per la sicurezza finanziaria potremmo anche mettere su famiglia. Lascerai i nostri bambini con una sconosciuta per andare a fare la modella?»

«Certo che no! Ma la nostra famiglia è nel futuro, non ora.»

Lui scosse la testa. «Pensavo di essere riuscito a farti realizzare un sogno, ma a quanto pare tu ne hai uno completamente diverso.»

«No, per niente, Con.»

«Senti, lasciamo perdere. Non ti fermerò. Posso dirti solo che ti amo e ti vorrò sempre al mio fianco.»

Chiuse gli occhi. Sperava che il suo tentativo di farla sentire in colpa funzionasse. Doveva essere sicuro che lei stesse il più lontano possibile da Helen McCarthy.

Dopo un po' Orla scese dal letto e andò a sedersi sulla sedia vicino alla finestra. L'alba iniziava a spuntare. Osservò il marito dormire.

Era giorno quando si rimise accanto a lui, e la sua decisione era presa.

PARTE SECONDA

Separazione

30

Londra, luglio 1969

Ieri pomeriggio è stato annunciato che la Metropolitan Records acquisirà Evergreen. L'accordo riguarda tutti gli artisti attualmente sotto contratto con l'etichetta. Evergreen era in difficoltà da tempo e l'offerta della Metropolitan è arrivata al momento giusto per l'azienda, fondata all'inizio del decennio e responsabile del lancio di nomi del calibro di Simon Morrison, Peggy Valance e Richie Davis.

Quattro anni fa la Metropolitan era una piccola etichetta indipendente in cerca della sua fetta di mercato. Da allora ha continuato a crescere, grazie a band come i Trojans e i Rattlers.

Ma è stato il fenomenale successo dei Fishermen a far decollare le finanze dell'azienda. Con otto hit al primo posto in quindici paesi negli ultimi tre anni, e tre dischi di platino sia qui sia negli Stati Uniti, la Metropolitan si è affermata come una forza di primo piano nell'industria musicale. L'acquisizione della Evergreen dovrebbe darle la spinta necessaria per entrare nelle prime cinque etichette discografiche britanniche.

Helen McCarthy, giovane direttrice finanziaria della Metropolitan (e attualmente una delle poche donne di alto livello in un settore a stragrande maggioranza maschile), non ha accettato di rilasciare dichiarazioni. La misteriosa McCarthy, che di rado concede interviste ma ha contribuito in modo determinante a consolidare la posizione finanziaria dell'azienda, si trova all'estero per una breve vacanza. Brad Owen, il direttore creativo della Metropolitan, ha commentato che l'acquisizione della Evergreen non potrà che migliorare e arricchire il loro attuale portfolio. «Non vedo l'ora di lavorare con gli artisti coinvolti» ha detto ai giornalisti.

Con debiti che ammontano a centinaia di migliaia di sterline, resta da vedere se Helen McCarthy riuscirà a sfoderare la sua bacchetta magica e a risollevare le sorti della Evergreen Records. Al momento la Metropolitan sta ristrutturando un edificio a Bedford Square per ospitare i nuovi uffici.

Helen ripiegò la sua copia del «Times» di due giorni prima e la infilò in una tasca della valigetta.

«Signore e signori, vi prego di tornare ai vostri posti, spegnere le sigarette e allacciare le cinture. Atterreremo a Heathrow tra circa dieci minuti.»

Guardò fuori dal finestrino mentre l'aereo virava su Londra e si preparava all'atterraggio. Si concesse un sorriso. I cinque giorni a Nizza erano stati proprio quello di cui aveva bisogno. Era la prima vacanza che si prendeva da tre anni. Le difficili trattative con la Evergreen avevano occupato gran parte degli ultimi due mesi. Una dura battaglia che aveva prosciugato persino le sue enormi risorse di energia. Aveva bisogno di una pausa.

Il suo viaggio non era stato solo di piacere. Il giorno prima aveva incontrato John Hale, un giovane produttore americano, attualmente in forze alla EMI, negli Stati Uniti. Entro un paio di mesi si sarebbe unito alla Metropolitan per occuparsi della Evergreen e della sua riorganizzazione. Se avesse avuto successo, Helen sperava di potergli chiedere di rimpiazzare Brad.

Il suo socio stava diventando un peso, negli ultimi anni si era trasformato in un alcolizzato obeso e dagli occhi cisposi. Quando era in forma, però, non c'era al mondo un produttore migliore di lui. I Fishermen lo adoravano. Helen sapeva che avrebbe fatto fatica a convincerli a dare una chance a un altro produttore per il loro prossimo album.

Brad aveva un'ultima possibilità. Di lì a qualche settimana lo avrebbe rimandato in clinica per disintossicarsi e poi in studio con i Fishermen a settembre. Se non fosse riuscito a tenere a bada l'uso dell'alcol, lo avrebbe cacciato. Lui si considerava intoccabile, ma Helen conosceva modi e mezzi, per quanto spiacevoli, per sbarazzarsene una volta per tutte.

Brad poteva anche aver fondato la Metropolitan, ma ora l'etichetta era la sua creatura. Era stata lei a guidarne l'ascesa e la trasformazione in un'azienda con un fatturato che si avvicinava ai quindici milioni di sterline all'anno. E non avrebbe permesso a nessuno, nessuno, di rovinare il suo successo.

L'aereo atterrò sulla pista. Helen decise di passare da casa a Holland Park per una doccia e un cambio d'abito, e poi di andare a controllare i lavori nei nuovi uffici. Aveva studiato i progetti con l'architetto e, dopo mesi di demolizioni, collegamenti, riparazioni idrauliche e intonacature, la Metropolitan era pronta ad avere una sede davvero imponente. Il suo orgoglio e la sua gioia erano i tre studi di registrazione nel seminterrato. Erano all'ultimo grido in fatto di tecnologia e costavano più della ristrutturazione dell'intero edificio. Ma a lungo termine l'investimento avrebbe ripagato.

Nel giro di poche settimane la Metropolitan sarebbe stata completamente autonoma. Tutti i suoi artisti avrebbero potuto registrare in sede, il che avrebbe fatto risparmiare sugli elevati costi di affitto di studi esterni.

Mentre scendeva la rampa dalla prima classe ed entrava nel terminal, Helen sentì un'ondata di energia. Le cose stavano andando meglio di quanto avesse mai sognato. Era una giovane donna ricca e di successo.

Il lavoro era più che sufficiente a compensare la solitudine della vita privata.

Ora aveva abbastanza potere da supplire all'assenza di amore.

31

Orla mangiucchiò un pezzo di pane tostato e rilesse l'articolo che dominava la prima pagina del «Daily Telegraph», intitolato *Gli americani sbarcano sulla Luna.*

Alzò lo sguardo sul cielo azzurro intenso fuori dalla finestra. Neil Armstrong e l'Apollo 11 erano da qualche parte lassù, una piccola astronave nella vastità dello spazio. Scosse la testa. Era quasi impossibile da comprendere. Il giornale prevedeva che le immagini della prima passeggiata sulla Luna sarebbero state trasmesse verso l'ora di pranzo. Le avrebbe guardate sul nuovo televisore a colori che avevano appena fatto installare in soggiorno.

Si alzò e posò piatto, tazza e coltello nel lavandino. Guardò di nuovo fuori dalla finestra della cucina, verso i prati perfettamente curati, e sospirò.

Una splendida casa a Hampstead con vista sul parco, un marito ricco e di successo che migliaia di donne in tutto il mondo sognavano, e più soldi di quanti potesse mai immaginare di spendere.

Eppure si sentiva infelice e insoddisfatta.

Perché, perché ho rifiutato quel contratto?

Fece un altro sospiro.

Con era stato felicissimo quando gli aveva comunicato la sua decisione di andare negli Stati Uniti con lui. E mentre l'entusiasmo per i Fishermen cresceva e Con si ritrovava circondato da ragazze ovunque andasse, era certa di aver fatto la scelta giusta. Sapeva di potersi fidare di lui, però non altrettanto delle altre donne.

Una notte, i due erano tornati a casa a Hampstead, nel loro vecchio appartamento, e avevano trovato una ragazza dentro il loro letto. Completamente nuda. Con era riuscito a convincerla ad andarsene con una foto autografata e una delle sue vecchie magliette sporche.

L'episodio li aveva spinti a trasferirsi in un posto più sicuro. Dopo essere tornati dagli Stati Uniti, avevano affittato un appartamento a Chelsea con servizio di portierato ventiquattr'ore su ventiquattro, molto vicino a Todd e Lulu.

I Fishermen erano diventati sempre più famosi. In quel primo anno erano seguiti altri due successi da vetta della classifica. Il tempo sembrava volare mentre lei e Con venivano festeggiati e celebrati da chiunque incontrassero. All'inizio era stato divertente: andare in giro per il mondo, alloggiare nei migliori hotel, incontrare il tipo di persone di cui Orla aveva letto soltanto sulle riviste o visto in televisione.

E Con era sempre premuroso e affettuoso, si scusava se doveva lasciarla in camera per andare a un'intervista o a una prova. E le dava i soldi per fare shopping. Orla aveva un guardaroba pieno di abiti costosi comprati in tutto il mondo.

Poi, pian piano, i continui viaggi e i fan urlanti avevano cominciato ad annoiarla. Non avrebbe mai creduto di potersi stancare dello shopping, ma era successo. Prima c'era Lulu a farle compagnia, ma più la sua carriera di attrice decollava, meno tempo trascorreva in viaggio con Todd. Orla desiderava un minimo di stabilità e una pausa dalle valigie da fare e disfare.

Così, due anni prima, avevano trovato una bella casa vittoriana ai margini di Hampstead Heath. Aveva bisogno di grossi lavori di ristrutturazione e Orla aveva deciso di rimanere a Londra più di frequente per tenere tutto sotto controllo. Ristrutturare la casa era stata una sfida che le era piaciuta molto. Avrebbe solo voluto che Con fosse lì più spesso per godersela.

La sua assenza, comunque, non aveva scoraggiato le fan. C'erano sempre tre o quattro ragazzine in agguato fuori dal cancello, determinate a intravedere il loro beniamino, anche solo per un istante. L'alto muro che circondava la villa era coronato di filo spinato in cima, per tenere lontane le ammiratrici indesiderate. In più di un'occasione, le avevano sputato addosso mentre usciva dal cancello a bordo della piccola Austin che Con le aveva regalato per il compleanno.

Orla odiava tutta quell'animosità, detestava risultare antipatica non per chi era, ma per la persona con cui era sposata. Per questo ci pensava due volte prima di uscire e, di conseguenza, trascorreva più tempo del necessario chiusa in casa.

Ultimamente aveva iniziato a sentirsi in prigione.

Aveva provato a parlarne con suo marito, ma lui si era limitato a suggerirle di seguirlo più spesso quando andava in tour. Peccato che il pensiero di essere sballottata all'infinito da un albergo all'altro fosse ancora meno allettante che stare a casa, dove almeno aveva le sue comodità.

Negli ultimi mesi, quindi, aveva visto Con sempre meno.

È felice? si chiese, e constatò inorridita di non conoscere la risposta. Con era suo marito. Vivevano nella stessa casa, condividevano il letto, eppure negli ultimi tempi aveva avuto la sensazione che si stessero in qualche modo allontanando.

«Se solo arrivasse un bambino» sussurrò.

Era da due anni che non prendevano precauzioni, ma non

era ancora rimasta incinta. Pensò a quanto fosse ironico che, quando lei e Con si erano conosciuti, fosse terrorizzata all'idea di concepire un figlio. E ora che non desiderava altro, invece, Dio non voleva accontentarla.

Forse era la sua punizione.

Per qualche motivo, ultimamente pensava tanto al passato e a Ballymore. Sua madre continuava a scriverle tutti i mesi, allegando ritagli di giornale su Con che pensava che sua figlia potesse essersi persa. Orla la ringraziava, non avendo cuore di dirle che i Fishermen avevano un loro ufficio stampa che raccoglieva notizie sulla band da ogni angolo del mondo.

La madre includeva sempre notizie di Seamus: i suoi affari andavano bene, a quanto pareva, ed era diventato presidente della Camera di commercio di Ballymore. Dalle lettere era evidente che lui non si fosse ammorbidito nei confronti della figlia. E Orla aveva accettato il fatto che probabilmente non lo avrebbe mai più rivisto.

Si mise a pulire la cucina, anche se sapeva che Miriam, la cameriera, sarebbe passata il giorno dopo, rendendo inutili i suoi sforzi. Si sedette al tavolo, con il lucido per il legno in una mano e lo spolverino nell'altra. Era proprio questo il punto.

Era inutile. Se avesse deciso di mettersi a letto quel giorno e rimanerci per una settimana intera, l'unica persona che avrebbe potuto notarlo, o a cui sarebbe importato, era Con. E non ne era nemmeno così sicura.

Quando aveva scelto di abbandonare la carriera sul nascere, sapeva di aver deciso di dedicare la sua vita al matrimonio. Aveva voluto essere positiva, abbracciare quella decisione e portarla avanti in ogni modo possibile.

Ma ora Con aveva un team di collaboratori che provvedeva a ogni sua esigenza. L'unico territorio che le restava era la camera da letto. E lì non riusciva a ottenere ciò che entrambi desideravano.

A essere onesti, comunque, non era quello il nocciolo del problema. Erano tutte questioni superabili. Ma Con stava cambiando.

Orla faceva fatica ad ammetterlo.

In un primo momento aveva dato la colpa alla pressione a cui era sottoposto. Non c'erano corsi o libri che ti spiegassero come affrontare il fatto che il mondo intero ti voleva. Sulle prime sembrava aver reagito bene; ridevano insieme della biancheria intima e delle fotografie di donne nude che gli si offrivano, e dell'interesse dei media per ogni singolo dettaglio della sua vita.

Ma poi, quando la sua fama aveva raggiunto proporzioni galattiche, la cosa aveva preso a dargli fastidio. Quando era a casa, Con era cupo e irascibile. Sedeva davanti al telegiornale, imprecando sulla situazione in Irlanda del Nord, o infuriandosi per la guerra in Vietnam. Adesso esprimeva le sue opinioni in pubblico, partecipando a raduni e marce per la pace.

Inizialmente Orla non ci aveva dato peso. Se quelle cause erano una valvola di sfogo per la sua frustrazione, era disposta ad accettarlo. Ma di recente il suo malumore stava prendendo il sopravvento. Era arrivata persino a fargli notare che forse era un po' ipocrita starsene seduto nella sua grande casa di Hampstead, possedere auto di lusso e soldi a palate e poi blaterare idee di sinistra.

Con non le aveva parlato per tre giorni.

Controllò l'orologio. Quasi le undici. Era ora di svegliarlo. Lo aveva sentito tornare a casa nelle prime ore del mattino, dopo essere stato a una marcia contro la guerra nel centro di Londra.

Orla si alzò e mise su il bollitore. Quel fine settimana non c'era niente in programma. Si illuminò al pensiero. Una piccola oasi di pace per loro due, del tempo per stare insieme.

Dieci minuti dopo entrò nella camera da letto ancora immersa nell'oscurità, nonostante il sole splendente. Guardò Con, un braccio alzato sopra la testa, e l'espressione, per una volta, serena. Posò il vassoio sul comodino ai piedi del letto e lo baciò sulle labbra.

«Buongiorno, tesoro.»

Lui si mosse, poi sorrise, con gli occhi ancora chiusi. La circondò con le braccia e la tirò sul letto per baciarla.

«Buongiorno, che bel modo di svegliarsi.» La mano gli scivolò sotto la sua camicetta.

Lei lo guardò. «Ti amo.»

«Anch'io.» Cercò di attirarla a sé, ma Orla resistette.

«Con, pensavo di venire a New York con te quando partirai per il prossimo concerto. Sono certa che mi farà bene una pausa da questa casa.»

«È un'idea grandiosa. New York ti tirerà su il morale.»

«E Con, non hai niente da fare questo weekend, vero?»

«Ehm...»

«Lo so che non hai impegni. Ho guardato la tua agenda. Pensavo che forse potremmo andare via una notte, da qualche parte. Mi sembra un'eternità che non stiamo da soli.»

«Forse. Sono sicuro che puoi convincermi.»

«Ci proverò.» Sorrise.

Con la tirò giù.

«Buongiorno ragazzi! Mi era sembrato di sentire dei movimenti.»

Orla si raddrizzò di scatto quando Lulu, con gli occhi appesantiti dal sonno e una maglietta che le copriva a malapena le parti intime, entrò nella stanza e saltò sul letto accanto a loro.

«Non sapevo fossi qui» disse Orla, a bassa voce.

«Era così tardi quando siamo tornati dalla marcia che mi sono addormentata nella stanza degli ospiti. È andata bene ieri sera, vero, Con? Dovremmo finire in prima pagina oggi.»

«Tu ci finirai di sicuro» scherzò lui. «*Famosa attrice attacca un poliziotto a una manifestazione.* Sai quanto sei stata fortunata a evitare l'arresto?»

«Vorrei che mi avessero arrestata. L'unica ragione per cui non è successo è che quello stronzo stava prendendo a calci un povero studente indifeso mentre io gli saltavo addosso per fermarlo. Hai delle sigarette?»

«Guarda nelle tasche.» Con indicò il mucchio di vestiti sul pavimento vicino alla finestra.

Lulu saltò giù dal letto, frugò nelle tasche di Con e prese un pacchetto di Embassy. Ne accese una e risalì sul materasso.

«Todd sa che sei qui?» chiese Orla.

«No. E non ho intenzione di dirglielo. Abbiamo avuto una piccola discussione prima che uscissi per la marcia. Non pensa che sia un bene per la sua immagine che sua moglie venga dipinta come una militante.»

Con sorrise. «Ma lo sei.»

«Non è colpa mia se mi interessa cosa succede nel mondo. Hai letto i giornali stamattina, Orla?»

«Sì.»

«E dicevano qualcosa di ieri sera?»

«Non mi pare. Credo che lo sbarco di Neil Armstrong sulla Luna vi abbia rubato la scena.»

«Accidenti! Perché proprio ieri? I giornali non parleranno d'altro per giorni. Tanto valeva stare a casa.»

Orla scese dal letto. «Be', a me interessa. Anzi, vado a vedere le immagini in televisione. Vuoi venire, Con?»

«Lasciami svegliare un attimo, ti prego.»

«Va bene. Allora provo a prenotare un posto per stasera?»

«Stasera? Non starai mica pensando di andartene, vero?» disse Lulu.

«Sì, vorremmo partire.» La rabbia bruciava negli occhi di Orla.

«Ma, Con, stanno organizzando una veglia all'ambasciata americana. Sarebbe davvero d'aiuto se venissi, e...»

Orla uscì dalla stanza sbattendosi la porta alle spalle.

32

«Con, cos'è questa merda?»

Lui alzò lo sguardo dagli spartiti e vide Todd che lo fissava dallo sgabello del pianoforte.

«Questa *merda*, come la chiami tu, è una canzone che ho scritto la settimana scorsa a sostegno dei veterani americani.»

Todd lo fissò. «E vuoi davvero registrarla con i Fishermen e inserirla nel nuovo album?»

«Perché no? Ha un significato, un messaggio. Potrebbe far aprire gli occhi alla gente su cosa sta succedendo nel mondo.»

«Cristo santo!» Todd si passò una mano tra i capelli. «Tra te e Lulu, non ho tregua!» Suonò le prime note della canzone, poi batté le mani sul pianoforte emettendo una cacofonia di suoni discordanti. «Mi arrendo. A parte il fatto che ci sono quattro parolacce nel testo, il che significa che il brano verrà bandito da tutte le stazioni radio e dai negozi di dischi mainstream, non c'è una cazzo di linea melodica qui dentro, amico. Siamo un gruppo pop, Con!» Todd si alzò. «Facciamo dischi che i ragazzi amano ballare. Non credo proprio che parlare di sangue versato e corpi dilaniati nella polvere possa entusiasmare una discoteca.»

Con si accese una sigaretta.

«Todd, quante volte ne abbiamo parlato? Che senso hanno

la nostra musica e la nostra fama, se non le usiamo per gli scopi giusti? Le canzoni sdolcinate e insignificanti ci riempiono di soldi, ma non ci danno niente in cambio. Abbiamo il potere di influenzare chi ci ascolta.»

Todd scosse la testa. «Sei davvero cambiato. Io sono più che felice di snocciolare ballate e grato per la mia bella casa e il mio conto in banca... Tu, invece, sembri voler mandare tutto a quel paese.»

Con rimase a fumare in silenzio.

Todd sospirò. «Non lo so. Trovo sia un peccato che tu tragga così poco piacere dai tuoi successi. Ogni tanto fermati a pensare e ricorda quanto desideravi la fama.»

L'altro continuava a non rispondere.

«E poi abuseresti della tua posizione. Sei una famosa pop star, non sei un politico. Farai storcere il naso a un sacco di gente, soprattutto se parli in questi termini dell'Ulster.»

«Ma...»

Todd allungò le mani. «Per favore, Con, risparmiami la diatriba politica. L'ho già sentita.» Attraversò la stanza e si sedette sul divano di velluto verde. «Senti, capisco il tuo coinvolgimento per la situazione in Irlanda. Almeno fa parte della tua storia. Ma tutte le altre cause che vuoi abbracciare... La guerra del Vietnam! Voglio dire, non sei nemmeno americano. O vietnamita! Sta succedendo tutto a migliaia di chilometri e...»

«Ma è proprio questo atteggiamento a favorire l'immobilismo! La filosofia del "Be', non mi riguarda, quindi lo ignoro".» Con si alzò. «Direi che ne ho abbastanza per oggi. Vado a casa.»

«Bravo, vai via di nuovo. Gesù! Per una volta nella vita, cerca di ricordare le priorità. Registriamo un album tra un paio di mesi. Al momento abbiamo due canzoni e mezza. Tre e mezza se includi la montagna di merda che hai portato stamattina. A questo ritmo non ci sarà nessun album, perché, francamente, ne ho quasi abbastanza! Sto cercando di tenere unita la band mentre tu te ne vai in giro a fare il ribelle, e per giunta portandoti dietro mia moglie. Nel caso te ne fossi dimenticato, abbiamo il concerto a Central Park tra qualche settimana. Duecentocinquantamila persone verranno a sentirci e non abbiamo nemmeno deciso cosa suonare. Questo sì che è deludere la gente...»

La porta della sala prove sbatté alle spalle di Con.

«Figlio di puttana» bofonchiò Todd. «Fanculo.» Scivolò di nuovo sullo sgabello del pianoforte e scosse la testa.

Era incazzato nero. Con si stava comportando da stronzo, e lo faceva da mesi. Non riusciva a ricordare l'ultima volta che si erano seduti insieme e si erano ispirati a vicenda, come facevano un tempo.

Loro due erano stati etichettati come la coppia di autori del decennio. Agli albori del loro successo erano andati a gonfie vele. Todd, con il suo orecchio per le melodie accattivanti e commerciali, veniva mitigato dall'approccio lirico più serioso di Con. Avevano scritto canzoni meravigliose, che Con ora bollava come «spazzatura senza senso». Lavoravano fino a tarda notte, stimolati ed eccitati dalle parole e dalla musica che fluivano con tanta facilità.

Adesso erano fortunati se riuscivano a resistere più di un paio d'ore. Il rapporto sembrava essersi incrinato. Stavano prendendo direzioni opposte, e Todd si chiedeva se si sarebbero mai ritrovati.

Erano destinati a separarsi, come era successo a tanti altri gruppi nel corso degli anni? Tutti sapevano che la collaborazione tra Con Daly e Todd Bradley era la linfa vitale della band. Se avesse continuato a disintegrarsi a quel ritmo, che futuro potevano avere i Fishermen?

E poi c'era il problema Lulu.

Si erano sposati quattro anni prima, alla vigilia della partenza per gli Stati Uniti, dove i Fishermen avrebbero fatto da spalla ai Trojans. Avevano dato una grande festa di nozze, invitando amici nuovi e vecchi all'ufficio dell'anagrafe di Chelsea.

Nel corso dei due anni successivi, la carriera di attrice di Lulu era decollata. Aveva recitato in un'opera teatrale nel West End, per la quale aveva ricevuto un premio e critiche entusiastiche. La loro coppia sembrava inarrestabile. Che cos'era successo poi?

Lulu aveva seguito l'esempio di Con e si era appassionata alla politica, impegnandosi sempre di più in quelle che Todd considerava cause senza speranza e senza scopo. Invece di godersi il successo, correva in giro a cercare di salvare il mondo e a volte portava i suoi compagni attivisti puzzolenti e trasandati nella loro bella casa di Chelsea.

Negli ultimi mesi Todd l'aveva vista sempre meno. Sembrava passare più tempo in compagnia di Con e Orla a Hampstead che a casa loro.

Non facevano sesso da più di un mese.

Il giorno prima ci aveva provato e lei lo aveva respinto. Avevano avuto una discussione e Lulu se n'era andata furiosa. Non sapeva dove fosse, ma non era insolito, ormai.

Lei e Con avevano una relazione?

Non era un'idea peregrina, considerando il tempo che trascorrevano insieme e i loro interessi comuni.

Dio, quanto la amava. Benché fosse complicata, viziata ed egoista, lui avrebbe baciato il terreno su cui camminava.

Si chiese cosa pensasse Orla del rapporto tra Con e sua moglie. Le ultime due volte che l'aveva vista, gli era sembrata molto infelice.

Forse avrebbe dovuto chiamarla e proporle di incontrarsi per discutere dei rispettivi partner. Ad ogni modo, le cose non potevano andare avanti così. Il suo matrimonio si stava disintegrando. Doveva fare qualcosa, e in fretta. La porta dello studio di registrazione si aprì piano. Todd si voltò sentendo dei passi alle sue spalle.

«Ciao, Derek, che ci fai qui?»

Anche nel suo elegante abito firmato, Derek sembrava un adolescente che si atteggiava a uomo adulto.

«Ciao, stavo andando a pranzo e ho pensato di passare. Dov'è Con? Non dovevate lavorare insieme oggi?»

«Sì, ma...» Todd alzò le spalle. «Abbiamo pranzato presto.»

«Oh.» Derek sembrava nervoso.

«Cosa c'è?»

«È che... ho scritto una canzone. Vorrei fartela ascoltare. E vorrei inserirla nel nuovo album.»

«L'hai portata? Ora come ora mi andrebbe bene qualunque canzone scritta da chiunque» scherzò Todd. Poi, vedendo l'espressione sul volto di Derek, cambiò tono. «Scusa, era una battuta. Diamo un'occhiata.»

Derek tirò fuori gli spartiti dalla tasca della giacca e li porse a Todd, che li aprì e li posò sul pianoforte.

«So che pensi che non sappia scrivere, ma la settimana scorsa ho mostrato parte del mio materiale a un produttore e gli è piaciuto. Sono stufo di sentirmi prendere in giro da te e Con, quindi, se non vuoi questa canzone, la darò a qualcun altro.»

Derek sembrava un bambino petulante, con il labbro inferiore che tremava.

Todd non aveva voglia di litigare anche con lui. Alzò le mani. «Okay. Mi dispiace, Derek. Vediamo cosa abbiamo qui. Io suono, tu canta.»

La canzone era una ballata dolce, niente di speciale, ma decisamente migliore di qualsiasi cosa Derek avesse composto prima. «Be'» disse Todd, restituendogli lo spartito, «penso che abbia del potenziale.»

«Secondo me va già bene così. Cosa c'è da cambiare?»

«Non molto. Dobbiamo ravvivare il ritornello, scrivere qualche orchestrazione, cose del genere.»

«Penso che sia bella quanto *Can Someone Tell Me Where She's Gone?* È solo perché è mia che fai l'arrogante.»

«Ascoltami bene, non voglio fare l'arrogante. Penso davvero che il pezzo abbia del potenziale. Lo faccio sentire anche a Con e vediamo cosa ne pensa.»

«Non mi interessa che cosa ne pensa Con. Voglio inserirla nell'album.»

«Va bene, va bene. A proposito, come si chiama?»

«*Peggy*. Il titolo è *Peggy*.»

Todd alzò un sopracciglio e sorrise. «Certo.» Era la ciliegina sulla torta. «Bene, per oggi basta. Devi andare o ti va di venire a bere qualcosa al Dog and Gun qui dietro l'angolo?»

Derek controllò il suo Rolex. «Ho un appuntamento fra venti minuti.»

«Bravo.» Todd si alzò. «Con chi?» chiese, mentre spegneva l'interruttore della luce. I due lasciarono lo studio e salirono le scale nel caldo di Soho.

«Oh, una modella che ho incontrato in un locale l'altro giorno.» Camminarono lungo la strada trafficata.

«Pensi che prima o poi ti innamorerai e ti sistemerai, Derek? Ti porti a letto un sacco di donne meravigliose. Non hai mai pensato al matrimonio?»

Il cugino si voltò a guardarlo. «È successo una volta soltanto. E poi mai più.»

33

Il telefono squillò. Orla aprì gli occhi e vide il grigiore del primo mattino. L'apparecchio era sul comodino di Con. Rimase lì sdraiata per qualche istante, sperando che lui si svegliasse e rispondesse. Ma non lo fece, quindi spostò le coperte e girò intorno al letto per prendere il ricevitore.

«Pronto?»

«Posso parlare con Orla Daly?»

«Mamma? Sono io.»

«Orla, come stai?»

«Sto bene. E tu? Come stai?»

«Bene, Orla. Ho una brutta notizia.»

«Cos'è successo?»

«Tuo padre è morto ieri. Ha avuto un infarto. Mi chiedevo se potessi tornare a casa per il funerale. È domani.»

«Oh, mamma, stai bene?»

«Me la cavo. I vicini sono stati molto gentili. È stato uno shock, più che altro. Stava tornando a casa da una riunione ed è collassato in Connolly Street.»

«Mi dispiace tanto, mamma, davvero.» Sebbene faticasse a essere addolorata per la morte del padre, provava compassione per sua madre. «E il funerale è domani, hai detto?»

«Sì.»

«Allora dovrei arrivare oggi.»

«Davvero, Orla? Ce la faresti?» Una nota di disperazione si era insinuata nella voce della donna.

«Certo.»

«Grazie. A parte tutto, sarebbe bello vederti. E anche Con, se ha voglia di venire. Io...» Mary sembrò trattenere un singhiozzo. «Ci sono tante cose da organizzare.»

«Non posso promettertelo, ma farò del mio meglio. Ti richiamo appena ho notizie.»

«Hai il numero di telefono dell'ufficio?»

«Da qualche parte, ma ridammelo.» Frugò nel cassetto del comodino di Con, e trovò un pennarello e un pacchetto di sigarette vuoto. «Vai.» Orla scarabocchiò il numero. «Ti richiamo appena possibile.»

Riattaccò e rimase seduta a fissare il vuoto. Una mano sulla schiena nuda la fece trasalire.

«Tranquilla, sono io. Chi era?»

«Mia madre.»

«Tua madre? E cosa voleva?»

«Ha chiamato per dirmi che mio padre è morto ieri.»

«Ah.» Con tacque, cercando di valutare la reazione della moglie. «Sei triste, Orla?»

Lei si voltò lentamente e lo guardò. «No. Ma era mio padre. Mi dispiace che sia morto. Aveva solo cinquant'anni.»

«Come sta tua mamma?»

«Sembra che non abbia ancora realizzato. Il funerale è domani. Devo andare a casa e probabilmente rimanerci qualche giorno.»

«Certo. Jenny arriva alle nove. Le faremo organizzare i voli.»

Jenny era la segretaria part-time di Con, che veniva per occuparsi dei sacchi di posta dei fan e di altre questioni amministrative.

«E tu?» chiese a bassa voce.

«Io cosa?»

«Non pensi sia opportuno venire con me, almeno per il funerale?»

Con la guardò sorpreso. «Dovrei tornare a Ballymore per il funerale dell'uomo che voleva mandarmi in prigione?» Scosse la testa. «No, Orla, non credo.»

Lei si morse il labbro. «Ma Con, ricordi quando dicevamo che un giorno saremmo tornati a Ballymore e tutti avrebbero voluto parlare con noi? Quel momento è arrivato, no?»

«Non sono un ipocrita. Sarebbe sbagliato partecipare al funerale di un uomo che non mi piaceva e non mi sopportava.»

«E a me non pensi? Potrei aver bisogno di te al mio fianco.»

«Sii sincera, Orla, non puoi dispiacerti per la sua morte. Lo odiavi.»

Lei sentì una fitta al cuore. «Non è questo il punto.»

Con stava prendendo le sigarette. «Ah no?»

«No! E se dopo tutti questi anni non capisci perché vorrei che tu fossi al mio fianco quando torno a casa, allora lascia perdere.» Rabbrividì, si alzò e prese la vestaglia. «Ho molto da fare se devo partire questo pomeriggio.»

«Ah, Orla, ti prego. Non litighiamo. Se a te dispiace, allora anche a me dispiace che tuo padre sia morto. Ma anche se volessi, non potrei venire a Ballymore oggi. Abbiamo le prove per il concerto a Central Park la prossima settimana.»

«Ma delle prove non ti è importato un fico secco quando hai dovuto partecipare a un sit-in o a una protesta, o sbaglio? Suppongo di dover accettare che io e i miei sentimenti siamo finiti in fondo alla tua lista di priorità. Del resto sono solo tua moglie! Che ti importa di come mi sento, vero?»

«Orla! Orla, per favore!»

Ma lei era già uscita dalla stanza, sbattendo la porta.
Con sospirò e si lasciò ricadere sui cuscini.

Orla sentì l'auto del marito sgommare nel vialetto, poi andò nell'ufficio di Jenny per organizzare i voli.

«Con ti stava cercando.»

«Ero uscita a prendere una boccata d'aria.»

«Oh. Be', mi ha detto di dirti che avrebbe cercato di tornare a casa prima della tua partenza, ma di lasciargli comunque un numero dove poterti contattare. Ho già chiamato Aer Lingus. Il volo diretto per Cork è al completo. Dovrai fare scalo a Dublino. Parti da Heathrow alle due e mezza e arrivi a Dublino alle quattro e mezza. Da lì c'è un volo alle sei meno dieci per Cork, in un'ora sei lì. Ho prenotato il viaggio per questo pomeriggio, ma la compagnia aerea ha bisogno di sapere quando torni.»

Forse mai, pensò Orla, fissando la bacheca di sughero dietro alla scrivania di Jenny. Ci aveva attaccato delle lettere di fan particolarmente divertenti, insieme a foto promozionali di Con e della band. Scrollò le spalle. «Non ne ho idea, davvero.»

«Allora prenoto un biglietto aperto.»

«Sì. Grazie, Jenny. Devo andare a fare i bagagli.»

«Certo. Ti prenoto una macchina per le dodici e mezza. Hai tutto il tempo. E... Orla?»

«Sì?»

«Mi dispiace per tuo padre.»

«Grazie. Ci vediamo più tardi.»

Il taxi arrivò a Ballymore poco dopo le otto e mezza di quella sera. Orla si sentiva a dir poco esausta per la lunga giornata di viaggio.

Non aveva voluto rimuginare né sulla situazione che si era lasciata alle spalle né su quella che la aspettava, così aveva trascorso il tempo con la testa immersa nella pila di riviste patinate che aveva comprato in aeroporto.

Sul villaggio era appena calato il buio. Ricordava che da bambina andava a letto alle nove, con il sole che tramontava. In piena estate c'erano soltanto sei ore di buio.

Guardò fuori dal finestrino del taxi e ritrovò i punti di riferimento di sempre. Sembrava che non fosse cambiato quasi nulla, a parte qualche negozio chiuso perché il proprietario era morto, forse, e una nuova sala da tè all'angolo.

Quando viveva lì, non vedeva l'ora di partire per Londra e iniziare la sua nuova, entusiasmante vita insieme a Con. Pensava che Ballymore fosse noiosa, che la gente fosse chiusa. All'epoca non riusciva a capire perché qualcuno volesse trascorrere lì il resto della propria esistenza. Ora trovava un che di confortante e rassicurante nella natura immutabile e pittoresca di quel posto.

«Sono cinque sterline, grazie, Orla.» Il taxi si fermò nella piazza davanti a casa dei suoi genitori.

Sorprendente. A Londra uno sconosciuto non l'avrebbe mai chiamata con il suo nome di battesimo.

Il tassista scese, aprì il bagagliaio e posò la valigia sul marciapiede.

«Ecco qui, e una sterlina per il disturbo.»

«Meraviglioso. Grazie. Buona permanenza.»

Orla fece un sorriso triste. «Grazie. Buonanotte.»

Mentre il taxi si allontanava, prese la valigia e si diresse verso la porta di casa sua. Suonò il grande campanello di ottone.

Pochi secondi dopo la porta si aprì.

«Orla! Orla! Oh, non ci posso credere.»

La madre la strinse a sé. Orla lasciò cadere la valigia e ricambiò l'abbraccio. Quando si separarono, i loro occhi erano pieni di lacrime.

«Entra, entra.» Mary prese la valigia e salì le scale.

Anche l'odore era familiare. Lucidante per ottone e disinfettante, applicati generosamente a giorni alterni sulla maniglia della porta e sul pavimento piastrellato. Per un attimo le girò la testa e si aggrappò alla ringhiera per reggersi.

Mary si fermò e si voltò. «Stai bene?»

Orla annuì. «Tutto bene, mamma.»

«Tuo padre è lì dentro, ma beviamo un sorso di whisky prima di andare da lui.» Mary era arrivata in cima alle scale e indicava la sala da pranzo. Lasciò la valigia di Orla fuori dalla cucina, la fece entrare e chiuse bene la porta dietro di sé. «Fatti guardare.» Sorrise mentre i suoi occhi scrutavano la figlia. «Orla O'Donovan, sei proprio diventata una vera bellezza.»

«E tu non sembri invecchiata di un giorno» mentì lei.

«Davvero? Be', è gentile da parte tua, ma so che gli anni non mi hanno trattata bene.» Mary si lisciò il vestito sui fianchi prominenti. «Siediti. Verso da bere.» La bottiglia era sul tavolo, vuota per un terzo. Mary riempì due bicchieri e ne passò uno alla figlia. «Non tutti i mali vengono per nuocere, come si suol dire. Perdo il marito, ma torna mia figlia. Salute.» Alzò il bicchiere e bevve un lungo sorso. «Ah, aiuta a calmare i nervi, questo sì, ma se ne bevo ancora mi ubriaco.»

«E hai tutto il diritto di farlo. Deve essere stato uno shock tremendo.»

«Lo è stato, sì. Sean Moloney, un giovane agente, è corso qui ieri sera per raccontarmi cos'era successo. Hanno chiamato il dottore, ma non c'era più niente da fare.» Mary fece un piccolo singhiozzo e arrossì. «Scusa, non sono abituata all'alcol. Poi l'hanno riportato qui e John, l'impresario delle pompe funebri, è arrivato per prendere le misure. Gli ho messo il suo miglior abito della domenica e ho scelto una bara di cedro. Ho passato la giornata ad aprire e chiudere la porta. Sai come vanno le cose. È venuto tutto il villaggio a salutarlo. Ho finito lo sherry all'ora di pranzo e sono dovuta correre da Nora Connolly a prenderne altro.»

«Sembra che tu te la stia cavando molto bene, mamma.»

«Grazie a Dio è finita in fretta. Così mi hanno detto. Credo non si sia nemmeno accorto di cosa gli stava succedendo.»

«Sono sicura che è andata così.»

Mary bevve ancora un sorso di whisky, vuotando un bicchiere. «Un altro giro?»

Orla scosse la testa.

«Allora io prendo l'ultimo, per darmi il coraggio di affrontare tuo padre. A pensarci bene, ho sempre avuto bisogno di coraggio per affrontarlo» disse, e sorrise debolmente.

«A che ora è il funerale?»

«Alle due, però vengono a prenderlo alle nove del mattino. Alle undici ci sarà una messa solo per la famiglia. Padre Moynihan voleva portarlo lì stasera, ma ho pensato che avresti preferito salutarlo in privato.»

Orla fece una smorfia, poi vuotò il bicchiere. «Dai, togliamoci il dente.»

«Sì, meglio.»

Si alzarono entrambe. Orla uscì dalla cucina e attraversò il pianerottolo fino alla porta chiusa della sala da pranzo. Deglutì a fatica, poi girò la maniglia e aprì.

La bara era sul tavolo da pranzo lucidato a specchio. Orla si fece il segno della croce, subito imitata da sua madre. Poi le prese la mano e insieme si sporsero e sbirciarono dentro la cassa.

A parte aver perso una considerevole quantità di capelli negli ultimi cinque anni, suo padre era esattamente lo stesso. A quanto pareva era invecchiato meglio di sua moglie. Le labbra ora viravano al grigio e la pelle sembrava di alabastro.

«Posso lasciarti per qualche minuto?»

«No, rimani, mamma, per favore.» Orla le strinse la mano. La presenza di suo padre la intimidiva in morte quanto aveva fatto in vita. Entrambe fissarono il corpo in silenzio.

«Ha fatto un ottimo lavoro, però, vero?»

«Chi?»

«John, l'impresario delle pompe funebri» sussurrò Mary, come se, alzando la voce, temesse di disturbare Seamus nel suo sonno eterno.

«Sì.»

«E il vestito ve bene, secondo te?»

«È perfetto.»

«Bene. Vuoi restare ancora?»

Orla scosse la testa e le due uscirono insieme dalla sala da pranzo.

«Ecco, adesso l'hai visto, la nostra parte l'abbiamo fatta.» Il sollievo sul volto di Mary era evidente mentre tornavano in cucina. «Vuoi qualcosa da mangiare, Orla? Devi avere fame dopo il viaggio.»

«No, grazie, mamma. È troppo tardi.»

«Allora che ne dici di una bella colazione irlandese domani mattina?»

«Sarebbe fantastico, ma forse non ne avremo il tempo.»

«Ah, mi ci vorrà un attimo. Vuoi fare un bagno? Ho sentito dire che gli aerei sono sporchissimi.»

«No» sorrise Orla, «ma mi andrebbe una tazza di tè.»

Mary si avvicinò ai fornelli e mise il bollitore d'acciaio su una piastra. La visita in sala da pranzo sembrava averla fatta tornare sobria. «Peccato che Con non sia potuto venire» disse.

«Sì. Purtroppo la prossima settimana parte per gli Stati Uniti. La band terrà un concerto a New York e dovevano provare.»

«Quanto è diventato famoso, Orla! Chi l'avrebbe mai detto? Proprio lui, il ragazzo spiantato che viveva in una capanna sulla spiaggia. Quelli a cui l'ho detto saranno delusi che non sia con te.»

«Davvero?» Orla guardò sua madre versare l'acqua bollente nella teiera di smalto blu, ancora identica dopo tanti anni. «Pensavo che alla gente di qui non importasse niente di Con. Anzi, non vedevano l'ora di liberarsi di lui, se ricordo bene.»

«Be', ora tutti sono suoi grandi ammiratori.» Mary mescolò nella teiera. «L'anno scorso un giornalista è venuto in città a fare domande su di lui. Non hai idea del numero di uomini che giuravano di essere stati suoi amici per la pelle e di donne che sostenevano di essere state le sue fidanzate. È venuto anche qui a casa.»

«Davvero? E cosa gli hai detto?»

«Niente, non ci ho parlato. Tuo padre gli ha sbattuto la porta in faccia.»

Una delle poche cose di cui doveva essere grata a Seamus.

«Ecco qui, bello caldo.» Mary le posò la tazza davanti.

«Grazie.» Orla sorseggiò la bevanda. «Il tuo tè è sempre insuperabile, mamma.»

«Grazie.» Mary sorrise e si sedette al tavolo. «Orla, ci sono così tante cose che vorrei chiederti sugli ultimi anni. Non so da dove cominciare.»

«Lo so.»

«Forse dopo il funerale potremmo stare un po' insieme e mi racconterai tutto con calma. O devi tornare subito?»

«Io... non ci ho ancora pensato, mamma. Un giorno alla volta, va bene?»

«Certo.»

Orla soffocò uno sbadiglio.

«Poverina. Sei esausta e io sto qui a chiacchierare. Ti porto a letto. Avrai bisogno di riposo per domani. Non sarà facile. Immagino che sarà uno dei funerali più affollati che Ballymore abbia mai avuto, tutti curiosi di vedere il famoso genero di Seamus O'Donovan.»

«Be', mi dispiace deluderli.»

«Ma io sono contenta che tu sia da sola. Avremo l'opportunità di conoscerci di nuovo. Dai, va' a letto. Manca poco a mezzanotte.»

Orla seguì la madre su per le scale, in camera sua. Trattenne il respiro quando vide che era rimasta identica al giorno in cui l'aveva lasciata, quasi sei anni prima.

«È tutto come prima. Ho passato l'aspirapolvere e spolverato ogni settimana, per mantenerla in ordine.»

Orla accarezzò la collezione di animali di porcellana sul suo tavolo da toeletta. L'aveva custodita gelosamente da bambina. «Mi stupisce che papà non l'abbia fatta disinfestare e svuotare» ghignò.

«Aveva proposto di ristrutturare e di sbarazzarci delle tue cose, ovviamente, ma gli ho tenuto testa. Questa stanza era tutto ciò che mi rimaneva di te e non avevo intenzione di rinunciarci.»

«Mi odiava, vero?» Orla si sedette sul letto e si strinse un orsacchiotto al petto.

Mary guardò il pavimento e scosse la testa. «No, Orla. Ti sbagli. Ti amava tanto. Ti adorava, in realtà. Ci hai messo dieci anni ad arrivare, sei stata un dono di Dio. Quando ti sei innamorata di Con, non ha retto. E così ha fatto l'unica cosa che poteva fare, e cioè tagliarti fuori dalla sua vita. Aveva progetti grandiosi per te.» Mary sospirò. «In parte è colpa mia. Se gli avessi dato più figli, come le altre donne del villaggio, allora forse il peso sulle tue spalle non sarebbe stato così grande. A proposito, mi sorprende che tu e Con non abbiate ancora un piccolo.»

«Ah, mamma, non è perché non lo vogliamo.» Orla fece un sospiro.

«Arriverà, ne sono certa. Il trucco è non preoccuparsene. Hai tutto quello che ti serve qui?» Mary sollevò la valigia sul bordo del letto e la aprì. Orla si sdraiò sul materasso e guardò sua madre appendere i vestiti e sistemare il contenuto della sua trousse sul tavolo da toeletta.

«Ecco, tutto a posto. Ti lascio.» Mary indugiò sulla soglia, titubante.

Orla capì. Si alzò, andò da lei e le mise le braccia intorno alle spalle. «Se ti senti sola, stanotte, vieni a svegliarmi.»

«Oh, starò bene, non preoccuparti per me.»

«È bello essere a casa, mamma.»

«Davvero?»

«Davvero.»

«Buonanotte, Orla.»

«Notte, mamma.»

Orla si lasciò cadere sul letto, desiderando la pace e il sonno con ogni fibra del suo corpo. Ogni volta che cominciava ad appisolarsi, però, pensava al cadavere rigido di suo padre, con le labbra grigie, vestito con l'abito della domenica. Alla fine accese la luce, prese un vecchio libro per bambini dallo scaffale e iniziò a leggere.

Dopo qualche minuto, sentì un singhiozzo.

Scese dal letto e andò in punta di piedi nella stanza di sua madre. Da bambina le era proibito entrare senza bussare. Quella notte, aprì la porta e si incamminò al buio.

«Mamma? Mamma?» Cercò il letto a tastoni e si infilò sotto le lenzuola.

«Mi dispiace, Orla, davvero. Non volevo disturbarti. Sei stanca.»

«Neanch'io riesco a dormire. Forse ci sentiremo meglio entrambe quando papà sarà uscito di casa.»

«Sì, sono sicura di sì. Ci provo a essere forte, ma non riesco a credere che se ne sia andato. E sai qual è la cosa peggiore?»

«Qual è, mamma?»

«Non sono certa di averlo mai amato. Anzi, potrei giurare di averlo odiato, a volte. Ma era tutto ciò che avevo. E a modo suo era un buon marito. Si è sempre preso cura di me.»

Orla si rannicchiò più vicino alla madre. «Fatti più in là, resto qui con te stanotte.» Si sistemò sui cuscini che solo due giorni prima avevano sostenuto la testa di Seamus. Poi prese la mano della madre. «Mi sei mancata, mamma, tantissimo.»

«Davvero?» Mary sembrava più calma.

«Sì. E ora cerchiamo di dormire un pochino, prima dell'alba. Notte.»

«Buonanotte, tesoro.»

34

Insolitamente, Con si svegliò presto. Tentò di restare a letto con gli occhi chiusi, sperando che il sonno tornasse. Aveva una giornata impegnativa di prove in studio, e quella sera avrebbe parlato a un raduno dei Campaigners for Peace a Trafalgar Square.

Dopo mezz'ora di tentativi, si arrese e si accese una sigaretta.

Si sentiva, come gli capitava ormai da tempo, inquieto e infelice.

«Perché?» sussurrò alla stanza vuota.

Con Daly, il ragazzo venuto dal nulla, con poche possibilità di combinare qualcosa nella vita, aveva ottenuto fama e fortuna al di là dei suoi sogni più sfrenati.

Allora perché niente gli dava più piacere? Sapeva di essere insopportabile con Orla, Todd e il resto della band, eppure sembrava non poterne fare a meno.

Aveva poco più di vent'anni. Era troppo giovane per una crisi di mezza età, no? Persino la musica, da sempre la grande passione della sua vita, non gli dava più l'entusiasmo di un tempo. Pensò alla settimana successiva e al grande concerto a Central Park. Non provava più né trepidazione né eccitazione. Riusciva a pensare solo alla calca di corpi che avrebbe atteso la limousine e agli spintoni da cui lo avrebbero protetto i bodyguard mentre andava nel backstage.

A peggiorare le cose, le prove non stavano andando bene. Lui e Todd non avevano fatto altro che discutere sull'ordine dei pezzi da suonare. Con voleva provarne alcuni dei nuovi, ma Todd sosteneva che, con duecentocinquantamila persone presenti, sarebbe stato meglio proporre i brani collaudati che li avevano portati al successo. «È quello che si aspetteranno i fan» aveva detto. E probabilmente aveva ragione.

Con si sentiva soffocare. Era come se la fama, che avrebbe dovuto dargli potere, l'avesse privato della libertà, a livello sia personale sia professionale. Non poteva più andare dove voleva o scrivere ciò che voleva. Creativamente, si sentiva bloccato. Sapeva che Todd disapprovava i suoi inni politici, ma il suo compagno di band era un ragazzo della classe media che non aveva mai saputo cosa significasse andare a letto con tanta fame da avere mal di stomaco.

Spense la sigaretta nella pianta sul pavimento, vicino al letto.

Aveva troppo successo per essere così amareggiato. Cosa gli prendeva?

Di malumore, accese un'altra sigaretta. Aveva persino iniziato a bere, anche se nei tanti anni trascorsi con suo padre aveva giurato che non sarebbe mai finito come lui.

A volte sorprendeva Orla a guardarlo con aria sconsolata.

L'aveva allontanata, lo sapeva. E il giorno prima, quando lei aveva avuto bisogno del suo amore e del suo sostegno, non era riuscito a darglieli. Sapeva che c'era una concreta possibilità di perderla... ma l'apatia che aveva avvolto il suo cuore sembrava impedirgli di fare qualsiasi cosa al riguardo.

Scese dal letto e si fece una doccia, poi andò in cucina a preparare il caffè. Mise la tazza su un vassoio con un pacco di biscotti, poi prese la chitarra e iniziò a suonare una melodia che gli ronzava in testa da qualche giorno.

«Merda!» Non voleva più sentirla. «Che diavolo mi sta succedendo?»

Prese la tazza di caffè, si alzò e guardò fuori dalla finestra. Era una splendida mattina di agosto. Vide il cancello elettrico aprirsi e l'auto di Jenny entrare nel vialetto. Mentre il cancello si chiudeva, scorse una delle sue fan più fedeli cercare senza successo di sgattaiolare dentro.

Con scosse la testa. Un giorno, guardandosi indietro, quella ragazza si sarebbe chiesta perché avesse sprecato alcuni dei migliori anni della sua vita seduta fuori dal cancello di casa di una rock star.

Sorseggiò il caffè e sentì Jenny aprire la porta. Sarebbe andato a chiacchierare con lei, qualsiasi cosa pur di distrarsi dai pensieri che gli turbinavano nella testa. Ripensò alle ore trascorse da solo nella sua capanna sulla spiaggia, a volte senza vedere nessuno per una settimana intera. Ora, invece, temeva la solitudine.

Almeno quella sera sarebbe uscito con Lulu. Era l'unica persona che lo tirava fuori dal suo stato di torpore. Con ammirava la sua concentrazione e determinazione. Non le importava niente di ciò che gli altri pensavano di lei, ed era pronta a tutto per portare avanti la sua causa.

Aprì la porta dello studio e attraversò il corridoio. Sentì la voce di Jenny dall'ufficio. Si fermò ad ascoltare. «Ne è arrivata un'altra, ispettore... Sì, è la sesta... Oh, più o meno la stessa cosa... le lettere ritagliate da un giornale, la solita minaccia di morte. Sì, questa volta il timbro postale è di Southampton. Il maniaco va parecchio in giro, a quanto pare. No, non ancora, ma credo che sia giunto il momento. Lo fa lei? Va bene, allora la richiamo quando avrò parlato con la Metropolitan. Ci sentiamo, ispettore.»

Con sentì il *clic* del ricevitore. Aprì la porta. «Buongiorno, Jenny.»

Lei si voltò. «Ciao, Con, ti sei alzato presto.»

Lui le tolse di mano il foglio e lesse.

VENGO A PRENDERTI PRESTO,
SPORCO BASTARDO IRLANDESE.

Rabbrividì e lasciò cadere la lettera sulla scrivania di Jenny. «Ho sentito bene? È il sesto messaggio del genere che ricevo?»

«Sì. Senti, Con, non andare nel panico. È tutto sotto controllo. Non volevamo farti preoccupare troppo.»

«Qualcuno mi manda minacce di morte e nessuno pensa che sia il caso di dirmelo.» Si sforzò di ridacchiare. «Quanti anni pensate che abbia, dieci?»

«Mi dispiace, Con, davvero. Sei al sicuro. Abbiamo un'auto civetta della polizia che staziona fuori casa tutti i giorni. Ti ha seguito ovunque nell'ultimo mese.»

«Davvero? Cristo, la polizia deve avere ben poco di cui occuparsi se mette degli agenti a fare da babysitter a me. Ho già ricevuto lettere del genere in passato. Sono solo degli squilibrati che non hanno niente di meglio da fare che spaventarmi.»

«Be', ne ho parlato con Helen McCarthy e lei ha deciso che era una questione da affrontare con la polizia, visti i problemi nell'Ulster e il tuo, ehm, atteggiamento ampiamente pubblicizzato nei loro confronti. Le lettere precedenti non hanno mai fatto riferimento alla tua nazionalità. Comunque, ho sentito l'ispettore e vuole venire qui per parlarti.»

«Siamo in studio a provare tutto il giorno, ma... digli che può raggiungermi lì all'ora di pranzo. Gli offro una birra e un panino per il disturbo.»

«Va bene.»

Con si alzò. «Ho bisogno d'aria. Vado a fare una passeggiata nel parco prima di andare in studio.»

«Okay. Cerca di non preoccuparti, è tutto sotto controllo.»

Con fece un sorriso tirato e tornò in corridoio. Aprì la porta d'ingresso e uscì nell'aria tiepida, dirigendosi verso il cancello nascosto in fondo al giardino che si apriva direttamente nel parco. Il cuore gli batteva forte mentre apriva il lucchetto. All'improvviso sentì un caldo soffocante e una morsa al petto. Dopo aver richiuso il cancello, si lanciò a tutta velocità verso il parco, con il respiro corto e affannoso.

Presto dovette fermarsi. Ansimava troppo per proseguire. Si rannicchiò sotto un albero, con la testa tra le mani.

«Oh, Gesù» boccheggiò, accovacciandosi.

Orla... New York... il nuovo album... e ora quelle minacce. La pressione era insopportabile. Aveva voglia di sparire in un posto in cui nessuno potesse mai trovarlo.

Si asciugò la fronte e si alzò, inspirando a fondo.

Quell'opzione c'era sempre, se avesse voluto. Fu stupito di quanto il pensiero lo confortasse. Forse era solo stanco. Gli ultimi quattro anni erano stati un turbine di eventi.

Guardò l'orologio. Era già in ritardo per le prove.

Sentendosi più calmo, tornò a passi lenti verso casa attraversando il parco.

35

Orla era in piedi accanto alla madre a guardare la bara che veniva calata nella terra. Lanciò un'occhiata al volto di Mary. Era pallida, ma con gli occhi asciutti. La sorella di Seamus, invece, singhiozzava, però Orla si ricordò che la zia aveva sempre pianto a dirotto ai matrimoni e ai battesimi.

«Ora puoi andare, Mary» disse padre Moynihan a bassa voce.

La donna fece qualche passo, si inginocchiò e raccolse un po' di terra dal mucchio che avrebbe poi ricoperto suo marito per sempre. Ne gettò una manciata nella buca, sulla bara di cedro lucido. Orla si sorprese a pensare che era davvero uno spreco. Un sudario sarebbe stato molto più pratico.

Basta, basta! Una voce nella sua testa le disse che avrebbe dovuto provare rimorso – o un qualsiasi altro sentimento –, invece si sentiva svuotata. Chiuse gli occhi.

«Perdonami, Dio. Non posso fingere di averlo amato quando non è così.»

Li riaprì e guardò gli altri parenti di Seamus sfilare davanti alla tomba, ognuno gettando dentro una manciata di terra.

«Vai anche tu?» sussurrò Mary.

Orla acconsentì per compiacere sua madre.

«È tutto finito, Mary» disse padre Moynihan. «Accompagno te e Orla alla macchina.»

«Grazie, padre. Viene a casa per un bicchiere di sherry?»

«Volentieri.»

Orla li seguì tra la folla in lutto. I volti familiari erano tanti, ma tenne la testa bassa: non voleva stabilire alcun contatto, per il momento. In fondo, la maggior parte di quelle persone sarebbe andata a casa loro per la veglia funebre.

Un fotografo del giornale locale era fermo all'ingresso del cimitero. Era rimasto lì impalato quando il corteo funebre si era fermato davanti alla chiesa e aveva guardato speranzoso Orla e Mary scendere dalla macchina.

«Suo marito non è qui, signora Daly?» le aveva chiesto mentre l'autista chiudeva la portiera dietro di lei.

«No» aveva risposto Orla, affrettandosi a entrare in chiesa.

L'uomo si fece avanti, puntò la macchina fotografica e scattò una foto di loro tre che camminavano verso l'auto.

Orla si voltò arrabbiata. «Non ha il minimo pudore?»

«Mi scusi, signora Daly, ma non ci sono tante mogli di cantanti di fama mondiale da queste parti.»

Lei non rispose nulla, continuando a seguire Mary e padre Moynihan.

La madre le prese la mano e la strinse. «Tutto bene?»

«Sì. Tu?»

«Sì. È quasi finita.»

Sentì il sollievo nella voce di sua madre.

Una volta arrivate a casa, Orla lasciò Mary e il religioso in soggiorno con un bicchiere di sherry e andò in cucina a supervisionare la preparazione del cibo. Due amiche della madre erano al lavoro fin dalle prime ore del mattino per cucinare un banchetto per gli ospiti.

La signora Hurley, che Orla conosceva da quando era bambina, le si rivolse in tono incerto. «Orla, ti spiacerebbe versare lo sherry? Così io e Eileen possiamo distribuirlo man mano che arriva la gente.»

«Certo. Anzi, visto che siete già tanto indaffarate qui, mi occuperò anche di servirlo.»

«Certo, cara. Come preferisci.»

Per l'ora successiva, Orla offrì ai presenti sherry e succo d'arancia. Le persone che conosceva fin dall'infanzia – che l'avevano rimproverata per essergli andata a sbattere contro in strada o per aver fatto troppo rumore mentre giocava con le amiche – ora le parlavano timidamente, come se fosse una specie di aliena. Quell'atteggiamento la turbava più della morte del padre. Le faceva sentire la sua mancanza di identità, il suo non essere a proprio agio da nessuna parte.

I presenti fecero onore al buffet e bisognò andare a prendere dell'altro sherry al negozio della signora Connolly. Ora che Seamus aveva ricevuto degna sepoltura, gli uomini si erano tolti giacche e cravatte nere, le donne i cappelli, e tutti iniziavano a rilassarsi. Orla avrebbe voluto che se ne andassero ognuno a casa propria, ma sapeva che era improbabile che l'ultimo invitato sparisse prima di tarda sera, e c'era il concreto rischio che dovesse essere trascinato via.

Il soggiorno era asfissiante. Iniziava a girarle la testa. Aveva bisogno d'aria. Sua madre era immersa in una conversazione con Georgie O'Hea, uno dei negozianti della città, con il viso arrossato dal caldo e dallo sherry, e lei decise che poteva allontanarsi un attimo.

Si affrettò giù per le scale fino all'ingresso.

L'aria fuori era più fresca e Orla la inspirò a pieni polmoni prima di attraversare la strada verso la piazza. Non aveva ancora raggiunto il cancello quando sentì chiamare il suo nome.

«Orla Mary O'Donovan! Sei proprio tu?»

Si voltò. Dall'altra parte della strada c'era Maureen.

«Orla!» Mentre la raggiungeva, Maureen spalancò le braccia diventate paffute e la abbracciò. «Ah, Orla! Temevo di non fare in tempo a incontrarti. Non sono riuscita ad arrivare prima perché non avevo nessuno che badasse ai bambini, ma...» Cercò di riprendere fiato. «È meraviglioso rivederti.»

«È bello vedere te, Maureen. Sei stupenda!»

«Davvero? Con tre bambini e venti chili in più? Be', d'altronde non ho mai avuto il fisico di Twiggy.» Sorrise. «Dove stai andando?»

«A sedermi in piazza per prendere un po' d'aria.» Indicò la finestra aperta del primo piano di casa sua. «Fa caldissimo, lì dentro si soffoca.»

«Fantastico. Così possiamo chiacchierare.» Maureen prese il braccio di Orla e si diressero verso una panchina in mezzo alla piazza deserta. «Allora, raccontami tutto dall'inizio. Voglio sapere com'è possibile che un minuto prima eri con me a scuola e quello dopo sei scappata insieme a Con Daly!» Le diede una gomitata nelle costole. «Ci sono rimasta male che tu non me l'abbia detto. Ero la tua migliore amica!»

«Mi dispiace, Maureen, credimi. È successo tutto in fretta. L'unica ragione per cui non ti ho scritto è che Con pensava fosse meglio tagliare definitivamente.»

«Be', non posso dire di non essere stata tentata di aprire le lettere che mandavi a casa nostra per tua mamma per capire meglio cosa fosse successo. Ma sono riuscita a controllarmi. Lei non mi ha mai detto niente quando gliele passavo, soprattutto perché tuo padre era sempre in agguato.» Scrollò le spalle. «Suppongo di poterti perdonare. Almeno ci ha dato qualcosa su cui spettegolare. Abbiamo passato mesi a fare supposizioni» ridacchiò. «Si diceva che fossi incinta di Con. Era così?»

«No» sorrise Orla malinconica. «Non ero incinta. Ma quando mio padre ha scoperto che io e Con ci frequentavamo mi ha proibito di rivederlo e così abbiamo deciso di scappare.»

«E vi siete sposati e lui è diventato ricco e famoso e...» Maureen sospirò sognante. «Sembra una storia uscita da un romanzo d'amore. Con è qui? L'intero villaggio è in fermento. Si vociferava che potesse venire tutta la band. Un po' ci speravo. Todd Bradley è bello da star male.»

«No, non è venuto. La band è molto impegnata. Tra pochi giorni voleranno negli Stati Uniti.»

«Per il concerto a Central Park. Lo so. Sono una fan!»

«Ma raccontami di te» disse Orla, provando a cambiare argomento.

«Oh, niente di troppo emozionante o insolito. Non se paragonato alla tua vita, almeno. Ho sposato Tommy Dalton pochi mesi dopo che te ne sei andata. Forse tua mamma te l'ha detto.»

Orla sorrise. «Sì, me l'ha detto.»

«Viviamo nell'appartamento sopra il negozio con i nostri tre bambini: Tommy junior, Sean e Teresa, la mia prediletta. Tommy lavora al piano di sotto tutte le ore che Dio manda in terra e io gli do una mano. È stata dura, con il nuovo supermercato che ha aperto poco fuori dal villaggio, ma le cose vanno meglio. Abbiamo risparmiato abbastanza da comprare un appezzamento di terreno. La prossima primavera inizieremo a costruire la nostra casetta. Avrà una cucina con sala da pranzo separata, un soggiorno e tre camere da letto, riesci a crederci? Al momento ne abbiamo solo una, di camera da letto. L'abbiamo lasciata ai bambini, e io e Tommy dormiamo sul divano in soggiorno. Ah, Orla, non vedo l'ora di trasferirmi. Pensa a tutto quello spazio! Sarà fantastico.»

«Sembra proprio di sì, Maureen. Quindi sei felice?»

«Qualunque cosa significhi.» Scrollò le spalle. «Voglio dire, avevamo tutte tanti sogni sulla vita glamour che avremmo condotto da grandi, su quanto sarebbe stata diversa da quella dei nostri genitori, ma erano soltanto sogni. Sono rimasta a Ballymore, sono la moglie di un droghiere e ho tre figli. Quasi identica alla vita di mia madre... però penso che mi fermerò a quattro o cinque bambini.» Maureen sorrise. «Ora capisco perché mia mamma sembrava sempre così stanca. Eravamo in dieci!» Alzò un sopracciglio. «So dalle riviste che tu e Con non avete ancora avuto figli.»

«No, ma speriamo di averne, un giorno.»

«Ah, dovete farlo. Sono la linfa vitale di un matrimonio. A volte, se la sera mi sento giù, vado in camera loro, e vedere quei volti angelici mi riempie di soddisfazione.»

Le due amiche rimasero sedute in silenzio per qualche secondo.

«E Katherine? E Mairead?»

«Mairead ha sposato quell'orrendo John Donohue. Te lo ricordi? Quello che puzzava di letame e aveva un'acne terribile.»

Orla ridacchiò. «Ricordo eccome. Come ha potuto innamorarsi di lui?»

«Ha iniziato a lavarsi e i brufoli sono scomparsi da un giorno all'altro. Ora è un gran bel ragazzo. Vivono nella fattoria dei suoi, fuori città. Ci vediamo ogni tanto, ma ha due figli sotto i tre anni e non ha la macchina, quindi è dura. E quanto alla bellissima Katherine...» Maureen abbassò la voce. «Ecco una storia interessante.»

«Cos'è successo?»

«È entrata al Trinity College, come tutti si aspettavano. Era pronta ad andarci in autunno, quando all'improvviso è saltato fuori che avrebbe sposato Angus Hurley.»

«Angus Hurley? Una volta siamo andati al cinema insieme. Non sapevo che a Katherine piacesse!»

«Be', nemmeno mio fratello lo sapeva. Katherine usciva con lui quando ha annunciato il suo fidanzamento con Angus.»

«Oddio. E cosa ha detto tuo fratello?»

«Era disperato. La mamma lo ha mandato a stare con gli zii a Dublino. Non è più tornato. Lavora nel commercio e ha un appartamento tutto suo a Ballsbridge, oltre a un'auto nuova di zecca. Ha fatto strada nell'azienda che lo aveva assunto ed è diventato socio. Non tutti i mali vengono per nuocere, come si dice. Non si è mai sposato, però. Credo che Katherine gli abbia spezzato il cuore.»

«E non le hai mai chiesto perché ha sposato Angus?»

«La vedo soltanto a messa. Sai come sono gli Hurley: orgogliosi, convinti di essere i migliori perché il padre è il proprietario della fabbrica e sono ricchi. Katherine è diventata una di loro. Vivono nella vecchia canonica con vista sul mare.» Maureen sbottò. «Lei è sempre un figurino, ma ha la faccia lunga come i sermoni di padre Moynihan. E questo è quanto, ti ho aggiornata. Quanto ti fermi a Ballymore?»

Orla aveva iniziato a fantasticare sul passato. «Cosa?»

«Ti ho chiesto quanto rimani.»

«Oh, non lo so. Devo tornare a Londra per il weekend. Io e Con partiamo per New York martedì.»

«Che vita da jet set! E immagino che la vostra casa sia grande e bellissima.»

«Sì, è grande.»

«E hai soldi per comprare tutto quello che vuoi?»

«Suppongo di sì.»

Maureen la studiò. «Allora perché non sei raggiante di felicità, Orla?»

«Io...»

«Sì, deve essere per la morte di tuo padre» ipotizzò Maureen. «Be', prima o poi tocca a tutti. Ascolta, se domani sei libera, perché non vieni a prendere il tè da noi? Puoi conoscere i bambini, e Tommy, se riesco a trascinarlo fuori dal negozio.»

«Mi piacerebbe molto, Maureen. Devo solo assicurarmi che mia madre stia bene da sola. Pensavo di rimanere almeno domani.»

«Certo. Ora devo tornare dai bambini. Ho promesso che sarei stata via solo per pochi minuti, ma volevo tanto vederti. Se non riesci per il tè, passa almeno in negozio. Altrimenti, ci vediamo domani alle sei e mezza.» Maureen si alzò. «Mi dispiace per tuo padre, ma almeno ho potuto rivederti.»

Orla guardò la sua ex compagna di classe attraversare di corsa la piazza in direzione della strada principale. Da dietro, era identica a sua madre.

Rimase seduta per qualche altro minuto, ascoltando le struggenti note di una vecchia ballata irlandese che venivano dal salotto. Si alzò, tornò verso casa e aprì la porta d'ingresso.

Si fermò davanti all'ufficio di suo padre, chiedendosi se entrare e telefonare a Con. Era combattuta. Una parte di lei desiderava parlargli, ma il suo orgoglio glielo impediva. Alla fine continuò a salire le scale.

36

Il cuore di Lulu sprofondò quando sentì la chiave nella toppa. Sperava di essere già uscita prima che Todd tornasse dalle prove. Ma purtroppo lui era in anticipo e lei, come al solito, in ritardo.

«Sei tornato presto.»

«Sì, le prove sono andate una schifezza. Io e Con abbiamo di nuovo litigato su cosa suonare a Central Park.»

«Santo cielo» disse lei, poco sincera, mentre gli passava accanto per prendere la sua giacca militare dall'armadio.

«E Ian si è presentato due ore dopo, completamente fatto e in compagnia di una tipa hippy che ha voluto far partecipare alle prove.»

«Mmm.» Lulu cercò le chiavi della macchina nelle sue numerose tasche.

«Per non parlare di Derek, che continuava a lagnarsi della sua canzone. Oltre a volerla mettere nell'album, adesso si è inventato che vuole suonarla davanti a duecentocinquantamila persone a Central Park!»

«Capisco.»

«Con se l'è presa con Derek e gli ha detto che il brano che aveva scritto è, parole sue, "di una bruttezza senza speranza" e non lo suoneremo. Derek se n'è andato furibondo e non è più tornato, così siamo rimasti lì a girarci i pollici mentre Ian e questa tizia si mettevano a gambe incrociate sul pavimento e recitavano un mantra.»

«Davvero? Che meraviglia. Senti, se non ti serve più la macchina per oggi, puoi prestarmela? Non riesco a trovare le chiavi da nessuna parte.»

Todd la guardò. «Non hai sentito una parola di quello che ho detto, vero?»

«Come?»

«Niente, lascia perdere.»

«Scusa. Allora, posso?»

«Cosa?»

«Prendere la macchina?»

«Certo.» Todd le porse le chiavi. «Dove vai?»

«Devo vedere Gus nel suo ufficio per discutere di un ruolo con lui.»

Todd la guardò infilarsi la giacca militare. «Ovvero?»

«Quello di cui ti ho parlato.»

«Quello in cui devi spogliarti completamente per un idiota avanguardista che è convinto di essere un regista serio, quando i suoi film non sono altro che schifezze pornografiche?»

«Todd, a volte parli come un borghese moralista.»

Lui si piazzò le mani sui fianchi. «Probabilmente perché lo sono!»

«Ma dovresti essere una rock star, tesoro.»

«Va bene. Allora vado a sniffare un po' di coca e poi a letto con qualche groupie.»

«Ti farebbe bene» borbottò Lulu tra sé.

«Cosa hai detto?»

«Niente, niente. È solo che a volte sei così noioso.»

«Grazie mille. Se è questo che pensi, allora...» Todd la afferrò, la spinse contro il muro e la baciò con passione. Una mano scivolò sotto la maglietta di lei.

«Smettila, basta!» Lulu si divincolò dalla sua presa.

Todd la guardò pulirsi le labbra con il dorso della mano. «Cristo, dovresti vedere la tua faccia. Ti disgusto così tanto?»

«No. Scusa, è quel periodo del mese, sai...»

Lui si lasciò cadere sulla sedia vicino al tavolino del telefono in corridoio. Sospirò. «Che succede, Lulu? Non facciamo l'amore da settimane. Sembra che tu mi stia evitando. Sei fuori quasi tutte le sere quando torno a casa. Non ricordo l'ultima volta che abbiamo trascorso una serata insieme.»

«Mi dispiace. È un momento così.» Scrollò le spalle.

«Troppo impegnata con la tua carriera, le tue cause e Con Daly per passare del tempo con me?»

«Hai tanti posti o feste a cui potresti andare, Todd.»

«Sì, certo. Ma il caso vuole che il tempo libero che ho preferisca passarlo con mia moglie.»

«Dio, stai diventando davvero pesante.»

Todd scosse la testa. «Mi arrendo. Dai, vai a tirar fuori le tette per il tuo amico regista. Probabilmente le stai tirando fuori anche per Con, a quanto ne so.»

«Non essere infantile, Todd. Senti, faccio tardi.»

«Che sorpresa.»

«Ciao.»

La porta sbatté e lui fece un piccolo cenno con la mano. «Ciao, Lulu.»

Con fissava il telefono. Sapeva che avrebbe dovuto chiamare Orla, ma non credeva di poter sopportare il suono della sua voce ferita e tesa quella sera. Andò in cucina a prendersi una birra.

Le prove erano state un disastro. Prima il litigio con Derek, poi la visita dell'ispettore Cross.

Erano andati al pub, dove Cross gli aveva spiegato tutto. Era stata scoperta una lista nera dei lealisti, nella quale, insieme a importanti politici e attivisti repubblicani, figurava anche il nome di Con. L'ispettore gli aveva suggerito di mantenere un basso profilo e limitare le attività politiche, se ci teneva alla propria sicurezza. Aveva anche consigliato a Helen McCarthy di assumere un paio di guardie del corpo per integrare la copertura della polizia. Riteneva improbabile che ci sarebbero stati problemi a New York, ma raccomandava comunque un minimo di protezione da parte della polizia locale, per stare tranquilli.

«Pensa davvero che la lettera possa provenire da un gruppo lealista?»

«Bisogna prendere in considerazione questa possibilità. Potrebbe essere una coincidenza che abbiamo scoperto la lista nera la stessa settimana in cui lei ha ricevuto la lettera, ma è meglio essere cauti. Stia attento, signor Daly, almeno finché le acque non si saranno calmate.»

L'ispettore aveva lasciato il pub e Con aveva ordinato due doppi whisky. Poi era tornato nella sua villa vuota e aveva provato a distrarsi dai problemi concentrandosi su una nuova canzone. Alle quattro e mezza si era arreso e aveva cercato ancora conforto nell'alcol.

Bevve un sorso di birra. Lulu sarebbe arrivata presto, il che lo avrebbe distratto. Voleva parlargli della sua idea di fargli incontrare John Lennon a New York e magari unirsi per qualche ora a uno dei suoi «bed-in» per la pace davanti alle telecamere.

Il telefono squillò. Con attraversò il corridoio, andò nello studio e rispose.

«Sì?»

«Con, sono Helen.»

«Oh, ciao.»

«Come stai?»

«Be', oggi non è andata benissimo, Helen.»

«No, immagino. Senti, posso passare domani mattina verso le nove? So che è presto, ma con il trasloco della Metropolitan in ballo ho un sacco di impegni. Però mi piacerebbe davvero parlarti prima della vostra partenza per New York.»

«Ah sì?»

«Sì, dobbiamo dirci parecchie cose. A domani, allora.»

«Va bene. Ciao.»

Riattaccò. Nel corso degli anni, lui e Helen avevano mantenuto un rapporto distaccato ma professionale. La prima sera che l'aveva vista a Londra era stato invaso dal terrore. L'ultima cosa di cui aveva bisogno era che il suo passato arrivasse a presentargli il conto. Ma, mentre i giorni si trasformavano in settimane, e le settimane in mesi, Helen era rimasta a bocca chiusa e fuori dai giochi.

Ora, però, voleva parlare.

Con sospirò. Helen aveva dei modi tutt'altro che cordiali, ma compensava con la sua fredda efficienza. E vista la passione di Brad per la bottiglia, era contento che ci fosse qualcuno, al timone della Metropolitan, che sapesse che giorno era, perché Brad era su un altro pianeta. Semplicemente non sarebbe stato in grado di produrre il loro nuovo album, se mai ne avessero avuto uno da incidere.

«Merda!» Frustrato dalle complicazioni della sua vita, Con lanciò la bottiglia di birra dall'altra parte della stanza. Il vetro colpì la porta ma non si ruppe, rimbalzò e poi prese a rotolare avanti e indietro sul pavimento piastrellato.

La porta si aprì.

«Okay, mi arrendo, deponi le armi.» Lulu entrò in cucina con le mani alzate e un'espressione di finta paura sul viso.

«Non era per te, Lulu. Ho avuto una brutta giornata e Helen mi ha appena telefonato per mettere la ciliegina sulla torta...» Scrollò le spalle.

Lulu si appoggiò alla porta. «Oddio, ho visto Todd prima di uscire e sembrava felice quanto te. Cosa sta succedendo?»

«Hai tutta la notte?»

«Potrei averla.» Gli occhi di Lulu brillarono.

«Allora ti racconto. Ma prima devo mangiare un boccone. Non tocco cibo da colazione.»

«Davvero? Dov'è Orla? Non ti ha servito una delle sue succulente cene alle sette in punto come al solito?»

«È in Irlanda. Suo padre è morto ed è tornata a casa per il funerale.»

«Capisco. Quando rientra?»

«Non lo so.» Alzò le spalle.

«Be', anch'io ho fame. Peccato che, a differenza della tua adorabile moglie, io non sappia nemmeno bollire un uovo. Ci tocca uscire.»

«C'è un ristorante francese qui vicino. Andiamo lì.»

«Oh sì! Adoro le lumache affogate nel burro e nell'aglio.» Lulu lo seguì verso la porta.

«Faresti un favore ai giardinieri se le raccogliessi qui. Quest'anno c'è stata un'invasione.» Lui sorrise mentre si dirigevano verso la sua auto.

Uscirono dai cancelli, e Con, stranamente, evitò di salutare le sue fedeli groupie sedute sul marciapiede. Controllò lo specchietto retrovisore e vide la Range Rover allontanarsi dal parcheggio di fronte a casa sua. Li seguì giù per la collina verso Hampstead Village.

«Vedi quella macchina?» Con indicò lo specchietto.

«Sì.»

«Scommetto cinque sterline che parcheggerà dietro di noi.» Fermò l'auto davanti al ristorante.

Lulu lo guardò stupita mentre la Range Rover si fermava a pochi metri. «Come facevi a saperlo?»

Con scese dall'auto. «Te lo racconto a tavola.»

Il maître li sistemò a un tavolo appartato. Con si sedette dando le spalle al séparé e agli altri commensali, nella speranza di non essere riconosciuto.

Si godettero un'eccellente cena a base di escargot, un'enorme bistecca per Con e un soufflé al formaggio per Lulu, accompagnati da alcune bottiglie di buon vino rosso. Lulu parlò di un'audizione a cui aveva partecipato il giorno prima per un film.

«Vogliono che appaia in topless. Ovviamente Todd non approva. Ma cosa c'è di male nella nudità, per l'amor di Dio? Se mi offrono la parte, la accetterò. Il regista è meraviglioso, molto giovane, molto aperto e molto bello, a dire il vero. Ci siamo trovati benissimo.»

Con vuotò il suo bicchiere di vino e il cameriere glielo riempì subito. Fissò Lulu dall'altra parte del tavolo mentre lei parlava del romanzo vittoriano da cui era tratto il film.

«Caffè per *monsieur* e *madame*?»

«Sì, grazie» disse Lulu. «Allora, quando torna Orla?»

«Te l'ho detto, non lo so. Immagino nel fine settimana.» Allungò la mano verso le sigarette.

«Ma verrà a New York con noi martedì, vero?»

«Questi erano i piani. Comunque, parliamo d'altro.»

«Okay. Dimmi di quella macchina fuori dal ristorante. Ti sta seguendo?»

«Sì. Sono sotto la protezione di Scotland Yard. Ho ricevuto diverse minacce di morte per posta. La polizia non sa se vengono da un fan che è andato fuori di testa o da un gruppo lealista militante. Comunque sia, la cosa mi ha messo a disagio.»

«Oh, Con, mi dispiace. È orribile.»

«Mi hanno consigliato di tenere un basso profilo e non esagerare. Niente più proteste pacifiste, raduni o marce. Mi dispiace deluderti, Lulu, ma così stanno le cose.»

«È un peccato, ma non devi mettere a repentaglio la tua vita.»

Con bevve un sorso di vino. «Quindi non pensi che dovrei mandarli al diavolo e continuare come prima? Avrei giurato di sì.»

«No, assolutamente no. La tua morte non porterà nessun beneficio. E poi non sopporterei l'idea di perderti.»

«Fantastico, perché al momento non ho ancora intenzione di sparire.»

Lei lo fissò. «La vita senza di te sarebbe penosa.»

Con spense la sigaretta e guardò gli occhi verdi e limpidi di Lulu. «Andiamo a casa?»

Lei gli sorrise. «Sì, per favore.»

La mattina dopo Con fu svegliato dal suono del campanello dell'ingresso. Si sporse oltre Lulu per guardare l'ora. Le nove meno cinque.

«Merda! Merda! Fanculo!»

Lulu si girò e aprì gli occhi. «Che c'è? Che succede?»

«È Helen McCarthy. Ha chiamato ieri per dirmi che voleva vedermi stamattina. Me ne ero completamente dimenticato.» Saltò giù dal letto, si infilò i jeans e una maglietta. «Diamine, mi sento uno schifo. Ieri sera ero sbronzo, eh?»

«Lo eravamo entrambi.» Lulu si massaggiò le tempie.

Seguì un silenzio imbarazzato. «Ci siamo comportati... bene, vero?» chiese Con.

Lulu alzò un sopracciglio. «Perché, non te lo ricordi?»

Con scosse la testa. «Non ricordo niente dopo il ristorante.»

Lei gli fece un sorrisetto. «Be', Con Daly. Allora mi ritengo offesa.»

«Gesù, per favore, dimmi che non...»

Lulu scrollò le spalle e fece una risatina.

Il campanello suonò di nuovo. «Merda. Ti prego, ti prego, resta qui. Torno appena Helen se ne sarà andata.»

Lulu annuì, si voltò e chiuse gli occhi. Con uscì dalla camera da letto e corse al piano di sotto per aprire la porta.

«Buongiorno, Helen.»

Lei era impeccabile come sempre, con un abito di cotone color crema e una giacca coordinata, il trucco perfetto. Lo squadrò dalla testa ai piedi. «Nottata pesante, eh? Hai un aspetto davvero orribile.»

«E mi sento anche peggio. Entra pure.»

«Grazie. Ti ho svegliato?»

«Sì. La mia sveglia è a Ballymore.»

«Intendi Orla?» Helen aggrottò la fronte mentre seguiva Con in cucina. «Come mai è in Irlanda? Ah, giusto, è appena mancato suo padre. Sarà andata al funerale. Un peccato che Seamus sia morto.»

«Sul serio?» Con aprì il frigorifero e prese una bottiglia di latte.

«Sì. Seamus O'Donovan si occupava della mia proprietà a Ballymore. E faceva un ottimo lavoro. Significa che dovrò darla in gestione a qualcun altro. O decidermi a venderla» rifletté. «Comunque, possiamo farci un caffè?»

«Certo.» Con bevve un sorso di latte dalla bottiglia, si avvicinò al bollitore e lo accese. Helen posò la sua valigetta sul tavolo e prese una sedia. «Dov'è Todd?»

«Perché? A casa sua, immagino.»

«Be', la sua macchina è parcheggiata nel tuo vialetto. E presumo che tu sia in questo stato perché ieri sera avete fatto bisboccia insieme.»

Con iniziò a versare caffè e zucchero in due tazze. «Sì» mentì. «Ma era troppo ubriaco per guidare, quindi ha preso un taxi per tornare a casa.»

«Capisco.» Helen guardò la giacca appesa allo schienale della sedia accanto a lei. «È di Lulu, vero?»

«Era con Todd e si è dimenticata di prenderla. Ieri sera faceva caldo.» Con sistemò le tazze di caffè sul tavolo e si sedette di fronte a Helen. «Allora, cosa ti porta qui così presto di venerdì mattina?»

Helen sorseggiò il suo caffè. «Be', volevo informarti che la Metropolitan assumerà un paio di guardie del corpo da domani, come ha suggerito l'ispettore Cross. Saranno con te ventiquattr'ore su ventiquattro.»

«Quindi dormiranno su una stuoia fuori dalla mia camera da letto?»

«Con, non è uno scherzo. Scotland Yard sta prendendo la cosa molto sul serio. Anche se, mi dispiace dirlo, temo che tu te la sia cercata. Parlare con la stampa delle tue opinioni politiche non è stata una grande idea. Ti suggerirei di tapparti la bocca d'ora in poi.»

«Cristo, mi sembra di essere tornato a scuola. È la terza predica che ricevo in meno di un giorno.» Bevve un sorso di caffè. «Dammi tregua almeno mentre mi riprendo da una sbronza, Helen, ti prego.»

«Mi dispiace. È solo perché ci teniamo a te.»

«Certo. Se io morissi non sarebbe un bene per il futuro dei Fishermen, giusto?»

«In verità la tua morte violenta ci farebbe un sacco di pubblicità e venderemmo milioni di copie dei più grandi successi della band» rispose Helen, fredda. «Non essere sciocco, Con.»

Lui allungò la mano sul tavolo per recuperare le sigarette. Ne prese una dal pacchetto e la accese. «Non è stata una bella settimana.»

«Ho sentito qualcosa. Derek è venuto nel mio ufficio ieri all'ora di pranzo dicendo che lo avevi insultato e che non volevi nemmeno prendere in considerazione l'idea di inserire la sua canzone nel nuovo album.»

«Ha ragione, infatti.»

«Perché?»

Con le lanciò un'occhiata. «L'hai ascoltata?»

«No.»

«Be', se l'avessi ascoltata, capiresti.»

«Va bene, Con. Sai che non interferirei mai con le tue scelte creative, ma alla luce del fatto che Freddy è negli Stati Uniti e Brad è via...»

«Davvero? Dove?»

«Si sta prendendo una... vacanza in campagna.»

«Cioè si sta disintossicando. Di nuovo.»

«Chi è senza peccato scagli la prima pietra. Visto come sei messo stamattina, forse eviterei di sputare sentenze. Comunque, dicevo, dato che Brad non ci sarà per un altro mese, qualcuno deve discutere di queste cose.»

«Giusto.»

«Derek mi ha detto anche che le prove per il concerto della settimana prossima sono state un disastro. A quanto pare tu e Todd passate la maggior parte del tempo a litigare.»

«Derek è corso dalla maestra a vuotare il sacco, eh?»

«No. A parte le lamentele sulla sua canzone, è giustamente preoccupato che la band stia andando a rotoli.»

«Senti, Helen, va tutto alla grande. Alla grande. Ogni gruppo ha i suoi alti e bassi. Stiamo insieme da qualche anno e certi screzi sono inevitabili. Non intrometterti, ti prego. Todd e io troveremo una soluzione.»

Una porta sbatté al piano di sopra.

«Cos'è stato?»

«Ho lasciato la finestra aperta in camera da letto. La porta sbatte sempre.»

Helen guardò fuori. Era una giornata calma e umida. «Capisco.»

«Oggi siamo in studio insieme e andrà tutto bene. Le cose si risolvono sempre quando si avvicina il momento dell'esibizione. Anche se...»

«Cosa?»

«Be', in effetti la band ha un problema serio. Todd e io volevamo aspettare di vedere Freddy a New York, ma...»

«Continua.»

«Ian. Sta diventando un peso. Arriva tardi, completamente fatto, e si porta dietro il suo harem. E alla batteria va sempre peggio. Perde il filo a metà di una canzone e inizia a suonare quello che gli pare.»

Helen annuì. «Non c'è molto che io possa fare finché Freddy non torna, ma poi dovremo organizzare un meeting.»

«Mi dispiacerebbe vederlo andare via, ma se le cose non migliorano entro settembre, quando registreremo, dobbiamo valutare l'idea di sostituirlo.»

Helen guardò Con. «Forse dovresti preoccuparti di più di avere qualcosa da registrare. Quanti brani hai?»

«Tre, forse quattro.» Con alzò le spalle.

«Allora ce ne servono almeno altri sei. E Todd?»

«Anche lui ne ha un paio. Senti, Helen, te l'ho detto, andrà tutto benissimo, come al solito.»

«Okay. Non vorrei vedere i Fishermen disintegrarsi. Succede a tanti gruppi e voglio che qualsiasi problema venga stroncato sul nascere, prima che sia troppo tardi. Credo che tu e Todd dovreste appianare le vostre divergenze, trovare un compromesso musicale e andare avanti. Avete troppo da perdere.» Guardò l'orologio. «È meglio che vada.» Si alzò. «Ah, dimenticavo. Ti manderemo a New York con due giorni di anticipo, per sicurezza. Il tuo biglietto è prenotato a nome di Dylan Moore, ma la British Airways è informata. I tuoi nuovi accompagnatori verranno con te.»

«Intendi dire che parto domenica?»

«Sì.»

Con alzò le spalle. «Se serve a farti felice, Helen.»

«Serve a tenerti in vita, Con. A proposito, hai una pistola?»

«No, e spero di non doverne mai avere una.»

Lei annuì. «Mmm. Io ce l'ho. Una piccola pistola che tengo chiusa a chiave in un cassetto del mio ufficio. Non si è mai troppo prudenti, di questi tempi.»

«Gesù, Helen.»

«È solo che avevo un... amico che è stato assassinato. All'improvviso. Bisogna proteggersi. Perché non te ne procuri una, per ogni evenienza?»

«Preferisco che sia la polizia a occuparsi di eventuali sparatorie.»

«Come vuoi.» Si ricompose. «Cerca di rimboccarti le maniche, Con. Ho bisogno che i Fishermen restino uniti. E me lo devi.»

«Ah sì?»

«A dire il vero, sì.» Fece una smorfia. «Mi sento molto in colpa per quello che ho fatto per te anni fa.» Lo sguardo di Helen si spostò verso la finestra. «Ero diversa, allora.»

Con annuì. «E su questo sono d'accordo.»

«Quindi siamo intesi? Sistemerai tutto con la band?»

Con socchiuse gli occhi. «Sei così sicura che ti debba un favore, Helen?»

Lei incrociò le braccia. «Devo davvero ricordartelo?»

37

West Cork, Irlanda, luglio 1964

Helen si svegliò in una splendida mattina di sole. Sapendo quanto in fretta poteva cambiare il tempo e non volendo sprecare nemmeno un istante, si vestì, diede un rapido buongiorno alla zia mentre passava in cucina e uscì a sellare Davy. Amava andare a cavallo la domenica mattina: le spiagge erano deserte mentre il resto del villaggio era a messa.

Dopo una galoppata lungo la riva si sentiva euforica e pronta per la colazione. Al trotto verso casa, vide una sagoma che si allontanava di corsa dalla spiaggia. La osservò mentre recuperava una bicicletta da un anfratto nella duna e la trascinava sulla strada.

«Orla O'Donovan» sussurrò, chiedendosi cosa ci facesse lì quando tutti gli altri abitanti di Ballymore erano in chiesa a quell'ora.

Orla salutò qualcuno alle spalle di Helen e partì a tutta velocità verso il villaggio.

Lei si voltò e vide Con Daly in cima a una duna di sabbia, a pochi metri. «Ciao, Helen. Una giornata meravigliosa, non trovi?» Le sorrise.

Soffocando un singhiozzo, lei si limitò ad annuire.

Poi spronò il cavallo e si allontanò lungo la spiaggia.

Dopo una corsa di diverse centinaia di metri, si sentì molto meglio. Cercò di capire perché vedere Con e Orla insieme l'avesse turbata così tanto. Pur essendo un po' invaghita di Con, si era rassegnata al fatto che lui non l'avrebbe mai notata. Forse, rifletté, era perché Orla O'Donovan aveva tutto ciò che a lei mancava: una famiglia amorevole, la popolarità e una bellezza naturale. E ora anche Con Daly.

Helen tirò le redini di Davy per fermarlo, prima di prendersi un momento per godersi la vastità dell'oceano Atlantico che si estendeva a perdita d'occhio. Certi giorni l'acqua era immobile e cristallina come uno stagno. In altri le onde si infrangevano contro la costa e ruggivano come una creatura feroce. Quella mattina, lambiva dolcemente la riva, e il panorama non sarebbe stato fuori luogo sulla cartolina di una costa del Mediterraneo. Helen fissò l'oceano a lungo. Era invitante, seducente... Scosse la testa. Girò il cavallo e si avviò al trotto verso casa.

Avvicinandosi alle dune, vide una figura che la salutava. Era proprio lui? Sì, era Con Daly.

Quando lei ricambiò il saluto, Con provò a convincerla ad avvicinarsi.

«Helen McCarthy!» chiamò. «Ti devo parlare.»

Sull'onda dell'adrenalina, andò verso la duna dov'era Con. Lui scese e accarezzò il muso di Davy.

«Hai proprio un bel cavallo, Helen.»

«Grazie.»

«Rimane tranquillo se lo leghi?»

«Sì.»

«Allora perché non smonti? Possiamo legarlo alla mia capanna. Magari prendiamo un tè.»

Un tè da Con? Helen non avrebbe rifiutato quell'offerta per

niente al mondo. «Okay.» Scese dal suo stallone e lo condusse attraverso le dune, fino a raggiungere la baracca che Con chiamava casa.

«Niente a che vedere con il tuo palazzo, ma questa è casa mia Ecco.» Prese le redini di Davy e le assicurò a un pezzo di corda di nylon, a sua volta collegata a un palo di legno che spuntava dalla sabbia.

«Starà bene qui?» Helen annuì. «Bene. Entra, allora.»

Lei lo seguì nella piccola e umida dimora. Non c'era molto, a parte un vecchio divano malconcio, con una rientranza nel punto in cui Con dormiva. Notò anche una stufa con un piccolo fuoco acceso.

«Accomodati, Helen, torno fra un minuto con il tè.»

«Grazie.»

Con tirò fuori due tazze sporche da una credenza sgangherata e mise il bollitore sulla stufa.

«A volte guardo in su e penso a te, Helen McCarthy.»

Le guance di Helen diventarono subito rosse. «Davvero?»

Con annuì. «Devi sentirti sola lassù.»

«Devi sentirti solo anche tu.»

Con scrollò le spalle. «Ah, non è poi così male. Ho soltanto una stanza! Ma se dovessi girare per quella grande casa tutto il giorno, finirei per impazzire.»

Helen cercò di ridacchiare, ma un po' di saliva le andò di traverso e prese a tossire. «Ho una zia» riuscì a dire.

«Ah, certo.» Con versò l'acqua bollente nelle tazze e mise in infusione alcune foglie già usate. Porse a Helen il suo tè e si sedette vicino a lei sul divano, in modo che la gamba sfiorasse leggermente la sua. Lei sentì subito le farfalle nello stomaco. «Noi due siamo fatti della stessa pasta, vero, Helen?»

«In che senso?»

«Siamo diversi. Non abbiamo paura di andare per la nostra strada.»

Seguire la strada degli altri era tutto ciò che Helen aveva desiderato da sempre, ma capiva il punto di vista di Con. «Suppongo di sì.»

«Non vorresti solo spiegare le ali e andartene?»

«Da Ballymore?»

«Più lontano ancora. Via dall'Irlanda.»

«Forse. Tu vorresti andare a Londra, vero?»

Con si prese un momento per guardarla negli occhi. «Oh sì. Lo desidero più di ogni altra cosa.»

Una pausa carica di significato aleggiò nell'aria, come se Con si aspettasse che Helen dicesse qualcosa. E lei non lo deluse. «Be'... perché non lo fai?»

«Perché non faccio cosa?»

«Perché non vai a Londra.»

Lui sospirò e si alzò, attraversando la capanna fino all'unica finestra. «Lo farei, se potessi.» Scosse la testa tristemente. «Ma è impossibile.»

«Perché?»

«Mi si spezzerebbe il cuore se me ne andassi.»

Helen non sapeva cosa dire ed ebbe bisogno di un momento per formulare la sua risposta. «Be', Ballymore è davvero un bel posto.»

Con rise. «Ah, non è Ballymore che mi mancherebbe.»

Lei capì. «Ah. Intendi Orla O'Donovan.»

Con annuì, cupo. «Sì. Sono innamorato di lei. Ma non verrà con me.»

Helen era tutt'altro che entusiasta di dare consigli a Con sull'argomento. «Sono sicura che puoi convincerla» riuscì a dire.

Lui scosse la testa. «Vorrei tanto, Helen, ma l'altra sera ha parlato con suo padre per sondare il terreno. Dice che non accetterebbe mai. Quindi resterà qui.» Bevve un sorso dalla sua tazza. «Tu sei in affari con Seamus, giusto?»

Helen annuì. «Sì, gestisce la mia proprietà.»

«E com'è?»

Lei inspirò a fondo mentre rifletteva sulla risposta. «Efficiente.»

«No, intendo come uomo. È un vecchio drago feroce come mi dice Orla?»

«Non saprei, davvero. È il mio avvocato, quindi lo pago. Deve essere gentile con me.» Con parve deluso dalla risposta. «Ma credo di poter dire che non sarebbe una buona idea mettersi contro di lui.»

Con bevve il resto del tè e tornò sul divano. Si sedette a gambe incrociate e guardò Helen, con un'espressione un po' più intensa. «Secondo Orla, se dicesse a suo padre di me e di Londra, lui la caccerebbe di casa. A te sembra possibile?»

Helen rifletté. Ogni volta che era stata lì a cena aveva avuto l'impressione che Orla e Mary fossero in soggezione nei confronti del capofamiglia. «Sì, credo di sì.»

Con chinò il capo. «È una cosa terribile. L'unica colpa di Orla è essersi innamorata di me.» Lui stava ammettendo i suoi sentimenti per Orla, ma il cuore di Helen si stringeva per la sofferenza che leggeva nei suoi occhi. «Noi due siamo stati soli per tutta la vita, vero, Helen?»

«Sì» mormorò.

«E ora scopro che l'unica persona che mi abbia mai fatto sentire meglio non potrà venire con me quando lascerò Ballymore. Solo tu puoi capire quanto la cosa mi rattristi. Immagina di trovare qualcuno che riesce a cancellare tutto il dolore che hai dentro e poi rischiare di perderlo...»

Helen non aveva bisogno di immaginarlo. «Hai pensato di restare?»

Con diede una pacca sul bordo del divano. «Non posso. Orla non se ne rende conto, ma non potremmo mai stare insieme qui. Non come si deve. Suo padre non ce lo permetterebbe. L'intero villaggio pensa che io sia un nullafacente.»

«Sì. E pensano anche che io sia strana.»

Con balzò in piedi. «È proprio di questo che sto parlando! Nessuno ci capisce come ci capiamo noi.»

«Hai ragione, sì.»

«Siamo intelligenti. Ma nessuno vede la nostra intelligenza, sono tutti accecati dai pregiudizi.» Iniziò a camminare avanti e indietro per la stanza. Helen non comprendeva bene la piega che stava prendendo la conversazione. «Orla O'Donovan deve solo essere coraggiosa e fidarsi di me. Tu ti fidi di me, Helen?»

Lei deglutì a fatica. «Sì.»

«Tu e io dobbiamo essere uniti. Dobbiamo fare squadra e guardarci le spalle. Sai che ci sarò sempre per te?» Lei rimase in silenzio. «Te lo prometto, Helen McCarthy.» Con smise di camminare avanti e indietro e le prese la mano. «Tu vuoi esserci per me, Helen?» chiese, con occhi grandi e supplichevoli. «Non lo dimenticherò mai.»

La sua risposta fu rassicurante. «Sì, certo, Con.»

Lui le rivolse il suo caratteristico sorriso. «Sapevo che mi avresti aiutato.»

Helen aveva iniziato a capire cosa le stava chiedendo. Sarebbe stato doloroso, certo, ma l'avrebbe reso felice. Non c'era dubbio. «Mi assicurerò di mettere una buona parola per te la prossima volta che vedrò Seamus.»

Con lasciò cadere la mano. «Magari fosse così semplice.» Helen era delusa che lui non avesse apprezzato la proposta.

«Seamus è un uomo intelligente. Se cominci a parlare bene di me così, di punto in bianco, scoprirà cosa c'è sotto e impedirà a Orla di vedermi.»

«Oh. Cosa vuoi che faccia, allora?»

Con fece una pausa. «Voglio che Orla sia libera.»

«Non sono sicura che questo risponda alla mia domanda.»

«Seamus ha bisogno di una scossa. Se vede me e Orla insieme, la ripudierà e potremo andare a Londra.»

Helen fu colta di sorpresa. «Accidenti, Con. Pensi davvero che sarebbe...»

Lui la interruppe. «Sappiamo entrambi che Orla O'Donovan starebbe meglio senza suo padre a dettare legge. Ricorda, siamo più bravi degli altri a osservare. E sappiamo che è la cosa migliore per lei.»

«E per te.»

Con scrollò le spalle. «Forse, sì.»

Helen si fece coraggio. «Che cosa mi stai chiedendo esattamente?»

«Voglio che mandi Seamus in spiaggia quando io e Orla saremo insieme.»

Il cuore di Helen mancò un battito. «Oh, Con, ma...» Scosse la testa. «Andrà su tutte le furie.»

«Lo so.» Incrociò le braccia. «È proprio questo il punto. Anche se devo prendere un paio di schiaffi, non importa.»

Helen si torse le mani, turbata. «Non so se posso farlo. Mi sembra ingiusto nei confronti di tutti. Me compresa.»

Lui assunse un'espressione ferita e ci mise un po' a rispondere. «Va bene, Helen. Capisco. Pensavo...» Fece un gesto con la mano. «Che stupido.»

«Cosa?»

«Pensavo che ci capissimo. Che fossimo uguali. Ma credo di

essermi sbagliato. Mi dispiace di averti infastidita mentre tornavi a casa.»

Helen si alzò, imbarazzata, posò la tazza mezza piena sul fornello e si diresse verso la porta. Prima che potesse abbassare la maniglia, però, Con le afferrò la mano e la strinse.

«Mi libereresti, Helen.» Con l'altra mano, le voltò delicatamente il viso verso il suo e le diede un bacio sulla guancia.

Lei si sciolse. «Faresti lo stesso per me?»

Con annuì con aria solenne. «Certo che lo farei.»

Helen deglutì. Con Daly la teneva in pugno. «Va bene. Ti aiuterò» sussurrò.

Lui le scostò una ciocca di capelli dal viso. «Sapevo di poter contare su di te.»

38

«A essere onesta, non me lo sono mai perdonata.» Helen scosse il capo. «Ho distrutto una famiglia per te. Orla non se lo meritava.»

Con si strofinò il mento non rasato. «Perché non le hai mai detto niente, in tutti questi anni? Mi aspettavo che lo facessi da un momento all'altro, quando ti ho rivista.»

«E perché avrei dovuto? Sarebbe servito solo a fare del male a tua moglie.» Incrociò le braccia. «E poi, a dirla tutta, mi vergogno di essermi lasciata manipolare così facilmente da te. Ero una bambina, smarrita e insicura.» Cercò lo sguardo di Con. «E tu lo sapevi.» Lui abbassò gli occhi. «Comunque, ti suggerisco di sistemare le cose con la band. Altrimenti potrei cambiare idea sul dirlo a Orla.»

Con alzò le mani. «Ricevuto.»

«Bene.» Helen andò alla porta della cucina, la aprì e uscì nel corridoio. Sia lei sia Con alzarono lo sguardo quando sentirono le scale scricchiolare. Lulu si fermò a metà della rampa, come se fosse incerta sul da farsi.

«Ehi, ehm, ciao Helen, come stai?»

«Bene, Lulu. E tu?» rispose Helen, fredda.

«Bene. Stavo andando via. Hai visto le chiavi della mia macchina, Con?»

Lui si passò una mano tra i folti capelli scuri e sospirò. «Forse sono nella tasca della tua giacca, Lulu. È appesa a una sedia in cucina.»

«Grazie. Scusa, devo scappare. Ho appuntamento con il mio agente alle dieci e mezza.» Scese le scale incespicando.

Helen si diresse alla porta. «Ciao, Con.»

«Ciao.»

Fece un passo fuori e si voltò verso di lui. «Scoparti sua moglie non è il modo migliore per risolvere i tuoi problemi con Todd.» Gli occhi di Helen erano di ghiaccio. «Stai giocando col fuoco. Se fossi in te, starei molto attento.»

Con la guardò dirigersi verso la sua Porsche e salire a bordo. Sbatté la porta e la colpì con un pugno quando la sentì mettere in moto.

«Mi dispiace, Con, davvero. Stavo cercando di sgattaiolare fuori, ma non riuscivo a trovare le chiavi.»

Lulu era dietro di lui, con espressione contrita. «Non dirà niente, vero?»

Con non rispose, si limitò ad alzare le spalle.

«Io...» Lulu gli posò una mano sulla spalla. «Da quello che ho sentito, è una situazione difficile con Orla.»

Con girò la testa per guardarla dritto negli occhi. «Sì, lo è.»

«Be'. Il tuo segreto è al sicuro con me.»

«Davvero?»

«Certo, sciocchino.» Lulu afferrò la giacca, gli mandò un bacio e si diresse verso la porta. Lui si appoggiò al muro, si lasciò scivolare sul pavimento e si prese la testa tra le mani.

39

Orla stava passando davanti allo studio di suo padre quando sentì squillare il telefono. Entrò e si avvicinò alla scrivania per sollevare il ricevitore.

«Pronto?»

«Orla? Sono Con. Come stai?»

«Ciao, Con. Sto bene.»

«Il funerale è finito?»

«Sì.»

«E tua madre sta bene?»

«Alla grande, tutto considerato. Tu?»

«Sto benissimo, Orla, benissimo. Torni a casa domani?»

«Volevo tornare domenica, ma il volo è pieno. Devo prendere quello di lunedì, quindi sarò a casa in tempo per partire con te per New York martedì.»

«Sì, ecco, ti chiamavo per questo. C'è stato un piccolo cambio di programma. Parto domenica.»

Orla si morse il labbro. «Perché?»

«Ti giuro che c'è un'ottima ragione. Ma nessun problema, puoi partire martedì come programmato e ci vediamo a New York. Va bene?»

«Bene.»

«Fantastico. Okay, allora ci vediamo la prossima settimana nella Grande Mela.»

«Sì. Ciao, Con.»

Orla riattaccò. Aveva gli occhi pieni di lacrime. Con era stato cortese, ma non c'era calore nella sua voce, neanche l'ombra dell'intimità di un tempo.

Aveva smesso di amarla? Non lo sapeva.

Con un sospiro, uscì dallo studio e si incamminò lungo il corridoio. Quando aprì la porta d'ingresso, sentì il rombo di un tuono. Rabbrividì, chiedendosi se tornare di sopra a prendere l'impermeabile, ma era già tardi. Magari avrebbe chiesto in prestito qualcosa a Maureen.

Decise di scacciare dalla mente i pensieri su Con e godersi la serata con la sua più cara amica. Attraversò la piazza e imboccò la strada principale, diretta al negozio di Maureen e Tommy. Dopo dieci minuti di cammino, aveva la pelle d'oca. Aprì la porta. Tommy, con il viso punteggiato da lentiggini color zenzero, le sorrise da dietro il bancone.

«Ah, Orla! Che piacere vederti. Ti trovo in gran forma!»

«Anche tu stai bene, Tommy.»

«Maureen è di sopra. Ha sgobbato in cucina come se dovesse venire a prendere il tè la Vergine Maria in persona. Vieni, ti accompagno.»

Le fece cenno di passare dietro il bancone e aprì la porta sul retro del negozio. Nello stretto corridoio, erano accatastate alla rinfusa scatole di ogni tipo. Orla le superò e seguì Tommy su per le scale di legno.

«Abbiamo ricevuto una consegna nel pomeriggio. Forse vi raggiungo più tardi, ma prima devo sistemare. In ogni caso, credo che Maureen preferisca averti tutta per sé per un po'. Da questa parte.» Aprì una porta che dava su una piccola cucina piena di vapore. «La tua ospite è arrivata, tesoro.»

Maureen, rossa in viso per lo sforzo, si asciugò le mani sul grembiule e andò a baciare Orla. Subito tre piccole teste dai capelli rossi apparvero dalla stanza accanto e si aggrapparono alle gambe di Maureen, con gli occhi curiosi che sbirciavano Orla da dietro la gonna della madre.

«È lei, mamma? È quella sposata con il cantante famoso?» chiese il più alto.

«Sì, è lei» sorrise Maureen.

«Vado di sotto, tesoro. Chiamami quando è pronto.»

Maureen annuì e Tommy chiuse la porta.

«Su, lasciate andare la mamma, così posso accompagnare Orla in soggiorno.» Maureen alzò gli occhi al cielo mentre si girava e attraversava la cucina, con tre piccole paia di mani ancora aggrappate alle gambe. «Siediti, se trovi spazio.»

Orla la seguì in una stanzetta arredata con un divano sgangherato, un tavolino da caffè e un vecchio televisore in bianco e nero appoggiato su una piccola mensola. Il pavimento era pieno di libri e giocattoli per bambini.

«Ehi! Cosa avete combinato? Avevate promesso di rimettere in ordine» li rimproverò Maureen mentre si chinava a raccogliere una bambola di pezza e una macchinina. Andò alla finestra e guardò fuori con un sospiro. «Li manderei a giocare in giardino, ma sta piovendo a dirotto. Accomodati, Orla. Vuoi una spremuta d'arancia? Ho del whisky, se preferisci.»

«No, la spremuta va benissimo.» Si sedette. Mentre lo faceva, la bambina più piccola, con il viso pieno di lentiggini e una massa di capelli rossi e ricci, le si avvicinò timidamente, le salì sulle ginocchia e si infilò il pollice in bocca.

«Teresa, sei incorreggibile! Si mette in braccio a tutti» disse Maureen con orgoglio. «È molto estroversa. Non voglio immaginare come sarà a sedici anni con i ragazzi.»

«Presentami i bambini» la incoraggiò Orla.

«Questo è Tommy junior.»

«Ciao Tommy. Quanti anni hai?»

«Quattro, signora.»

«Bene, allora sei grande. E tuo fratello, quanti anni ha?»

«Sean ha tre anni. È ancora piccolo.» Entrambi le si avvicinarono.

«Ti prendo da bere» disse Maureen, andando in cucina. «Intanto voi fate compagnia alla zia Orla.»

Un'ora più tardi, dopo che Orla ebbe letto diversi libri illustrati, giocato con le macchinine e ammirato i disegni scarabocchiati in suo onore, Maureen li chiamò per il tè. Orla prese in braccio Teresa e andò in cucina. Il tavolo rotondo nell'angolo era coperto con una tovaglia di pizzo e Maureen aveva sistemato al centro una graziosa decorazione floreale in un vecchio vaso.

«Che bella tavola» disse Orla con entusiasmo.

«Grazie. Sedetevi dove siete più comodi. Chiamo Tommy.»

I due bambini si erano già seduti, così Orla si infilò fra loro con Teresa ancora in braccio.

«Ecco, Tommy sta arrivando. Inizio a servire. Ho cucinato pancetta e cavolo, per ricordarti della tua vecchia vita» sorrise Maureen.

Tommy entrò in cucina con una bottiglia sottobraccio.

«Vino, addirittura, Tommy? Gesù, Orla, sei proprio un'ospite d'onore» ridacchiò Maureen mentre il marito cercava un cavatappi nel cassetto.

Alla fine tutti si sedettero e Teresa fu strappata dalle ginocchia di Orla e messa sul seggiolone di legno. Orla guardò la montagna di pancetta, cavolo e patate davanti a lei. «Che profumo delizioso, Maureen.»

«E cerca di finire il piatto. Sei un po' troppo magra per i miei gusti.»

«Non ascoltarla. È solo invidiosa per via delle sue curve generose» sorrise Tommy.

«E di chi è la colpa, Tommy Dalton? Con tre figli in quattro anni...»

«Ti adoro fino all'ultimo grammo, lo sai. Sean, giù le mani dalle patate! Mangia con le posate!»

Mentre erano a tavola, Orla ascoltò le battute giocose tra marito e moglie e il modo affettuoso in cui rimproveravano i figli. Si ritrovò a invidiare il calore di quella piccola casa disordinata.

Più tardi, quando i tre bambini si furono rintanati nella loro camera da letto, più simile a un ripostiglio, Tommy aprì i progetti per la nuova costruzione sul tavolo della cucina. Maureen spiegò a Orla ogni dettaglio.

«Io e Tommy faremo la maggior parte del lavoro da soli, per risparmiare. Ci vorrà un po' più di tempo, ma ne varrà la pena quando sarà finito, soprattutto con un altro piccolino in arrivo.»

Orla guardò Maureen sorpresa. Lei alzò gli occhi al cielo e annuì. «Lo sospettavo, ma stamattina me l'ha confermato anche il medico. Almeno ci dà un obiettivo, e poi ne volevamo un altro, vero, Tommy?»

«Così mi dici tu, tesoro.» Le cinse la vita e le diede un bacio sulla guancia.

Orla si unì a Tommy per festeggiare con un sorso di whisky.

«Caspita, sono le dieci passate. Devo andare. Di giorno mia madre sta bene, ma quando si fa sera inizia a diventare malinconica.»

Maureen scostò la tenda e guardò fuori. «Ti bagnerai tutta, Orla. Ti presto un ombrello e una giacca.»

«Grazie. E che Dio ti benedica per la cena sontuosa. Sto scoppiando.»

«Mai come me tra qualche mese» rise Maureen, allontanandosi per recuperare un ombrello e una giacca.

«Ciao, Tommy. Forse la prossima volta verrò a trovarvi nella vostra nuova casa.»

«Con l'aiuto di Dio, speriamo di sì.»

«Scendi, ti accompagno fuori» chiamò Maureen dal fondo delle scale.

Orla la seguì attraverso il negozio, fino alla porta d'ingresso. Quando uscì, vide che la strada principale del villaggio era piena di pozzanghere.

«Solo per ricordarti che sei tornata sull'Isola di Smeraldo» sorrise Maureen. Poi strinse l'amica in un abbraccio. «Non sparire, d'accordo? Scrivimi.»

«Lo farò, te lo prometto. Non sai che gioia è stata averti vista. E sono contenta che tu sia felice, Maureen. La tua famiglia è meravigliosa.»

«Sì, non ho niente di cui lamentarmi. Non è una brutta vita, la mia.» Annuì. «Prenditi cura di te, Orla.» Guardò negli occhi la sua vecchia amica. «C'è qualcosa che ti preoccupa, è così, non è vero?»

«Io...» Orla esitò per qualche secondo, poi scosse la testa. L'orgoglio le impediva di confidare a Maureen i suoi problemi coniugali. «Sono in pensiero per mia madre. Spero che stia bene quando dovrò lasciarla per tornare a casa.»

«Sai com'è Ballymore. Il villaggio si stringerà intorno a lei. Non le mancherà la compagnia, questo è certo.»

«Sì. Ha un sacco di amici. Mi sento solo in colpa a lasciarla.»

«Di sicuro tua mamma capisce che devi stare con tuo marito. Se la mia dolce metà fosse una pop star famosa, non mi staccherei dal suo fianco per più di qualche secondo.»

Orla aprì l'ombrello. «Vado. Ciao, Maureen.»

«Ciao, Orla.»

Uscì sotto l'acquazzone. La pioggia le colpì la schiena mentre correva lungo la strada principale, arrivò a casa fradicia e gocciolante.

«Gesù, sembri un topo bagnato! Vieni, togliti quei vestiti zuppi, ti preparo subito un bagno caldo, prima che ti venga la febbre!» esclamò Mary, dandosi da fare intorno a lei mentre Orla si spogliava.

Nella vasca, ripensò alla serata da Maureen e Tommy. Si chiese come facessero a sopravvivere in un appartamento angusto con tre bambini, senza dubbio bellissimi ma altrettanto impegnativi.

L'amore, si disse, infilandosi a letto. Ecco come facevano. Tommy e Maureen si amavano e amavano i loro figli. Non importava che avessero poco e che si spaccassero la schiena per ottenerlo.

Forse lei e Con avevano troppo.

Ma avevano abbastanza amore?

Un tempo sì, di questo era certa.

E si rifiutava di credere che fosse finito. Le cose non andavano bene, ma era tutto risolvibile.

Sapeva che il suo matrimonio era ormai a un bivio. Se avesse lasciato le cose come stavano, sarebbe naufragato. Ma se era disposta a provare a ricominciare, a fare tabula rasa e a dimenticare tutti i problemi insignificanti che li avevano spinti ad allontanarsi, se – e questa era la cosa più importante – fosse riuscita a convincere Con a fare lo stesso, allora forse avevano una possibilità.

Poteva farcela.

Si spostò la coperta dal viso. «Ti amo, Con Daly» disse, al soffitto. E per quell'amore era pronta a combattere.

«Sei sicura di non voler venire con me?»

«Sì, voglio restare qui e andare avanti con la mia vita. Ho un sacco di cose da sistemare. Tuo padre mi ha lasciato abbastanza da vivere bene e pare ci sia già qualcuno interessato a rilevare lo studio. Credo sia meglio vendere la casa in blocco. Troverò un appartamento più piccolo da qualche parte in città.»

«Pensavo a un periodo breve, mamma. Qualche giorno. Mi piacerebbe farti vedere la nostra casa a Londra.»

«E verrò a vederla, Orla, forse in autunno. Ma per ora no.»

Scrutò la madre in cerca di segni di imminente depressione, ma le parve che stesse molto meglio.

«Se ti senti sola chiamami, a qualsiasi ora del giorno e della notte.»

«Certo, ma non sai quanta gente mi ha già invitata a casa sua. Non credo di essere mai stata più popolare!» Mary sorrise. «Ora metti il cappotto e vai. Il taxi sarà qui da un momento all'altro.»

Dieci minuti dopo, madre e figlia si abbracciarono mentre il tassista metteva la valigia nel bagagliaio. Pioveva ancora a dirotto e Orla rabbrividì.

«Spero che tu non ti sia presa un raffreddore. Copriti bene.»

«Lo farò.» Strinse la madre in un ultimo abbraccio. «So che non dovrei dirlo, perché sono stati giorni orribili per te, ma sono stata benissimo.»

Sua madre le rivolse il più caloroso dei sorrisi. «Anch'io. E ora non c'è motivo per cui tu non debba tornare a casa quando vuoi. Porta anche tuo marito la prossima volta.»

«Promesso.» E salì in macchina, seguita da Mary che teneva l'ombrello.

«Dio ti benedica, figlia mia» la salutò, ingoiando le lacrime.

«A presto, mamma.» Il tassista avviò il motore. «Ti chiamo quando arrivo a casa. Ciao!»

Mary rimase a guardare il taxi finché non fu scomparso dietro la piazza.

Per qualche terribile motivo, ebbe la sensazione che non avrebbe più rivisto sua figlia.

Orla salutò Ballymore in silenzio. Deglutì, avvertendo un fastidio alla gola. Sua madre aveva ragione. Le stava per venire un raffreddore.

Le strade lavate dalla pioggia luccicavano mentre il taxi slittava sulle pozzanghere. Era lì che tutto era iniziato per lei e Con.

Ed era decisa a non permettere che finisse.

40

«Buongiorno, Katie.»

«Buongiorno, signora McCarthy.»

«È una giornata bellissima, credo che farò colazione fuori.»

«Certo, signora. Il solito?»

«Sì. Grazie.»

Helen raccolse la posta e uscì sul piccolo patio. Posò le buste sul tavolo e si sedette su una sedia da giardino in ferro battuto. Chiuse gli occhi e girò il viso verso il sole.

Grazie a Dio era sabato. E grazie a Dio, alle dieci della sera prima, l'ultima scatola era stata spostata dalla vecchia alla nuova sede della Metropolitan.

L'edificio sarebbe stato fantastico una volta terminato. Pensò al suo grande ufficio all'ultimo piano. Era stato arredato secondo il suo gusto personale, con mobili antichi, un morbido tappeto verde e pesanti tende damascate alle finestre. Aveva persino fatto installare un piccolo bagno privato per quando non riusciva a tornare a casa prima di uscire la sera. Allungò la mano e aprì la sottile busta marrone in cima alla pila di posta. Erano informazioni su una grande casa di campagna vicino a Cobham, nel Surrey, completa di palestra nel seminterrato e piscina coperta. Lesse i dettagli.

Sembrava interessante, e in qualche modo familiare. Helen

guardò meglio l'indirizzo e si rese conto che era la casa di un noto cantante caduto in disgrazia a causa del suo continuo abuso di droghe. Aveva partecipato a una festa lì un paio di anni prima. La casa era magnifica, e valeva molto più di quanto veniva richiesto. Il poveretto doveva essere disperato.

Helen scosse la testa. Non riusciva proprio a capire il bisogno incontrollato di sostanze nefaste che sembrava tenere in pugno il mondo della musica. Lei beveva di rado, e se lo faceva si limitava a un paio di bicchieri di champagne. Detestava la sensazione di non avere il pieno controllo delle proprie azioni.

«Ecco la sua colazione, signora McCarthy.»

La cameriera posò il vassoio con spremuta d'arancia, tè e croissant caldi sul tavolo davanti a lei.

«Grazie, Katie.»

Helen bevve un sorso di spremuta e decise che la casa di Cobham valeva la pena di essere vista. Ripiegò con cura il documento nella busta e prese un croissant.

Finito di mangiare, si appoggiò allo schienale della sedia per godersi ancora qualche minuto di sole. Non aveva dormito bene quella notte, in parte per il trasloco e tutti i pensieri che comportava, e in parte per la scoperta che Con aveva una relazione con Lulu Bradley.

Si era rigirata nel letto per ore, pensando a come mettere un freno alla cosa prima che Orla o Todd lo scoprissero. Con tutti i problemi che aveva la band, quella rischiava di essere la goccia che avrebbe fatto traboccare il vaso. Poteva essere la fine dei Fishermen. E lei avrebbe perso la risorsa più preziosa per l'azienda nel suo momento di massimo splendore. Aveva deciso di quotare la Metropolitan in Borsa il prima possibile. L'operazione avrebbe fruttato parecchio, contribuendo all'espansione del suo impero. Con quel piano in cantiere, era di vitale importanza che non trapelassero voci sui problemi della principale fonte di guadagno dell'etichetta. Helen sospirò. Poteva controllare la situazione dal punto di vista finanziario, ma la vita privata delle sue star era un ambito in cui purtroppo non aveva alcun potere.

Pensò a quanto fosse ironico che un tempo avesse desiderato veder fallire il matrimonio di Con e Orla, mentre ora eccola lì, a pregare che rimanessero insieme.

Orla arrivò a casa alle dieci di lunedì sera. Si sentiva stravolta. Aveva tremato per tutto il volo verso Dublino, e lì aveva scoperto che la sua coincidenza aveva un ritardo di due ore a causa del maltempo. Aprì la porta d'ingresso, lasciò la valigia in corridoio e salì in camera. Si lanciò sul letto senza togliersi nemmeno i vestiti e chiuse gli occhi.

All'alba la luce inondò la stanza. Orla gemette, ma non si mosse. Stava sudando così tanto che aveva bagnato i cuscini.

Il telefono squillò, ma lei non si svegliò.

Il giorno passò e iniziò a calare il crepuscolo. I tuoni squarciarono il silenzio e i lampi illuminarono il parco. Poi iniziò a piovere. Orla tremava in modo incontrollabile. I suoi sogni erano confusi. Era nella sua camera a Ballymore. La porta si apriva ed entrava suo padre, con le labbra grigiastre e l'abito buono della domenica.

È morto, è morto, le disse una voce.

Un urlo assordante risuonò nella camera.

«Orla, Orla! Che succede?»

Delle mani la scuotevano... Era suo padre, cercava di portarla con sé...

«Orla, sono Helen, svegliati. Stai facendo un incubo. Va tutto bene.»

Aprì gli occhi. La stanza era avvolta nell'ombra della sera. Helen McCarthy era china su di lei. Orla cercò di sollevarsi sui gomiti, ma non ci riuscì e si lasciò ricadere sui cuscini con un lamento.

Helen le posò una mano sulla fronte. «Hai la febbre altissima. Credo che tu stia delirando. Adesso chiamo il dottore, va bene?»

Orla annuì. Le facevano male gli occhi se provava a tenerli aperti, così li chiuse e si riaddormentò subito.

Fu svegliata da una mano che le sfiorava la testa.

«Sono il dottor Deane, Orla. Voglio soltanto controllare come sta.»

«Mi bruciano gli occhi» mormorò lei debolmente.

«Riesce ad aprire la bocca?»

Annuì, poi rimase sdraiata mentre il medico le ispezionava la gola e il collo, le auscultava il petto e le infilava un termometro sotto la lingua.

«Dunque» disse il dottor Deane riponendo gli strumenti nella borsa, «sembra che lei abbia una brutta influenza. Suggerisco aspirina e riposo a letto.»

Orla iniziava a riprendersi. Qualcosa le ronzava in testa, qualcosa di importante. Improvvisamente si ricordò. «Che ore sono?» Il mal di gola era tale che riusciva appena a parlare.

«Le sette e mezza di sera.»

«Che... giorno è?»

«Martedì 19 agosto. È a casa, nel suo letto a Hampstead» disse il dottore.

«Oh no, no!» gemette Orla, lottando per mettersi a sedere. «Dovevo prendere un aereo stamattina, per New York! Con! Dovevo...»

«Niente panico» intervenne Helen, comparendo dietro al

dottor Deane. «Con ha chiamato la Metropolitan perché ieri sera non riusciva a contattarti. Aveva sentito tua madre a Ballymore e lei gli aveva detto che avevi preso l'aereo per Londra come concordato. Stamattina, quando non ti sei presentata al check-in a Heathrow, sono passata a vedere se stavi bene. E a quanto pare è stata una fortuna. Cosa ti è successo in Irlanda?»

«Ha piovuto molto. Devo aver preso freddo. Helen, puoi prenotarmi un volo per domani mattina? Devo andare a New York. Devo...»

«Non se ne parla» intervenne il dottor Deane. «Pensare che possa salire su un aereo per l'America domani è un'idea ridicola. È malata, Orla, e deve restare qui finché non guarisce. Ordine del medico! Ha un amico o un parente che potrebbe venire a stare da lei qualche giorno, per portarle ciò di cui ha bisogno e tenerla d'occhio?»

Orla si morse il labbro, con gli occhi che le si riempivano di lacrime.

«Non si preoccupi, dottore, troverò una soluzione» rispose Helen.

«Va bene, però la prego, non faccia sciocchezze, a meno che non voglia finire in ospedale con una bella polmonite.» Il medico si alzò.

«La accompagno» disse Helen.

«Grazie. Arrivederci, Orla. Si comporti bene.»

Lei rimase distesa, più avvilita che mai. Era bloccata a letto mentre Con era a New York e, come se non bastasse, aveva Helen McCarthy a farle da infermiera.

Quella tornò con un bicchiere e un'aspirina solubile. «Ecco qui, tieni.»

Aiutò Orla ad alzarsi e si sedette ai piedi del letto, guardandola fare una smorfia quando finì di bere.

«Bene. Resto con te finché non starai meglio. Domani posso usare l'ufficio di Jenny e far deviare qui le chiamate urgenti dalla Metropolitan. A proposito di telefonate, devo chiamare tua madre. Era fuori di sé per la preoccupazione, a quanto pare. Poi chiamiamo Con. Non sarà in hotel, ma possiamo almeno lasciargli un messaggio per fargli sapere che stai bene.»

«Puoi usare questo telefono.» Orla indicò l'apparecchio vicino al letto.

«Va bene.»

Helen sollevò il ricevitore. «Magari posso passarti tua madre, immagino non crederà che stai bene finché non ti avrà parlato. Dammi il numero.»

Dopo che Orla ebbe detto qualche parola rassicurante a Mary e dopo aver chiamato l'hotel di Con a New York, Helen si alzò. «Vado a preparare una zuppa. Ho visto delle lattine nella credenza. Pensi di riuscire a mangiare?»

Orla scosse la testa.

«Va bene, ma domani devi iniziare a nutrirti.»

«Lo farò, promesso.»

«Posso portarti qualcos'altro?»

«No, grazie.»

«Okay.»

Helen uscì dalla stanza e scese in cucina. Aprì una lattina di zuppa, ne versò il contenuto in una pentola e la mise sul fornello per scaldarla. Finita la cena, si spostò in soggiorno per guardare il telegiornale.

Poi salì di nuovo in camera da letto e aprì la porta. Orla dormiva. Le sentì la fronte. Era più fresca.

Fece una doccia e, dopo aver dato un'ultima occhiata a Orla, si infilò a letto nella camera degli ospiti, si appoggiò ai cuscini e aprì la valigetta. I documenti preparati dai contabili della City che si occupavano della quotazione in Borsa erano arrivati quella mattina.

Rimase a fissare il vuoto, con le colonne di cifre in grembo, senza leggerle. La sua solita, impeccabile concentrazione pareva averla abbandonata.

Quando aveva saputo che Orla non era salita sull'aereo per New York, aveva subito pensato che avesse scoperto la relazione tra Lulu e Con. L'idea l'aveva spinta a correre a Hampstead. Aveva sperato di appianare la situazione, in fin dei conti sapeva bene cosa significasse essere presi in giro da Con.

Ma adesso era sicura che Orla non sapesse nulla. Era stata ben contenta di farle chiamare l'hotel di Con. Era solo una coincidenza che fosse stata troppo male per prendere il volo per New York.

Però si sentiva a disagio. Le colonne di cifre si potevano controllare. Le emozioni delle persone, invece, erano totalmente imprevedibili.

La suite di Con allo Sherry Netherland era piena di persone che conosceva a malapena. Rappresentanti della casa discografica americana, addetti alle pubbliche relazioni, giornalisti e fotografi che oziavano in giro, fumando, bevendo e chiacchierando. Una festa improvvisata con lui nel ruolo di ospite dimenticato.

Era quello che succedeva sempre quando la band arrivava in città, ma quella sera Con aveva poca voglia di festeggiare. Voleva andare a letto prima possibile e cercare di concentrarsi sul concerto del giorno dopo. Il gruppo aveva fatto una prova a Central Park quel pomeriggio. Considerando la totale mancanza di preparazione, non era andata per niente male. Ma non c'erano dubbi sulla tensione tra i quattro: Derek lo salutava a stento, ancora imbronciato per il rifiuto della sua canzone; Ian era su un altro pianeta, come al solito, ma almeno Todd era abbastanza professionale da mettere da parte le divergenze e andare avanti con il lavoro.

Con sentì una mano sfiorargli la schiena.

«Ciao.»

«Lulu.»

Si voltò e si sforzò di sorridere. Non si sentiva a proprio agio in sua presenza da quando si era svegliato con lei nel letto. Non ricordava niente dell'accaduto, e ogni volta che cercava di scoprire da Lulu com'era andata, lei si limitava a ridacchiare.

«Dov'è Todd?» chiese.

«È nella nostra suite.» La mano di lei gli scivolò sotto la camicia, «Liberati di questa gente.»

«Lulu! Siamo in una stanza piena di giornalisti e paparazzi.»

«Appunto, liberati di loro. Sembri teso. Ti aiuto a rilassarti.»

«Shhh, per favore!»

«Promettimelo.»

«Va bene, va bene.» Si schiarì la gola. «Signore e signori, la festa è finita. Vorrei un po' di pace.»

Ci fu un silenzio deluso per qualche secondo, poi la conversazione riprese.

«Sono sanguisughe» sospirò Con. «Ti si attaccano addosso e non mollano.»

«Chiedi ai tuoi pesi massimi di mandarli via. È per questo che sono pagati» disse Lulu, lanciando un'occhiata ai due tizi muscolosi di guardia alla porta.

«Ivan!» urlò Con sopra un paio di teste.

L'omone si fece strada tra la folla. «Sì, signor Daly, cosa posso fare per lei?»

«Puoi sgomberare la stanza? Vorrei andare a letto.»

Lui annuì. «Lasci fare a me.»

Dieci minuti più tardi, anche l'ultimo refrattario era stato cacciato. Lulu, Con e Freddy erano gli unici ormai rimasti in salotto.

«Non è presto per andare a dormire?» commentò il manager.

«Sono esausto.»

«Bene, allora ti lasciamo al tuo sonno di bellezza. Su, Lulu, ti accompagno alla tua suite.»

«Credo di riuscire a trovarla da sola, grazie, Freddy» rispose lei in tono aspro.

«Come vuoi» replicò lui, scrollando le spalle. «Ci vediamo domani, Con.»

Appena la porta si chiuse, Lulu non perse tempo: si lanciò fra le braccia di Con e lo baciò appassionatamente. Lui si divincolò subito dalla presa.

«Smettila, Lulu. Siamo entrambi sposati, per l'amor di Dio.»

«Non essere stupido. Non lo sapranno mai...»

«Non è questo il punto.»

«Dai, Con. Sappiamo entrambi che sei infelice. Passi pochissimo tempo con Orla. Quando hai un momento libero esci con me.»

«No, esco per andare alle manifestazioni, e anche a te piace andarci. E sarò pure infelice, ma non è colpa di Orla. Lei non ha fatto altro che cercare di amarmi.» Si passò le mani tra i capelli e attraversò la stanza per appollaiarsi sul bordo del letto king-size. «Il fatto è che i Fishermen avrebbero il potere di fare del bene in questo mondo di merda, e invece ci limitiamo a sfornare pezzi sdolcinati per adolescenti che li usano come sottofondo per pomiciare.»

Lulu saltellò verso il letto e si sedette accanto a lui. «Non buttarti giù. Non li usano solo gli adolescenti...» Prese il viso di Con e gli diede un altro bacio. Lui la spinse via.

«Piantala, Lulu. Dico sul serio.» Andò al minibar e si preparò un whisky.

Lei sembrava turbata. «Non ti capisco, Con Daly. Hai praticamente tutto ciò che un essere umano potrebbe desiderare, ma sei sempre di cattivo umore. È ovvio che è il tuo matrimonio a deprimerti.»

Con buttò giù il suo drink. «Ti sbagli. Il mio matrimonio non c'entra niente.» Scosse la testa. «Anzi, no. Il mio matrimonio c'entra eccome. Ero così preso a cercare di risolvere i problemi del mondo che non ho dedicato abbastanza tempo a Orla.» Si riempì di nuovo il bicchiere. «Ho sbagliato tutto.»

Lulu allargò le gambe. «Puoi dirlo forte. Vieni qui. Ti farò sentire meglio.»

Con sospirò. «Per favore, lasciami in pace, Lulu. Essere qui senza Orla mi ha fatto vedere le cose più chiaramente. Avrei dovuto starle accanto questo fine settimana.»

Lulu si raddrizzò. «Orla è noiosa. Non capisce il tuo mondo. A differenza mia.»

«Forse non capisce il mio mondo, ma capisce *me*» sbottò Con. «La amo più di ogni altra cosa. E devo impegnarmi per recuperare.»

Lulu socchiuse gli occhi. «La ami più di ogni altra cosa, eh?»

«Sì.»

«E allora dimmi: perché tanti anni fa l'hai strappata alla sua famiglia?»

Con chinò il capo per la vergogna. «Non sopportavo di stare senza di lei» sussurrò.

«Ma non l'hai rispettata abbastanza da restare, e non sei stato abbastanza coraggioso da sistemare le cose. Hai chiesto a Helen McCarthy di fare il lavoro sporco al posto tuo.»

«Non ricordarmelo.»

«Oh, te lo ricordo eccome. Sei stato molto egoista.» Si alzò e iniziò a camminare verso di lui, come un leone che si avvicina a una gazzella ferita. «Ma ora hai un'altra possibilità di fare qualcosa di altruistico. Siamo fatti l'uno per l'altra, Con. Non opporre resistenza.»

Con rimase immobile mentre Lulu gli posava le mani sul petto e lo guardava negli occhi. Scelse le parole con cura.

«Lulu. Mi dispiace se ti ho dato l'idea sbagliata. Sì, abbiamo passato tanto tempo insieme. Ma stavamo usando la nostra fama per promuovere la pace nel mondo. E questo è tutto.» Si tolse le mani di Lulu dal petto. «Per quanto riguarda l'altra sera...» Scosse la testa. «Posso solo attribuire l'episodio al fatto che eravamo entrambi sbronzi. Non succederà più.»

Il volto di lei si contorse in un ghigno. «Non è *mai* successo niente.»

Con aggrottò la fronte. «Cosa?»

«Siamo tornati a casa tua e dopo qualche bacio – che tra l'altro non era nemmeno un granché – hai cominciato a sbiascicare il nome di Orla. Così ti ho lasciato svenire sul letto.»

Con era furibondo. «Mi hai fatto credere che siamo stati a letto insieme!»

Lulu alzò le spalle. «Peggio per te che non sia successo. Sono molto brava.»

Le prese il braccio. «Esci.»

«Ahi! Lasciami almeno prendere la borsa.» Con la trascinò verso la porta e la buttò fuori in corridoio.

Che diavolo ci trovava in sua moglie? Era solo una sempliciotta di un remoto angolo dell'Irlanda. Lei invece era Lulu Bradley, una star del cinema. Gli uomini avrebbero fatto la fila per passare cinque minuti da soli con lei. Con avrebbe potuto avere tutto. Come osava trattarla in quel modo?

In quel momento Lulu decise che, se non poteva avere Con Daly, allora non poteva averlo nemmeno Orla.

E, se avesse fatto le cose per bene, avrebbe potuto ottenere anche una buona pubblicità.

Per quanto le costasse, Orla doveva ammettere che Helen era stata molto carina con lei nelle ultime quarantotto ore. Non osava immaginare come se la sarebbe cavata senza il suo aiuto.

Alla fine della settimana riusciva di nuovo a reggersi in piedi ed era tornata a credere che sarebbe vissuta fino al suo ventiduesimo compleanno.

Sentì bussare alla porta ed entrò Helen con un vassoio della colazione. Come sempre, era truccata alla perfezione e indossava un costoso tailleur pantalone.

«Come va oggi?» La scrutò mentre le posava il vassoio sulle ginocchia. «Ti vedo meglio.» Andò alla finestra e scostò le tende. «Un'altra splendida giornata. Fai colazione, poi ti riempio la vasca. Ti sentirai ancora meglio dopo un bel bagno.»

Orla annuì e Helen uscì dalla stanza. Forse la direttrice della Metropolitan Records aveva mancato la sua vera vocazione: sarebbe stata una meravigliosa capoinfermiera. Orla bevve il succo d'arancia, poi smosse i corn-flakes nella ciotola. Non le era tornato l'appetito, anzi, la vista del cibo le dava la nausea.

«Uno sforzo piuttosto misero, Orla» la rimproverò Helen, rientrando. «Come fai a recuperare le forze se non mangi?»

«Mi dispiace, non ci riesco proprio. Mi viene da vomitare.»

Helen sorrise. «Va bene, ti lascio in pace. Adesso fai il bagno, magari dopo puoi scendere e sdraiarti un po' al sole.»

Orla entrò lentamente in bagno e vide che Helen aveva riempito la vasca di schiuma profumata. Si guardò allo specchio e sospirò. Era pallida e smunta, con profonde occhiaie. Non aveva certo l'aspetto migliore per cercare di salvare il suo matrimonio.

Entrò nell'acqua e scivolò giù.

Di lì a poche ore Con si sarebbe alzato e avrebbe seguito la solita routine pre-concerto, una routine di cui un tempo aveva fatto parte anche Orla. Ripensò con affetto alle volte in cui sedeva a bordo palco mentre Con suonava per migliaia di fan, e sorrideva quando lui sgattaiolava da lei, con la scusa di asciugarsi, per abbracciarla e dirle quanto la amava.

Mezz'ora dopo era in terrazza. Il sole caldo le calmava i nervi. Helen era andata a fare provviste, insistendo per posarle una coperta sulle ginocchia prima di uscire. Chiuse gli occhi e si appisolò.

Si risvegliò con i rumori provenienti dalla cucina. Si alzò e raggiunse Helen che stava aprendo le buste della spesa.

«Hai riposato bene?»

«Sì, grazie.»

«Perfetto. Oggi stai davvero molto meglio. Non conosco quasi per niente i tuoi gusti, ma ho comprato un po' di cose per stuzzicarti l'appetito.»

«Helen, ti ringrazio di esserti presa cura di me. Sei stata davvero gentile, non so cosa avrei fatto senza di te.»

«Oh, non è stato niente» rispose lei, riponendo le lattine di zuppa in dispensa. «Sono sicura che te avresti fatto lo stesso per me.»

«In realtà non lo so. Forse il punto è proprio che non mi aspettavo che avessi a cuore il mio benessere. Che ne dici di lasciarci il passato alle spalle e ricominciare da capo?»

Helen si fermò con una lattina di fagioli stufati in mano. Si voltò a guardare Orla, con un'espressione di lieve sorpresa sul viso.

«Oh, Orla, quello che ti ho fatto...» Anche lei era sorpresa di vedere Helen emozionata. «È successo tanto tempo fa. Eravamo ragazzine. Era un'altra vita. Faccio veramente fatica a conciliare la persona che sono oggi con la ragazza di allora.»

«Sono d'accordo, sei cambiata parecchio» sorrise Orla, rilassandosi.

«Mi dispiace che tu abbia pensato che continuassi a covare una sorta di rancore infantile nei tuoi confronti. Ora siamo adulte, il passato è passato.»

«Ne sono contenta. E scusami per come mi sono comportata con te.»

«Orla, dico sul serio, non c'è bisogno che ti scusi. Adesso è tutto chiarito.» E continuò a mettere a posto la spesa.

«Ora penso di poter restare da sola. Mi sento molto meglio. Perché non te ne vai a casa? Avrai certamente un sacco di cose da fare.»

«Sei sicura?»

«Assolutamente.»

«Va bene. Passerò in ufficio per qualche ora questo pomeriggio. Non vorrei dover ammettere che la Metropolitan se la cava bene anche senza di me. Posso tornare a prepararti la cena.»

«Non ce n'è bisogno.»

«Be', ti chiamo e decidiamo.»

Helen insistette per prepararle dei fagioli e del pane tostato prima di andarsene. Orla mangiò diligentemente, convinta che non l'avrebbe mai lasciata se non l'avesse fatto. A quel punto Helen andò a prendere le sue cose dalla stanza degli ospiti e Orla la accompagnò alla porta.

«Sai dove trovarmi se hai bisogno di me.»

«Sì, ma sono sicura che non servirà.»

«Va bene, allora. Ciao.»

«Ciao, Helen.»

Orla si sporse in avanti e le diede un bacio sulla guancia.

Un rossore si diffuse sul viso di Helen. Poi prese la valigetta, si diresse alla Porsche, gettò le sue cose sul sedile del passeggero e accese il motore. Partendo la salutò con un colpo di clacson.

Orla trascorse il pomeriggio in terrazza a leggere un libro. Più tardi lasciò un messaggio all'hotel di Con chiedendogli di chiamarla, poi parlò con sua madre per rassicurarla che si sentiva meglio. Alle cinque in punto, Helen chiamò per controllare come stava.

Non appena riattaccò, il telefono squillò di nuovo. Rispose subito, sperando che fosse Con.

«Pronto?»

«Signora Daly?»

«Sì?»

La voce sembrava smorzata.

«Credo debba sapere che suo marito le ha mentito per molti anni.»

«Cosa? Chi è?»

«Le dico solo che Helen McCarthy non è la ragione per cui ha dovuto lasciare l'Irlanda.»

«Di cosa sta parlando?»

«Lo chieda a lui, oppure a lei. Arrivederci.»

La chiamata terminò. Orla fissò il ricevitore incredula e si aggrappò allo schienale della sedia. Poteva essere una specie di scherzo telefonico? Possibile. Ma quale fan avrebbe potuto sapere il motivo per cui aveva seguito Con a Londra? Per non parlare del coinvolgimento di Helen McCarthy. Per distrarsi, si spostò in soggiorno e accese la televisione. Non voleva pensarci, e non voleva pensare nemmeno al fatto che suo marito era a migliaia di chilometri di distanza e non si era ancora degnato di richiamarla.

Entro un paio di giorni sarebbe tornato a casa. Allora avrebbero potuto sedersi a parlare e sistemare tutto.

Nonostante le sue intenzioni, però, Orla rimase sveglia fino alle prime ore del mattino, con la voce misteriosa e le sue insinuazioni che le riecheggiavano nella testa.

41

Il comitato di benvenuto che accolse i Fishermen a Heathrow al rientro da New York fu, come sempre, chiassoso. Le sale d'attesa erano gremite di fan scalmanati. La sicurezza aeroportuale aveva fatto passare i membri della band e Freddy da un'uscita sul retro, ma la folla era peggio di un branco di segugi. Bastava che una sola persona si mettesse sulle loro tracce perché tutte le altre la seguissero.

«Gesù, quanto odio questa cosa» gemette Con mentre i volti dei fan premevano contro i finestrini della loro macchina e le mani cercavano invano di aprire la portiera posteriore.

«Sarebbe peggio se non ci fosse nessuno ad accoglierci» commentò Todd.

Alla fine la limousine riuscì a farsi strada e si diresse verso il centro di Londra.

Con si guardò indietro e vide l'auto della polizia che li seguiva.

«Casa dolce casa» mormorò tra sé.

«Be', un altro successo assoluto, ragazzi!» Freddy sorrise dal sedile anteriore. «Siete andati alla grande, avete suonato benissimo.»

«È un vero mistero come tu abbia fatto a sentirci. Con tutta quella gente urlante, avremmo potuto anche suonare delle filastrocche e nessuno si sarebbe accorto della differenza» mormorò Derek.

«Sì, può darsi, ma credo che il concerto passerà alla storia. Avete attirato una folla quasi pari a quella dei Beatles all'Hollywood Bowl. Siete ancora in forma, non c'è dubbio.»

«Perché, ne avevi qualcuno?» chiese Todd a bassa voce.

«Be', ho avuto l'impressione che le prove non fossero andate proprio lisce.»

«Sai come si dice: prova generale terribile, spettacolo incredibile» ribatté Todd.

«Freddy, bisogna fare qualcosa in fretta per il nostro amico.» Con indicò Ian, che si era addormentato con la bocca aperta. «Sabato ce l'ha fatta a malapena. Ma non rischierò un'altra esibizione dal vivo finché non sarà pulito.»

Freddy annuì. «Okay, me ne occupo io. Alla fine della settimana, comunque, dovremmo incontrarci per parlare del nuovo album e dei progetti per i prossimi mesi. Mercoledì a pranzo vedo Helen. Dice che ha qualcosa di cui vuole discutere. Qualcuno ne sa niente?»

I tre membri della band ancora svegli scossero la testa.

«Si fermi qui, io e Con prendiamo un taxi per andare verso nord. Facciamo prima. Gli altri può portarli a casa» disse il manager all'autista, che li lasciò a Hammersmith Broadway.

«Con, vieni da me?» chiese Todd. «Lulu è a Los Angeles per un paio di giorni, ho la casa libera.»

Freddy stava facendo segno a un taxi.

«Certo, organizziamo. Chiamami.»

Con e Freddy salirono sul taxi che si diresse verso Belsize Park. «Farai qualcosa per Ian, vero? Se vogliamo finire l'album deve darsi una regolata. E se non ci riesce dovremmo pensare a sostituirlo.»

«Ho detto che gli parlerò e lo farò. Mi sembri teso, Con. Da tutta la settimana. Qualcosa non va?»

«No, sto benissimo.»

«Sono quelle minacce?»

«Non è l'ideale ritrovarsi sulla lista nera di qualche pazzo, ma me la cavo.»

«Lo rintracceranno presto, ne sono sicuro. C'è altro?»

«No.» Con guardò fuori dal finestrino.

«Va bene. Senti, per qualsiasi problema, fammi un fischio. Abitiamo vicino.» Freddy picchiettò sul vetro. «Io scendo qui.» Il taxi si fermò. Il manager scese, con il borsone a tracolla. «Come ho detto, passa quando vuoi. Porta i miei saluti a Orla. Helen mi ha detto che non è stata bene.»

Con annuì. «Ciao, Freddy.»

«Dove andiamo?» chiese il tassista.

«Hampstead.»

«Bene.»

Il taxi proseguì fino a casa Daly, dove il cancello si spalancò per dargli il benvenuto. Con pagò il tassista ed entrò.

«Orla? Orla?»

Attraversò la casa silenziosa e trovò sua moglie che prendeva il sole in terrazza. Lei si voltò di scatto e si alzò. «Con, non ti avevo sentito.» Si avvicinò e gli mise un braccio intorno alle spalle, poi lo baciò.

«Come ti senti? Freddy ha detto che sei stata male.»

«Ora che ti vedo sto meglio.»

«Anch'io.»

Erano distanti, in imbarazzo. Nessuno dei due sapeva che dire, finché non parlarono entrambi contemporaneamente.

«Vuoi qualcosa da bere?»

«Credo che farò una doccia.»

«Okay, tu vai di sopra a farti una doccia e io ti porto da bere?» suggerì lei.

«Ottima idea.» Con annuì e si diresse verso le scale.

«Avresti potuto chiamare.»

«Sì, scusami.» Si passò una mano tra i capelli e alzò le spalle. «Siamo stati un po' incasinati.»

Continuò a salire le scale.

Orla rimase lì a guardarlo scomparire, con un nodo in gola.

Forza, devi provarci, si disse. *Altrimenti le cose non miglioreranno mai.*

Andò in cucina a prepararsi un tè e a prendere una birra per il marito.

Quando salì, lo trovò sdraiato nudo sul letto, a fumare una sigaretta.

«Ecco la tua birra, fredda di frigo.»

«Grazie.»

Orla si sedette sul letto e gli porse la bottiglia, che lui appoggiò sul ventre piatto. Un brivido di desiderio la percorse. Era passato più di un mese dall'ultima volta che avevano fatto l'amore.

«Dobbiamo parlare.»

Sentendosi improvvisamente addosso la fatica degli impegni della settimana, Con sospirò. «Lo so.» Si tirò a sedere e bevve un sorso di birra. «Di cosa vuoi parlare?»

«Di noi.»

Annuì. «Continua.»

«Be', per cominciare, sento una tensione terribile da settimane. Sembra che non comunichiamo più. Sei sempre fuori per le prove o a qualche manifestazione con Lulu. E quando sei a casa neanche parliamo. Sapevi quanto stavo male e non ti sei nemmeno degnato di chiamarmi mentre eri a New York. Comincio a chiedermi...»

«Cosa?» Con la guardò con aria stanca.

«Se mi ami ancora.»

Lui sospirò di nuovo e chiuse gli occhi. «Hai ragione, Orla. Sto sbagliando tutto.» Posò la birra sul tavolino e aprì le braccia. «Vieni da me?»

La moglie si rannicchiò contro di lui.

«Mi sei mancata» le sussurrò. «Mi dispiace non averti messa al primo posto. Ti prometto che da oggi in poi le cose cambieranno.»

«Sei stato così freddo, così distante. È stato come vivere con uno sconosciuto. Non eri più il vecchio Con, simpatico e rilassato, che non si lasciava mai sopraffare dalle cose.»

Lui alzò lo sguardo sul soffitto. «Hai ragione. Forse ho dimenticato chi è il vecchio Con.»

Orla fece un respiro profondo. «E il nuovo Con è ancora innamorato di sua moglie?»

Distolse lo sguardo dal muro e incontrò gli occhi di lei. «Orla. Ti amo più di ogni altra cosa al mondo. Tornerò a dimostrartelo, lo giuro.»

Per un attimo Orla fu travolta dalla felicità. Avrebbe voluto baciarlo, ma doveva ancora chiarire la strana telefonata. «Con» disse, dopo una pausa, «c'è qualcosa del nostro passato che non so?» Studiò attentamente il suo volto.

Lui non rispose subito. «Cosa intendi?»

Lei capì all'istante che stava nascondendo qualcosa. «Mi riferisco a quando abbiamo lasciato Ballymore.» Le parole della misteriosa persona al telefono continuavano a ronzarle in testa. «È davvero Helen McCarthy la ragione per cui mio padre ci ha scoperti?»

Con impallidì. «Io...» Non riuscì a dire altro.

Orla si fece coraggio. «Dimmi tutto. Adesso.»

Con si raddrizzò. «Helen ti ha detto qualcosa? Quella stronza. Non ci si può davvero fidare di lei.»

«A dirla tutta, non so cosa avrei fatto senza di lei la settimana scorsa. È stata la gentilezza in persona.» Orla si alzò, con le gambe che tremavano e la bocca secca. «Allora, parla.»

Con affondò la testa tra le mani e si mise a raccontarle tutta la verità.

Il viso di Orla si mosse appena, ma le lacrime le sgorgavano a fiumi dagli occhi. Quando fece per uscire dalla stanza, lui provò a seguirla.

«No! No.» Alzò una mano tremante.

Con si accasciò di nuovo sul letto, con aria colpevole, come un cane bastonato.

Passò più di un'ora prima che Orla tornasse. Quando aprì la porta della camera da letto, Con non mosse un muscolo, ma aveva un'espressione straziata e svuotata. Era evidente che avesse pianto.

«Penso sia meglio se vado via per un po'. Non sopporto di stare qui al momento.»

Mentre lei riempiva una valigia di vestiti, Con rimase sdraiato in silenzio, con gli occhi chiusi. Quando fu sicura di avere abbastanza per una settimana, Orla chiuse la valigia e, ingoiando le lacrime, uscì dalla stanza limitandosi a salutarlo con un «Ciao, Con».

Lui non rispose. O non riuscì a rispondere.

Orla scese di sotto. Nella cassettiera all'ingresso c'era un libretto degli assegni. Le sarebbe servito per pagare un hotel, o forse poteva tornare a Ballymore... L'importante era uscire da quella casa e allontanarsi da Con. Non riusciva a credere che il loro addio fosse stato così calmo e freddo.

Si chiuse la porta d'ingresso alle spalle, gettò la valigia nel bagagliaio dell'auto e avviò il motore.

Una fan si alzò mentre passava in macchina. In uno slancio di rabbia, Orla abbassò il finestrino e fissò gli occhi strafatti della ragazza. «Me ne vado. È tutto tuo.»

Suonò il clacson e si allontanò lungo Heath Road.

42

Giovedì pomeriggio era prevista una sessione di brainstorming sull'album di prossima pubblicazione in uno dei nuovi studi di registrazione della Metropolitan. Poi Freddy si sarebbe unito agli altri per cena.

Derek arrivò e trovò Con già lì, che strimpellava la chitarra.

«Ciao, Con.» Lui non lo salutò. «Speravo di trovarti qui. Vorrei parlarti.»

«Spara» disse Con senza smettere di suonare.

«L'ho già detto decine di volte, lo so, ma voglio la mia canzone nel nuovo album. Altrimenti dovrò riconsiderare la mia posizione nella band.»

«Davvero?»

«Non so se voglio continuare a far parte dei Fishermen.»

«L'hai detto a Freddy?»

«No, ma l'ho detto a Helen. E lei è pienamente d'accordo. Pensa che dovrei avere una possibilità.»

«Ah sì? Interessante, considerando che non ha sentito la canzone.»

«Invece sì. Le ho mandato un nastro. Ha detto che potrebbe diventare molto bella, con un minimo di lavoro» replicò Derek petulante.

Con si fermò e lo fissò. «Lo ripeto un'ultima volta, poi l'argomento è chiuso. La tua canzone fa pena, Derek. È senza speranza. Non siamo una band di dilettanti che può mettere in un album qualsiasi schifezza. E la tua canzone *è* una schifezza. Se non ti sta bene, lascia pure la band. Non me ne potrebbe fregare di meno. Ora, se vuoi scusarmi, ho del lavoro da fare.» E riprese a suonare.

Derek lo guardò in cagnesco per un attimo prima di parlare. «Non so cosa ti sia successo. Eri un bravo ragazzo. Dev'essere la fama ad averti trasformato in un pezzo di merda. Comunque, se la pensi così, per me va bene. Trovatevi un altro chitarrista.»

Con scrollò le spalle ma non disse nulla.

«Ti avverto, Con Daly. Sei un arrogante bastardo che sta irritando un sacco di gente. Presto avrai la punizione che meriti.»

Derek lasciò lo studio. Con sospirò e continuò a suonare. Il pezzo su cui stava lavorando iniziava a prendere forma.

Alle tre e dieci, la porta dello studio si aprì. Todd andò dritto verso di lui e gli sferrò un pugno in faccia. Il colpo lo fece cadere all'indietro sul pavimento.

«Bastardo! Bastardo!» Todd gli saltò addosso e cominciò a usare la sua faccia come un sacco da boxe. Da quella posizione, Con non poteva fare altro che alzare le braccia per cercare di proteggersi. «Chi cazzo ti credi di essere?» Todd continuava a tempestargli di pugni la faccia insanguinata.

«Mi stai uccidendo, Todd! Smettila!»

«Dammi una buona ragione per cui non dovrei ucciderti! Provarci con Lulu alle mie spalle. Mia moglie! La moglie di un tuo amico!» Gli sferrò un pugno nello stomaco.

«Cosa?» urlò Con.

«Nessuno meglio di te sa quanto la amo. Ieri sera mi ha detto che le stavi addosso da settimane.» Un altro pugno. «Ha detto che è stata fortunata a uscire da quella stanza d'albergo a New York dopo che l'hai afferrata e baciata.»

«Todd, non è...»

«Bene, ci sei riuscito. È finita. Hai rovinato tutto.» L'altro trattenne le lacrime e guardò Con, il cui naso sanguinava copiosamente. «Hai distrutto la band. Non voglio mai più vedere la tua faccia.»

«Che diavolo sta succedendo?»

Todd si voltò e vide Freddy in piedi sulla soglia.

«Puoi chiederlo a lui. Scusate.» Spinse via il manager, attraversò lo studio a grandi falcate e uscì.

«Accidenti, Con. Cosa hai fatto per meritarti questo?» Freddy si inginocchiò e gli offrì un braccio per aiutarlo a rialzarsi. Lui barcollò leggermente mentre provava a sedersi. «Resta qui. Prendo qualcosa per pulirti.»

Il manager attraversò lo studio e andò nell'angolo cottura in fondo al corridoio. Vide una pila di tovaglioli vicino alla macchina del caffè. Ne bagnò alcuni e tornò da Con.

«Sembra che tu abbia fatto a pugni con Muhammad Alì» scherzò mentre gli tamponava il sangue sulla faccia. «Temo che il naso sia rotto, vecchio mio. Sarà meglio portarti in ospedale e farti controllare.»

«No, grazie, Freddy. Starò bene, davvero.» Con provò a toccarsi il naso e fece una smorfia. «Sono sicuro che è meno peggio di quanto sembra.»

«Allora ti chiamo una macchina. Vai a casa e fatti assistere da Orla. Forse non è il momento di entrare nei dettagli di quello che è appena successo.»

Con annuì mentre Freddy usciva per chiamare la reception.

«Okay, la macchina sta arrivando. Dove sono gli altri?»

«Derek se n'è andato e Ian deve ancora arrivare.»

«Un classico. Quindi, immagino che la cena sia saltata, non è così?»

«Pare di sì.»

«Okay. Forza, ho chiesto alla macchina di fermarsi proprio fuori dalla porta. Non credo sia il caso che i fan ti vedano in questo stato. Riesci a camminare?»

Con si alzò a fatica dalla sedia. «Sì.» Seguì Freddy fuori dallo studio e su per le scale, fino alla reception. Un'auto era ferma fuori e suonò il clacson.

«Eccola.» Freddy corse ad aprire la porta. «Salta su. Senti, domani ti chiamo per sapere come stai. E sarà meglio che mi spieghi cosa sta succedendo.»

«Certo. Grazie, amico.»

Freddy chiuse la porta e la macchina sfrecciò lungo la strada. Con un profondo sospiro, rientrò e tornò nello studio di registrazione.

Ian avanzava nel corridoio barcollando verso di lui, con indosso un lungo e vistoso caftano. Fece il segno della pace a Freddy. «Ehi, che succede? Dove sono gli altri?»

Per qualche ragione, la vista di Ian – con almeno due ore di ritardo e immerso in un mondo tutto suo – fece scoppiare Freddy a ridere.

«Se ne sono andati, Ian. Te li sei persi. Aspetta un attimo, spengo le luci nella sala di registrazione e andiamo a prenderci una birra.»

«Niente birra, amico. Non mi piace la birra.»

«Be', qualsiasi cosa tu voglia. Ho bisogno di bere.»

I due tornarono di sopra.

Freddy si sporse sulla scrivania e sorrise alla giovane receptionist. «Potresti mandare qualcuno nella sala di registrazione numero tre? Troverà un po' di disordine da sistemare.» Si portò l'indice alle labbra. «E che resti tra noi, okay?»

«Certo, signore.»

«Grazie, Melody. A presto.»

Freddy mise un braccio intorno alle spalle di Ian e si avviò alla porta. «Troviamoci un bar, vecchio mio.»

Con si esaminò il naso allo specchio. Era intorpidito e più storto del solito. Se l'era già rotto una volta in una rissa, quand'era bambino. Avrebbe aspettato di vedere come stava il giorno dopo per decidere se andare in ospedale. Il resto dei tagli e dei lividi sembravano piuttosto superficiali. Li tamponò alla meglio con il disinfettante.

«Gesù, che giornata... che settimana» sospirò al suo riflesso.

Lulu, che stronza... Oltre ad aver raccontato a Todd quella storia assurda, era stata ovviamente lei a chiamare Orla e a vuotare il sacco.

«L'inferno non conosce furia pari a quella di una donna respinta» borbottò.

Decise che la cosa migliore da fare era prendere un paio di aspirine e andare a letto. Stava morendo di fame, ma da quando Orla se n'era andata le scorte erano finite. Se fosse stata lì, adesso, si sarebbe presa cura di lui. Gli mancava, gli mancava da morire...

Si tolse la maglietta e i jeans insanguinati, troppo esausto persino per fare una doccia, e dopo aver preso le pillole si trascinò in camera da letto.

43

CON DALY SI SEPARA DALLA MOGLIE

Facendosi coraggio, Orla lesse l'articolo sotto i titoli in seconda pagina.

La moglie di Con Daly, Orla, ha lasciato la casa di famiglia a Hampstead. Una nostra fonte afferma che la donna si sia infuriata alla scoperta di una relazione tra Con e Lulu Bradley, attrice, attivista pacifista e moglie di Todd Bradley. Negli ultimi mesi i due sono stati visti regolarmente insieme a diverse manifestazioni.

Né Con Daly né Todd Bradley hanno voluto commentare, ma il loro manager, Freddy Martin, ha affermato che la situazione è stata gestita in modo civile da entrambe le parti e non influirà sul futuro dei Fishermen.

Tuttavia, una fonte interna alla Metropolitan Records ha riferito che di recente ci sono state delle risse in sala di registrazione. E, a quanto ci risulta, nelle prime ore di venerdì mattina è arrivato al pronto soccorso del Royal Free Hospital di Hampstead un certo signor C. Daly, con il naso rotto ed escoriazioni al viso. In seguito è stato dimesso ed è tornato nella sua sontuosa villa a Hampstead Heath.

Resta da vedere se questa situazione senz'altro delicata influenzerà uno dei sodalizi di maggior successo del decennio; i Daly e i Bradley, infatti, sono stati uniti da una stretta amicizia nel corso degli anni.
Non si sa dove si trovi al momento Orla Daly. Un portavoce della casa discografica si è rifiutato di commentare, se non suggerendo che la donna potrebbe essere all'estero dai parenti.

Orla rilesse l'articolo e si chiese chi avesse fatto trapelare alla stampa la notizia della loro rottura. Sospettava che fosse qualcuno della Metropolitan: notizie di dissidi interni alla band avrebbero potuto far aumentare le vendite. C'era davvero qualcosa tra Con e Lulu? Chissà. Sperava fosse solo una voce inventata da qualcuno per spillare soldi ai tabloid. Però sperava anche che il litigio con Todd fosse vero. Con se lo meritava proprio un naso rotto.

Il telefono squillò. Orla rispose senza pensarci.

«Pronto?»

«Reception. Abbiamo una telefonata per lei, signora Daly.»

«Va bene.» Attese.

«Signora Daly?»

«Sì?»

«Orla Daly?»

«Sì?»

«Siamo lieti di averla trovata, signora Daly. Qui è il "Mirror". Vorremmo chiederle un'intervista esclusiva sulla relazione tra suo marito e Lulu Bradley. Siamo disposti a pagarla profumatamente, o a donare la stessa cifra a un ente benefico di sua scelta. Come immaginerà, l'intervista sarebbe del tutto in suo favore. Cosa ne pensa di...»

Orla sbatté giù il telefono. Perché non aveva prenotato sotto falso nome? Con dita tremanti, compose il numero della reception. «Per favore, non inoltrate altre chiamate alla mia stanza. Se chiama qualcuno, dite che ho lasciato l'albergo.»

«Faremo del nostro meglio, signora Daly.»

«Grazie.»

L'Hampstead Post House non era certo il posto più discreto o distante dove andare, ma quando aveva lasciato Con non si sentiva in grado di guidare troppo a lungo, e quello le era sembrato un posto confortevole e anonimo in cui fermarsi per qualche giorno mentre decideva il da farsi.

Si sedette sul bordo del letto sfatto e cercò di riflettere. I media le stavano con il fiato sul collo. Sapeva che nel giro di un'ora ci sarebbe stato un gruppo di giornalisti ad aspettarla fuori. Doveva sbrigarsi, ma dove poteva andare?

A casa, in Irlanda? Con il putiferio mediatico che si era scatenato, non le pareva giusto addossare quel peso a sua madre, che aveva appena perso il marito. Per non parlare degli occhi indiscreti e delle lingue lunghe di Ballymore.

«Aiuto» mormorò. Non si era mai sentita così sola.

Doveva spostarsi in un altro hotel? Scosse la testa. No, non era una buona idea. Bastavano una receptionist o un portiere corruttibile per avvisare la stampa.

Le venne in mente una sola persona che avrebbe potuto aiutarla.

Afferrò il ricevitore e compose il numero che sapeva a memoria.

«Metropolitan Records.»

«Helen McCarthy, per favore.»

«Mi dispiace, ma la signora McCarthy è in riunione.»

«È un'emergenza, le dica che sono Orla Daly. Devo parlarle immediatamente.»

«Va bene, signora Daly, aspetti in linea. Vedrò che cosa posso fare.»

Orla attese, in preda alla frustrazione.

«Orla, sono Helen. Dove sei?»

«Al Post House di Hampstead. Helen...» Orla trattenne un singhiozzo. «Hai letto il "Daily Express"?»

«Sì.»

«Mi dispiace disturbarti, ma il "Daily Mirror" mi ha appena rintracciata. La stampa sa che sono qui, presto arriveranno a frotte. Non so cosa fare.»

«Okay. Prima di tutto, non farti prendere dal panico. Ti tireremo fuori da lì. Fai le valigie, ti mando una macchina. Puoi andare a casa mia a Holland Park. Lì nessuno ti troverà. Katie, la cameriera, ti farà entrare. Resta lì finché non torno, poi parleremo meglio di tutto. Ci sarà una porta sul retro che puoi usare, in quell'hotel?»

«Non lo so.»

«Dai, Orla, tieni duro. Ora metto giù e chiamo il direttore del Post House. Ti faccio accompagnare direttamente alla macchina. Okay?»

«Sì. Grazie, Helen. Scusa. È tutto così... sordido.»

«Lo so. Ti chiamo tra un'oretta. Sarai già a Holland Park. A dopo.»

Orla riattaccò e prese la valigia, gettando dentro alla rifusa le poche cose che aveva portato con sé. Poi si vestì e cercò gli occhiali da sole per nascondere il suo viso pallido e tirato dalla possibile intrusione di un obiettivo.

Merda! Li aveva lasciati in macchina. Era parcheggiata lì fuori, ma era come se fossero su Marte.

Chiuse la valigia e si sedette sul letto ad aspettare. Pochi minuti dopo, bussarono alla porta.

«Chi è?»

«Il signor Adams, il direttore dell'hotel. Ho appena parlato con la signora McCarthy.»

«Va bene.» Orla aprì la porta.

L'uomo le sorrise. «Mi ha chiesto di accompagnarla alla sua macchina. L'ho fatta parcheggiare sul retro.»

«Grazie.»

«Se vuole seguirmi.» Lui prese la valigia e si avviò lungo il corridoio verso l'ascensore. «Temo che ci sia un gruppo di giornalisti e fotografi all'ingresso, in attesa che lei esca. C'è una sola uscita per le auto dal retro, quindi non potrete evitarli. È il meglio che possiamo fare.»

Presero l'ascensore fino al piano terra e Orla seguì Adams attraverso un labirinto di corridoi. «Eccoci.» Il direttore si fermò davanti a un'uscita di emergenza e premette il pulsante. Una macchina era in attesa accanto al marciapiede. Orla si affrettò a raggiungerla, aprì la portiera posteriore ed entrò, mentre lui sistemava la valigia nel bagagliaio. Bussò al finestrino e le fece cenno di abbassarlo.

«È stato un piacere averla con noi, signora Daly. Spero che ci consiglierà ai suoi amici. Ecco il conto.» Le porse una busta bianca.

«Grazie. Le sono molto grata per il suo aiut...»

«Ehi! Eccola! È qui!» urlò una voce.

Orla alzò il finestrino e l'autista partì. Mentre svoltavano l'angolo, una folla di giornalisti e fotografi corse verso di loro.

«Non si preoccupi. Passeremo. Ci vorrà un minuto. Se necessario sono pronto a investirli, quei bastardi.» L'anziano autista premette il clacson e continuò a guidare con determinazione tra la folla.

I flash scattarono e i giornalisti bussarono al finestrino, mormorando parole che Orla non riusciva a sentire. Guardò dritto davanti a sé e si costrinse a non piangere. Alla fine raggiunsero l'uscita del parcheggio, e Orla si girò a guardare i giornalisti che si disperdevano e correvano alle loro macchine.

«Signora, si tenga forte: ci liberiamo di quei topi di fogna.»

L'auto si lanciò nel traffico, scatenando un frastuono di clacson. Dopo dieci minuti a sfrecciare in una serie di strade secondarie che Orla non aveva nemmeno idea esistessero a Hampstead, la macchina si unì al flusso principale di veicoli intorno a Swiss Cottage. Sbandando dentro e fuori dalle corsie, l'autista si diresse verso St. John's Wood e il centro di Londra. Guardò nello specchietto retrovisore e le sorrise.

«Li abbiamo seminati. Va tutto bene.»

«La sua valigia, signora Daly.» L'autista posò la borsa di Orla nell'ingresso della casa di Helen.

Lei gli sorrise, grata. «Grazie mille.»

«Di niente. Ha aggiunto un po' di pepe alla mia giornata. Si prenda cura di lei. Arrivederci.»

«Le mostro la sua stanza, signora.»

Orla seguì Katie, la cameriera di Helen, su per le strette scale.

«Ho del pane e del paté per lei di sotto quando sarà pronta.»

«Grazie. Scendo subito.»

Orla si sedette sul letto e pianse di sollievo.

Dopo pranzo, Katie annunciò che doveva andare a fare la spesa e a ritirare la biancheria di Helen in lavanderia.

Il telefono squillò proprio mentre la cameriera usciva. Incerta, Orla si avvicinò al ricevitore e sollevò con titubanza la cornetta.

«Pronto?» sussurrò.

«Sono Helen. Per il futuro forse è meglio se concordiamo un codice. Faccio squillare tre volte, riaggancio e poi richiamo subito. Tutto okay?»

«Sì. L'autista è stato fantastico.»

«Dan mi accompagna in giro da anni. È molto affidabile. Ascolta, volevo solo assicurarmi che stessi bene. Ho una riunione ora, ma dovrei essere a casa per le sei. Mettiti comoda. Guarda un vecchio film in televisione o qualcosa del genere.»

«Grazie, Helen. Ci vediamo più tardi.»

«Ciao, Orla.»

Riattaccò e per la prima volta osservò attentamente ciò che la circondava.

La casa era così ordinata da sembrare quasi disabitata. A parte due divani color crema e un lungo tavolino in vetro fumé con una pila di riviste patinate in un angolo, non c'erano altri mobili. Le pareti bianche erano perlopiù spoglie, con qualche stampa incorniciata qua e là. Un superbo impianto audio Bang & Olufsen con altoparlanti da un metro occupava buona parte di una parete, mentre un piccolo televisore era sistemato in un angolo. Orla tornò al piano di sopra e aprì la prima porta che trovò. La stanza era poco più grande di un ripostiglio, arredata con una scrivania antica e una poltrona in pelle. Due pareti erano ricoperte da scaffali con file di libri voluminosi. Ne prese uno. *Il diritto d'autore nell'industria musicale. Nuova edizione aggiornata.*

Uscendo, Orla provò la porta successiva lungo il corridoio e trovò il bagno: piccolo, ma funzionale. La terza porta conduceva alla camera degli ospiti, la sua.

L'ultima doveva essere la stanza di Helen. Aprì la porta e rimase sulla soglia, sorpresa. Rispetto all'eleganza ordinata del resto della casa, quella camera era completamente diversa. Il letto matrimoniale era coperto da una trapunta patchwork colorata e c'erano una serie di peluche appoggiati alla testiera in ferro battuto. Una toeletta vecchio stile era ingombra di lozioni e creme, e lungo una parete correva un armadio a specchio a figura intera. Sulle altre pareti erano appese stampe con orsacchiotti e bambini che facevano il girotondo.

«Una cameretta per bambini» mormorò Orla. Le ricordava molto la sua nella casa dei genitori a Ballymore.

Aprì il primo cassetto di una grande cassapanca di quercia. Era piena di calze di seta nera, morbide al tatto, canotte, bustier, reggicalze e mutande, tutti neri.

Richiuse il cassetto. «Forse non proprio una cameretta per bambini.»

Uscì e scese al piano di sotto.

L'unico suono che infrangeva il silenzio era il ticchettio dell'orologio della cucina. Prese una rivista e, accomodandosi sul divano, si immerse nella lettura di un articolo sull'elegante giardino di una famosa attrice.

Verso le sette, una chiave girò nella serratura e Helen apparve in soggiorno.

«Ciao, come stai?» Posò la valigetta.

«Meglio, grazie.»

«Katie ti ha accolta bene?»

«Direi benissimo. A proposito, ha ritirato i tuoi vestiti in lavanderia, sono appesi nell'armadio, e ci ha lasciato aragosta e insalata in frigo per cena.»

Helen sorrise. «Quella donna è un tesoro. Senti, vado a farmi una doccia. È molto umido, credo che stasera potrebbe arrivare un temporale. Perché non apparecchi in terrazza e mangiamo fuori? Potrebbe essere l'ultima occasione che abbiamo quest'estate. E non preoccuparti, non ci vede nessuno. C'è una bottiglia di vino in frigo. Aprila e serviti un bicchiere. Ne ho proprio bisogno, e credo anche tu.»

Orla andò in cucina, stappò la bottiglia e prese due calici, posate e piatti. Aprì le porte del patio, sollevata nel vedere che era circondato da un alto muro di mattoni.

Helen tornò dopo quindici minuti, impeccabile nel suo completo di lino. Orla la studiò mentre metteva la cena in tavola e si sedeva. Sapeva certamente come valorizzarsi.

Helen sollevò il calice di vino. «Alla salute. Forse non hai molto da festeggiare in questo momento. A dire il vero, nemmeno io. Quindi brindiamo a che le cose migliorino.»

Orla alzò il suo bicchiere e bevve un sorso. «È davvero gentile da parte tua ospitarmi qui, Helen. È stata colpa mia, sono stata stupida. Avrei dovuto prevedere che la notizia sarebbe trapelata.»

«Be', la prossima volta che lasci tuo marito, potresti rifugiarti in un albergo più elegante dell'Hampstead Post House?» L'altra sorrise e prese una posata.

«È il primo posto che mi è capitato.» Orla tentò di infilzare un pezzo di aragosta con la forchetta.

«Dai, siamo sole. Usiamo le mani.» Helen strappò una chela. «Allora, hai qualche progetto per il futuro? Questa separazione è definitiva?»

«Non ne ho idea. A dire il vero sono stata una codarda. Non ho voluto pensare. Non so se sia colpa della brutta influenza che ho avuto la settimana scorsa, ma mi sento ancora giù. In albergo ho dormito per ore.»

«È lo shock, sicuramente.» Helen si pulì le mani e si tamponò la bocca con un tovagliolo. «Senti, non serve che io cammini sulle uova. Hai voglia di parlare di quello che è successo tra te e Con?»

«Io...» Orla alzò le spalle e scosse la testa. «Non lo so. Voglio dire, anche se non ne parlo, non riesco a smettere di pensarci, quindi sì, forse è meglio. Mi ha raccontato cosa ti ha chiesto di fare.» Abbassò lo sguardo sul pavimento. «A Ballymore.»

Helen parve scioccata. «Oddio, Orla, non credo di potermi scusare abbastanza. Ero una persona diversa...»

L'altra alzò le mani. «Helen, non devi scusarti. Non ti biasimo per niente.»

Lei deglutì a fatica. «È molto generoso da parte tua.»

«Con è sempre stato bravissimo a ottenere ciò che voleva. Sai se c'è davvero qualcosa fra lui e Lulu?»

Helen scrollò le spalle. «No. Ma per quel che vale, non crederei a una parola di quello che dicono i giornali. Conoscendola, non mi sorprenderei se fosse stata lei stessa a far trapelare la storia. A quanto pare ha detto a Todd che Con le andava dietro da settimane.» Helen tirò su col naso. «Ma non ci credo. Ha colto l'opportunità di passare come la donna che si è intromessa nella coppia di cantautori più famosi del decennio. Vuole che si parli di lei, anche a costo di distruggere le altre persone coinvolte.»

Orla riuscì a fare una risatina triste. «Forse. Ultimamente Lulu era sempre a casa nostra, ma pensavo che fosse per via dei loro interessi comuni. Credevo che Con mi amasse.» Si sforzò di trattenere le lacrime. «È cambiato così tanto negli ultimi mesi. Mi sembra di non conoscerlo quasi più.»

Helen sospirò. «Sì, è cambiato. E questa situazione mi sta causando un sacco di problemi.» Poi però aggiunse: «Ma non è niente in confronto a quello che stai passando tu, ovvio».

«Non preoccuparti, Helen. So quanto la cosa influisca negativamente sui tuoi affari.» Scosse la testa. «In un certo senso, vorrei che i Fishermen non avessero avuto tanto successo così in fretta. Ci avrebbe dato più tempo per adattarci. Al momento non sono una grande fan di Con, ma devo ammettere che la pressione era... ed è ancora, enorme.»

Helen posò la forchetta sul bordo del piatto. «Vuoi sapere cosa penso, Orla?»

«Cosa?»

«Credo che Con sia sull'orlo di una specie di crollo nervoso. Ha perso il controllo, sente di non riuscire più a gestire le cose. E quindi non credo che dovresti abbandonarlo del tutto. È vero, ha fatto un pasticcio anni fa, ma del resto l'ho fatto anch'io.» Le rivolse il suo sorriso più caloroso. «E non dimenticare che è successo tutto perché non sopportava il pensiero di una vita senza di te.»

Orla si stropicciò gli occhi. «È un modo di vederla. Un altro è che mi ha impedito di avere un rapporto con mio padre, e di conseguenza con il resto della mia famiglia. Per non parlare delle mie amiche. Seamus O'Donovan non era un uomo facile, questo è certo, ma la scelta di escluderlo dalla mia vita avrebbe dovuto essere solo mia. Con è stato egoista.»

«Non avrei mai dovuto aiutarlo. La colpa è anche mia.» Scelse con cura le parole successive. «Lui ha bisogno di te, Orla. Ne ha sempre avuto. Sei l'unico legame con il suo passato.»

«Tra un pisolino e l'altro ho avuto modo di pensare a me stessa, per una volta. Ho rinunciato a tutto per lui, Helen. Fin dall'inizio, quello che voleva veniva prima di ogni altra cosa. Ho lasciato Ballymore, l'ho supportato quando siamo arrivati a Londra... Ho rinunciato alla mia carriera proprio quando mi era stato offerto un importante contratto da modella. L'ho fatto perché lo amavo e perché credevo mi amasse. Ma adesso ho la sensazione che fosse tutto costruito su una bugia. Mi ha usata e praticamente mi ha buttata via quando gli è sembrato di poter fare a meno di me. Sono ancora innamorata di Con, ma non credo che mi piaccia come si comporta.» Orla prese il vino e ne bevve un bel sorso. «E poi la storia di Lulu. Pensavo che fossimo amiche. Invece mi stava usando per avvicinarsi a Con.» Si massaggiò le tempie. «Per non parlare dell'interesse mediatico. È come mettere sale sulla ferita. Per quanto tempo pensi che dovrò nascondermi?»

Helen scrollò le spalle. «Chissà. Dipende da cos'altro succederà nei prossimi giorni. Appena capiterà qualcosa di più interessante, smetteranno di infastidirti. Preghiamo che accada presto» disse in tono dolce. «Posso aggiornarti domani. Ho un incontro con Freddy per capire se c'è una via d'uscita per i Fishermen. Ma la verità è che non è per niente chiaro se riusciremo a far stare Todd e Con nella stessa stanza, figuriamoci a scrivere questo album con la scadenza ormai praticamente alle porte.»

«Immagino sia un momento difficile.»

«Be', non è solo Todd che odia Con. Il tuo caro maritino è riuscito a inimicarsi anche Derek dicendogli che la sua canzone fa schifo. Non molto carino da parte sua. Derek ha chiamato Freddy e gli ha detto che si rifiuta di continuare a lavorare con lui e che lascia la band. Probabilmente è aria fritta, ma con Derek non si può mai essere sicuri. È un personaggio a dir poco singolare.»

Orla vuotò il suo bicchiere di vino e fissò il vuoto. «È tutto così triste.»

«Cosa?»

«Be', erano buoni amici e ora... È un disastro.»

«Concordo. E sfortunatamente devo cercare di risolvere la situazione. A prescindere dai loro problemi personali, i Fishermen hanno un contratto con la Metropolitan.» Helen alzò lo sguardo mentre un lampo illuminava il cielo che si stava facendo buio. Si asciugò la fronte. «Grazie a Dio ci sarà un temporale. Detesto l'umidità. Che dici, sparecchiamo?»

Più tardi, Orla salì di sopra per fare una doccia. I tuoni rimbombavano in cielo, e mentre si asciugava sentì le prime gocce di pioggia sui vetri della finestra. Quando tornò di sotto, fuori era scoppiato un diluvio. Helen era al tavolo da pranzo, con una pila di fogli davanti, ma anche la sua attenzione sembrava concentrata sulla tempesta.

«Non è magnifico?» mormorò. «Rimette tutto in prospettiva. Mi piaceva sempre tanto veder arrivare i temporali dal mare a Ballymore.»

«Anche a me» sussurrò Orla.

«Comunque, è ora di andare a letto. Probabilmente sarò già uscita quando ti sveglierai. Mi piace arrivare in ufficio per le otto.»

«Nessun problema.»

Helen infilò i documenti nella valigetta, la chiuse a chiave e si alzò. «Okay. Allora vado. Spegni le luci quando sali, per favore?»

«Sì, buonanotte, Helen.»

«Notte.»

Orla si sedette al posto di Helen e osservò la tempesta che infuriava all'esterno.

Venti minuti dopo salì le scale per andare a letto, riflettendo su quanto un tempo avesse disprezzato Helen McCarthy e su come, dopo gli ultimi giorni, avesse imparato a rispettarla più di ogni altra persona che conosceva.

44

Helen si era alzata alle sei meno un quarto. Aveva scelto il tailleur, era andata in bagno e stava tornando nella sua stanza quando Orla schizzò fuori dalla camera degli ospiti e corse in bagno, sbattendo la porta. Helen la sentì vomitare.

Prima di uscire, bussò alla porta di Orla.

«Avanti.»

Helen entrò. La trovò sdraiata sul letto, con gli occhi chiusi.

«Stai bene? Sei molto pallida.»

«Sì, fra un attimo mi riprendo. Credo di aver bevuto troppo ieri sera»

«Avrai bevuto forse due bicchieri, Orla.»

«Allora magari è lo stress. Mi è già successo un paio di volte da quando ho lasciato Con.»

«Sempre di mattina?»

«Sì.»

Helen si sedette ai piedi del letto. Tolse un pelucco dal copriletto. «Non puoi essere incinta, vero?»

Orla assunse un'espressione di puro panico. «No... no, certo che no.»

«Quindi non hai un ritardo?»

«Non credo. Non ci ho fatto caso, con tutto quello che sta succedendo...» Si sforzò di pensare. «Forse sì, ma probabilmente è lo stress. Con e io ci abbiamo provato per anni e non è mai successo, quindi, no, sono sicura che sia altro.»

La confusione di Orla non aiutò Helen capire meglio. «Be', qualunque cosa sia, non è salutare vomitare così spesso la mattina. Chiedo al mio medico di venire a visitarti.»

«Non ce n'è bisogno, davvero, Helen.»

«Secondo me sì.»

«Dammi un altro giorno. Se domani non mi sento meglio, prometto che andrò da un medico.»

«Va bene.» Helen si alzò dal letto. «Devo andare. Katie sarà qui tra un'ora. Per qualsiasi problema, chiama Maggie, la mia segretaria. Saprà dove trovarmi.»

«Lo farò.»

«Ciao, allora.»

«Ciao.» La testa di Orla ricadde sul cuscino. «Non ora, Dio, ti prego, non ora.» mormorò.

«Dunque, Freddy, come siamo messi? Abbiamo una band oppure no?»

Helen tamburellò con la matita dorata sulla scrivania, in attesa della sentenza.

«Non si mette bene, per niente. Todd si rifiuta di parlarmi. Sono andato a trovarlo, ma non risponde al citofono. So che è lì perché me l'ha detto la donna delle pulizie. E per quanto riguarda Con, be', è a letto a deprimersi con i punti di sutura in faccia. Derek si è convinto di aver chiuso con la band ed è scappato all'estero da qualche parte. E Ian... se anche riusciamo a riunire gli altri, dovremmo comunque pensare di sostituirlo.»

«E l'album?»

«Sarò schietto: è impensabile riuscire a produrlo.»

«Allora che facciamo? Voglio dire, potrei farti causa. Abbiamo un accordo. I Fishermen devono rispettarlo.»

«Lo so, Helen, ma non so cos'altro fare. Penso che la cosa migliore sia dare a tutti un po' di spazio e lasciare che le acque si calmino.»

«Non abbiamo tempo. Voglio che l'album sia nei negozi per Natale.»

«Allora dovrai farci causa. Non faccio miracoli. E poi, che musica possono mai fare quei ragazzi nello stato in cui sono?»

«Capisco il punto, Freddy, ma la vita privata dei Fishermen non è un mio problema.»

«Su, Helen. Non essere così cinica.»

«Ma è la verità. Se i Fishermen si sciogliessero, il buco nelle previsioni di bilancio della Metropolitan sarebbe più profondo del Pacifico. È fondamentale che per i prossimi mesi l'azienda rimanga stabile. Non tollererò che il loro comportamento influisca sulla mia attività. Quindi, puoi dire ai tuoi ragazzi che, a meno che non si diano un bacino, facciano pace e si presentino in studio di registrazione lunedì mattina, avvierò un'azione legale per inadempimento contrattuale contro di loro.»

Freddy alzò le spalle. «Va bene, va bene, andrò a parlare con loro e riferirò quello che hai detto. Ti faccio sapere appena avrò le risposte delle nostre prime donne. Bel mestiere quello del manager, eh?»

«Direi di sì, visto quanto guadagni» rispose Helen calma.

«Lei è una tipa tosta, signora McCarthy.» Freddy si alzò, esitò, poi si sporse sulla scrivania. «A dire il vero, volevo parlarti di un'altra questione. Ho trovato un duo, una ragazza e un ragazzo. Sono americani, lui scrive le canzoni e lei canta divinamente. Potrebbero essere il sound degli anni Settanta. E sono anche belli. Ti mando una demo?»

«Certo. Sai che siamo sempre alla ricerca di nuovi talenti.»

«Questi due potrebbero tapparti il buco profondo quanto il Pacifico. Saluti, Helen. Ti contatto appena ho novità.»

Lei lo guardò uscire dall'ufficio, poi si risedette e inspirò a fondo.

Non nutriva particolari speranze nelle capacità persuasive di Freddy.

«Dannazione, dannazione!»

Orla si mise la giacca e scese le scale.

Doveva sapere. E questo significava affrontare Kensington High Street, il posto più vicino in cui era sicura ci fosse una farmacia.

Infilò il barattolo di vetro con il campione nella tasca anteriore della borsa, la chiuse, si incamminò lungo la strada di casa di Helen e uscì su Holland Park Avenue. Il temporale della notte precedente aveva disperso l'umidità. Soffiava una brezza rinfrescante che annunciava l'autunno.

Tornò quarantacinque minuti dopo, contenta di essere riuscita a portare a termine la missione senza farsi vedere, ma delusa di non poter avere i risultati del test prima di lunedì. Un intero weekend per angosciarsi. Aveva dato un nome falso al farmacista, ovviamente. Poteva solo immaginare i titoli dei giornali se i media avessero saputo della sua possibile gravidanza.

Katie le aveva lasciato dei panini. Orla li mangiucchiò, poi, sentendosi esausta, salì in camera sua per sdraiarsi.

Adesso che ci pensava, aveva perfettamente senso. La stanchezza, la nausea: i classici sintomi della gravidanza.

Tutti quegli anni a desiderare un bambino.

Cosa avrebbe fatto?

Lo avrebbe detto a Con?
Erano domande a cui non sapeva rispondere.

Alle sei e mezza suonò il campanello. Sbirciò dallo spioncino, nervosa.

«Orla, sei in casa? Lavoro alla Metropolitan Records. Helen mi ha chiesto di passare a consegnare una busta urgente per lei mentre tornavo a casa. Mi ha detto di non disturbarti, ma la busta non entra nella cassetta delle lettere. Potresti aprire?»

Lei rimase immobile, in preda ad angoscia e indecisione.

«So che ieri sera avete cenato con aragosta e insalata, se può essere d'aiuto» aggiunse la voce.

«Va bene.» Orla aprì il chiavistello e fece scattare la serratura. Sbirciò fuori dalla porta e vide una ragazza molto carina, con grandi occhi azzurri e lunghi capelli biondi. Le sembrava familiare, ma non riusciva a ricordare dove l'avesse vista.

«Grazie per la fiducia.» La ragazza le porse una grande busta marrone. «Puoi assicurarti che Helen la riceva?»

«Certo. Ma ci siamo già incontrate da qualche parte? Mi sembra di conoscerti.»

«Lavoro alla Metropolitan. Forse mi hai vista lì.»

«Sì, forse.»

«Devo andare. Ciao.»

«Sì. Ciao.»

Helen tornò a casa tardi quella sera. Si lasciò cadere sul divano e accettò il bicchiere di vino che Orla le porse.

«Caspita, che giornata.» Bevve un sorso. «Hai programmi per il weekend?»

Orla scosse la testa.

«Allora puoi venire con me nel Surrey a vedere la mia nuova casa. Ho appuntamento con l'interior designer per discutere di carta da parati e tende. Se ti va, ovviamente.»

Orla annuì. «Qualsiasi cosa, pur di distrarmi.»

Helen bevve un altro sorso di vino e la guardò. «Pensi di essere incinta, eh?»

L'altra fece un gran sospiro. «Ci sono buone probabilità.»

«Cosa farai?»

«Non ne ho la minima idea.»

«Possiamo preoccuparcene lunedì. Abbiamo avuto entrambe una settimana stressante. Prendiamoci un paio di giorni liberi, va bene?»

«Proviamoci. Oh, a proposito, sono passati a lasciarti una busta. È lì sul tavolo.»

«Grazie.»

«È una ragazza molto carina.»

«Vero? Mags era una mia compagna al corso di economia quando sono arrivata a Londra. Si è presentata per un colloquio alla Metropolitan una settimana fa. Il suo curriculum era un po' lacunoso, ma le ho dato il beneficio del dubbio e sta facendo un ottimo lavoro. Sostituisce la mia segretaria storica, che è appena andata in maternità. Ma se continua così, potrei offrirle il lavoro a tempo indeterminato.» Helen sospirò. «Tutti gli uomini la adorano, ovviamente. Nascere belle come te e Mags... è un bel vantaggio.»

«Helen, non sei seconda a nessuna di noi.»

«Ma devo impegnarmi molto per avere questo aspetto. I vestiti e il trucco giusti aiutano, ma sto attenta a cosa mangio ogni giorno della mia vita per non ingrassare. È una lotta continua.»

«Ne vale la pena, Helen. Sei bellissima.»

«Grazie. A proposito di cibo, cosa c'è per cena?»

Poco dopo, le due andarono nelle rispettive camere da letto.

Rimasero entrambe insonni: Orla a pregare che il risultato del test fosse negativo, Helen a sperare che fosse positivo.

Sapeva che la piccola creatura che forse cresceva nel ventre di Orla Daly era l'unica cosa che avrebbe potuto salvare i Fishermen. E, sperava, anche Orla.

45

Il lunedì mattina Orla guardò sorgere l'alba, grata che il weekend fosse finito. Alle nove avrebbe potuto chiamare la farmacia.

«Sei già sveglia?»

Si stava sforzando di mandare giù una fetta di pane tostato quando Helen scese in cucina.

«Sì. Non ho dormito molto stanotte.»

«Immagino. Senti, ho una riunione fuori ufficio stamattina, ma dovrei essere di rientro per l'ora di pranzo. Chiamami e fammi sapere cosa ti dicono.»

«Certo.»

Helen guardò l'orologio. «È meglio che vada.» Le mise una mano sulla spalla. «Cerca di non preoccuparti. Si sistemerà tutto. A dopo.»

Alle nove e sette minuti, Orla abbassò il ricevitore. Tremava da capo a piedi. La notizia non era una sorpresa, ma fino a prima di avere la conferma c'era stata ancora la possibilità che si stesse sbagliando.

«Signora McCarthy, prego, si accomodi.»

Helen seguì Jeremy Swain nel suo ampio ufficio con vista su Old Street.

«Caffè?» chiese, mentre lei si accomodava sulla poltrona di pelle di fronte alla sua scrivania.

«Sì, grazie.»

Jeremy si sedette, chiamò la segretaria e le chiese di portare una caffettiera e due tazze. Poi aprì il fascicolo che aveva davanti. «Dunque, sembra che le cose si mettano bene per la quotazione in Borsa. Se ne parla in tutta la City.»

«Ottimo.»

«La valutazione è molto positiva. I miei analisti hanno previsto una crescita del trenta per cento nei prossimi due anni.» Jeremy alzò lo sguardo quando la segretaria entrò con il vassoio. «Grazie. Lo lasci lì, versiamo noi.»

Helen lo guardò riempire due tazze prima di offrirle latte e zucchero.

«Stavo pensando di fissare la quotazione per metà novembre. Che ne pensa?»

«Mi fido di lei sulle tempistiche.» Bevve un sorso. «Jeremy, posso dare un'occhiata alle proiezioni per i Fishermen?»

«Certo. Sono la sua risorsa più importante al momento, responsabili di circa il venticinque per cento del fatturato della Metropolitan.»

«Cosa succederebbe se la band annunciasse lo scioglimento?»

Jeremy la fissò. «Sarebbe una pessima notizia per la quotazione. C'è questa possibilità?»

«Mettiamola così: hanno qualche problema personale. Spero che le cose si risolvano, ma non posso garantirlo.»

«Capisco. Be', questo cambia tutto. Avevo letto qualcosa su un tabloid la settimana scorsa, ma non do tanta importanza alle notizie scandalistiche. Altri sì, però. E comunque, quando si è quotati in Borsa, la copertura mediatica deve essere positiva. Senza i Fishermen, il fatturato scenderebbe in picchiata.»

Helen vuotò la tazza. «Sì, lo immaginavo» sospirò.

«La band potrebbe ritardare lo scioglimento, diciamo, di sei mesi? Questo permetterebbe di quotarci al valore attuale. I suoi investitori si rendono conto che il mondo della musica pop è instabile, quindi, se in futuro i Fishermen dovessero separarsi, non importerebbe. Ci sono comunque ottime probabilità che tra sei mesi la Metropolitan abbia scoperto un nuovo gruppo di successo. E avrete sempre i diritti sulle canzoni dei Fishermen.»

«Quindi la tempistica dello scioglimento è cruciale.» Helen tamburellò con le dita sulla scrivania. «Il problema è che qui abbiamo a che fare con delle persone, non con degli oggetti. Posso fare pressione su di loro perché rimangano insieme per altri sei mesi. Sono ancora sotto contratto con noi. Hanno un album da registrare, più un singolo. Se non lo rispettano, potrei minacciare di fargli causa.»

«Ma è un altro passo che è meglio evitare, adesso. Una causa in tribunale scoraggerebbe gli investitori. La Metropolitan deve essere irreprensibile per le prossime settimane, Helen.»

«Certo.» Lanciò un'occhiata all'orologio. «Ho appuntamento con il manager tra quarantacinque minuti. Dopodiché avrò un'idea più chiara della situazione.»

«L'unica altra cosa che potrebbe fare è ritardare la quotazione. Ma sarebbe un peccato, visto che l'azienda sta andando così bene in questo momento. E i cambi di programma improvvisi non piacciono ai broker, quindi le complicherebbe la vita per il futuro.»

Helen si alzò. «Non ci resta che aspettare, allora. Se ha altre idee, per favore, mi contatti.»

«A meno che uno dei Fishermen venga ucciso e diventi una leggenda, facendo aumentare enormemente le vendite dei vecchi album, non credo di avere molto da suggerirle.» Jeremy sorrise. «Mi tenga informato.»

«Lo farò.» Gli tese la mano. «Arrivederci, Jeremy.»

Helen tornò in ufficio e infilò i documenti con i dettagli della quotazione nel cassetto della scrivania che teneva chiuso a chiave. Nel farlo, però, si rese conto che mancava qualcosa. Frugò fino in fondo. Era sicura che la pistola fosse lì l'ultima volta che aveva guardato.

Il suo interfono suonò. «Freddy Martin per te.»

«Fallo entrare.»

Chiuse il cassetto, prendendo nota di fare una perquisizione approfondita del suo ufficio alla ricerca dell'arma. Se non fosse riuscita a trovarla, avrebbe dovuto informare la polizia il prima possibile.

Freddy entrò.

«Allora, che notizie hai?»

«Vuoi prima la cattiva notizia o la cattiva notizia?»

«Spara.»

«Dopo diversi tentativi, sono riuscito a farmi ricevere da Todd. Santo cielo, è messo male. È in casa con tutte le tende tirate e continua ad ascoltare i Grateful Dead. A quanto pare Lulu se n'è andata.»

«Okay, arriviamo al punto, per favore.»

«Parla dei Fishermen al passato. Per quanto lo riguarda, è finita, per sempre. Mi ha detto che sta pensando di trasferirsi all'estero, non sopporta di condividere la terra con quel "coglione", come chiama affettuosamente Con.»

«Okay, e Con?»

«Stessa storia. Non ne vuole sapere.»

«Derek?»

«Non riesco a trovarlo. Mi dispiace Helen.»

«Ian?»

«Oh, lui l'ho visto, non che avrebbe fatto molta differenza. È felice di fare "quello che vogliono gli altri, amico"» lo imitò il manager.

«Non è uno scherzo, Freddy. La quotazione in Borsa della Metropolitan è prevista tra un paio di mesi. Se i Fishermen si sciolgono, rischiano di far crollare di milioni di dollari il valore dell'azienda.»

Freddy sospirò. «Cosa posso fare?»

Lo sguardo di Helen era gelido. «Non ne ho idea, ma è meglio se ti inventi qualcosa, altrimenti li trascino tutti in tribunale.»

Lui si alzò. «Mi dispiace. Sono incazzato quanto te per questa storia, sai. Quei ragazzi sono anche la mia fonte di guadagno. Forse puoi provarci tu, credo che avresti più influenza. Sono ancora convinto che con il tempo le cose si possano sistemare.»

«Non abbiamo tempo, Freddy. Ora va', per favore» disse, brusca, poi sollevò il ricevitore sulla scrivania e iniziò a comporre un numero.

Freddy scrollò le spalle e uscì dalla stanza.

«Sì?»

«Con, sono Helen McCarthy.»

«Cosa vuoi?»

«Parlarti. Urgentemente. Vengo da te o vuoi che ci vediamo da qualche parte per pranzo?»

«Sono impegnato oggi, scusa.»

«Liberati. Sarò da te tra un'ora.»

Helen sbatté giù il telefono, chiedendosi perché avesse investito tante energie in pop star arroganti e infantili quando avrebbe potuto avere una vita facile occupandosi di cavalli.

Compose il suo numero di casa, lasciò squillare tre volte, poi riattaccò e chiamò di nuovo.

«Pronto?»

«Sono io. Hai chiamato?»

«Sì.»

«E allora?»

«Era positivo.»

Helen cercò un compromesso tra compassione e senso pratico. «Be', non è stata una sorpresa.»

«No, ma sono piuttosto scossa.»

«Immagino, Orla. Resisti, sono qui per te. Cerca di non rimuginare troppo.»

«È un po' difficile, visto che sono prigioniera in casa tua, senza niente da fare se non pensare.»

«Lo so. Senti, ci sono varie opzioni. Resisti fino a stasera. Possiamo parlare davanti a un bicchiere di vino... Oddio, magari una spremuta d'arancia!» Si sforzò di ridacchiare, ma Orla non rispose. «Scusa.»

«Va bene. Farò del mio meglio.»

«Brava. A dopo.»

«Grazie di aver chiamato, Helen.»

«Di niente. Coraggio. Ciao.»

Helen fece un altro paio di telefonate, poi prese la sua valigetta e uscì.

«Sarò fuori fino a dopo pranzo» disse a Mags.

«Va bene. Divertiti.»

Alzò le sopracciglia e prese l'ascensore per scendere.

«Entra pure.» Con sembrava avere il peso del mondo sulle spalle. Helen lo seguì nel corridoio fino allo studio. «Non volevo vederti, lo sai.»

«Peccato.» Lei lo guardò accasciarsi sul divano e prendere la chitarra. Gettò la valigetta su una sedia.

«Cosa vuoi?» le chiese, strimpellando a caso.

«Parlare.»

Con si voltò a guardarla. Aveva la barba di una settimana e lividi viola sotto gli occhi per colpa del naso rotto.

«Hai un aspetto orribile.»

«Grazie.» Distolse lo sguardo. «Non ti voglio in casa mia più del necessario, quindi fai in fretta.»

«Agli ordini. Allora dimmi, Con, hai intenzione di lasciare la band?»

«Credo che non ci sia più nessuna band da lasciare, ma sì, me ne vado.»

«Non l'hai ancora annunciato ai media?»

«No.»

«Bene, non farlo. Se accetti di resistere per sei mesi senza dire niente della rottura, allora posso valutare di non farti causa per l'album incompiuto.»

«Molto gentile da parte tua, Helen, ma non pensi che la stampa potrebbe aver già intuito che c'è qualcosa che non va?»

«Sì, ma i pettegolezzi possono essere stroncati sul nascere con un comunicato. Dovresti solo tenere un basso profilo per qualche tempo.»

«E Todd? Pensi che terrà la bocca chiusa? Sarà disposto a fingere che vada tutto bene?»

«Vedremo. Se ha un minimo di cervello e non vuole una lunga battaglia legale che la Metropolitan vincerà sicuramente, allora collaborerà.»

«Helen, posso chiederti perché è così importante per te rimandare l'annuncio della nostra separazione?»

«La Metropolitan verrà quotata in Borsa a novembre. E il

valore dell'azienda crollerà se i Fishermen annunciano il loro scioglimento ora.»

Con sorrise. «Per te è sempre una questione di soldi, vero, Helen McCarthy?»

«Sì, suppongo di sì. Ho lavorato duramente per costruire la mia azienda...»

«L'azienda di Brad.»

«La *nostra* azienda, e non voglio che il mio lavoro vada buttato via.»

Con annuì. «Capisco. Il problema, però, è che a me non frega un cazzo dei soldi. Quindi la tua minaccia di farmi causa non mi tocca. Puoi tenerteli tutti, per quanto mi riguarda. Stavo meglio senza.»

«È facile dirlo quando li hai. Ma ripensa ai giorni in cui eri appena arrivato a Londra, quando lottavi per avere un tetto sopra la testa.»

«Almeno ero felice. Io e Orla eravamo felici.» Gli occhi di Con si indurirono. «Non ti devo più alcun favore. Intenta pure una causa, se vuoi. Io farò quello che voglio. E voglio andarmene. Subito.»

«Va bene, Con. E questa è la mia ultima offerta. Se tieni la bocca chiusa per i prossimi mesi, in primavera, la Metropolitan ti offrirà un contratto da solista per una cifra che non potrai rifiutare.»

«Non hai sentito quello che ho detto, Helen?» La fissò stupito. «Non mi interessano i soldi. E anche se la tua fosse l'ultima casa discografica sulla terra, non firmerei un nuovo contratto con te. Hai capito?»

«Ho capito benissimo.»

Helen prese la sua valigetta. Le restava ancora un asso nella manica.

«Ma resta la questione del singolo. Dobbiamo pubblicare un nuovo brano prima di Natale. Se non riesco a convincere te e Todd a scrivere e registrare una canzone, allora lancerò quella che ha scritto Derek. *Peggy* uscirà a nome dei Fishermen.» Lo guardò a lungo. «Per cui fammi sapere come intendi comportarti al riguardo.»

Con la guardò inorridito mentre si dirigeva verso la porta. «Non puoi farlo, Helen.»

Lei si voltò. «Sembra che tu non mi abbia lasciato alternative. Addio, Con.»

Lui rimase seduto immobile e in silenzio, ad ascoltare la porta d'ingresso chiudersi, e poi il rumore della macchina di Helen che si avviava.

Con attraversò il parco a grandi passi, a capo chino. Sentiva un nodo alla gola, il respiro corto e affannoso. Si rese conto di voler piangere, una sensazione che non provava da quando era bambino.

Si sedette su una panchina, si sporse in avanti e affondò la testa tra le mani. Dopo qualche minuto, iniziò a sentirsi più calmo. La pace e lo spazio del parco erano rilassanti.

Alzò lo sguardo. Il cielo era azzurro, con nuvolette simili a piumini da cipria che si muovevano all'orizzonte.

«È tutto un disastro» sospirò.

Amava Orla, ma aveva rovinato il suo matrimonio per sempre. La sua brillante carriera stava andando a rotoli. Per giunta, un pazzo lo minacciava di morte e si sentiva come se non avesse un solo amico al mondo.

Non che meritasse degli amici. Si era comportato da vero stronzo negli ultimi mesi, allontanando quasi tutti quelli che lo circondavano.

Fissò il vuoto. Non aveva trovato una risposta. Forse doveva cercare Orla, scusarsi, chiederle di perdonarlo e tornare a casa.

Quanto alla band, non vedeva via d'uscita. Non gli importava un accidente che Helen potesse fargli causa, ma gli importava che l'ultimo singolo dei Fishermen sarebbe passato alla storia come una canzone d'amore insipida e mal scritta.

Helen McCarthy era intelligente, doveva ammetterlo. L'unica cosa che lo avrebbe spinto a entrare in studio per l'ultima volta era il suo orgoglio artistico.

Pensò alla melodia che gli ronzava in testa da qualche giorno. *Losing you, after all these years of loving you...*[4] Era da tempo che non sentiva il bisogno di scrivere una ballata romantica.

Si alzò. Voleva scriverla per Orla. Sarebbe tornato a casa e avrebbe lavorato alla canzone. Se fosse venuta bene come sperava, avrebbe potuto chiamare Helen e proporgliela come singolo di Natale.

E dopo... Non lo sapeva. Forse doveva andarsene dall'Inghilterra, allontanarsi per qualche tempo.

Si alzò e andò verso casa.

Non sapeva più chi diavolo era.

[4] Perderti, dopo tutti questi anni in cui ti ho amato... [N.d.T.]

46

Helen era più calma quandò tornò a casa quella sera. Aveva ricevuto una chiamata da Freddy che le aveva detto di essere stato contattato da Con. A quanto pareva, stava lavorando a una canzone che era pronto a registrare come ultimo singolo dei Fishermen. Freddy non era sicuro di cosa avrebbe detto Todd, dato che non c'erano segni di vita a casa sua, ma aveva suggerito a Con di andare avanti. Erano d'accordo di lasciare che anche Derek, tornato dalla Spagna quel pomeriggio, registrasse il suo brano, per precauzione.

Mentre percorreva Hyde Park Corner e si dirigeva verso Holland Park, Helen rifletté sulle implicazioni di quegli eventi. Poteva far tornare Orla, spaventata e incinta, tra le braccia del marito? Se loro due si fossero ricongiunti, c'era la possibilità che Lulu tornasse da Todd, che Con e Todd si riconciliassero e che così la faccenda si sgonfiasse, come aveva ipotizzato Freddy. Non solo, con un bambino in arrivo e un Con di nuovo in forma al suo fianco, magari Orla avrebbe avuto la possibilità di essere davvero felice. Helen gliela doveva.

Non le restava che organizzare un incontro.

Orla era seduta in terrazza con un bicchiere con pochissimo vino.

«Ciao. Come stai?»

«Abbastanza bene, credo. Spero non ti dispiaccia, ho aperto

una bottiglia. Non dovrei bere, immagino, con il bambino e tutto... ma ho pensato di concedermi un ultimo bicchiere.»

«Non credo che un sorso di vino ti farà male. Ti faccio compagnia. Sei molto pallida, Orla.»

«Tu non lo saresti, al mio posto?»

«Sì, sì, certo. Prendo un bicchiere.» Helen andò in cucina, tornò e si versò del vino. Si sedette e studiò l'espressione infelice di Orla. «Hai idea di cosa farai?»

«Avrò un bambino tra sette mesi.» Orla abbozzò un mezzo sorriso.

«Non vuoi dirlo a Con?»

«No.»

«Non pensi che abbia il diritto di saperlo?»

«Non lo so.»

«E crescerai il bambino da sola?»

«Forse dovrò farlo.»

«Be', potresti...»

«No.» Orla scosse la testa. «Non potrei. Anche se non vado più a messa, non riuscirei a interrompere una gravidanza. Quello che ha fatto Con non è colpa del bambino, no?»

«Sei davvero sicura di non amarlo?»

«Certo che lo amo ancora, Helen. Lo amerò per sempre.»

«Be', se sei decisa a non dirlo a Con, devi pensare al futuro. Dovrai decidere dove andare a vivere.»

«Lo so. Ci ho riflettuto oggi. Mi sono chiesta se tornare a casa a Ballymore. Ma immagini i pettegolezzi? Non ce la faccio. Comunque sia non voglio importi troppo la mia presenza. Inizierò a cercare un appartamento domani.»

«Non essere sciocca. Puoi restare qui quanto vuoi.»

Orla sentì gli occhi riempirsi di lacrime. «Oh, Helen, sei stata più gentile con me di quanto meritassi.»

«Sciocchezze. A dire il vero, ho apprezzato molto la tua compagnia.»

«Credo che sarei impazzita se non avessi avuto te con cui parlare.»

«Bene, allora siamo d'accordo. Resterai qui per il momento, okay?»

Orla le sorrise, grata. «Va bene.»

Due giorni dopo, il pisolino pomeridiano di Orla fu interrotto dal telefono. Tre squilli e basta: era il segnale di Helen. Aspettò che chiamasse di nuovo e rispose al primo squillo.

«Pronto?»

«Sono io. Senti, Orla, mi faresti un favore? Ho la macchina in officina e il meccanico ha appena chiamato per dire che devono montare le pastiglie dei freni nuove. Non posso ritirarla prima di domani mattina. Puoi passare a prendermi alla Metropolitan? Ho pensato che potremmo andare a mangiare qualcosa. Ti farà bene uscire.»

«Va bene.» Orla era riluttante ad avvicinarsi alla Metropolitan, ma visto quanto Helen era stata gentile con lei, non poteva rifiutarle un favore così piccolo.

«Grazie, allora dico alla receptionist che arrivi. Lei saprà dove trovarmi. Ci vediamo verso le sei.»

«A dopo, Helen.»

Con varcò le porte a vetri della Metropolitan Records.

La receptionist lo accolse con un sorriso. «Buongiorno, signor Daly. Lo studio due è pronto per lei. A proposito, sono Miranda. Ho iniziato la settimana scorsa.»

«Ah.» Con aggrottò la fronte. «Lo studio uno non è disponibile? È dove lavoro di solito. Lo preferisco di gran lunga.»

«Ehm...» Miranda diede un'occhiata alla lista delle prenotazioni. «No, mi dispiace. Lo sta usando il signor Longthorne.»

«No, Derek se n'è andato mezz'ora fa, mentre eri a pranzo» intervenne Melody, l'altra receptionist. «Ha detto che non sarebbe tornato, quindi via libera.» Si sporse sul bancone e sorrise a Con, porgendogli una chiave.

«Grazie, Melody.» Con la prese e attraversò l'atrio fino alle scale che portavano al seminterrato.

«Signor Daly, non ha firmato» gli gridò dietro Miranda.

«Lascialo stare, Miranda.»

«Ma la signora McCarthy ha detto che dobbiamo sempre far firmare a tutti» insistette l'altra.

«Qui dentro Con Daly è più di una divinità, e Helen non ha detto nulla sugli immortali. Ora rispondi a quel centralino, per l'amor del cielo.»

Con aprì la porta dello studio di registrazione numero uno. Nell'aria aleggiava l'odore pungente del dopobarba di Derek. Il suo cardigan di lana era piegato sul divano e degli appunti scritti con la sua calligrafia minuta erano attaccati con del nastro adesivo alla scrivania. Era ovvio che non aveva ancora finito.

Con poteva solo sperare che la receptionist avesse ragione e che non sarebbe tornato. L'ultima cosa di cui aveva bisogno era uno scontro con il suo ex compagno di band.

Si sedette sullo sgabello girevole e accese la console. La canzone gli risuonava nella testa, chiedendo di essere registrata. Sarebbe partito dalla melodia. Era un brano semplice, solo lui e la sua vecchia chitarra acustica. Sul ritornello si potevano arrangiare armonie per Todd, Ian e Derek, sempre che avessero accettato di suonare ancora insieme.

Tirò fuori la chitarra dalla custodia e sprofondò in un mondo tutto suo.

Orla si fermò davanti alla Metropolitan Records alle sei meno cinque.

Mentre attraversava Londra in auto, aveva iniziato a pensare al bambino che cresceva dentro di lei. Era ciò che aveva desiderato per tutti quegli anni. A prescindere dai problemi che stava affrontando, si rifiutava di pensare a quell'esserino come a qualcosa di negativo.

Si toccò timidamente la pancia. «Staremo bene, piccolo» mormorò. Poi prese la borsa, scese dall'auto e varcò l'ingresso.

«Salve.» Si sentiva a disagio e nervosa all'interno di quell'edificio così strettamente associato a Con.

«Salve, signora Daly. La signora McCarthy mi ha appena chiamata per dirmi che è di sotto, nello studio di registrazione numero due. Chiede di raggiungerla lì, perché ci metterà ancora un attimo.»

«Va bene» acconsentì Orla, pregando di non dover aspettare a lungo. Scese le scale fino al seminterrato e si diresse lungo il corridoio scarsamente illuminato, verso la sala di registrazione numero due. La stanza era al buio e la porta era chiusa a chiave. La receptionist doveva aver sbagliato numero. Proseguì e sbirciò nella numero uno. Le luci erano accese, ma anche quella stanza sembrava deserta. Orla spinse la porta ed entrò. La sala regia e lo studio di registrazione oltre il vetro erano vuoti. Si voltò per andarsene, ma prima che potesse afferrare la maniglia, la porta si aprì.

Era Con e aveva un bicchiere di plastica per il caffè in mano.

Si fissarono. Orla notò che lui era visibilmente impallidito.

«Ciao.»

«Ciao.»

«Mi stavi cercando?»

Le parve di vedere un barlume di speranza nei suoi occhi.

«No. Cercavo Helen. La receptionist ha detto che l'avrei trovata qui.»

Con scosse la testa. «No. Non l'ho vista per tutto il pomeriggio. Perché stai cercando Helen?»

«Mi ha chiesto di vederci qui. Usciamo a cena.»

«Non sapevo che tu e Helen foste così intime.»

«Lo siamo. A dire il vero, al momento vivo da lei.»

«Tu e Helen McCarthy siete coinquiline?»

«Non avevo un altro posto dove andare. Helen è stata molto gentile.» Orla si sentì girare la testa. Fece un passo verso la porta. «La receptionist deve essersi sbagliata. Torno di sopra.» Iniziò a barcollare.

«Stai bene?»

«Sì, sto...» Iniziava a vedere le stelle. *Non ora, ti prego*, implorò il suo corpo mentre le gambe minacciavano di cedere.

Con la sorresse appena in tempo, facendo cadere a terra il bicchiere con il caffè. La prese in braccio, la portò fino al divano nell'angolo e la adagiò. Aveva gli occhi chiusi e il colorito cereo.

«Orla, Orla» le accarezzò le guance, mentre il suo respiro si faceva corto e affannoso. La guardò impotente mentre emetteva un gemito basso e si sforzava di aprire gli occhi.

«Chiamo un medico. Hai una pessima cera.» Si alzò.

«No, ora passa, non preoccuparti. Fra un minuto starò meglio. Potresti portarmi dell'acqua?»

«Non muoverti. Ci metto un secondo.»

Con uscì dallo studio, riempì un bicchiere d'acqua dal rubinetto del cucinino e tornò di corsa lungo il corridoio.

«Ecco.» Le offrì l'acqua e lei alzò la testa per bere un sorso.

«Mi dispiace, Con. Mi sento un'idiota.»

«Non dire sciocchezze. L'odore del dopobarba di Derek farebbe svenire chiunque» ironizzò lui.

«È stato qui?»
«Prima. E la puzza è rimasta.»
Orla si mise a sedere. Con vide che stava riprendendo colore.
«Sei malata?»
«No. Sto bene.» Si stava sforzando di trovare la forza di alzarsi e andarsene. «Devo vedere Helen.»
«La receptionist sa che sei qui. Riposati. E comunque, sei sempre bellissima.»
«Grazie. Anche tu.»
«Todd mi ha rotto il naso.»
«Te lo meritavi.»
«Non lo so. Non è mai successo niente tra me e Lulu.»
«Se lo dici tu.»
«Mi dispiace, Orla.»
«Anche a me.» Si sentiva meglio, e voleva andarsene. Spinse le gambe giù dal divano.
«Devi proprio andare?»
«Io... oh, Con.» Gli occhi le si riempirono di lacrime.
«Non piangere, ti prego. Non sopporto di farti piangere.»
Si sedette accanto a lei e le posò una mano sulla sua.
«Ho scritto una canzone. Per te. Sono venuto qui a lavorarci, la registreremo la settimana prossima. Ti va di ascoltarla?»
Orla tirò su col naso. «Se proprio ci tieni.»
«Sì.»
«Va bene. Lasciami solo andare in bagno a darmi una sistemata.»
«Certo.»
Con le rivolse un debole sorriso mentre lei usciva dalla stanza. Rabbrividì, prese il cardigan di Derek e se lo mise addosso. Poi si sedette davanti alla console per riavvolgere il nastro.
Orla si lavò il viso con l'acqua fredda e si rimise il rossetto.

Rivederlo era stato doloroso. Avrebbe ascoltato la sua canzone, poi avrebbe trovato Helen e se ne sarebbe andata.

«Si intitola *Losing You*. Pronta?»

«Certo.»

Andò a sedersi sul divano mentre lui premeva il tasto play. Sentì le note di una chitarra attraverso gli altoparlanti.

Losing you, after all these years of loving you,
is the hardest thing I've ever been through.
And it's true, after all the things I've said to you,
and the way that I've been cruel to you,
what else could I expect you to do?
Losing you, losing you.[5]

Gli occhi di Orla si riempirono di lacrime mentre Con iniziava a cantare sulla sua voce registrata.

So I'll try, for as long as it might take me,
and if you don't return it'll break me.
I love you.
Please come home, for the home is where the heart is.
And all this being apart is killing me.
Losing you, losing you...[6]

[5] Perderti, dopo tutti questi anni in cui ti ho amato, / è la cosa più difficile che io abbia mai affrontato. / Ed è vero, dopo tutte le cose che ti ho detto / e quanto sono stato crudele con te, / cos'altro potevo aspettarmi che facessi? / Perderti, perderti. [N.d.T.]

[6] Quindi ci proverò, per tutto il tempo che servirà, / e se non tornerai mi spezzerà. / Ti amo. / Ti prego, torna a casa, perché casa è dove si trova il cuore. / E stare lontani mi sta uccidendo. / Perderti, perderti... [N.d.T.]

Orla si alzò, la vista annebbiata dalle lacrime.

«Ti amo, Con» mormorò, a voce troppo bassa perché la potesse sentire sopra la musica. Iniziò a camminare lentamente verso di lui.

Di colpo si accorse di una figura in piedi sulla soglia.

«Ciao, io...»

Per un istante negli occhi di lei balenò un lampo di confusione. Orla la vide alzare entrambe le mani e puntare una pistola alla schiena di Con.

«Che stai...?»

La figura premette il grilletto.

«No!» Orla si fiondò verso il marito. Un proiettile sibilò nell'aria, mandando in frantumi il pannello di vetro, seguito da un altro e da un altro ancora.

Orla si gettò addosso a Con, facendolo cadere dallo sgabello e proteggendolo con il corpo dalla pioggia di proiettili.

La figura lasciò la stanza.

La musica continuava a suonare.

PARTE TERZA

Reunion

47

Londra, 1986

«Ecco qua, Helen. Controlla pure, se vuoi. Non ti abbiamo rubato niente, nemmeno gli orecchini d'oro. Scommetto che ora potresti ricavarci un bel gruzzolo vendendoli.»

Lei annuì ed esaminò il contenuto della borsa marrone che aveva visto per l'ultima volta il 21 dicembre 1969.

«Viene qualcuno a prenderti?»

Scosse la testa.

«Ce la farai da sola? È un mondo diverso là fuori, ormai.»

«Me la caverò.»

«Okay, allora, buona fortuna. Comportati bene. Non voglio rivederti qui.»

«No.» Prese la borsa dal bancone, si voltò e seguì la guardia fino all'ufficio della direttrice. Non poteva sfuggire al suo discorsetto di incoraggiamento. Era una consuetudine.

«Entra, siediti.» La direttrice, una donna minuta sulla sessantina, posò i documenti che stava esaminando e si tolse gli occhiali.

Helen si sedette.

«Allora, come saprai, verrai rilasciata in libertà condizionale. Volevo scambiare due parole con te prima che tu vada. Come ti senti all'idea di tornare in società?»

«Bene.»

«Dunque, sei stata una detenuta modello e non ti ho praticamente mai dovuta convocare nel mio ufficio, il che è più di quanto possa dire del novanta per cento delle altre nostre ospiti. Spero che la laurea in giurisprudenza ti torni utile in futuro.»

«Ha tenuto a bada la noia.»

«Ne sono sicura.»

La direttrice scrutò Helen McCarthy. La giovane donna che era arrivata nel suo ufficio diciassette anni prima, affermando con veemenza la propria innocenza, era diventata irriconoscibile. L'inattività e la dieta a base di carboidrati avevano contribuito a farle prendere una decina abbondante di chili. Aveva i capelli lunghi fino alle spalle. E, con l'abito di crimplene di seconda mano che le avevano rimediato per farla uscire, dimostrava dieci anni più dei suoi quaranta.

«So che ti sei sempre dichiarata innocente e hai investito un sacco di tempo, denaro e impegno nei due appelli falliti, ma ora è finita. Niente vendette, niente recriminazioni. Servirebbero soltanto a riportarti in galera. Sei ancora giovane. Prendi ciò che la vita può darti, usa ciò che hai imparato e ricomincia da zero. Sai dove andrai?»

Helen annuì. «Sì.»

«Bene. E, naturalmente, uno dei termini della tua libertà condizionale è che ti presenti agli appuntamenti con l'agente di sorveglianza ogni due settimane. Non saltarne nessuno. Oltre a tenerti d'occhio, è lì per te, se avrai bisogno di una chiacchierata o di un consiglio.»

«Certo.»

«Okay, allora non ti faccio perdere altro tempo. Sei libera di andare.»

Helen si alzò e le tese la mano. «Arrivederci, signora Curtis.»

«Arrivederci.»

Vivien Curtis guardò Helen uscire dal suo ufficio. Sospirò. Quasi ogni nuova detenuta che arrivava in prigione dichiarava la propria innocenza. Helen McCarthy aveva speso migliaia di sterline in due appelli infruttuosi. Certo, le prove contro di lei erano circostanziali... chissà...

Chiuse i documenti di Helen e li ripose nel fascicolo «Ex detenute».

Helen guardò fuori dal finestrino mentre il taxi la portava nel centro di Londra. Tutto sembrava più grande, più luminoso. Le auto nelle strade trafficate parevano arrivare dallo spazio, e le vetrine dei negozi erano piene di mobili e abiti che aveva soltanto intravisto in televisione o sui giornali che aveva sfogliato in prigione.

Diciassette anni. Diciassette anni per un crimine che non aveva mai commesso. Diciassette anni per riflettere su chi fosse il vero colpevole. Gran parte del suo denaro era stato speso in parcelle legali. Aveva ancora la casa a Londra e la tenuta a Ballymore che, a quanto pareva, era ridotta a un cumulo di umidità, degrado e marciume.

Non le restava altro.

Aveva perso la sua preziosa azienda. La Metropolitan Records era stata salvata con successo un anno dopo la sua incarcerazione, guidata da un Brad di nuovo sobrio che aveva provato grande piacere a scriverle in carcere per informarla che era stata estromessa dal consiglio di amministrazione.

Nei primi tempi aveva pensato più di una volta al suicidio. La sua vita era finita, i suoi piani erano andati in fumo. Aveva accettato qualsiasi farmaco le offrissero per cercare di annullare il dolore. Solo il pensiero di uscire e riabilitare la sua reputazione le aveva impedito di mollare. La laurea in giurisprudenza le aveva dato la consapevolezza che le serviva per farcela.

«Va bene qui, grazie» disse al tassista mentre si avvicinavano all'imbocco della sua strada.

«Sono dodici sterline, tesoro.»

Helen deglutì. Aveva venti sterline nel portafoglio, quelle che le avevano dato quando era uscita di prigione. Lo stesso viaggio non le sarebbe costato più di due sterline diciassette anni prima.

Pagò il tassista, scese e si diresse verso la porta d'ingresso scrostata. Girò la chiave nella serratura ed entrò.

La casa puzzava di chiuso, ma era ordinata e pulita. Katie aveva ricevuto un piccolo compenso per tenerla d'occhio.

Helen posò il borsone ed entrò in soggiorno. Sorrise, suo malgrado. I mobili potevano essere venduti come cimeli degli anni Sessanta in perfette condizioni.

Iniziò a camminare, consapevole di doversi liberare del ricordo tremendo dell'ultima volta che era stata lì...

48

Settembre 1969

Helen aveva pensato che a bussare alla porta alle undici di quella sera fosse Orla, tornata dalla Metropolitan per piangere sulla sua spalla perché tra lei e Con era davvero finita, o per fare le valigie e tornare a Hampstead con lui. L'ultima persona che si aspettava di vedere era un agente di polizia.

«Buonasera, lei è Helen McCarthy?»

«Sì. C'è qualche problema?»

«Temo di sì. Conferma di essere la direttrice della Metropolitan Records?»

«Sì.»

«Mi dispiace informarla che si è verificato un grave incidente in sede.»

«Oddio. Cos'è successo? Qualcuno si è fatto male?»

«Non sono autorizzato a rivelare questi dettagli per il momento. Può venire con me in commissariato, signora?»

«Certo, ma...»

Helen viaggiò sul sedile posteriore della volante fino al commissariato di Paddington, con la mente piena di pensieri confusi. Un giovane agente aveva trascritto la sua deposizione, che consisteva in una descrizione dei suoi movimenti tra le cinque e le sette di sera, l'ora in cui pareva che fosse avvenuto «l'incidente».

«Grazie, signora» disse l'agente.

«Per l'amor di Dio, qualcuno può dirmi che cosa diavolo è successo?»

«Il detective è impegnato, ma sarà da lei a breve per spiegarle tutto.»

«Posso fare una telefonata?»

«Non ora.»

La lasciarono a rimuginare per oltre mezz'ora prima che un volto familiare entrasse nella stanza.

Sembrava stanco. Ed era invecchiato negli ultimi anni.

«Signorina McCarthy, credo che ci siamo già incontrati.»

«Sì, anche se temo di non ricordare il suo nome.»

«Ispettore Garratt. Abbiamo parlato dell'omicidio del suo amico Tony Bryant circa tre o quattro anni fa.»

Giusto. «Sì. La prego, ispettore, potrebbe dirmi cosa sta succedendo?»

Garratt si sedette e si strofinò la barba sul mento. «Davvero non lo sa?»

«Certo che no! Me lo dica, per favore.»

«Signora McCarthy, a quanto pare ha la tendenza a trovarsi nel posto sbagliato al momento sbagliato. Verso le sei e mezza di questa sera, una persona armata non identificata ha sparato a Con Daly e a sua moglie Orla nello studio di registrazione uno nel seminterrato della Metropolitan Records.»

Helen fissò Garratt. «No, non... e loro...?»

«Il signor Daly non ha riportato ferite gravi, ma temo che le condizioni della signora siano critiche. È in terapia intensiva al Charing Cross Hospital. La prognosi non è buona.»

«Devo andare subito in ospedale!» Helen fece per alzarsi, ma l'ispettore la fermò con un cenno. «Non subito.»

«L'hanno trovato, hanno cercato di ucciderlo come avevano promesso.» Helen si morse il labbro.

«Chi ha cercato di ucciderlo?»

«Saprà che Con Daly riceveva minacce di morte da tempo, immagino. Aveva una squadra di protezione della polizia con sé giorno e notte.»

«Sì, ne sono a conoscenza, ma ho parlato brevemente con il signor Daly, e pensiamo che chi ha sparato fosse qualcuno che lui e sua moglie conoscevano. A quanto pare il signor Daly ha sentito sua moglie salutare poco prima che partissero i colpi. E questo esclude che si tratti di un sicario di un qualsiasi gruppo terroristico politico, non crede?»

«Sì... suppongo di sì, ma...» Helen si portò una mano alla tempia pulsante. «Mi scusi, sono scioccata.»

«Certo, signora McCarthy. La guardia notturna riferisce di averla vista salire dal seminterrato verso le sei e dieci.»

«Sì. Ero scesa a controllare che Con e Orla fossero ancora nello studio.»

«Ma il signor Daly dice di non averla vista né di averle parlato. Perché?»

«Perché non volevo disturbarli o interrompere la loro possibile riconciliazione. Che, tra l'altro, avevo organizzato io.»

«Quindi aveva fatto in modo che il signor e la signora Daly fossero insieme nello studio uno?»

«Nel numero due, a dire il vero, ma sì.» Helen fissò l'ispettore. «Non è un reato, vero? Stavo solo cercando di aiutarli, di farli tornare insieme.»

«E sta dicendo che erano entrambi vivi e vegeti alle sei e dieci?»

«Sì, assolutamente.»

«Capisco. Signora McCarthy, ci sono altri modi per uscire dall'edificio, oltre alla porta principale?»

«Sì. Ci sono tre uscite di emergenza, ma sono chiuse a chiave, per ovvi motivi. Le chiavi sono in una teca di vetro sopra la porta che si può rompere in caso di incendio.»

«Esistono duplicati di queste chiavi?»

«Sì. Sono dentro un cassetto chiuso con una serratura nel mio ufficio.»

«Chiaro. Il problema, signora McCarthy, è che la guardia giura che è stata lei l'unica persona che ha visto uscire dall'edificio tra le sei e le sette meno un quarto, l'ora in cui il signor Daly lo ha avvisato della situazione. Nessuna delle uscite di sicurezza è stata manomessa e l'edificio è stato perquisito da cima a fondo quando è arrivata la polizia. Era deserto.»

Helen iniziava a sudare. La sua bocca si era seccata completamente. «Non starà cercando di dire che...»

«Di dire cosa, signora McCarthy?»

«Che io... che... È ridicolo! Solo perché una guardia dice che sono l'unica persona che ha visto uscire, non significa di certo...» Non riuscì nemmeno a pronunciare le parole. «Forse sta mentendo! Non c'è un briciolo di prova, e ho la sensazione che mi stia accusando.»

«Non sto facendo niente del genere, signora. Sto solo cercando di ricostruire i fatti, di mettere insieme i pezzi di questo misterioso puzzle. Lei possiede per caso una pistola, signora McCarthy?»

Helen arrossì. «Sì.»

«Per qualche scopo particolare?»

«Sono iscritta a un poligono di tiro. Ho imparato a sparare. Sono una donna ricca che vive da sola. Dopo la morte di Tony ho sentito il bisogno di proteggermi. Ci sono così tanti pazzi in giro che ho pensato ne valesse la pena.»

«E potrebbe mostrarmi dov'è la pistola in questo momento?»

«No. È stata rubata. Ho notato che mancava dal cassetto del mio ufficio dove la tenevo sotto chiave un paio di giorni fa. Ho avvisato la stazione di polizia locale.» Helen si coprì gli occhi con le mani e scosse la testa. «Non riesco a credere di dover rispondere a queste domande idiote. Perché mai dovrei fare del male a Con Daly o a sua moglie? È la star di punta della Metropolitan, e Orla vive con me da due settimane. È una mia amica. Per l'amor di Dio, stavo solo cercando di dare loro l'opportunità di incontrarsi e chiarire, non volevo ucciderli!»

«Bene, queste sono tutte domande a cui risponderemo a tempo debito. Per stasera basta così. Un agente la riaccompagnerà a casa. Preferirei che non si allontanasse per un po'. Non si opporrà a una perquisizione, vero? Ovviamente non ha nulla da nascondere.»

«No, infatti, ma le conviene avere un mandato. Assumerò un avvocato, e potrei farvi causa. Tutta questa conversazione è stata assurda.»

«Sto facendo il mio lavoro, signora McCarthy. E sì, le consiglio di assumere un avvocato.» Si alzò. «Buonanotte.»

Con ascoltò il bip dei monitor, stringendo più forte l'esile mano pallida della moglie. «Orla, Orla, ti prego, devi farcela. Torna da me» mormorò.

«Gradisce un caffè, signor Daly?» L'infermiera del turno di notte era comparsa dietro di lui, parlando con un dolce accento irlandese che un po' lo confortava.

«No, grazie.» L'infermiera controllò il labirinto di tubi collegati a Orla.

«Qualche cambiamento?»

Scosse la testa. «No. Continui a pregare, è tutto ciò che posso dirle.»

Con annuì. Mosse il braccio dolorante, fasciato per proteggere l'escoriazione causata dal proiettile.

«Orla, apri gli occhi e parlami, dimmi chi è stato. Tu l'hai visto. E quei proiettili erano per me, non per te. Non avresti dovuto cercare di salvarmi. Dovrei esserci io lì, non tu, non tu, amore mio.»

Gli occhi gli si riempirono di lacrime e iniziò a canticchiare a bassa voce le parole di *Losing You.*

Con sentì una leggera pressione sulla mano. Le palpebre di Orla si erano aperte e stava muovendo leggermente la testa. Si chinò su di lei.

«Orla, angelo mio, va tutto bene, sono qui, sono qui con te.»

Lei stava cercando di parlargli, ma non riusciva a sentirla attraverso la maschera dell'ossigeno. Con cautela, gliela spostò sul mento.

L'ispettore Garratt osservava dal vetro. Entrò rapidamente nella stanza e andò dall'altra parte del letto, con blocco e penna in mano.

«Cristo santo, non può lasciarci soli per cinque minuti?» borbottò Con.

«Glielo chieda.»

«Cosa?»

«Chi ha visto.»

Con annuì. «Okay, okay. Chi era, Orla? Chi è stato?»

Gli occhi di lei si riempirono di lacrime. «Era... non ricordo... il nome.» Scosse la testa, frustrata, mentre l'ispettore Garratt scarabocchiava ogni parola che pronunciava.

«Orla, era Helen McCarthy quella che hai visto?»

Un accenno di sollievo apparve negli occhi di Orla. «Sì, Helen... chiedete a Helen... una vecchia amica...»

Iniziò ad ansimare. «Io... ti amo Con... ti amiamo... ti amiamo.»

«Ora basta.» L'infermiera era tornata.

Orla chiuse gli occhi mentre l'infermiera rimetteva la maschera dell'ossigeno nella posizione corretta. Il suo respiro si fece più regolare.

Garratt guardò Con dall'altra parte del letto. «Ecco fatto. Vi lascio in pace. Mi dispiace disturbarla in questo momento, ma era meglio sapere.» Si alzò. «Pregherò per lei, signor Daly. Dovremo parlare domani.»

L'ispettore lasciò la stanza. Orla morì alle tre e dieci di quella mattina, senza dire altro.

«Signor Daly, sono desolato. Non c'era davvero più niente che potessimo fare.»

Con guardava fuori dalla finestra. Quasi non sentiva le parole del medico. L'alba stava sorgendo su Londra. Un nuovo giorno stava iniziando. Un giorno che Orla non avrebbe visto.

«Se fosse stata più avanti nella gravidanza, forse avremmo potuto provare a salvare il bambino, ma così... era solo di dodici settimane.»

«Come?» Con si voltò a guardare il medico. «Cosa ha detto?»

«Il bambino. Non poteva essere salvato.»

«Quale bambino?»

«Signor Daly, mi sta dicendo che non sapeva che sua moglie era incinta? Ho dato per scontato che...»

«Orla era incinta?» Era riuscito a malapena a pronunciare le parole.

«Sì. Mi dispiace tanto, signor Daly.»

«No, no... Non è possibile...»

Si alzò dalla sedia e lanciò un urlo angosciato. Si alzò, uscì dalla stanza e iniziò a correre alla cieca.

«Con! Con, dove stai andando?»

Freddy era seduto su una sedia in fondo al corridoio. Balzò in piedi e lo seguì giù per le scale.

«Con, per favore!»

Con si fermò sulle scale e si voltò a guardare Freddy. Il manager vide le lacrime che gli scendevano a fiotti sul viso.

«Mia moglie... mio figlio... oddio... Ho ucciso mia moglie e mio figlio... Li ho uccisi... li ho uccisi.»

49

Arrivarono con il mandato alle undici e mezza del mattino seguente.

Misero a soqquadro la casa, svuotando i cassetti, spostando i tappeti, strappando persino la collezione di peluche che aveva sul letto e togliendone l'imbottitura.

Helen se ne stava seduta in terrazza, incapace di assistere alla devastazione, con le mani strette in grembo, convinta di essere finita in un orribile incubo.

L'ispettore Garratt arrivò dopo pranzo. La raggiunse sulla terrazza, prese una sedia e le si sedette di fronte.

«Orla Daly è morta nelle prime ore di questa mattina.»

Helen strinse forte i bordi della sedia. Deglutì a fatica. «Allora spero che prendiate il bastardo che l'ha uccisa.»

«Stia tranquilla, ho intenzione di farlo.» Garratt posò sul tavolo un paio di buste trasparenti e una voluminosa busta marrone. «Dove tiene la pistola di solito?»

«Gliel'ho detto. Sotto chiave in un cassetto nel mio ufficio.»

«Abbiamo trovato lì il suo porto d'armi, in effetti, ma la pistola non c'era, come ci aveva detto.»

«Gliel'ho spiegato. È scomparsa.»

«Finché non abbiamo effettuato un'accurata perquisizione dei locali della Metropolitan.»

Helen alzò gli occhi e fissò Garratt. «Di cosa diavolo sta parlando?»

L'ispettore estrasse una pistola dalla busta marrone. «È sua, signora McCarthy?»

Helen si sporse in avanti per guardare meglio. «Potrebbe. È sicuramente il tipo che ho io.»

«Abbiamo confrontato il numero di serie con quello del suo porto d'armi. È la sua. Potrebbe dirmi dove è stata trovata?»

«Gliel'ho detto. L'ultima volta che l'ho vista era nel mio ufficio, nel primo cassetto della scrivania.»

«Le viene in mente qualcuno che avrebbe potuto usare la sua pistola per uccidere Orla Daly, e poi nasconderla nella cassetta del bagno delle donne nel seminterrato della Metropolitan Records?»

Helen fece una risata nervosa. «No, ispettore, nessuno.»

«Mi creda, non è uno scherzo. La sua pistola è l'arma del delitto. I proiettili corrispondono a quelli trovati nello studio di registrazione numero uno. E l'arma è piena delle sue impronte digitali.»

Helen lo fissò. «Per forza, è mia. È ovvio che qualcuno sta cercando di incastrarmi.»

«Lei crede? Allora direi che hanno fatto un ottimo lavoro, signora McCarthy.»

«Sembra la trama di un poliziesco di serie B. Non ha nessuna prova, nessun movente, nessun testimone...»

«Ed è qui che si sbaglia, temo. Poco prima di morire, la signora Daly ci ha detto di aver visto lei sulla soglia, di averla vista sparare.»

Il corpo di Helen si trasformò in un blocco di ghiaccio. «Ha detto cosa?»

«Credo che lei abbia convinto la signora Daly a scendere nel seminterrato, in uno studio insonorizzato, in modo che nessuno potesse sentire gli spari. Il signor Daly ci ha raccontato di quanto fosse gelosa di sua moglie, una cosa che risale ad anni fa...»

«Basta! Basta! Chiamo un avvocato!»

L'ispettore Garratt si alzò. «Lo faccia subito. Avrà bisogno di tutto l'aiuto possibile. Helen McCarthy, la dichiaro in arresto per l'omicidio di Orla Daly. Ha il diritto di restare in silenzio, qualsiasi cosa dica verrà registrata e potrebbe essere usata come prova contro di lei...»

50

Londra, 1986

Helen era in terrazza, esattamente nello stesso punto in cui le avevano messo le manette ai polsi. Guardò in basso. La malta era sporca di muschio e licheni. La sua rabbia e il suo sdegno erano iniziati lì, diciassette anni prima, e da allora non l'avevano abbandonata nemmeno per un istante.

Di notte i suoi sogni erano vividi, pieni dei ricordi del circo mediatico seguito al suo arresto e al processo, dove Con Daly era scoppiato a piangere mentre diceva alla giuria che Orla era incinta di tre mesi, che Helen lo sapeva e aveva ucciso non solo sua moglie, ma anche suo figlio.

Sospirò. Non aveva mai avuto mezza possibilità.

Aveva passato diciassette anni a rimuginare su chi potesse essere stato a incastrarla così alla perfezione. Naturalmente, l'unica persona che avrebbe potuto aiutarla a risolvere il mistero era morta.

All'inizio non si capacitava del fatto che Orla l'avesse accusata poco prima di morire, nonostante la gentilezza che aveva dimostrato nei suoi confronti. Ma man mano che il processo andava avanti, e un testimone dopo l'altro si presentava a parlare contro di lei, a riferire della sua ossessione per gli affari, della sua natura fredda, del fatto che fosse sempre sola... la sua fiducia nel genere umano era svanita. Negli anni di prigione aveva accettato di essere apparsa gelida e insensibile al mondo esterno. Pochi sapevano che l'unica cosa che desiderava era essere accettata. Se aveva una mentalità imprenditoriale, era solo perché, per tutta la vita, aveva sentito di avere qualcosa da dimostrare. Che ironia che fosse stata quella la sua rovina.

Non si era fatta amicizie in carcere. Non si fidava di nessuno. Aveva abbassato la guardia con Orla per un breve periodo, e la lezione le era bastata.

Rientrò in casa. Salì al piano di sopra, dove le carcasse sventrate dei suoi peluche erano state risistemate sul letto.

Si sedette e prese un orsacchiotto.

Niente vendette, niente recriminazioni...

Le parole della direttrice le riecheggiarono nella testa. Doveva dimenticare il passato, vendere la casa e la tenuta in Irlanda e andare all'estero, in un posto in cui poter ricominciare da zero?

Si strinse l'orsacchiotto al petto.

No. La rabbia era la sua unica ragione di vita.

51

Derek si sistemò la cravatta. Studiò il completo beige allo specchio, vecchio di dieci anni, ma di un marchio costoso. Quel pomeriggio era importante mantenere le apparenze.

Agli occhi del mondo era ancora Derek Longthorne, ex membro dei Fishermen, ora uomo d'affari e imprenditore di successo.

Si era tinto i capelli la sera prima, ma adesso temeva fosse stato un errore. Forse aveva usato troppo perossido. La sua chioma splendeva come un'aureola gialla, mettendo in risalto le sopracciglia grigie e la pelle che iniziava a cedere intorno alle guance. Sospirò. Era troppo tardi per correre ai ripari.

Si guardò intorno in camera da letto per controllare che tutto fosse pulito e in ordine, poi si spostò in soggiorno. Il divano, vecchio di almeno quindici anni, era liso. Aveva preso ago e filo e aveva cercato di rattopparlo nei punti in cui il tessuto era logoro, ma era visibilmente trasandato. La stanza, un tempo luminosa e accogliente, aveva bisogno di essere ristrutturata. Odiava quel posto. Era il simbolo del suo tracollo.

Derek entrò in cucina e accese il bollitore. La sua mano tremò mentre cercava nella credenza il barattolo del caffè.

L'incontro di quel pomeriggio avrebbe potuto salvarlo.

Sei settimane prima, mentre stava esaminando la montagna

di bollette che si accumulavano chiedendosi come diavolo avrebbe fatto a pagarle, il telefono aveva squillato.

Era Freddy Martin. L'ex manager dei Fishermen gli aveva chiesto cosa ne pensasse di una reunion della band per il grande concerto di beneficenza allo stadio di Wembley il luglio successivo. Nessuna pressione, aveva detto. Gli altri non avevano ancora deciso cosa fare e, come Derek sapeva, Con era dato per disperso. Gli aveva suggerito di pensarci e di ricontattarlo dopo un paio di settimane. Derek aveva riattaccato ed era stato tentato di inginocchiarsi per ringraziare un dio in cui non credeva.

Le vendite degli album dei Fishermen erano decollate dopo la tragedia della morte di Orla e la scomparsa di Con. *Losing You*, la canzone che lui aveva scritto e registrato per la moglie, era rimasta al primo posto in classifica per dodici settimane consecutive. E anche dopo tanti anni, i dischi della band vendevano ancora in tutto il mondo.

Derek avrebbe dovuto essere ancora un uomo ricco. E avrebbe potuto esserlo, se non avesse deciso di investire tutto nella Morgan Electronics, un'azienda che produceva chip per computer e gli aveva succhiato via quasi ogni centesimo prima di essere messa in amministrazione controllata l'anno precedente.

Ora Derek dipendeva completamente dall'assegno semestrale delle royalties, per la gran parte usato a copertura dei debiti contratti. Il suo appartamento a Chelsea valeva una somma considerevole, ma come ultimo tentativo di tenere a galla la Morgan Electronics aveva dovuto offrirlo in garanzia. Poi, quando l'azienda era fallita, per non perdere la casa aveva dovuto ipotecarla al settantacinque per cento del suo valore.

Aveva pensato di contattare un paio di etichette discografiche con l'idea di registrare un singolo e magari un album, ma il suo unico tentativo da solista era fallito in modo così clamoroso che era improbabile che avrebbe incontrato interesse.

Era ancora convinto che *Peggy* fosse una grande canzone.

Fissò il vuoto. Non passava giorno in cui non pensasse a lei e si chiedesse dove fosse. I suoi genitori si erano trasferiti, l'appartamento in cui viveva era occupato da un'allegra famiglia di indiani, e ogni traccia di Peggy sembrava sparita.

Sarà rintanata insieme a Con nel Triangolo delle Bermuda, pensò mentre aggiungeva un dolcificante al caffè. La dieta che aveva iniziato un paio di settimane prima non stava dando risultati. La bilancia confermava ogni mattina che non aveva perso mezzo grammo. Di quel passo avrebbe dovuto decidersi ad andare in palestra. Non gli piaceva l'idea che un pubblico stimato in due miliardi di persone in tutto il mondo commentasse che era invecchiato e fuori forma.

Soprattutto perché Todd sembrava ancora giovanissimo. Il tempo era stato clemente con lui. Era riuscito a passare senza problemi da pop star a produttore e aveva da poco fondato la sua etichetta discografica indipendente. Non si era mai risposato dopo il divorzio da Lulu, ma lo si vedeva quasi sempre accompagnato. Di tanto in tanto si incontravano per chiacchierare, ma alla fine venivano sempre fuori ricordi troppo dolorosi. Nonostante Todd deridesse l'ossessione di Derek per Peggy, lui sapeva che il cugino era ancora innamorato di Lulu.

L'ex moglie di Todd, intanto, era diventata una star di Hollywood, tutta spalline e labbra carnose nella sua soap opera americana in prima serata. Derek sorrise al ricordo della giacca puzzolente che indossava alle manifestazioni pacifiste.

Erano cambiati tutti in quei diciassette anni, ma forse la sorpresa più grande era Ian. Ora viveva in una casa enorme vicino a Windsor con la moglie Virginia e i loro tre figli. Gestiva un vivaio ed era l'incarnazione del padre di famiglia felice. Niente alcol, niente droghe, non fumava nemmeno più sigarette... Derek aveva dovuto sopportare più di una noiosissima serata a casa sua.

Quel pomeriggio loro tre e Freddy si sarebbero visti per discutere del concerto. Sull'idea in sé si erano già detti tutti d'accordo; d'altronde, come aveva fatto notare Derek a Freddy quando gli aveva telefonato per organizzare l'incontro, se si trattava di aiutare i bambini poveri che morivano di fame in Africa, come poteva non trovare un pomeriggio libero nella sua fitta agenda?

Bevve il caffè, mise la tazza sotto il rubinetto, la sciacquò e la posò capovolta sullo scolapiatti.

Un singolo lanciato appositamente per il concerto, magari, con parte del ricavato devoluto in beneficenza, poi un album... E perché no, un tour mondiale della band di nuovo insieme...

Certo, qualsiasi progetto andasse oltre il concerto non era pensabile, a meno che non apparisse la pop star prodiga. Con si era comportato da bastardo egoista, ma era stato punito severamente e giustamente. Derek era pronto a perdonare e dimenticare, se fosse tornato.

Mentre chiudeva la porta a chiave, ebbe un fremito al pensiero di ritrovarsi ricco e famoso come ai bei vecchi tempi.

Ti amo, ti amiamo...

Poi il bip continuo, a indicare che lei aveva esalato l'ultimo respiro...

Sono desolato... Non c'era davvero più niente che potessimo fare... Mi sta dicendo che non sapeva che sua moglie era incinta? ... Sì, chiedete a Helen... La condanno all'ergastolo per l'omicidio di Orla Daly...

Urlò e si alzò a sedere, con il sudore che gli colava sul viso, come gli succedeva ogni notte da diciassette anni.

Rimase lì sdraiato a guardare l'alba fare capolino tra le fessure del tetto che si stava lentamente sgretolando. Erano le sei del mattino, ma il caldo era soffocante. Strisciò fuori dal letto, scese l'imponente e polverosa scalinata e aprì la porta d'ingresso. Oltre il vialetto di ghiaia si stendeva un tappeto di soffice erba verde e, ancora più lontano, dei campi ondulati.

Il paradiso, per alcuni. Per lui era casa.

Corse attraverso il prato incolto, sforzandosi di respirare, prima di accasciarsi sull'erba umida. Si girò a guardare il cielo, chiedendosi se lei lo stesse guardando, o se il corpo che era stato deposto nella terra – e ormai era sicuramente ridotto in polvere – fosse tutto ciò che rimaneva di Orla.

Come poteva esistere un Dio?

Non c'era nessun Dio.

Era di nuovo turbato.

Aveva pensato di aver finalmente trovato il posto in cui vivere per il resto della sua vita. Aveva riattraversato il Mare d'Irlanda per sentirsi vicino a lei. La villa abbandonata dei McCarthy si era rivelata un perfetto rifugio dal mondo. In fondo non c'era più Helen a occuparsene, ed era rimasta del tutto trascurata da quando la zia era morta. Meglio ancora, a causa delle bollette non pagate non c'erano elettricità né telefoni e, soprattutto, non c'era la televisione. Nessuno lo disturbava lì. Ogni volta che doveva andare in città a prendere il latte o il pane, si copriva con cappelli, occhiali da sole ed enormi maglioni. Anche senza tutti quegli accessori, comunque, dubitava che con la barba incolta e i capelli lunghi lo avrebbero riconosciuto.

Il giorno prima, durante una delle sue sortite in cerca di viveri, aveva intravisto un giornale. La prima pagina annunciava un grande concerto di beneficenza per la fame in Africa. Era la prima cosa positiva che vedeva fare all'industria musicale da un sacco di tempo. Era un'idea geniale.

Si mise a sedere. Cosa gli saltava in mente? Perché avrebbe dovuto lasciare il suo angolo di mondo sicuro e protetto per tornare alla civiltà e ai brutti ricordi? Eppure, era stato via abbastanza a lungo da sapere che non avrebbe mai trovato pace. Forse l'unica opzione era tornare e affrontare il passato.

Due giorni dopo, uscì di casa e fece l'autostop fino all'aeroporto di Cork, con lo zaino su una spalla e la chitarra sull'altra.

Lulu guardò la nuova parrucchiera cotonarle i capelli nella tipica acconciatura che milioni di donne in tutto il mondo avevano provato a imitare.

«Ahi, mi stai facendo lo scalpo!» sbottò.

«Mi scusi, signora Bradley, sto cercando di fare il mio lavoro.»

Lulu alzò un sopracciglio. «Quando torna Trish?»

«Quando avrà partorito, signora Bradley.»

«Prima è meglio è, da quello che vedo.»

La parrucchiera non rispose. La porta si aprì ed entrò Jeff, il responsabile. «Sei pronta, Lulu, tesoro?»

«Se non lo sono, non è certo per colpa mia.» Indicò la parrucchiera che stava ancora faticando a cotonarle i capelli nel modo giusto.

«Lascia in pace Marcie. È il suo primo giorno.»

«Non c'è spazio per i dilettanti in questo programma, Jeff.»

«Ecco qua, signora Bradley, fatto.»

Marcie completò l'opera con una nuvola di lacca. Lulu si alzò e seguì Jeff lungo il corridoio.

«Che ti prende? Se non stai attenta, la tua reputazione di "stronza sullo schermo ma angelo fuori" andrà in fumo.»

«Perdonami, Jeff.» Lulu sospirò. «Mi scuserò con Marcie più tardi. Oggi sono nervosa, tutto qui.»

«Bene, sfoga l'energia negativa sul lavoro. Siamo in cucina per la seconda scena.» Erano arrivati in studio. Lulu seguì Jeff nel sontuoso set della cucina, completo di elettrodomestici all'avanguardia, con tanto di centrifuga per l'insalata nel quarto cassetto dei mobili in rovere massello.

«Ciao, Lulu. Sei splendida come sempre.» La voce del regista proveniva dagli altoparlanti della galleria superiore. «Okay, vai da Paige. Ripartiamo dall'inizio. È venerdì pomeriggio e so che tutti siamo impazienti di cominciare il weekend, quindi proviamo a farla senza stacchi.»

Lulu si avvicinò alla bionda esile che l'anno prima era stata Miss Wisconsin e adesso era pronta a diventare una superstar nel ruolo di nuova giovane bellezza della soap opera di maggior successo della televisione americana.

Paige le sorrise timidamente. «Ciao, Lulu.»

«Sì, ciao. Cominciamo.»

«Okay, studio. Siamo pronti.»

Calò il silenzio.

«*Flamingo Grove*, episodio quarantasei, scena dodici, ripresa uno. Azione.»

Mentre tornava a casa in limousine, Lulu compose il numero della sua addetta alle pubbliche relazioni.

«Chas, stavo pensando di andare nel Regno Unito per un paio di settimane durante le vacanze estive. Vuoi trovarmi qualcosa per convincere lo studio a farmi volare su un Concorde? Non vedo l'ora di provarlo. Tutti i miei amici dicono che è favoloso.»

«Farò quello che posso, tesoro. Sai quanto è vasto il tuo

pubblico nel Regno Unito. L'unico problema è che anche la maggior parte dei talk show è in pausa estiva. Ma lascia fare a me, vedrò cosa posso fare.»

«Grazie. Oh, e potresti procurarmi due biglietti per il concerto Music for Life a Wembley? Già che sono lì, mi sembra un peccato perdermelo.»

«Ci proverò, ma sono quasi introvabili, sia a Londra sia a New York.»

«Paga qualsiasi cifra, d'accordo?»

«Okay, tesoro. Ci sentiamo.»

Lulu riattaccò.

Il suo analista avrebbe detto che era pazza a tornare, ma ormai aveva deciso, e non c'era citazione junghiana o riferimento freudiano che potesse fermarla.

52

«Todd, entra, mettiti comodo.»

«Grazie, Freddy.» Todd si sedette su una grande poltrona. Freddy non aveva badato a spese per l'incontro e aveva addirittura affittato una suite al Savoy. Todd scrutò il loro ex manager, ormai sulla sessantina e completamente calvo, ma ancora un fenomeno nel mondo della musica. Aveva da poco ingaggiato un giovane duo dell'East End e gli aveva assicurato un contratto con la nuova etichetta discografica di Todd. Lui non era particolarmente entusiasta del loro stile, però ne capiva l'enorme potenziale commerciale, proprio come aveva promesso Freddy.

Guardò l'orologio mentre Freddy apriva una bottiglia di champagne. «Vengono anche gli altri due?»

«Sì. Bevi o no?»

«Un bicchiere di bollicine non mi farà male, ma preferisco non esagerare, più tardi ho una riunione.»

Freddy gli porse un bicchiere. «Certo. Non faremo tardi.»

La porta si aprì ed entrò Ian. «Ciao ragazzi, come state?»

«Bene.» Senza chiedere, Freddy gli porse un bicchiere di acqua minerale mentre lui si sedeva di fronte a Todd. «Se decidiamo di fare questo concerto, dovremo trovarti qualcosa di più trendy di un cardigan e un paio di pantaloni a coste» ironizzò, osservandolo.

«Vuoi che torni a indossare il mio caftano, eh?» Ian sorrise. «Ma non credo che avrò tempo di farmi crescere i capelli.»

«Sei l'unico di noi di cui i media diranno che è più bello di com'era diciassette anni fa» commentò Todd.

«È l'effetto dell'amore di una brava donna, di una dieta vegetariana e di un organismo libero da tossine, Todd.»

«Risparmiami i dettagli, Ian, mi viene da vomitare.»

Alzarono entrambi lo sguardo quando Derek entrò nella stanza, sforzandosi di non fissare l'alone giallo sulla sua testa. «Ciao, Derek.»

«Champagne?»

«Sì, certo.» Accettò il bicchiere da Freddy e si sedette sull'ultima poltrona libera

«Bene, prima di iniziare a discutere di progetti futuri, voglio dirvi che è un piacere rivedervi tutti e tre insieme dopo tanto tempo. So che siete rimasti in contatto nel corso degli anni, ma è bello vedere che non c'è animosità fra voi, anche dopo lo scioglimento della band.»

«Non ce n'è mai stata fra noi tre» mormorò Todd.

«No, immagino di no. Comunque, dalle conversazioni che ho avuto con voi al telefono, presumo che siate tutti disponibili a esibirvi al concerto.»

«Sì.»

«Assolutamente.»

«È una causa nobile.»

«Ottimo. Quindi la vostra decisione non dipende dal fatto che il signor Daly scelga o meno di rispondere alle richieste di un suo ritorno?»

«Per niente» assicurò Todd. «Voglio dire, non abbiamo deciso di rilanciare la band o altro. È un'iniziativa *una tantum* per sostenere una buona causa.»

«Sì. Per certi versi sarebbe meglio se non si facesse vivo. Come ti sentiresti a rivederlo, Todd?» chiese Ian.

«Stai tranquillo, me la caverei.» Todd aveva parlato a denti stretti.

«Be', visto che il concerto è tra due settimane e non si è saputo nulla di Con, penso sia altamente improbabile che lo rivedremo. Dobbiamo dare per scontato che non verrà e pensare a un piano B. Data l'eccitazione generata dalla sua possibile presenza, gli organizzatori vi vogliono per ultimi, per tenere il pubblico incollato allo schermo fino alla fine. Ho pensato che potreste iniziare con *Can Someone Tell Me Where She's Gone?* La melodia è comunque tua e di Con, Todd. Poi passerei a *She Loves You Truly*. Magari a quel punto potremmo invitare Elton o Rod a unirsi a te, per colmare la lacuna dell'assenza di Con. Molte band stanno unendo le forze. Rende la serata più interessante.»

Todd alzò le spalle. «Va bene.»

«Gli organizzatori vorrebbero che il concerto si concludesse con l'ultima canzone d'amore di Con.»

«*Losing You*?» chiese Todd.

Freddy annuì. «La conoscono tutti, e sperano che la sua intensità spinga più spettatori a mettere mano al portafoglio. Tutti gli artisti si uniranno a voi sul palco, vi terrete per mano e via di seguito, avete presente?»

«E il singolo di cui hai parlato?» chiese Derek.

«Sì, vogliono che qualcuno scriva una canzone che possa essere registrata da tutte le star partecipanti, e il ricavato ovviamente andrà in beneficenza. Brad della Metropolitan ha offerto uno studio di registrazione, la casa di produzione la stamperà gratuitamente su vinile e la maggior parte delle star si è impegnata a registrare una o due strofe.»

«Quindi non sarebbero solo i Fishermen?»

«No, Derek, hai capito male. Senza un membro fondamentale della band, sarebbe assurdo pensare di pubblicare un singolo» disse Freddy.

«Capisco.»

«Allora siamo d'accordo, sulla base delle premesse che ho appena descritto?»

Todd e Ian annuirono. Derek si guardò le mani.

«Penso che dovreste lasciare due o tre giorni di spazio nelle vostre agende per una prova. Sono sicuro che siate tutti piuttosto arrugginiti e, anche se è per beneficenza, vogliamo comunque offrire una bella performance, no? Prenoterò uno studio alla Metropolitan e cercherò di convincere chiunque decidiamo di coinvolgere a venire alle prove.»

«Per me va bene» disse Todd.

«Oh, un'ultima cosa. Brad vorrebbe far uscire un album di successi proprio in concomitanza con il concerto. Può sembrare una cosa da mercenari, ma se voi signori siete disposti a fare la vostra parte per la fame nel mondo, Brad non vede motivo di non approfittare di una nuova ondata di interesse per i Fishermen. Qualcuno ha obiezioni?»

Il viso di Derek si illuminò considerevolmente. «No, nessuna obiezione.»

«Io trovo che sia moralmente sbagliato trarre profitto da un progetto che si presenta come altruistico» commentò Ian.

«Non fare il moralista, Ian, proprio non ti si addice» intervenne Todd.

«Be', non c'è molto che tu possa fare. La Metropolitan può pubblicare ogni vostra vecchia canzone in qualsiasi momento. Comunque, per voi è solo un vantaggio economico. Dona le tue royalties all'Africa, se ti fa sentire più a posto con la coscienza.

Va bene, allora, è tutto deciso. Dovremo organizzare una conferenza stampa nei prossimi giorni per annunciare la notizia ai media, vi contatterò per concordare data e ora.» Freddy sorrise. «Penso che sarà divertente per voi mettere di nuovo alla prova i vostri muscoli musicali.»

Todd si alzò. «Non vedo l'ora di rispolverare la mia vecchia chitarra. Devo scappare. Ci vediamo presto, ragazzi.»

«Vado anch'io» disse Ian. «Virginia aspetta di sotto. Portiamo i bambini al Trocadero a mangiare gli spaghetti.»

«Arrivederci, signori» li salutò Freddy mentre Ian e Todd uscivano dalla suite.

«Anch'io devo andare» disse Derek con un filo di voce.

«Come procedono gli affari?» gli chiese Freddy.

«Bene, benissimo.» Si alzò. «Allora ciao.»

Freddy lo guardò uscire. Per caso aveva visto un articolo che raccontava il fallimento della Morgan Electronics sul «Financial Times». Derek trasudava disperazione da ogni poro.

Erano le quattro del mattino passate. Helen era curva sulla scrivania a fumare la quindicesima sigaretta da mezzanotte, un vizio che aveva preso in prigione.

Era certa di una sola cosa. Orla era stata uccisa per errore, mentre proteggeva l'uomo che amava. Era Con il bersaglio del killer.

La lista davanti a lei era la stessa da diciassette anni: sospettati che avrebbero potuto voler fare del male a Con ed erano abbastanza intelligenti da incastrarla. Il fatto che Orla avesse riconosciuto il killer era stato un elemento chiave nelle prove dell'accusa. E questo, almeno, restringeva la lista.

Helen studiò di nuovo i nomi.

Derek Longthorne. All'epoca sicuramente odiava Con, e lei

aveva sempre pensato che fosse strano. Non lo cancellò dalla lista.

Todd. Aveva tutte le ragioni per volere Con morto, dopo essere stato tradito pubblicamente. Lasciò anche il suo nome.

Lulu. Era un crimine passionale? Lasciò il nome della star.

Ian. Aveva scoperto che Con lo voleva fuori dalla band e aveva cercato di ucciderlo in un impeto di rabbia?

La mano di Helen esitò sul nome di Ian. Dopo quello che le era successo tutto era possibile, ma dubitava che all'epoca il batterista avesse abbastanza neuroni funzionanti da pianificare un crimine di quella complessità. Eppure...

Brad. Cancellò il nome. Era in clinica a disintossicarsi quando era successo il fatto.

Freddy. L'unica ragione che le veniva in mente era che sapeva che i Fishermen stavano andando in pezzi. L'omicidio di uno dei membri della band avrebbe fatto aumentare le vendite. Era senza dubbio abbastanza intelligente da saper pianificare il crimine e aveva accesso all'edificio, ma...

Helen sospirò. Niente di tutto ciò aveva senso. Non ne aveva mai avuto.

Se solo avesse potuto chiedere a Con cosa aveva effettivamente detto Orla prima di morire. Era stata la sua dichiarazione, insieme a quella dell'ispettore Garratt, a convincere la giuria a condannarla.

Ma Con era sparito dalla circolazione,

La sua unica speranza era Garratt, probabilmente ormai in pensione.

Aveva cercato l'indirizzo sull'elenco telefonico e aveva provato a chiamare il numero la sera prima. Il suono della sua voce le aveva fatto venire i brividi, ma almeno sapeva che era ancora vivo. Non aveva detto nulla, si era limitata a riattaccare.

Sapeva dove abitava. L'indomani, dopo essere passata in biblioteca, sarebbe andata a trovarlo.

Helen premette il pulsante e fece scorrere le microfiche fino al 19 settembre 1969. L'omicidio era ovviamente finito in prima pagina su tutti i giornali. C'era una foto di Con che usciva dall'ospedale dopo la morte di Orla. Il suo volto tradiva una devastazione così totale che riusciva a stento a guardarlo.

Alla pagina successiva c'era una foto promozionale della band scattata poche settimane prima della sparatoria. Helen tornò alla foto di Con. Poi di nuovo ai Fishermen. C'era un dettaglio che il suo cervello stava registrando senza elaborarlo.

Guardò ancora entrambe le foto. Finalmente capì di cosa si trattava.

Nella foto in prima pagina Con aveva addosso un cardigan. E già questo di per sé era strano, ma era ancora più strano il fatto che fosse identico a quello indossato da Derek nella foto promozionale.

Probabilmente una coincidenza. Helen sospirò. Non significava nulla, ma almeno era un fatto nuovo.

Fotocopiò entrambe le fotografie e salì su un autobus diretto a Ealing.

L'esterno della piccola casa a schiera era impeccabile. Le viole del pensiero erano disposte in file ordinate lungo il bordo del prato verde e quando suonò il campanello di ottone un po' di lucido fresco le sporcò l'indice.

La porta si aprì.

«Signor Garratt?»

Nonostante avesse superato i settant'anni, l'ispettore la riconobbe all'istante.

«Signora McCarthy. È venuta a uccidermi sulla soglia di casa mia?»

«No. Sono venuta a chiederle aiuto.»

«Capisco.» La studiò con circospezione. «Mi scusi, ma sono un po' a disagio. Non è la prima volta che un ex detenuto si presenta da me per vendicarsi. Ho un pulsante antipanico collegato al commissariato proprio per situazioni come questa.»

«L'ultima cosa che voglio è che lei muoia. Sto cercando di riabilitare la mia reputazione e lei è una delle poche persone che possono aiutarmi. Può perquisirmi per cercare una pistola o un coltello, se preferisce. Ma la prego, mi conceda qualche minuto del suo tempo.»

«Mi dica.»

«Voglio sapere esattamente che cosa ha detto Orla prima di morire.»

«Come ben sa, signora McCarthy, le abbiamo chiesto se era lei la persona che aveva visto sulla soglia della sala di registrazione uno con la pistola, e lei ha detto a me e al signor Daly che era così.»

«E non ha detto altro?»

«Non ricordo le parole esatte, ma sì, l'abbiamo sentita entrambi. Ho annotato ogni parola che ha pronunciato sul mio taccuino.»

«E ce l'ha ancora?»

«La dichiarazione di Orla è stata trascritta a macchina, e sarà nel fascicolo della polizia.»

«Ma credo sia improbabile che mi venga accordato l'accesso a quello, no?»

«Altamente improbabile, in effetti. Signora McCarthy, posso darle un consiglio? Non solo è stata condannata per questo crimine, ma ha perso due appelli. Le prove contro di lei erano al di là di ogni ragionevole dubbio. Ora è una donna libera. Lasci perdere.»

«Non sono stata io, ispettore Garratt. Mio Dio, se avessi voluto uccidere Orla o Con, di certo non avrei usato la mia pistola, non l'avrei nascosta in un bagno e non mi sarei fatta vedere dalla guardia giurata! Non ha senso. Niente ha senso.» Le spalle di Helen si abbassarono. «Mi dispiace. Non sarei dovuta venire. Me ne vado.»

«Senta, mi dia il suo indirizzo. Se riesco a procurarmi la dichiarazione gliene manderò una copia, ma non le servirà a niente. Le parole della signora Daly sono lì, nero su bianco, e ci sono due testimoni che l'hanno sentita.»

Helen scarabocchiò il suo indirizzo sul retro del biglietto dell'autobus e glielo porse.

«Sempre lo stesso. Allora è riuscita a tenersi la casa.»

«Sì, praticamente mi è rimasta solo quella. Arrivederci.»

«Signora McCarthy, un'altra cosa prima che vada. Come sa, i crimini passati non sono oggetto di esame in un processo, ma mi sono sempre chiesto... Ha ucciso lei quel giovane che abbiamo trovato nella vasca da bagno del suo appartamento? Tony... ehm...»

«Tony Bryant? No, certo che no! Crede che io sia un'assassina calcolatrice e spietata, vero?»

«Il mio compito era esaminare i fatti, signora McCarthy. La sua condanna per la morte di Orla Daly e la sua presenza nell'appartamento di un'altra vittima di omicidio mi hanno fatto riflettere su questa possibilità, soprattutto dato che l'omicidio di Bryant non è mai stato risolto.»

Helen sentiva le lacrime bruciarle in fondo agli occhi. «Capisce? Finché non avrò riabilitato la mia reputazione, tutti ragioneranno come lei. Sarò colpevole fino a prova contraria.»

Serrò la mascella. «E intendo dimostrare la mia innocenza, fosse anche l'ultima cosa che faccio. La saluto, ispettore!»

Lui la guardò voltarsi e allontanarsi a grandi passi lungo il vialetto. Si era certamente convinta della propria innocenza. Non era una cosa inconsueta. E le prove nel caso Daly erano lampanti.

Garratt chiuse la porta ed entrò nella piccola stanza che usava come biblioteca. Sugli scaffali, archiviate in ordine alfabetico, c'erano le fotocopie dei suoi appunti relativi ai crimini su cui aveva indagato e che lo avevano colpito particolarmente. Uno dei suoi pochi piaceri, in quei giorni, era riesaminare quelli irrisolti. Un modo per mantenere il cervello attivo.

«Daly... Daly...» Prese dallo scaffale i fascicoli relativi alle morti di Orla Daly e Tony Bryant. Andò alla scrivania, si sedette e li aprì. Trovò la pagina che interessava a Helen McCarthy, poi sfogliò il resto degli appunti e delle dichiarazioni che aveva raccolto da tutto il personale che lavorava alla Metropolitan.

No, la sua colpevolezza era innegabile. Posò gli occhi sul fascicolo di Bryant. Ne lesse di nuovo il contenuto.

«Aspetta un attimo...»

Ricontrollò tra le carte del caso Daly.

Sì, certo, il nome era lo stesso.

Era una coincidenza, senza dubbio. Garratt ne aveva viste molte nella sua vita, ma non si sapeva mai...

Tirò fuori un foglio di carta e una busta. Allegò la pagina fotocopiata dal taccuino, poi scarabocchiò il nome che aveva appena scoperto. Presumeva che Helen fosse a conoscenza del collegamento, ma se così non fosse stato, forse valeva la pena indagare.

Sigillò la busta, ci scrisse sopra l'indirizzo e la timbrò, poi decise che era ora di una tazza di tè.

53

«Bene, ragazzi, vediamo come ve la cavate!» Freddy sorrise mentre Todd, Derek e Ian si sistemavano in studio. «Direi di cominciare con *Way Across the River*. I riff sono facili anche con le dita arrugginite. Okay, quando volete.»

Todd diede il segnale e iniziarono a suonare.

Brad rimase in piedi vicino alla porta dello studio, a braccia conserte. «Caspita, ti riporta indietro nel tempo, eh?»

«Sì» concordò Freddy.

«Alle tre e mezza viene un fotografo a fare qualche scatto» lo informò.

«Perfetto.»

«La stampa è molto interessata, Freddy. Ho dato il via libera all'uscita del cd e del vinile della compilation una settimana dopo il concerto.»

Il telefono squillò. Brad si avvicinò alla console e rispose. «Che succede? Okay, Melody, arrivo.» Riattaccò. «Devo andare a dare un'occhiata a un tipo strano che continua a sbirciare in reception. Torno subito.»

Brad salì le scale due gradini alla volta.

«Eccolo.» Melody indicò le porte a vetri. «È lì da una ventina di minuti buoni. Non mi piace.»

Brad fissò l'uomo in piedi dall'altro lato delle porte a vetri.

Era alto e robusto, indossava un paio di jeans trasandati e portava una chitarra a tracolla. Aveva i capelli scuri arruffati e la barba lunga e incolta.

«Probabilmente è in cerca di un contratto. Inizierà a strimpellare quella vecchia chitarra non appena mi avvicino.»

Brad si diresse verso la porta e la spalancò. «Posso aiutarti, amico?» L'uomo si voltò lentamente verso di lui, gli occhi di un azzurro penetrante sul viso emaciato. «Ehi, mi hai sentito? Posso aiutarti?»

«Non lo so, puoi?»

«Senti, amico, stai spaventando le ragazze bighellonando qui intorno. Se non sei venuto a chiedere niente levati di torno, prima che chiami la polizia.»

«Brad?»

«Sì?»

L'uomo gli rivolse un sorrise stanco. «Davvero non mi riconosci?»

«No...» Brad lo scrutò di nuovo. «No... non... cazzo. Cazzo!»

Le due receptionist guardarono sbalordite il capo che abbracciava il vagabondo.

«Okay, proviamo *Can Someone Tell Me Where She's Gone?*» disse Freddy. «Todd, per ora prendi tu la melodia di Con. Probabilmente la condividerai con Paul al concerto.»

I tre iniziarono a suonare l'intro.

«*I've travelled far, and still can't find the woman that I left behind me, I...*»[7] La voce di Todd si spense e una voce familiare, leggermente roca, prese il sopravvento.

[7] Ho viaggiato lontano, e ancora non riesco a trovare la donna che mi sono lasciato alle spalle, io... [N.d.T.]

«*I've searched all corners of the land, over sea and shore and... oh, can someone tell me where she's gone?*»[8]

Tutti si girarono verso la porta.

Lo guardarono cantare fino alla fine della strofa.

Quando si fermò, nello studio calò il silenzio.

«Nessuno è contento di vedermi?» chiese.

Todd si alzò lentamente e gli si avvicinò. Gli tese la mano. «Ciao, Con, bentornato a casa.»

Il fotoreporter che arrivò venti minuti dopo non riusciva a credere alla sua fortuna. Con Daly, tornato dal mondo dei morti, chiacchierava tranquillamente con i suoi ex colleghi.

«Sarà sulla prima pagina di tutti i tabloid domani» assicurò a Brad.

«Bene, mi raccomando. Aiuterà a pubblicizzare il concerto.»

Con sbadigliò. «Scusate. Sono distrutto.»

«Ti prenotiamo una suite al Ritz, va bene, Con?» suggerì Freddy. «Così puoi rilassarti e riprenderti per un paio di giorni. E cercheremo anche di tenerti la stampa fuori dai piedi, per il momento.»

«Non essere sciocco. Con può venire a stare a casa mia, così gli presento moglie e figli» disse Ian.

«Non ha senso, Ian. Dovresti costruire un muro alto almeno due metri per impedire ai giornalisti di arrivare a Con» intervenne Brad.

«Vieni da me, Con. Casa mia è sicura» disse Todd in tono gentile.

Con lo guardò. «Grazie, Todd. Sarebbe fantastico.»

[8] Ho cercato in ogni angolo della terra, oltre il mare e la costa e... oh, qualcuno può dirmi dove è andata? [N.d.T.]

Non parlarono molto durante il viaggio fino a casa. Con guardava le trafficate strade di Londra fuori dal finestrino e Todd ascoltava il notiziario.

«Ultim'ora: Con Daly, cantante della rock band di successo degli anni Sessanta, The Fishermen, è arrivato oggi negli uffici della sua vecchia casa discografica, la Metropolitan. Il gruppo si riunirà per suonare al concerto Music for Life a Wembley tra una settimana. L'entusiasmo per il ritorno dell'irlandese non può che far crescere l'interesse per il concerto, di cui i Fishermen saranno le star indiscusse.»

Todd spense la radio e guardò Con. «Farò il possibile per tenerli a bada.»

L'altro annuì. «Grazie, Todd.»

Nelle quarantott'ore successive, Con non fece altro che mangiare e dormire. Todd lo trovò rannicchiato sul pavimento accanto al letto matrimoniale quando gli portò la colazione, ma non fece alcun commento. La stampa rimase accampata fuori notte e giorno, utilizzando scale e persino una gru per cercare di immortalare il figliol prodigo rientrato a casa.

Il terzo giorno, mentre Todd sedeva nel suo ufficio all'ultimo piano, un Con appena lavato e rasato apparve sulla soglia.

«Todd, perdonami.»

Si voltò. «Per cosa?»

«Mi sono comportato da idiota e da stronzo in passato. Le scuse sono in ritardo di diciassette anni, ma volevo fartele comunque.» Todd annuì. «Per quel che vale, e non sono sicuro che valga molto, non è mai successo niente tra me e Lulu. Si è inventata quasi tutto.»

«Sì. Ho iniziato a intuirlo quando le sue avventure con le star di Hollywood sono finite tutte in un "disastro totale" sulle prime pagine dei tabloid.» Todd sembrava addolorato. «È acqua passata. Lulu è sempre stata volubile.»

«Grazie.» Gli occhi di Con brillarono.

«E lasciami dire quanto mi dispiace per... quello che è successo. Non riesco ancora a credere che non sia qui.»

«Lo so.»

«Dopo il processo sono venuto a Hampstead. Volevo vederti, ma la casa era chiusa, quindi ho pensato che fossi andato via per un po', per stare da solo. Credevo che saresti tornato. Perché sei rimasto via così a lungo?»

Con si appoggiò contro il bordo della scrivania di Todd. Prese un elastico e ci giochicchiò.

«Ogni volta che pensavo di tornare, non ce la facevo. Orla è morta per proteggermi dai proiettili di Helen. Perderla era già terribile, ma sapere che aspettava nostro figlio... Il nostro bambino è morto con lei.» Guardò Todd, con gli occhi pieni di lacrime. «Mi sentivo responsabile della loro morte. Mi sento ancora responsabile.»

«Dove sei andato?»

«Un po' qui, un po' lì. All'inizio sentivo il bisogno di continuare a spostarmi. Viaggiare annebbia la mente. E poi all'epoca la gente mi riconosceva. Alla fine sono tornato a casa.»

«Credo che nemmeno tua madre ti riconoscerebbe oggi come oggi.»

Con sorrise. «Me ne sono reso conto quando Brad ha minacciato di chiamare la polizia se non me ne fossi andato dalla Metropolitan.»

«Perché sei tornato proprio ora?»

«Ci pensavo da un pezzo. Ho capito che non sarei mai riuscito a sfuggire ai ricordi, quindi tanto valeva tornare e affrontarli. E avevo letto del concerto su un giornale. Mi piaceva l'idea che la nostra musica avesse un senso, che facesse del bene. Era lo stimolo di cui avevo bisogno.»

«Ti sei lasciato una vita alle spalle?»

«No. La mia vita è stata un doloroso susseguirsi di lutti. Comunque adesso basta con la malinconia. Sono tornato per fare musica. Quando ci vediamo con gli altri per una prova generale?»

Helen fissò la foto di Con sul giornale con il cuore che le batteva forte. Erano entrambi spariti dalla circolazione diciassette anni prima ed erano tornati nella stessa settimana.

Con avrebbe accettato di incontrarla? No, la incolpava della morte di Orla.

Sentì il rumore della cassetta delle lettere, così andò in corridoio a ritirare la posta.

Notò una busta bianca con il suo indirizzo scritto in una calligrafia ordinata. La aprì e vide il nome dell'ex ispettore Garratt. Fu sorpresa e felice che avesse mantenuto la parola e le avesse scritto.

Andò al tavolo da pranzo, si sedette e iniziò a leggere.

Gentile signora McCarthy,
in allegato una copia degli appunti presi la notte della morte della signora Daly. Può vedere con i suoi occhi che parlava di lei.

Cordiali saluti, T. Garratt

L'ispettore aveva aggiunto un post scriptum.

Il nome menzionato da Garratt era interessante.

Helen guardò fuori dalla finestra e scosse la testa. «Ecco chi era, allora... E non l'ho mai saputo.»

Mise da parte la lettera e aprì la pagina su cui erano scritte le ultime parole pronunciate da Orla: *Era... non ricordo... il nome... sì, Helen... chiedete a Helen... una vecchia amica...*

Prese una penna e scrisse diverse volte il nome che l'ispettore aveva menzionato nel suo post scriptum. Poi tornò a studiare le parole pronunciate da Orla.

Infine fissò il vuoto a lungo.

Adesso sapeva chi aveva assassinato Orla Daly.

Ma la domanda era: perché?

54

Todd raccolse la posta dallo zerbino e salì in cucina.

Mentre aspettava il caffè, aprì le buste. Bollette, circolari e una lettera indirizzata a Con. L'istinto gli disse di aprirla.

SEI TORNATO, MA NON PER MOLTO.
SABATO SARÀ L'ULTIMA VOLTA CHE CANTI.
STAVOLTA NON CI SARANNO ERRORI. A PRESTO.

La lesse di nuovo.

«Merda.» Prese il telefono. «Freddy, sono Todd. Senti, mi serve un consiglio. Ricordi che Con aveva ricevuto minacce di morte per posta? Be', ne è arrivata un'altra stamattina. Lo so, stento a crederci anch'io. Te la leggo.»

Freddy sbottò in un'imprecazione.

«Lo so, non piace nemmeno a me. Deve essere qualche pazzo che usa il passato per spaventarlo. Devo dirglielo? Pensi di sì? Temo solo che, se lo sa, potrebbe sparire di nuovo. Okay, va bene. Lo so che non possiamo correre rischi. Ci sentiamo più tardi.»

Riattaccò.

«Cosa devi dirmi?»

Todd si voltò e vide Con in piedi sulla soglia, a braccia conserte. «Con, non preoccuparti.»

«Dimmi cosa c'è.»

«Temo che sia un'altra di quelle lettere che ricevevi anni fa.» Gliela porse.

Lo vide rabbrividire visibilmente mentre la leggeva.

«Non farti prendere dal panico, Con, ti prego. Freddy ha detto che dovremmo contattare immediatamente la polizia. Ha suggerito di informare anche i media, in modo che sottolineino quanto saranno rigide le misure di sicurezza al concerto. Se il maniaco fa sul serio, potrebbe scoraggiarsi sapendo che ci sarà un gigantesco dispiegamento di forze dell'ordine. Se sei d'accordo, chiamo subito Scotland Yard. Con?»

Con teneva la lettera in mano e guardava fuori dalla finestra.

«Stai bene?»

Non rispose.

«Senti, immagino quanto possa essere devastante, ma possiamo occuparcene. Lascia che chiami la polizia. Sono sicuro che è solo una stupida lettera da idioti.»

«Certo. Faccio una doccia.»

Mentre l'acqua gli cadeva sulla testa, Con si chiese se avesse sbagliato a tornare.

Si rivestì e scese di sotto. Todd fissava un punto fuori dalla finestra.

«Li hai chiamati?»

«Sì. Mandano subito qualcuno. Sarai sotto protezione ventiquattr'ore su ventiquattro. Si metteranno in contatto con gli organizzatori del concerto per discutere delle misure di sicurezza.»

«Bene.»

«Con, c'è un'altra cosa che dovresti sapere.»

«Quale?»

«Helen McCarthy è appena uscita in libertà vigilata.»

Helen era a corto di soldi. Le poche migliaia di sterline rimaste sul suo conto si stavano esaurendo. Entro un paio di settimane, avrebbe dovuto tirare fuori dal garage la sua Porsche d'epoca, sostituire il motorino d'avviamento e darle una bella lavata e una ripulita. Poi avrebbe cercato un acquirente.

Ma non le importava di rimanere senza casa e senza un soldo. Ora che sapeva chi le aveva rovinato la vita, doveva solo ricomporre il puzzle, presentare le prove alla polizia e scagionarsi. Finalmente.

Quattro telefonate le avevano procurato le informazioni di cui aveva bisogno. Bastava fingere di chiamare per conto del fisco per ottenere i dettagli richiesti.

E ora avrebbe incontrato la persona che l'aveva incastrata in modo così perfetto. Salì sull'utilitaria a noleggio e partì.

Le vie claustrofobiche di Londra lasciarono posto a campi verdi su entrambi i lati dell'autostrada, che non esisteva quando Helen aveva fatto quel tragitto l'ultima volta. Le ci vollero un paio d'ore di guida per giungere a destinazione. Oltrepassò il cancello e si fermò davanti all'edificio vittoriano fatiscente. Spense il motore. Prese un rossetto dalla borsa e se lo mise, poi scese dalla macchina e si diresse all'ingresso principale.

«Mi dispiace tanto che abbia fatto tutta questa strada per niente. Se n'è andata circa un mese fa. Ha detto che è stata all'estero anche lei?»

«Sono stata via, sì» annuì Helen.

«Ci siamo sempre chiesti se avesse dei parenti. Non ne parlava mai.»

«No, be', non siamo mai state vicine.»

«Non le assomiglia per niente, se non le dispiace che lo dica. Non sembrate per niente sorelle.»

«Lo dicevano tutti» concordò Helen. «Può darmi il suo nuovo indirizzo?»

«Certo.» La donna aprì una cartella. «È andata in quella che chiamiamo una casa di accoglienza. L'assistenza in comunità è fondamentale al giorno d'oggi, sa? Il governo non ha più i soldi per mantenere posti come questo. Ecco qui, glielo scrivo.»

«Come... come le è sembrata quando se n'è andata?»

«Oh, stava meglio di quando è arrivata. Questo era l'unico posto in cui sembrava sentirsi al sicuro. A dire il vero, era molto emozionata quando è uscita. Continuava a blaterare di questo concerto, Music for Life. Appena ne ha sentito parlare ha fatto prendere un biglietto.»

«Davvero?»

«Sì, è arrivato subito dopo la sua partenza. Gliel'ho spedito. Amava la musica, ma probabilmente lo sa già.»

«Dopo tanti anni senza sentirla ho la sensazione di non conoscerla affatto. Per caso c'erano gruppi o dischi che le piacevano particolarmente?»

Helen annuì mentre la donna le dava la risposta che immaginava.

«C'era una canzone in particolare che ascoltava a ripetizione sul suo piccolo registratore.»

«Ovvero? Potrei comprarle un disco come regalo per quando la vedo.»

«Ehm, non sono molto brava con il pop, soprattutto degli anni Sessanta. Preferisco il country. Credo fosse una delle ultime, la cantava soltanto uno di loro. Era diversa da tutte le altre.»

«Si intitolava *Losing You*?»

«Ehm, sì, credo di sì, ma non ne sono sicura.»

«Va bene, se le viene in mente può farmelo sapere. Senta, non voglio rubarle altro tempo.» Helen si alzò.

La donna le porse l'indirizzo su un foglio. «Le porti i miei saluti quando la vede. Mi ero affezionata a lei. Guardandola, non penseresti mai... Be'... che tragedia, davvero. Addio, cara.»

Helen si fermò in un bar sull'autostrada per mangiare e riflettere sulla conversazione. Comprò un giornale e lo sfogliò mentre addentava il suo insipido panino al formaggio e lattuga.

> *«I preparativi per il concerto di domani stanno andando bene» riferiscono gli organizzatori. «A ogni ora che passa, sempre più band si offrono di cantare per l'Africa.»*
> *Ovviamente, avere così tante superstar tutte insieme è un incubo per la sicurezza, soprattutto perché pare che ieri Con Daly, appena tornato dal suo esilio autoimposto, abbia ricevuto una minaccia di morte in cui il concerto viene citato come obiettivo. «Probabilmente è uno scherzo di pessimo gusto, ma prendiamo la minaccia sul serio, visto che il signor Daly ne ha già ricevute in passato» ha detto un portavoce di Scotland Yard. «Avverto chiunque là fuori stia pensando di causare problemi che la sicurezza sarà la più serrata che si sia mai vista.»*

Helen si sentì gelare il sangue. Deglutì.

«Oddio.»

«Prova, prova, uno, due, tre, quattro, bene, banane, mele, le palle di Bob.»

La voce rimbombò dagli enormi altoparlanti mentre Johnny, l'organizzatore del concerto, accompagnava i Fishermen sul palco di Wembley.

«Allora ragazzi, Tina sarà in scena mentre la vostra attrezzatura viene sistemata. Quando avrà finito, salirete sul palco, che sarà completamente al buio. Vi annuncerò con un rullo di tamburi, poi il palco si muoverà in avanti. Quando la folla si sarà calmata, cosa che calcoliamo potrebbe richiedere anche dieci minuti, inizierete il vostro set. Tutto chiaro? Con?»

Con si era spostato sul fronte del palco e stava guardando lo stadio.

«Certo.»

«Alla fine del set i riflettori saranno puntati su di te, Con. Attaccherai *Losing You*, mentre noi chiameremo tutti nel backstage perché vengano a unirsi a voi per la strofa finale. Ci aspettiamo almeno tre bis. Nessuno vorrà che finisca. Poi concluderemo collegandoci via satellite con New York. Okay?»

Tutti annuirono.

«Perfetto. Siete prenotati per le tre di questo pomeriggio. Posso concedervi solo quarantacinque minuti per provare; abbiamo trenta band e voi avete quindici minuti in più degli altri.»

«Okay, Johnny» disse Todd.

«Ora scusatemi, ma ho un milione di cose da fare. Restate quanto volete. Ci sono tè e caffè nei termos laggiù.»

Johnny salutò con la mano e si avviò verso il palco.

«Cosa volete fare?» chiese Freddy. «Mangiamo qualcosa? Mancano un paio d'ore alle prove.»

«Il mio stomaco apprezza la proposta» disse Ian. «Conosco un buon ristorante indiano in fondo alla strada. Fa un curry di verdure strepitoso.»

«Bene» disse Freddy.

«È diventato pretenzioso» sussurrò Todd a Con mentre scendevano dal palco.

«Derek Longthorne, una telefonata.» La voce rimbombò dall'altoparlante.

«Da questa parte, signor Longthorne.» Un'assistente apparve sul palco accanto a lui.

«Ci vediamo al Bombay Palace, Derek» gridò Freddy.

«Va bene.»

Un quarto d'ora dopo Derek entrò praticamente di corsa nel ristorante indiano e si sedette accanto a Todd.

«Abbiamo ordinato anche per te. Cioè, abbiamo ordinato quasi tutto quello che c'era sul menu. Sembri felice. Hai vinto alla lotteria, per caso?»

Derek scosse la testa. «No, niente di così emozionante, temo. Solo una vecchia amica che vuole venire domani, tutto qui.»

«Mi dispiace, cara, non la vedo da due settimane. Non è una prigioniera. Può andare e venire a suo piacimento.»

Era quello che Helen si aspettava.

«Grazie.»

Si allontanò dalla casetta a schiera fatiscente e salì in macchina. Si sentiva esausta. Sarebbe tornata a casa, avrebbe fatto una doccia e cercato di capire se aveva prove sufficienti per convincere la polizia.

Ma non c'era ancora un movente...

Stava svoltando a destra verso casa quando vide l'auto della polizia parcheggiata proprio davanti alla porta. Con il cuore che le batteva forte, fece retromarcia, imboccò la strada successiva e spense il motore.

La minaccia di morte a Con...

Sospettavano di lei. Se fosse rientrata, con ogni probabilità l'avrebbero fermata per interrogarla e l'avrebbero trattenuta fino alla fine del concerto, quando ormai sarebbe stato troppo tardi.

Helen si sfregò la fronte, frustrata. Andare alla polizia non era un'opzione.

Avrebbe dovuto sbrigarsela da sola.

«E adesso cosa faccio?» urlò.

Aveva bisogno di una cosa che aveva dentro casa se voleva una possibilità di dimostrare finalmente la sua innocenza.

A mezzanotte, vide l'auto della polizia allontanarsi. O si erano arresi, o era un cambio di turno. Accese il motore, fece retromarcia e imboccò la strada principale. Lasciata l'auto vicino all'ingresso, scese e corse verso la porta. Ansimando, salì al piano di sopra e andò nello studio, rovistando nel primo cassetto della scrivania finché non trovò quello che cercava. Era vecchio, ma il logo era uguale e sarebbe stato utile. Agguantò la cartellina di plastica con le informazioni raccolte di recente e ci infilò il pass. Ficcò la cartella in borsa, andò in camera da letto e prese il vestito elegante e le scarpe abbinate che aveva comprato all'inizio della settimana. Afferrò un borsone e ci gettò dentro i vestiti, aggiungendo anche qualche trucco preso dalla toeletta.

Corse giù per le scale, si sbatté la porta d'ingresso alle spalle e andò all'auto. Non aveva percorso più di un centinaio di metri quando vide nello specchietto retrovisore la volante della polizia svoltare di nuovo nella strada.

Tirando un sospiro di sollievo, si diresse verso il centro di Londra.

Il campanello di Todd suonò alle due e dieci. In preda all'insonnia al pensiero del giorno dopo, lui si alzò subito e scese di sotto per rispondere al citofono. «Sì?»

«Sono il sergente Pearson, signor Bradley. Mi dispiace disturbarla, posso entrare? Devo parlare con il signor Daly.»

«Certo.»

Con era in piedi dietro di lui, completamente nudo.

«Un poliziotto vuole parlarti. Vestiti, lo faccio entrare.»

Todd accompagnò gli agenti su per le scale e in salotto. Con tornò in jeans.

«Scusate per l'ora, signori, ma abbiamo buone notizie.»

Entrambi lo guardarono in silenzio. «Oggi pomeriggio è stata notata una donna che si aggirava fuori da questa casa. Un membro della nostra squadra di sorveglianza l'ha osservata per un po' e poi l'ha interrogata. Lei si è subito innervosita e si è rifiutata di mostrare all'agente il contenuto della sua borsa. È stata arrestata e portata in commissariato. Nella borsa abbiamo trovato questo.»

Pearson tirò fuori un foglio di carta con la familiare scritta messa insieme con i ritagli di giornale e lo posò sul tavolo.

CI VEDIAMO DOMANI PER L'ULTIMA VOLTA.

«La donna ci ha detto che lei e il signor Daly erano stati amanti, e poi il signor Daly l'aveva lasciata per sua moglie.»

«Cosa? Orla e io stavamo insieme dal primo giorno in cui siamo arrivati a Londra» mormorò Con.

«Certo, signore. Dopo ulteriori indagini, abbiamo scoperto che la donna in questione è entrata e uscita da istituti psichiatrici per gli ultimi venticinque anni. È una maniaco-depressiva con precedenti di microcriminalità. Ha confessato di aver inviato tutte le lettere minatorie alla sua casa di Hampstead.»

«Quindi pensate che sia lei?»

«Assolutamente, signor Daly. Le sue impronte digitali corrispondono a quelle sulla lettera che le ha inviato la settimana scorsa e a quelle di diciassette anni fa che abbiamo in archivio.»

«Pensa che avrebbe tentato qualcosa domani?»

«Chissà. Comunque ora è sotto chiave e lei può rilassarsi.»

«Ottime notizie, vero, Con?» disse Todd.

«Sì, ottime.»

Pearson si alzò. «Bene, vi saluto e vi lascio dormire per quel che resta della notte. E i miei migliori auguri per domani.»

Con si alzò per stringergli la mano. «Grazie di tutto. Mi dispiace far perdere tempo alla polizia.»

«Ma si figuri. Siamo qui per questo.»

Todd accompagnò il poliziotto alla porta. Con si fermò vicino alla finestra e guardò fuori, nel buio, chiedendosi perché non si sentisse più sollevato.

55

Ai Fishermen era stato chiesto di arrivare allo stadio entro le quattro. Nel backstage, c'era un caos incredibile.

«Cavolo, sentite che boato!» Todd stava sbirciando da una fessura in uno dei camerini mentre una famosa band terminava la sua esibizione.

«Ottantamila persone» commentò Freddy. «Vi siete esibiti davanti a più gente, in passato.»

«Ma mai con un'atmosfera così bella.»

«Aiutati dal tempo, ovviamente.» Ian alzò lo sguardo verso il cielo azzurro intenso. «Pensate se avesse piovuto!»

«Con l'atmosfera che c'è oggi, avrebbe anche potuto nevicare e non sarebbe importato a nessuno.»

«Volete andare nel palco degli ospiti a guardare lo spettacolo?» suggerì Freddy.

«Certo. Mancano ore alla nostra esibizione» disse Con.

«Io aspetto una persona. Resto qui» rispose Derek.

«Okay. Ci vediamo lì» lo salutò Todd.

«A dopo.»

Il palco degli ospiti era gremito di politici, reali e star. Lo champagne scorreva a fiumi.

«Finora sono stati raccolti venti milioni.» Johnny era esausto, ma euforico. «E dovremmo triplicarli nelle prossime ore. New York sta per iniziare.»

«Che giornata!» esclamò Todd con entusiasmo. «È stata una grande idea, Johnny.»

«Ma è stato il vostro sostegno a far sì che si realizzasse.»

«Ciao, Todd.»

La voce familiare alle sue spalle lo fece rabbrividire. Si voltò. «Lulu.»

Lei si sporse a baciarlo su entrambe le guance. «Come stai? Ti trovo bene.»

«Alla grande. Cosa ti porta qui?»

«Avevo da fare a Londra e ho pensato di passare a trovare dei vecchi amici.»

«Scusate, vi lascio in pace.» Johnny salutò e scomparve.

«È sempre più una reunion.» Todd cercò di mantenere la calma.

«Hai ragione. Come sta il figliol prodigo?»

«È laggiù, occupato a parlare con il primo ministro. Dubito sappia chi sia.»

«Ti ha detto dov'è stato?»

«Non nei dettagli. Come stai tu? Sei bellissima, come sempre.»

«Grazie. Sto bene, benissimo.»

«Sono sicuro che la vita da star di Hollywood ti si addica.»

«In un certo senso sì. È piacevole. Ma mi manca molto... Londra.» Lulu gli rivolse un sorriso.

Todd ricambiò.

«Be', se posso dirmelo da solo, ho fatto un ottimo lavoro.» Il parrucchiere si fermò dietro di lei e le mostrò la nuca. «Quasi un miracolo, non credi, tesoro?»

Helen sorrise. Il caschetto lucido le toglieva diversi anni.

Con quello, la tuta snellente e il trucco curato, nessuno in prigione l'avrebbe riconosciuta.

«Sì, grazie.»

Andò alla cassa e gli porse delle sterline.

Uno scroscio di applausi risuonò dalla radio.

«Oh, cosa non darei per essere a Wembley anziché stare qui a sudare. Sembra fantastico» disse il parrucchiere.

«A dire il vero, è proprio lì che sto andando.» Helen frugò nella borsa e tirò fuori il suo pass della Metropolitan Records. Se lo appuntò sul risvolto della giacca. «Sono una dirigente di una casa discografica.»

«Davvero? Che fortuna. Vai a intrattenerti con le star mentre io acconcio teste unte per tutto il pomeriggio. Divertiti.»

«Lo farò.» Gli sorrise e uscì dal salone.

«Sei venuta! Iniziavo a chiedermi...» La stava fissando con gli occhi sbarrati. Era ovvio che i suoi sentimenti non erano cambiati.

«Certo che sono venuta.»

«È un piacere vederti. Sei bellissima.»

«Grazie.»

«Andiamo a unirci agli altri. Ci meritiamo un bicchiere di champagne.»

Lei gli sorrise, lui la prese sottobraccio e si avviarono verso il palco degli ospiti.

«Mi scusi, signora, posso vedere il suo pass?»

«Certo.» Helen mostrò il pass alla guardia di sicurezza, che scosse la testa. «No, signora, il suo pass per *oggi*.»

«Oh, quello.» Helen frugò nella borsa sotto lo sguardo attento dell'uomo. «Non riesco a trovarlo.»

«Be', temo di non poterla far entrare.»

«Cosa? È ridicolo! Sono il capo della Metropolitan Records! I Fishermen mi stanno aspettando.»

«Ah sì?» Quel giorno ne aveva sentite di tutti i colori.

«Ascolti, non trovo il pass, ma posso mostrarle queste.» Helen tirò fuori un paio di foto dal portafoglio. «Ecco qua. Sono io con i Fishermen alla Metropolitan, dopo aver firmato il contratto.»

La guardia le studiò. «Molto belle, ma non bastano per farla passare.»

Helen ribolliva di frustrazione. A meno di stenderlo a pugni, non c'era modo di superarlo.

Una grande limousine si fermò all'ingresso del tunnel. Dal retro uscirono diversi ragazzi con tute fosforescenti dai colori vivaci.

«Caspita, sono i Seven Wonders. Le mie figlie li adorano.»

L'ingresso fu improvvisamente preso d'assalto da un'orda di adolescenti.

«Da questa parte, signori» disse la guardia, raggiante, mentre il gruppo raggiungeva l'ingresso. «Mi scusi, potrei avere un autografo per mia figlia? È una sua grande fan.» Frugò nella giacca in cerca di un foglio e una matita e li porse al ragazzo.

«Può dedicarlo a Tracy?» Chinò la testa mentre osservava la star scarabocchiare sul foglio.

Solo mentre ripiegava il prezioso ritaglio nel portafoglio si rese conto che la donna con il completo blu era scomparsa. Scrollò le spalle e pensò alla faccia di Tracy quando le avrebbe consegnato l'autografo.

Abituata a stare dietro le quinte, Helen si mimetizzò subito. Era stupita dal numero di volti che riconosceva, e sperava con tutto il cuore che la cosa non fosse reciproca. Guardò l'orologio. Le otto e mezza. I Fishermen sarebbero dovuti salire sul palco alle nove, ma non riusciva a vederli tra la folla. Si sedette su una sedia in un angolo della tenda con i rinfreschi e attese.

«Forza. Mancano venti minuti. È ora di darsi una mossa.» Freddy radunò il gruppo. «Ragazze, voi rimanete qui per avere una visuale migliore o preferite venire ad assistere dal lato del palco?» Lanciò un'occhiata alla moglie di Ian, a Lulu e alla bella bionda incollata a Derek.

«Dal palco, credo» disse Virginia.

«Bene. Andiamo.»

I Fishermen percorsero il tunnel che portava nel backstage.

«Perché voi signore non fate un salto nella tenda con i rinfreschi mentre io faccio un discorso di incoraggiamento ai ragazzi?» suggerì Freddy. «Vi verremo a prendere quando sarà il momento. Forza, signori. Seguitemi.»

Helen la vide appena entrò.

«Cristo santo» sussurrò. Non riusciva a credere di aver avuto ragione.

Rimase seduta a guardare mentre ridevano e chiacchieravano sorseggiando champagne. Cosa doveva fare? Non aveva un piano preciso. Non poteva certo avvicinarsi a una delle guardie di sicurezza e dire che con ogni probabilità la donna laggiù stava per uccidere Con Daly.

Freddy tornò e accompagnò le donne fuori dalla tenda. Helen seguì il gruppo, tenendosi a una discreta distanza. Il cielo iniziava a oscurarsi e, per fortuna, il backstage era in ombra.

Vide prima Con, poi Todd e Derek uscire dal camerino e dirigersi verso il palco. Si appoggiò a una parete mentre cercava di schiarirsi le idee, senza mai staccare lo sguardo dalla donna a pochi metri da lei.

«Due minuti, signori» disse un assistente, esausto.

Con si mosse verso il lato del palco, con le mani in tasca.

Lulu lo seguì.

Ian si avvicinò a Con, tenendo il braccio intorno alle spalle della moglie.

Helen la guardò mentre si muoveva con Derek verso il gruppo.

Todd era l'unico rimasto da solo, con lo sguardo perso nel vuoto, a pochi metri da lei. «Signore e signori, tra poco, il momento che tutti aspettavate.»

Ora o mai più. Doveva fare qualcosa.

Corse da Todd e gli afferrò il braccio. «Todd, sono Helen, Helen McCarthy.»

Lui si voltò, con un misto di orrore e sorpresa sul volto. «Cristo, Helen! Che cazzo ci fai qui?»

«Senti, vedi quella tizia laggiù? È qui per Con. Ce l'ha con lui. Non riesco a capire perché. Forse hanno avuto una relazione finita male, non lo so, ma so che ha ucciso Orla e ora vuole fare del male a Con. So che pensi che io sia pazza, ma devi credermi. Devi fermarla, Todd.»

«Io...» Lui la guardò confuso. «Non so cosa stai blaterando, Helen, ma non è né il luogo né il momento. E quanto alla relazione tra Peggy e Con, non...»

Helen lo fissò.

«Peggy? Hai chiamato quella donna Peggy?»

«Sì. È la ex ragazza di Derek. Devi averlo sentito parlare di lei. È comparsa qui stasera, all'improvviso.»

Peggy, Peggy, Peggy...

Helen si sforzò di dare un senso al tutto.

«Devo mandarti via, Helen. Se Con ti vede, darà di matto.»

Todd si guardò intorno nervoso, in cerca di qualcuno che potesse aiutarlo.

Helen vide la donna allontanarsi dal gruppo e nascondersi nell'ombra. Ora stava aprendo la borsa.

«Oh Gesù» sussurrò.

«Ehi, amico, scusa, lei non può stare qui. Puoi farla uscire?»

Todd si fece avanti, lanciando un'occhiata nervosa a Helen.

«Signora, potrebbe seguirmi da questa parte, per favore?»

Come al rallentatore, Helen vide la pistola che veniva estratta dalla borsa. «Trenta secondi, ragazzi.»

«Signora, la prego. Non voglio allontanarla con la forza.»

Helen guardò la donna, in attesa che si facesse avanti e puntasse la pistola contro Con. Ma lei rimase dov'era.

Peggy, Peggy, Peggy...

«Dieci secondi e ci siamo.»

«Su, signora.» La guardia di sicurezza la prese per il gomito.

La donna sollevò la pistola e la puntò contro la persona di fronte a lei.

«Todd! Todd! Non è Con che vuole uccidere, è Derek!» urlò Helen, mentre la guardia iniziava a trascinarla verso l'uscita.

«Derek, spostati, per l'amor di Dio, spostati!»

Ma lui non riusciva a sentirla. Le urla del pubblico erano troppo forti.

Divincolandosi dalla presa della guardia, Helen si tuffò in avanti, infilandosi tra la schiena di Derek e la pistola.

«Entrate!»

Il proiettile partì.

Helen si accasciò a terra.

«Cazzo!» Todd e Derek si voltarono allo sparo. Con e Ian erano già sul palco. «Peggy, cosa...» Derek la fissò sbalordito quando vide la pistola ancora fumante nella mano di lei.

«L'hai ucciso tu, vero, maledetto bastardo?»

Derek impallidì. «Come?»

«Tony! Il mio amato Tony. Se non potevi avermi tu, allora non doveva avermi nessun altro, dico bene? Triste, piccolo sfigato!»

Todd stava facendo segno alla guardia di avvisare immediatamente i suoi colleghi e fece allontanare Lulu e Virginia.

«Che sta succedendo? Abbiamo bisogno di voi sul palco. E...» Johnny si fermò di colpo quando vide Helen a terra e la pistola tra le mani della donna.

«Okay, okay, vado a parlare con il pubblico, prendo tempo.»

«Peggy, non so davvero di cosa stai parlando.»

«Piantala di chiamarmi Peggy!» urlò lei. «Lo odio. Era il mio soprannome a scuola. Mi chiamo Maggie! *Maggie!* Abbreviazione di Margaret! Hai capito?!»

«Okay, okay, Maggie. Mi dispiace.» Derek la guardò mentre brandiva la pistola, con le lacrime che le rigavano le guance.

«Dovresti essere morto. Pensavo di averti ucciso, ma poi si è scoperto che c'era Con in quella sala. Mi sono sbagliata. Ma posso ucciderti ora, no?»

Derek vide il gruppo delle guardie di sicurezza arrivare alle sue spalle.

«Maggie... non ho ucciso Tony... lui... io...» Il respiro di Derek accelerò.

«L'hai ucciso, lo so. Lo so...»

«Giù, Derek!» urlò Todd mentre gli uomini della sicurezza la afferravano alle spalle. Mulinando le braccia, Maggie premette il grilletto e tre proiettili rimbalzarono sui lati del palco.

«Adesso si calmi, signora.» Una delle guardie lottò con lei fino a disarmarla. «La rinchiudiamo in attesa che arrivi la polizia.»

«Oddio, oddio.» Derek era accovacciato sul pavimento, con la testa tra le mani.

Todd si inginocchiò accanto a Helen e le tastò il polso. «Qualcuno chiami subito un'ambulanza. Lulu, stai con lei finché non arriva.» Si avvicinò a Derek. «Stai bene, amico?»

Derek sapeva di dover mantenere la calma il più possibile. «Sì, sì, certo.»

«Senti, non so di cosa diamine stesse parlando, ma ci sono un miliardo di persone che aspettano di vedere le nostre brutte facce là fuori. *The show must go on*, come si dice. Ce la fai?»

Derek alzò lo sguardo su Todd e sorrise debolmente. Non aveva scelta. *Comportati normalmente.*

«Certo.»

56

Helen aprì gli occhi e si sentì le membra pesanti. Anche solo girare la testa era uno sforzo.

A quanto pareva era in ospedale. Un intorpidimento alla gamba indicava un qualche tipo di lesione. Testò le altre articolazioni e scoprì con sollievo di poterle muovere tutte.

Guardando la flebo che le entrava nel braccio, si chiese come avrebbe potuto attirare l'attenzione di un'infermiera.

Dieci minuti dopo, la porta della stanza si aprì. «La Bella Addormentata si è svegliata.» L'infermiera controllò la flebo.

«Cosa mi è successo?»

«Ha subito un'operazione per rimuovere un proiettile dalla coscia sinistra. L'anestesia l'ha un po' intontita, tutto qui. Era sveglia quando è arrivata, e continuava a parlare di Peggy e... Desmond, o qualcosa del genere. In ogni caso, starà bene. Entro domani dovremmo poter togliere la flebo e ricomincerà a mangiare, quindi le lascio un foglio da compilare con la scelta della cena, quando ne ha voglia. La sua amica è ancora qui. Le dico che si è svegliata.»

L'infermiera uscì di corsa.

Helen si chiese chi intendesse. Per quanto ne sapeva, non aveva amiche.

«Ciao, come stai?»

Lulu era pallida e senza trucco.

«Non lo so. Stanno tutti bene?»

«Sì, ma ci è mancato poco. Dicono che avrebbe ucciso Derek se non fosse stato per il tuo eroico salvataggio. Come hai fatto a scoprirla?»

Helen sospirò. «È una storia molto, molto lunga.»

«Be', tutti vogliono sentirla. Abbiamo ricostruito alcuni dettagli, ovviamente. Maggie era la tua segretaria all'epoca, il che significa che aveva accesso alla tua pistola e poteva muoversi facilmente nell'edificio. Pensiamo che abbia scambiato Con per Derek quel pomeriggio in studio.»

«Con indossava il cardigan di Derek ed era nello studio che avrebbe dovuto usare lui. Ho sempre saputo che il killer non era lì per Orla. E a quanto pare nemmeno per Con» sospirò Helen.

«Sì, be', come dicevo, quando ti sentirai più in forze potrai spiegare tutto con calma anche a noi lenti di comprendonio. Ma posso dirti una cosa, Helen: ora sei fuori dai guai. Ieri sera Margaret ha confessato di aver sparato a Orla, anche se per errore. Diciassette anni in carcere per un crimine che non hai commesso. Dio, deve essere stato tremendo.»

Helen si morse il labbro mentre le lacrime le salivano agli occhi. «Sì. Ma sono sollevata che sia finita.»

«Siamo tutti devastati per aver pensato che fossi stata tu. Spero potrai perdonarci.»

Helen annuì. «Com'è andata ieri sera?»

«Be', a parte il piccolo, ehm, incidente, è stato sensazionale. Assolutamente sensazionale. Avresti dovuto vedere i ragazzi. Era come se non si fossero mai separati. La folla è impazzita, soprattutto per Con, ovviamente. Ci sono stati dieci bis. Credo che i Fishermen potrebbero cominciare una nuova carriera, se lo volessero.»

Le palpebre di Helen iniziarono ad abbassarsi.

«Senti, se non ti dispiace ora ti lascio. Torno a casa a farmi una doccia.»

«Certo. Vai pure.»

«Posso portare i ragazzi a trovarti più tardi? Credo vogliano parlarti. E Derek è ai tuoi piedi. Ti è infinitamente grato.»

Helen sorrise e chiuse gli occhi.

Alle sei di sera si sentiva meglio. Le avevano tolto la flebo e riusciva a stare seduta.

L'infermiera entrò in fretta, con lo sguardo carico di un improvviso rispetto per Helen.

«Signora, ha un ospite speciale. L'ho visto ieri sera in televisione. Posso farlo entrare?»

Helen acconsentì con un cenno del capo.

Con entrò con un'aria stanca e imbarazzata e un enorme bouquet in mano. Le mise i fiori tra le braccia. «Da parte mia e dei ragazzi.»

«Grazie. Puoi metterli lì?»

«Li prendo io.» L'infermiera non si era mossa. «Che donna fortunata.»

Con si sedette. «Volevano venire anche gli altri, ma abbiamo pensato che sarebbe stato troppo faticoso per te.»

«Probabilmente sì. Mi sento esausta.»

«Ma io ci tenevo a vederti, per ringraziarti. Todd mi ha detto che pensavi che Maggie fosse venuta per me ieri sera. Eri lì per cercare di salvarmi.»

«Be', ero lì per cercare di salvare me stessa, a dire il vero. Era l'unico modo per dimostrare la mia innocenza.»

«Ma non era me che voleva, alla fine.»

«No, ma l'ho capito all'ultimo secondo.»

Con la fissò. «Sono venuto soprattutto a chiederti perdono per averti accusata. Ero così devastato per aver perso Orla e avevo bisogno che qualcuno venisse punito.»

«Capisco perché hai pensato che fossi stata io, Con. Sia tu sia l'ispettore Garratt eravate convinti che Orla avesse detto di aver visto me nello studio quel pomeriggio. In realtà, leggendo gli appunti di Garratt, quello che ha detto veramente è che non ricordava il nome di Maggie e che avreste dovuto chiederlo a me, perché era una mia vecchia amica.»

«E lo era?»

«Sì. Andavo al college con lei quando sono arrivata a Londra. Ho avuto una breve relazione con il nostro tutor, Tony Bryant, un'estate. Lui mi aveva detto che la sua ragazza era via, che la amava e che la nostra relazione sarebbe finita al suo ritorno. Non ho mai saputo che la ragazza era Maggie finché Garratt non mi ha scritto il suo nome. Immagino che abbiano tenuto nascosta la relazione perché lei era una studentessa e lui un tutor. Deve aver scoperto che io e Tony avevamo avuto una liason mentre lei era via. Forse è per questo che mi ha incastrata» rifletté.

«Così la Peggy di Derek e la tua Maggie si sono rivelate essere la stessa persona» sospirò Con.

«Entrambe abbreviazioni di Margaret» rispose Helen.

Con annuì. «Derek era fissato con lei. Ma lei lo ha rifiutato perché aveva detto di essere innamorata di un altro. Quell'altro doveva essere Tony. Me lo ricordo.»

«Ovviamente Maggie pensava che fosse stato Derek a uccidere Tony.»

Con sembrò sorpreso. «Tony è morto?»

«Sì. È stato assassinato. Non hanno mai scoperto da chi.» Guardò Con. «Dici che Derek era ossessionato da Peggy, ma pensi che lo fosse al punto da uccidere Tony per avergliela portata via?»

Con inspirò a fondo. «Ha attraversato una brutta depressione... ma non credo sia un assassino.» Si strofinò gli occhi stanchi. «Tra l'altro, secondo Todd, lui e Peggy non hanno mai avuto una vera relazione. Erano tutti castelli in aria. In ogni caso, la morte di Tony deve aver fatto qualcosa di strano alla testa di Maggie.»

«Di sicuro. Negli ultimi giorni ho scoperto che ha avuto un crollo nervoso dopo l'omicidio di Tony. È stata in un ospedale psichiatrico per tre anni.» Scosse la testa. «Ovviamente non ne avevo idea quando l'ho assunta come segretaria alla Metropolitan. È stata lì per un breve periodo, ma rifiutava sempre gli inviti ai concerti e spariva dalla circolazione ogni volta che i Fishermen passavano dagli uffici. Chiaramente per non essere riconosciuta da Derek. Doveva aver già pianificato tutto quando è venuta da me in cerca di un lavoro.»

«Ieri sera mi chiedevo perché Orla ha salutato Maggie quando è apparsa sulla porta con la pistola. Non sapevo che si fossero incontrate. Non l'ho mai vista alla Metropolitan.»

«Mi ha consegnato una busta a casa mentre Orla era lì.»

Con annuì, cercando di elaborare. «E dov'è stata negli ultimi diciassette anni?»

«Entrava e usciva dagli istituti psichiatrici. Ho incontrato la direttrice dell'ultimo posto dove è stata. Ha detto che Maggie ascoltava in loop una canzone. Era *Losing You*.»

«Be', speriamo che d'ora in poi rimanga in un istituto per sempre.»

Helen sospirò. «La cosa peggiore di tutto questo è che Orla è morta. E non c'entrava niente.»

«Lo so. Deve aver visto Maggie puntarmi la pistola contro e

si è gettata in avanti per proteggermi. E dopo tutto quello che le avevo fatto passare... dovrò convivere con questo peso per il resto della mia vita.»

«Anch'io. È stato un dolore immenso pensare che Orla mi avesse accusato di averle sparato. I problemi che avevamo avuto in passato erano risolti.» Gli occhi di Helen si riempirono di lacrime. «Eravamo diventate amiche.»

«Be', puoi consolarti pensando che anche Derek sarebbe morto, se non fosse stato per te. Riuscirai a perdonare me e tutti gli altri che ti hanno accusato?»

«Capisco perché l'avete fatto, ma perdonare diciassette anni di vita persi richiederà un po' di tempo.»

Con sospirò. «Certo, è comprensibile.»

«Allora, dopo ieri sera si parla di riformare la band?»

«Oh sì. Puoi immaginare.»

«Sì.»

«E tu? Devi pensare al tuo futuro. Ti spetterà un risarcimento per essere stata ingiustamente incarcerata per tutto questo tempo.»

«Probabile.» Helen sorrise. «Potrei consultare un avvocato, ma non mi importa più di tanto. Ho avuto tanti soldi per tutta la vita e non mi hanno mai resa felice. Ho le mie case a Londra e in Irlanda e di che sopravvivere per un po', mentre rifletto sul da farsi.»

Con si lasciò sfuggire una risatina stanca. «La tua casa in Irlanda ha bisogno di una mano di vernice. Sono stato rintanato lì per un bel po'.»

Helen alzò un sopracciglio. «Allora è lì che eri. Avrai milioni di sterline da parte, con tutti gli assegni delle royalties degli ultimi diciassette anni. Puoi comprarmi un nuovo bagno.»

«Forse potrei comprare una piccola isola nei Caraibi, se ne

avessi voglia.» Le prese la mano. «Helen McCarthy, ti conosco da quando eri una bambina. Le nostre storie si sono intrecciate. E ora penso che tu sia più tosta di qualsiasi uomo io abbia mai incontrato. Hai perso un'amica con la tragica morte di Orla. Sarei onorato se mi prendessi in considerazione come suo sostituto.»

Gli occhi di Helen si riempirono di lacrime. «Con, mi hai appena offerto l'unica cosa di cui ho davvero bisogno.»

Si abbracciarono.

«Allora, siamo d'accordo?» chiese Freddy mentre versava loro una tazza di tè in salotto. «È un affare incredibile. Un tour mondiale di sei mesi e un contratto discografico con la Metropolitan da quasi venti milioni. Dobbiamo accettare subito, finché è ancora disponibile.»

Ian scrollò le spalle. «Non lo so. Dovrei lasciare moglie e figli o trascinarli in giro per il mondo per sei mesi.»

«E io ho preso degli impegni con le mie band» disse Todd.

«Cristo santo, ragazzi. Vi stanno offrendo l'accordo del secolo e parlate di dettagli.» Derek scosse la testa, frustrato. «Io ci sto. Pensate a quella scarica di adrenalina davanti a tutta quella gente, dieci giorni fa.»

«Infatti, sarebbe un ottimo modo di chiudere la nostra carriera» osservò Todd.

«Tu però non permetterti più di chiamare mia moglie e i miei figli "dettagli"» sbottò Ian, rivolto a Derek. «E tu, Con, che ne dici?»

Con sorseggiò lentamente il tè. «Dovrei pensarci.»

«Hai avuto due giorni per pensarci. Dobbiamo dare una risposta entro domani» lo incalzò Derek.

«Se ci vogliono domani, ci vorranno anche dopodomani.»

«Con ha ragione. Prendiamoci altre quarantott'ore. Per una cifra simile, la Metropolitan vorrà un impegno al cento per cento. Voglio che siate tutti sicuri.»

«Okay. Ci rivediamo tra un paio di giorni.» Todd posò la tazza. «Vieni, Con? Ho un appuntamento alle cinque.»

«Certo. Ci vediamo ragazzi.»

Todd uscì quella sera. Con rimase a casa del suo ex compagno di band, a fare su e giù nel salotto per riflettere sulla situazione.

Aveva fatto i conti con il passato. Era arrivato il momento di pensare al futuro.

Ian tornò a casa e parlò con Virginia. Avrebbero sentito la mancanza l'uno dell'altra, ma con tutti quei soldi avrebbero potuto comprarsi una fattoria biologica da qualche parte nella campagna del Kent, vivere una vita felice e non dover più pensare alle finanze.

Derek tornò a casa e rimase sveglio tutta la notte. Se gli altri non fossero stati d'accordo, si sarebbe ritrovato in un mare di guai. Sarebbe finito in miseria entro sei mesi.

D'altra parte, non era stato fortunato? Era ancora un uomo libero. Dopo il concerto, aveva vissuto ogni giorno nel timore che la polizia bussasse alla sua porta. Se avessero ricominciato a indagare... Sudò freddo. Quella notte aveva perso completamente il controllo. Era ubriaco e strafatto... e il ricordo delle sue azioni gli fece rivoltare lo stomaco e salire la bile.

Se i ragazzi avessero accettato il tour e lui avesse incassato la sua parte dei venti milioni, avrebbe potuto trasferirsi all'estero, giusto per sicurezza.

Quella notte pregò di avere un'ultima possibilità.

Freddy chiuse la telefonata e alzò un pugno in aria. Tutti e quattro erano d'accordo. Il venti per cento di venti milioni era... porca miseria, un sacco di soldi.

I Fishermen erano tornati.

Seduta sul Fokker 50 dell'Aer Lingus, Helen guardò il velivolo virare sui rigogliosi campi verdi della contea di Cork.

Quella vista le fece correre un brivido lungo la schiena. Era strano, ma, nelle lunghe notti in prigione, i suoi pensieri non erano mai andati alla casa di Londra, o al comodo ufficio alla Metropolitan, ma alle spiagge battute dal vento e all'aria frizzante e corroborante del paese in cui era nata.

Quando l'aereo atterrò sulla pista dell'aeroporto di Cork, provò un senso di euforia.

Sapeva di aver preso la decisione giusta.

Stava tornando a casa.

Epilogo

Giugno 1987

Il campanello suonò. Helen si asciugò le mani su uno strofinaccio, uscì dalla cucina e si diresse verso la porta d'ingresso. Non fu semplice, dovendo aggirare i teli antipolvere e gli attrezzi da cantiere sparsi nel corridoio.

Aprì la porta.

«Con! Santo cielo! Che diavolo ci fai qui?»

«Avevo voglia di tornare a vedere il posto che ho chiamato casa e passare a trovare la mia vecchia amica Helen.» Aprì le braccia e la strinse goffamente tra i barattoli di vernice impilati sul pavimento.

«Entra, se ci riesci» lo esortò lei.

«Ristrutturazioni importanti, eh?»

«Questo è il piano. I muratori hanno iniziato sei mesi fa, promettendo di finire entro l'estate. Finora credo che siano riusciti a rifare una parete, ma d'altronde questa è l'Irlanda. Comincio a sospettare che usino casa mia come deposito per le attrezzature, finché non ne hanno bisogno altrove. Comunque, non importa. Per quanto riguarda i soldi, più tempo ci mettono, meglio è. Vieni in cucina. È antica, ma almeno c'è spazio per sedersi.»

Helen preparò del tè e Con si sedette al tavolo.

«Ti trovo bene, Helen. Oddio, forse un po' sciupata.»

«Ah, sono le preoccupazioni, Con Daly. Per la prima volta in vita mia conto i centesimi invece dei chili.»

«A dire il vero, non ti ho mai vista così felice.»

Helen portò al tavolo due tazze fumanti. «Hai ragione. Per qualche strana e inspiegabile ragione, sono felice. Forse è l'età, o sono le mie aspettative che si ridimensionano e diventano più ragionevoli. Forse è questo posto. Da bambina lo odiavo, ora lo adoro. Grazie a Dio non l'ho venduto.»

«Che progetti hai, Helen? Dovrai pur averne qualcuno.»

«Certo. Ho intenzione di trasformare questa casa in un bed and breakfast. E voglio anche far ripartire le scuderie. Ho sempre amato i cavalli.»

«Me lo ricordo.» Con sorseggiò il suo tè.

«E tu? Com'è andato il tour? Non leggo i giornali e la televisione è rotta. Sono completamente fuori dal mondo, temo.»

«È stato grandioso. Una bella fatica, ma anche un grande divertimento. Ma alla fine siamo stati tutti d'accordo che si è trattato di un evento unico. Siamo troppo vecchi per dormire in pullman e dare il cento per cento con un pubblico di quarantamila persone il giorno dopo.»

«E gli altri? Come stanno?»

«In forma. Ian sta frequentando un corso di agricoltura biologica, Derek ha deciso di trasferirsi in Spagna e Todd è negli Stati Uniti.»

«Davvero? Per lavoro?»

«Per Lulu.»

«Capisco.»

«Gli dà del filo da torcere come sempre, ma sono sicuro che lui si stia godendo ogni singolo istante.»

«E tu, invece? Che piani hai?»

«Be', ci sono due motivi per cui sono venuto fin qui. Il primo era andare a trovare la madre di Orla. Ho pensato che fosse il momento.»

«Oh, Con, Mary O'Donovan è morta l'anno scorso, poco prima del mio ritorno.» Helen scosse la testa. «Se n'è andata convinta che avessi ucciso sua figlia.»

«So che è morta. Me l'hanno detto ieri sera al villaggio. In ogni caso, se è in paradiso, saprà la verità.»

«Ho smesso di credere al paradiso molto tempo fa. Comunque, qual è l'altro motivo per cui sei tornato a Ballymore?»

«Come ti ho detto quando sono arrivato, volevo parlarti.»

«Di cosa?»

Glielo disse.

Quando ebbe terminato, Helen si alzò per riempire di nuovo il bollitore. Arrivata a metà, però, si fermò. «Accidenti, che ne dici di un whisky?»

Prese la bottiglia e due bicchieri e si risedette.

«Allora, vediamo se ho capito. Vuoi creare una fondazione per offrire aiuto e sostegno a giovani musicisti di talento, in particolare giovani musicisti irlandesi. E vuoi che sia io a gestirla?»

«Sì, l'idea è questa.»

«Perché proprio io?»

«Perché non conosco una mente imprenditoriale migliore della tua. E mi dispiace che vada sprecata.»

«È stata una mia scelta. Brad mi aveva offerto di nuovo la direzione della Metropolitan un anno fa. Non l'ho voluta.»

«Lo so. Helen, mi dispiacerebbe interferire con i tuoi grandiosi progetti per questo posto, ma non riesco proprio a immaginarti che ti alzi all'alba e friggi uova e pancetta in una padella per il resto della vita.»

«Se gli affari dovessero andare bene, assumerò qualcuno che lo faccia per me» obiettò Helen, sorseggiando il suo whisky.

«Stavo pensando che, con una tenuta di queste dimensioni, in uno dei vecchi fienili starebbe benissimo un piccolo studio di registrazione.»

«Ah sì?»

«Sì. E, con tutte queste camere da letto, si potrebbero organizzare masterclass e seminari musicali, invitare musicisti professionisti a Ballymore e far sì che i nostri giovani talenti beneficino della loro esperienza.»

«Con, a quanto pare hai pensato a tutto. Perché non gestire il tuo progetto da solo?»

«Perché non voglio stare qui. Non tutti i giorni, almeno. Ma questa è un'altra storia. Ascolta, partiamo dalle basi. Se l'idea ti piace, sono disposto a pagare per ristrutturare la casa da cima a fondo, allestire uno studio di registrazione in uno dei fienili e trasformare questo posto in un centro musicale. Potresti assumere tutto il personale che vuoi, il che significherebbe coinvolgere il villaggio. Anzi, sarebbe un modo per rendere Ballymore un polo d'attrazione. E non dovresti nemmeno andare a cercarti i talenti chissà dove. Ieri sera ero in un bar in città e ho sentito una giovane cantante che ha il potenziale per diventare la prossima Alison Moyet.»

Gli occhi di Con brillavano di entusiasmo.

«Questa idea ti piace proprio, vero?»

«Sì, Helen, e ho più soldi di quanti potrei spenderne mai. Questo mi darebbe la possibilità di restituire qualcosa, di aiutare la prossima generazione. Con la nostra esperienza e le nostre conoscenze, potremmo fare la differenza.»

«Oh, Con.» Helen si grattò la fronte. «Non lo so, davvero.»

«Allora continuerò a parlare finché non dirai di sì.»

Erano passate le otto di sera quando Con uscì da casa di Helen. Ci era voluta molta persuasione, ma alla fine aveva ottenuto un'adesione di massima. Con calma avrebbero definito i dettagli. Non sarebbe rimasto a lungo, ma conosceva Helen. Appena avesse avuto la situazione sotto controllo, non avrebbe più avuto bisogno di lui.

Scese dalla collina verso le dune di sabbia. Il sole all'orizzonte era arancione, perfetto come in una cartolina. Attraversò le dune e vide la sua vecchia capanna, con metà del tetto mancante, le finestre sbarrate, ma ancora in piedi a sfidare le intemperie che la aggredivano impietose.

Tutto ciò che aveva sempre desiderato era fare qualcosa della sua vita, fuggire da quella capanna e da Ballymore. L'aveva fatto, ma a un prezzo terribile.

Si sedette su una duna e guardò il mare.

«Orla, ti amo. Ti amerò per sempre.»

Il vento si levò all'improvviso. Rabbrividì, percependo la sua presenza. Era ora di andare. Dove? Non ne era del tutto sicuro. Ma di certo sarebbe stato un posto remoto.

«Addio Orla, amore mio.»

Iniziò a cantare dolcemente la sua canzone. L'ultima canzone d'amore.

Losing you, after all these years of loving you,
is the hardest thing I've ever been through.
And it's true, after all the things I've said to you,
and the way that I've been cruel to you,
what else could I expect you to do?
Losing you, losing you.

Poi si alzò e si allontanò dalla spiaggia.

MISTO
Carta | A sostegno della gestione forestale responsabile
FSC® C005461
FSC
www.fsc.org

Stampato presso Rotolito S.p.A.
Seggiano di Pioltello (MI)